U0110415

古典文獻研究輯刊

六編

潘美月・杜潔祥 主編

第25冊

《娛目醒心篇》研究

邵長瑛 著

《玉麟夢》研究

林文玉 著

國家圖書館出版品預行編目資料

《娛目醒心篇》研究　邵長瑛著／《玉麟夢》研究　林文玉著 ── 初版 ── 台北縣永和市：花木蘭文化出版社，2008〔民 97〕

目 2+120 面 + 目 2+110 面；19×26 公分
（古典文獻研究輯刊　六編；第 25 冊）

ISBN：978-986-6657-23-8（精裝）
1. 章回小說 2. 研究考訂

857.44　　97001036

古典文獻研究輯刊
六　編　第二五冊　　ISBN：978-986-6657-23-8

《娛目醒心篇》研究
《玉麟夢》研究

作　　者　邵長瑛　林文玉
主　　編　潘美月　杜潔祥
企劃出版　北京大學文化資源研究中心
出　　版　花木蘭文化出版社
發 行 所　花木蘭文化出版社
發 行 人　高小娟
聯絡地址　台北縣永和市中正路五九五號七樓之三
　　　　　電話：02-2923-1455／傳真：02-2923-1452
電子信箱　sut81518@ms59.hinet.net
初　　版　2008 年 3 月
定　　價　六編 30 冊（精裝）新台幣 46,500 元　

《娛目醒心篇》研究

邵長瑛　著

作者簡介

邵長瑛，文化大學中國文學研究所畢業，師事王三慶教授。喜愛古典文學，研究範圍以小說、詩詞為主。近期作品有《北史演義——人物論析》、《試論吳敬梓筆下的儒林形象》、《九死南荒吾不恨，茲由奇絕冠平生——蘇軾謫居儋州的詩文情懷》、《香奩集》詩中的情慾表現（與林童照先生合著）。作者目前任教於高苑科技大學。

提　　要

《娛目醒心篇》一書約盛行於同治十二、十三年間，幾乎所有小說史皆未曾介紹，偶有論及，也持全盤否定態度，流於浮面的批評，以致於擬話本末期之作的本書，知者甚稀，亦未得到適當的評價。

本文試對《娛目醒心篇》一書作全面性的探討。在作者、評者、生平考述等方面詳加考證，填補空白。故事來源考方面，除接續前人未竟的工作，另外，對楔子及評點形式內容做深入的剖析。在思想探微方面，則從儒學的影響與果報思想運用的情形，檢視全書的思想表現，給予客觀的評價。至於藝術性的探討，則建立在小說評點的美學基礎上加以析論。下以《娛目醒心篇》與《今古奇聞》間的關係探討，並論及作者杜綱另二部講史小說《北史演義》、《南史演義》的創作情形。

明清小說是座蘊藏豐富的寶庫，單就白話通俗小說而言，至少在千部以上。一般研究者往往將焦點集中於為人熟知的章回與話本小說。對話本小說的整體研究而言，無疑是極大的缺憾。就研究者而言，擴大研究範疇，透過客觀的分析探討，將其來龍去脈釐清，方能獲致首尾完足的整體觀念，並給予公平的論斷，使文學歷史真相能再度呈現。

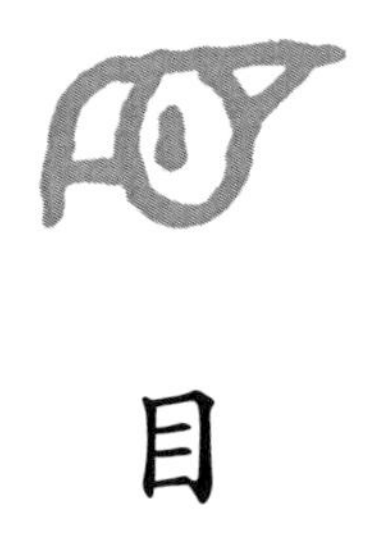

目次

第一章　緒　論

第一節　研究緣起

明清小說是座蘊藏豐富的寶庫，單就白話通俗小說而言，至少在千部以上，但一般研究者往往把焦點集中於人所熟知的章回與話本小說上，致使大部份的明清小說仍處猶如待開發的荒地，而未引人注意及研究。不可否認，《三言》、《二拍》代表話本小說藝術的高峰，卻不足以代表話本小說的全部風貌，就研究者而言，任何話本小說都是既已存在的事實，因此其內容、形式的興盛衰蔽都具有研究的價值，都需透過客觀的分析探討，將其來龍去脈釐清，方能獲致首尾完足的整體觀念，並給予公平的論斷與文學歷史眞象的再度呈現。

面對話本中《三言》、《二拍》的藝術成就，後期的擬作雖然難望其項背，但這些作品皆深具個人風格，筆法、語言的運用自塑一格，且反映出各自的時代背景，並嵌入整個話本小說史裏，使話本小說更形豐富，蔚然可觀。若捨棄這些作品不談，對話本小說的整體研究而言，無疑是極大的缺憾，更使話本小說的研究侷限在小範圍裏，顯得不夠完整，因此，筆者乃有志於藉著文人擬話本小說的後期之作《娛目醒心編》做爲研究的對象，期望了解本書之關涉問題，並了解整個話本史上的形式與內容上的流變。

對於《娛目醒心編》的研究，過去僅有零散的著錄，如胡士瑩、譚正璧、鄭振鐸先生對故事的部份來源提示出處，對其思想評價則仍停留於浮泛的批評，而對作者杜綱的生平考述卻尚付之闕如，因此，本篇論文擬對《娛目醒心編》一書試作全面的探討，在作者、評者生平方面蒐羅各方資料，詳加考證，以期塡補這段空白。故事來源考方面，則是接續前人未竟的工作，另外，對楔子及評點形式內的的分析，是爲了對內容作更深入的剖析。在思想的探微，則從儒學的影響與果報思想運用的情形，檢視全書的思想表現，給予客觀的評價。至於藝術性的探討則建立在小說評點的美學基礎上，加以析論。下及《娛目醒心編》與《今古奇聞》間關係的探討，並檢視話本小說史上的幾個問題。

第二節　《娛目醒心編》寫作之時代背景

一切文學作品都與時代背景具有不可分割的關係，其中最甚者莫過於小說。我國自古就認爲「小說家者流，蓋出於稗官，街談巷語，道聽塗說者之所造也。」〔註1〕所謂「造」小說，並非憑空臆造，而是作者根據時代背景，將人物情節依照事實予增添或加以刪減，揉和了作者的智慧心血，憑著作者辭采豐贍的文筆描述而成，使人能不因時空阻隔而摹想當代的情形與書中人物融和爲一體，領會人物的內在情感。因此，時代背景這個因素對小說的影響是不可忽略的。《娛目醒心編》的撰寫時間在清乾隆時期，完成於乾隆五十七年，我們可以從政治方面、社會方面、文學思想方面來了解本書寫作時的各種背景。

一、政治方面

乾隆一朝共計六十年，上承康熙、雍正兩朝，同爲清朝的盛世，由於累積兩朝的國力至此時達到鼎盛，故乾隆皇帝對外積極開疆拓土，完成所謂「十全武功」，對內則採「寬猛相濟」的治道，抑制民族思想的發展，同時亦採恩威並施的作法，一方面優禮文人，獎勵文教事業，乾隆間成書的《四庫全書》更是空前的大著作，數量極爲可觀。表面是以編修爲務，事實上是藉此消磨文人的精力，並藉機禁燬與清朝主張牴觸違礙的著述，以浙江省爲例，「自乾隆三十九年到四十六年，前後編書二十四次，一共五百三十八種，一萬三千八百六十二部」〔註2〕雷風厲行的程度可見一斑。

另一方面，則是屢興慘絕人寰的文字獄，文字獄最頻繁在雍正、乾隆兩朝，雍正四年的查嗣庭案及雍正六年的呂留良案是轟動全國有名的文字獄案，到了乾隆朝，舉其犖犖大者有「乾隆十九年的世臣案、二十年的胡中藻案、二十二年的彭家屏案、四十二年的王錫候案、四十三年的徐述夔案、四十四年的智天豹案」〔註3〕。

〔註1〕見百衲本《漢書》卷三十，〈藝文志〉（台灣務印書館印行，民國59年9月臺二版）。

〔註2〕見陳捷先《明清史》第三章〈盛清三朝的內治〉（台北：三民書局，民國79年12月出版），頁293。

〔註3〕參見吳哲夫《清代禁燬書目研究》‧〈清代文字獄〉（台北：嘉新水泥公司文化基金會印行，民國58年出版），頁15～17。

這些文字獄案大都因爲詩句、考題、藏書、避諱、編著書籍有礙大清，被認爲蓄意攻擊，大逆不法，往往被處以充軍、剉屍，並禍及子孫和同僚官員。清代文字獄株連之廣、爲禍之烈，歷史上少見。由於文網羅織，文人害怕以文字罹禍，紛紛埋首故紙堆中，做些不犯時諱的考據研究，這對學術的發展有極大的影響。

乾隆初年，由於皇帝明罰飭法，採寬嚴並濟的治道，政風尚佳，然而自乾隆二十年以後，貪風漸起，高宗本身好大喜功，六次南巡，窮奢極侈，大臣們望風承旨，一時蔚爲風氣，乾隆四十年以後，和坤專寵用事，上下貪財嗜貨，相率成風，以致吏治敗壞，不可收拾。乾隆末年，官吏貪瀆案件已至長篇累牘，不可勝記的地步，單就江蘇一省便有「句容書吏侵盜漕糧、高郵糧書的私印冒徵……」〔註 4〕等，足證玩法者比比皆是，吏治已趨腐敗，大清國勢由盛轉衰，莫不兆因於此。

二、社會經濟方面

在農業社會中，人口與土地的比例，關係著社會盛衰和人民生活的狀況，清初人口少而田地多，故糧食便宜而人民生活富裕，至清朝中葉，人口增多，田地反而減少，一般農民每歲收入，難敷一年口食，可見生活之艱辛情形，況貧富懸殊，據《嘯亭雜錄》所載：「京師米賈祝氏、宛平查氏、盛氏，均富逾王侯，懷柔郝氏，有田萬頃，乾隆駐蹕其家，一日之餐，費至十餘萬金。」〔註 5〕富者窮極奢華的生活與貧者三餐不繼的窘況，形成強烈的對比。

乾隆時期的社會風氣極爲奢華浮誇，高宗本性好大喜功，六次南巡表面雖諭令官員節儉，但並沒有確實執行，每次南巡不僅宮中與中央官員忙於籌備，地方官員和縉紳富商更是所費不貲，尤其各地官員意圖投高宗所好，便於加官進爵，於是意存競勝，逢迎巴結，無所不用其極，更趁機會榨取民財，私飽中囊。高宗在三十三年內連續六次南巡，雖然在政治、文化上有若干貢獻，但擾民太甚，大量浪費國家財力和人力，造成吏治民風的敗壞，導致民怨。

乾隆中葉以後，「和坤當了二十年的宰輔，聚歛自肥，貪黷成風，嘉慶四年籍沒他的家產，計值竟有八萬萬兩，比全國二十年歲收的半額還多。」〔註 6〕官員貪污揮霍，眞正受剝削的還是人民，儘管高宗常常免稅賑災，但人民的生活並沒有得到改善，原因在於官吏貪黷成風，人民未蒙免稅之利，反受貪官侵害之苦。

〔註 4〕同註 2，頁 368。

〔註 5〕見昭槤《嘯亭續錄》‧卷二〈本朝富民之多〉條（台北：廣文出版社，民國 76 年初版）。

〔註 6〕見蕭一山《清史》第五章〈盛衰轉變中之清朝〉（中國文化大學出版部印行，民國 77 年 7 月再版），頁 79。

另外，在乾隆初年，高宗頗爲重視社會治安的整頓，他認爲「社會有四大惡，即盜賊、賭博、打架與娼妓，此四大惡，會劫人之財、破人之家、傷人之體、敗人之德，爲善良社會之害，莫大於此。」〔註 7〕因此提出「激濁揚清」的口號，希望能移風易俗，改善社會治安，初期成效頗佳，不過，到了中葉以後，奢靡風氣日盛一日，高宗勤政程度不若以往，朝綱廢弛，政令往往未能貫徹執行，地方土豪劣紳常與貪官污吏朋比爲惡，對社會秩序、人心的安定造成極大的負面影響。

三、文學思想方面

由李贄、袁宏道等人所提倡的反傳統、反擬古的文學思想，在明末風靡一時，到了清代，統治者爲鞏固政權、箝制人民思想，迭興文字獄，並藉修纂書籍之名，大力搜羅圖書，言論稍有牴觸或含意不佳者，全部予以禁燬，在這種充滿肅殺氣氛的政治環境，那種離經判道，重視小說戲曲的文學思潮，自然不能見容於當時。梁啓超云:「康雍間屢興文字獄，乾隆承之，周納愈酷，論井田封建稍近經世先生之志者，往往獲意外譴，乃至述懷感事，偶著之聲歌，遂罹文網者，趾相屬，又嚴結社講學之禁，晚明流風餘韻，銷匿不敢復出現，學者舉手投足，動遇荊棘，懷抱其才力智慧，無所復可用，乃駢輳於說經，昔傳內廷演劇，觸處忌諱，乃不得已專演封神、西遊，牛鬼蛇神種種詭狀，以求無過。」〔註 8〕

在這種文網嚴密，政治壓迫的時代，文人大都趨向考據訓詁，這種學風萌芽於清初，到了乾嘉時代，惠棟、戴震、段玉裁、王念孫等名家輩出，其治學方法在「實事求是，無徵不信」，研究範疇以經學爲主，旁及小學、音韻、史學等，引證取材，至於兩漢，「漢學」的名稱也因此產生，這是清代學術的全盛時期。

文學方面，「言文者有桐城，言詞者尊南宋，詩壇則尊尚宋，各立門戶。」〔註 9〕這一時期的小說延續明末文人競相創作的風氣，短篇擬話本小說的發展已至強弩之末，仿作競萌，惟有長篇小說如《儒林外史》、《紅樓夢》繼《金瓶梅》及才子佳人小說，及傳奇文言小說《聊齋》等作品，以現實生活作爲寫作題材，因此放出極爲奇麗的光彩，這些作品呈現作家獨創的完整藝術風格，並體現出自己的生活特徵與思想面貌，具有極高的價值。

〔註 7〕同註 2，頁 280。

〔註 8〕參見梁啓超《中國學術思想變遷之大勢》（台灣：中華書局印行，民國 78 年 6 月十版），頁 91～93。

〔註 9〕參見劉大杰《中國文學發展史》（台北：華正書局出版，民國 74 年 6 月版），頁 1144。

第二章　外緣考證

第一節　作者考

《娛目醒心編》一書的作者杜綱，其事蹟不見載於史傳。孫楷第《中國通俗小說書目》卷三・〈明清小說部・甲〉著錄：

> 《娛目醒心編》十六卷，共三十九回。清杜綱撰。許寶善評。題「玉山草亭老人編次」，「葦城（一作雲間）自怡軒主人評」。首乾隆五十七年自怡軒主人序。卷演一故事。綱字里見卷二。〔註1〕

又於卷二・明清講史部《南北史演義》中著錄：

> 清杜綱撰。許寶善評。題「玉山杜綱草亭編次」，「雲間許寶善穆堂批評」，「門人譚戴華校訂」，北史有許多寶善序。綱字草亭，江蘇崑山人。〔註2〕

由孫楷第的著錄中，我們可以得知杜綱為江蘇崑山人，大約生活在清乾隆時期，字則為「草亭」，然而孫楷第並未詳加考訂，及註明資料出處。再者提及杜綱者還有譚正璧《古本稀見小說匯考》一書，其《娛目醒心編》條云：

> 《娛目醒心編》題「玉山草亭老人編」，草亭老人即杜綱。綱字不詳，草亭為其別號，江蘇昆山人，生平無考。〔註3〕

從譚正璧先生與孫楷第先生的著錄中，一致認為杜綱為江蘇崑山人，是《娛目

〔註1〕孫楷第《中國通俗小說書目》（台北：廣雅出版有限公司，翻印增編本，民國72年10月），頁102。以下簡稱《孫目》。

〔註2〕同註1，頁47～78。

〔註3〕譚正璧、譚尋《古本稀見小說匯考》（浙江文藝出版社，1984年11月第一版），頁161。

醒心編》的作者。惟對杜綱的字號有不同的看法，但皆未曾提出資料的詳細出處，因此讓人不敢遽信。

事實上，根據光緒六年（西元 1880 年）重鐫的《昆新兩縣續修合志》卷三十一・〈文苑二〉則有較詳細的資料載記，其文字云：

杜綱，字振三，少補諸生有聲，時經生家久不治古文，綱獨上下百家，於幽隱難窮之處，輒抒其獨見，發前人所未發。童試時，受知昆山令許治，令與子兆椿兄弟同學。後兆椿出守松江，時時過訪，絕未嘗干以私，兆椿益受敬焉。所著有《近是集》，同邑諸世器爲序而行之。

據此可知杜綱字爲振三，草亭則爲別號，至於《孫目》中所著錄：杜綱字草亭，恐據首題而誤判。

在《娛目醒心編》序中許寶善（自怡軒主人）言：「草亭老人家于玉山之陽，讀書識道理，老不得志，著書自娛。」則杜綱一生科名並不順遂，因此，雖在年少時補諸生，直到終老，功名一無所成，童試時縱然受知於昆山令許治，在功名路上也毫無助益。

不過，由《昆新兩縣續修合志》卷三十一・〈文苑二〉記載：「時經生家久不治古文，綱獨上下百家，於幽隱窮之處，輒抒其獨見，發前人所未發……。」可知杜綱是極具才華，並且具有獨特見識，尤其於古文方面，有極高的造詣，可惜在重視八股取士的當時，無益於仕途的進取。然而功名路上的不順遂，並無損於他耿介的性情，雖曾與兆椿有同窗之誼，但是「兆椿出守松江，時時過訪，絕未嘗干以私，兆椿益愛敬焉。」〔註 4〕其有守有爲的性格，可見一斑。

至於杜綱的生卒年，並無直接的記載，僅能就現有的資料做一番推測，據《昆新兩縣續修合志》卷三十一・〈文苑二〉的記載，杜綱曾受知於昆山令許治，與兆椿兄弟有同窗之誼，因此考索《昆新兩縣續修合志》卷十六・〈職官志〉，昆山知縣欄記載：

許治，肖野，漢陽人，乾隆已未進士，十九年。

又據《松江府志》卷四十三・〈名宦傳四〉：

許治，字肖野，雲夢人，乾隆四年進士。二十二年由崑山調知華亭縣，自奉儉約，徵收漕白，無絲毫沾潤。嘗濬南北俞塘，濯錦港、橫涇田、資灌溉，民甚德之。子兆椿，字秋巖，乾隆三十七年進士。五十九年，由刑部郎中出知松江府，歷遷至刑部右侍郎。

根據上述資料可知許治於乾隆十九至二十一年間任職崑山職令，杜綱應童試，

〔註 4〕見《昆新兩縣續修合志》卷三十一・文苑二（台北：成文出版社，民國 59 年臺一版），頁 541。

當約於此期間，亦在此時與許兆椿兄弟有同窗之誼。據《德安府志》卷十四・人物二・許治條知許治有子三人：兆桂、兆椿、兆棠。三人分別有傳，故特考述如下：

《德安府志》卷十六・〈人物四・隱逸〉：

> 許兆桂字香巖，世爲雲夢望族。兆桂隨父官吳中，方成童，緝學爲文，迥絕時輩。嗣棄諸生，以功名事業屬兩弟，獨隱居不仕，愛金陵山水，築樓鍾山之陽，葛巾芒鞵，逍遙遊詠，四十年不知塵市事，自號西樓寓公，著有《夢雲樓詩集》。

《德安府志》卷十四・人物二・仕蹟下：

> 許兆椿，字茂堂，號秋巖，乾隆壬辰進士，館選授編修，改官刑曹，簡放松江知府，累擢至刑部左右侍郎，調補倉場侍郎，授廣西巡撫。在倉場任時，知蠹役高天鳳盤踞多年，串通作弊，奏請緝交刑部，審實問罪，旋授漕運總督。十五年，偕兩江總督松筠奏請減造江廣漕運剝船五百隻，節省銀兩四十萬兩，分撥江廣三省，發商生息，以爲隨時修船之用。十七年，奏請浙省溫州後五幫漕船旗丁疲乏，請將疲船永遠修造，以省幫累。尚書鐵保集聯贈之曰：「知大義，不貪小利；持定見，要做好官。」蓋紀實也。旋內用爲工部侍郎，轉吏部。十八年，授貴州巡撫，懲辦搶劫匪苗歐桃等首從，全數弋獲。十九年正月，內調刑部侍郎，尋授浙江巡撫，以病奏懇開缺調治。是年五月卒。兆椿起家詞館，學問文章，一時推重。迄至刑曹出守，洊擢司道，外曆封圻，內陟卿貳，上結主知，下協輿望僚屬，莫不孚契。敭曆四十餘年，清操峻節，終始如一。養廉有餘，喜敦義舉，捐建雲夢學宮，製備祭器，歲饑平糶賑濟。鄉里咸頌其德，請祀鄉賢。二十一年・入祀江寧名宦，事蹟宣付史館立傳。所著有《秋水閣詩集》行世，子熼議，敘知縣部選，到班未仕，居鄉以謹飭聞。

《德安府志》卷十四・人物二・文學：

> 許兆棠，字召村，雲夢人，博通經史，幼負才名，乾隆甲午優貢，己亥科第一名舉人，庚子聯捷進士，館選授編修。與仲兄兆椿同館，充內廷方略館、三通館纂修。提調翰林苑事，時清秘堂諸大著作皆出其手，王公大臣以遠到期之。乾隆甲辰，歿於京寓，年甫三十有三，有《石泉詩鈔》行於世。

由上述資料可知，許兆棠於其父任職崑山縣令期間，年齡不過五歲右右〔註5〕，

〔註5〕按《德安府志》（台北：成文出版社，據清光緒十四年刊本影印，民國59年10月臺一版）卷十四・人物二・文學許兆棠條的記載，兆棠於乾隆甲辰（四十九年）（西元

而其仲兄兆椿與長兄兆桂則年紀較長，可能與杜綱同學，且年齡相仿。按《德安府志》卷十六・人物四・隱逸・許兆桂條的記載：「兆桂隨父官吳中方成童，絹學爲文，迴絕時輩。」依清代科舉制度，童試俗稱小考，有三階段，一爲縣考，二爲府考，三爲院考。凡士子參加最初級科舉考試者，無論老少，皆曰童生或曰儒童。童生年在十四歲以下考秀才者，可報考「幼童」，提坐堂號，由學政面試，作簡易試題，或背經書及其他簡易試法，准予「進學」。而當時社會上所注意的年份以「寅、己、申、亥」爲童試年〔註6〕，以此推論，杜綱應是參加乾隆二十年（乙亥）（西元 1755 年）的考試，若他與許兆桂年齡相仿，亦當在十四歲以上，據此推論，杜綱當生於乾隆初年，約莫乾隆四、五年或稍早。

杜綱與許氏兄弟同窗，但與許兆椿交誼較厚，兆椿爲乾隆三十七年（西元 1772 年）進士，而於乾隆五十七年至六十年出知松江府〔註 7〕，杜綱時時過訪。杜綱並先後在乾隆五十七年完成《娛目醒心編》，五十八年寫成《北史演義》，六十年寫成《南史演義》，故推定其卒年應在嘉慶元年（西元 1796 年）以後。

杜綱將半生精力用于流俗輕賤的稗史創作上，期「能使悲者流涕，喜者起舞，無一迂拘塵腐之辭，而無不處處引人于忠孝節義之路。既可娛目，即以醒心，而因果報應之理，隱寓于驚魂眩魄之內，俾閱者漸入于聖賢之域而不自知，于人心風俗不無補焉。」〔註 8〕於是有《娛目醒心編》的著作產生，此爲清代擬話本小說的後期之作。又鑒於正史之質奧難讀，而稗史之通俗易解，「于是宗乎正史，旁及群書，搜羅纂輯，連絡分別，俾數代治亂之機，善惡之報，人才之淑慝，婦女之貞淫，大小常變之情事，朗然如指上羅紋。」〔註 9〕先後寫下了補古來演義之闕的《北史演義》與《南史演義》，在稗史創作上，自有其一席之地。

第二節　評者考

《娛目醒心編》的評者許寶善，在孫楷第《中國通俗小說書目》題『葺城（一作雲間）自怡軒主人評』〔註 10〕，到了胡士瑩《話本小說概論》又說明『自怡軒

1784 年）歿於高寓，年甫三十有三，推算之，兆棠當生於乾隆十七年（壬申）（西元 1752 年）其父於乾隆十九年至二十一年，任職崑山縣令，則兆棠甫四、五歲。

〔註 6〕參見劉兆《清代科舉》（東大圖書有限公司，民國 68 年 10 月再版），頁 1。

〔註 7〕見《松江府志》（台北：成文出版社，據清嘉慶二十二年刊本影印，民國 59 年 5 月臺一版），卷三十七・職官表，頁 806～807。

〔註 8〕見《娛目醒心編》原序（日本天理大學圖書館藏本）。

〔註 9〕見《北史演義》原序（上海古籍出社，1986 年排印本）。

〔註10〕同註 1，頁 120。

主人爲許寶善，字穆堂，雲間人。』〔註 11〕至於譚正璧《古本稀見小說匯考》再補充『自怡軒主人爲許寶善，寶善字斅虞，一字穆堂，江蘇青浦人，乾隆進士，官至監察御史，因丁憂歸，不復出，以詩人詞曲自娛，著有《自怡軒樂府》、《自怡軒詩草》、《南北宋塡詞譜》、《五經揭要》等。與杜綱友善，除本書外還爲《南北史演義》作評及序，綱亦爲其散曲作評。』〔註 12〕由上述可知許寶善與杜綱的關係及其概略資料。至於許寶善的生平述略則許宗彥爲其所作的墓誌銘敘述甚詳，今據咸豐八年（西元 1858 年）印行《鑑止水齋集》卷十八·〈浙江道監察御史許公墓誌銘〉云：

許氏郡望有六，同出于姜姓，支派既別，譜系學亡，莫能考其遠近。乾隆中，先大夫與侍御史穆堂先生同朝相得，因敦昆弟之誼，子弟來往，咸如近屬。先生以疾早引退，嘉慶八年卒于家，逾一年，將葬，嗣孫元崇等來乞刊石之文，宗彥方執先大夫喪，辭不獲己，痛念往昔，謹序而銘之。公諱寶善，字斅虞，別字穆堂，系出唐睢陽太守遠。宋時，自大梁遷江南青浦。祖純文，考雲鵬，積德不耀，封贈如公官。公中乾隆丙子科江南舉人，庚辰畢沅榜二甲進士，授户部陜西司主事，擢貴州司員外郎、福建司郎中。乾隆四十年，擢浙江道監察御史，尋掌道事。公在臺，以峻風檢肅班行爲己職，不屑屑求建白名。甲午、丁酉，兩充順天鄉試同考官，自以出寒素，校閱尤盡心，號爲得士。四十五年夏，墜車傷足，遂乞假歸，自號硜硜子。歷主鯤池、玉山、敬業三書院，講席教學者多有成就。公早歲以詞章鳴，客莊親王邸，名流引重，晚年學愈進，所著詩集凡二十七卷，詞七卷，樂府五卷，詞譜六卷，杜詩注釋二十四卷行於世，又有文集、詩外集、詞續集若干卷、實事錄二卷，藏于家。蓋少而誦讀，壯而論議，老而教誨，唯公可無忝焉。年七十有三，生雍正九年十二月十四日，卒嘉慶八年十二月二十八日。配孫恭人，惠心善容，協于德象，先卒。生長子蔭培，女三。繼室吳恭人，賢而有法，亦先卒。生次子蔭堂，女二。簉室文孺人，生弟三子蔭基，女一，又撫女一。蔭培乾隆己酉科舉人，先公卒。蔭堂、蔭基邑庠生，女並嫁士人，孫四人。元崇、蔭培子邑庠生。蔭培爲徐編修天柱婿，僑居德清，其婦卒，先大夫爲小傳，今宗彥乃爲公作誌，可悲已！

銘曰：「崑山縣，兵墟村。辛亥冬，穿幽門。先葬者孫虛，厥中生壙

〔註 11〕胡士瑩《話本小說概論》（台北：丹青公司，民國 72 年 7 月翻印本），頁 639。
〔註 12〕同註 4，頁 162。

存。祔于右，吳恭人。歲在丑，筮先貞。歸于同室，蕃其後昆。」〔註13〕

綜觀許寶善一生，乾隆四十五年乃是他人生一個重大的轉折期，在此之前，誠如一般士子，發奮誦讀，爾後功成名就，晉身仕林，得意於宦途。四十五年夏，墜車傷足，尋以疾引退，開始講席教學、著書立論，與文人雅士交遊，展開另一種不同風貌的生活。

寶善夙曉音律，自引退後，「常寓吳門，以詩文自娛，尤工於詞曲，善戲謔，舉座莫不傾倒。著《南北宋塡詞譜》，吳中諸樂部莫不宗仰之者。」〔註14〕寶善原藉江蘇青浦，與江蘇文人來往密切，曾在常熟與吳卓信、孫原湘等素修堂會〔註15〕，活動範圍大致不出江蘇省，而他「晚年學益進，歷主鯤池、玉峰、敬業書院，而玉峰最久，五經四書俱輯要以導人，學者多成就。」〔註16〕玉峰書院在崑山縣，舊在馬鞍山南麓，宋衛文節公涇藏修之所，元趙孟頫書額，後廢。爾後再重建〔註17〕。據許宗彥〈浙江道監察御史許公墓誌銘〉則云：「四十五年夏，墜車傷足，遂乞假歸，自號硜硜子，歷主鯤池、玉山、敬業三書院，講席教學者多有成就……。」可知寶善的確歷主三書院，兩處記載惟有玉峰，玉山之別，今按《蘇州府志》卷二十七・學校三・崑山縣：

> 玉山書院在望山橋東，舊名玉峰書屋，在薦嚴寺南。國朝乾隆八年，知府覺羅雅爾哈善檄崑山知縣吳韜、新陽知縣姚士林創建，十年新陽知縣張予介重建，并置田以資膏火之用。二十三年，知縣康基田移建於此，改今名……。〔註18〕

再依《天下書院總志》、〈江蘇省・崑山縣、玉峰書院〉條的記載，則知兩者實則爲一，只因改建而易名，且位在崑山縣。許寶善在此書院講席教學最久，或因地緣之便，與杜綱交遊，友誼日厚，遂於後爲《娛目醒心編》、《北史演義》、《南史演義》加評寫序〔註19〕杜綱亦爲許寶善所編定散曲集《自怡軒樂府》四卷加評〔註20〕，兩人以

〔註13〕許宗彥《鑑止水齋集》（清咸豐八年刊本），卷十八・〈浙江道監察御史許公墓誌銘〉。
〔註14〕見錢泳《履園叢話》（近代中國史料叢刊續編第八一三冊，文海出版社），卷六・耆舊，頁151～152。
〔註15〕見《明清江蘇文人年表》（上海古籍出版社，西元1986年出版），頁1245。
〔註16〕見《青浦縣志》（台北：成文出版社，據清光緒五年刊本影印，民國59年臺一版），卷十九・文苑傳・人物三，頁1251。
〔註17〕詳見《天下書院總志》上冊，江蘇省部份（台北：廣文書局，印行）。
〔註18〕見《蘇州府志》（台北：成文出版社，據清光緒九年刊本影印，民國59年5月臺一版），卷二十七・學校三・崑山縣，頁659。
〔註19〕同註1，引書頁47～48、120。
〔註20〕同註15，引書頁1264。

文會友，許寶善且為杜綱的作品寫序，點明其作意，兩人交情絕非泛泛。

許寶善晚年生活重心大致在崑山縣，《蘇州府志》卷一百十二・流寓二・許寶善條云：「晚卜居通德坊，以詩文自娛……。」按通德坊在崑山縣酒坊橋西。〔註 21〕而其死後亦葬於崑山縣兵墟〔註 22〕，並未歸葬原藉。

許寶善循科舉而仕進，為官之日，勤儉盡責，求建白名，兩充順天鄉試同考官，自以出身寒素，校閱尤盡心，恐有遺珠之憾，可謂不辱己責。在野之時，致力講席教學、著書立論，除本身擅長之音律外，更遍及經史，涉獵極廣，先後完成《詩經揭要》四卷、《自怡軒詩》十二卷、《自怡軒樂府》四卷、《春秋三傳揭要》六卷、《自怡軒詞選》八卷、《杜詩註解》二十四卷、詞續集若干卷、實事錄二卷等，著作十分豐富，更可貴的是他對流俗輕賤的稗史給予肯定，特殊的品評方式，使《娛目醒心編》在擬話本小說後期之作中，顯得極為特殊。

清　帝　號	干支	西元紀年	年歲	大　　　事　　　紀
雍正九年	辛亥	1731 年	一	許寶善生。（《清代碑傳文通檢》）
乾隆二十一年	丙子	1756 年	二五	乾隆丙子科江南舉人。（《鑑止水齋集》）
乾隆二十五年	庚辰	1760 年	二九	庚辰畢沅榜二甲進士。（《明清歷科進士題名碑錄》）
乾隆三十六年	辛卯	1771 年	四十	許寶善刻所編《自怡軒詞譜》六卷。（《販書偶記》）
乾隆三十八年	癸巳	1773 年	四二	高宗命金壇于敏中率同許寶善等修定朱彝尊舊所著《日下舊聞》為《日下舊聞考》。（《東華錄》）
乾隆三十九年	甲午	1774 年	四三	充順天鄉試同考官。（《鑑止水齋集》）
乾隆四十年	乙未	1775 年	四四	擢浙江道監察御史。（《鑑止水齋集》）
乾隆四十二年	丁酉	1777 年	四六	再充順天鄉試同考官。（《鑑止水齋集》）
乾隆四十五年	庚子	1780 年	四九	夏墜車傷足，遂乞假歸。（《鑑止水齋集》）
乾隆五十三年	戊申	1788 年	五七	在常熟與吳卓信、孫原湘等在素修堂會。（《天眞閣集》）
乾隆五十四年	己酉	1789 年	五八	刊刻所著《詩經揭要》四卷——（《西諦書目》一）以及《自怡軒詩》十二卷
乾隆五十七年	壬子	1792 年	六一	為《娛目醒心編》加評。（《中國通俗小說書目》）

〔註 21〕見《蘇州府志》（台北：成文出版社，據清光緒九年刊本影印，民國 59 年 5 月臺一版），卷五・坊巷・崑山縣・通德坊條，頁 174。

〔註 22〕同註 13。

乾隆五十八年	癸丑	1793年	六二	爲《北史演義》加評。《中國通俗小說書目》另編定所著散曲集《自怡軒樂府》四卷，杜綱爲之加評。(《曲海揚波》五)
乾隆五十九年	甲寅	1794年	六三	刊刻所著《春秋三傳揭要》六卷。(《江蘇藝文志》)
乾隆六十年	乙卯	1795年	六四	爲杜綱所著之《南史演義》加評。
嘉慶元年	丙辰	1796年	六五	刻所輯《自怡軒詞選》八卷。(《蘇州圖書館善本書目》)
嘉慶二年	丁酉	1797年	六六	重刊《北史演義》(《中國通俗小說書目》)
嘉慶七年	壬戌	1802年	七一	刻所纂《杜詩註解》二十四卷。(《杜詩註解自序》)
嘉慶八年	癸亥	1803年	七二	是年十二月二十八日，許寶善，年七十三。(《碑傳文通檢》)

第三節　版本考

中國印刷術遠比西洋早先發達，因此，絕大部份的書籍都是木刻的，所以研究傳統四部中的經、史、子、集的著作，版本目錄學、校讎學成爲由來已久的專門學問。由於傳統文人向來卑視小說，認爲小說戲曲不登大雅之堂，大多數的白話通俗小說往往被斥爲邪淫之作，執政當局並進一步實施一系列的禁毀政策。一般而言，通俗小說的版本以粗劣居多，藏書家亦多忽略，而注意小說版本的研究則是肇自於孫楷第。

關於《娛目醒心編》的著錄，以孫楷第《中國通俗小說書目》爲最早，而大塚秀高《增補中國通俗小說書目》羅列之版本資料最爲齊全，現在根據這二種文獻，輔以其他資料，考訂其版本如下：

編號	版　　本	刊刻時間	行款格式	板式	附圖	典藏地或收藏者	附　註
1	雲間自怡軒主人評刊本	乾隆五十七年	每半葉九行，每行二十字	小	無	1. 中國社會科學院文學研究所 2. 東北大學狩野文庫〔註23〕	
2	【鄴余堂藏版】	乾隆五十七年	每半葉九行，每行二十字	小	無	天理圖書館，齊如山〔註24〕	

〔註23〕見大塚秀高《增補中國通俗小說書目》(日本汲古書院，1987年5月再版本)頁44。以下簡稱《大塚目》。

〔註24〕同註23。

3	【達道堂鐫藏】（樹德堂）	道光九年	每半葉九行，每行二十字	小	無	北京圖書館　齊如山〔註25〕	
4	三星堂刊本	咸豐二年	每半葉九行，每行二十字		無	天津市人民圖書館 周紹良(胡士瑩舊藏)〔註26〕	缺末四卷
5	大德堂刊本	同治十二年	每半葉九行，每行二十字	小	無	北京圖書館 齊如山〔註27〕	題籤　吉林永德堂自在江蘇採選書籍發行上見之
6	大文堂刊本	同治十二年	每半葉九行，每行二十字	小		1. 北京大學、馬廉（二本） 2. 北北京師範大學〔註28〕	
7	大文堂刊本	同治十二年	每半葉九行，每行二十字	小	無	1. 遼寧大學 2. 北京圖書館 鄭振鐸(存一、二、四～十三、十六) 3. 伊籐漱平（存卷一～六、十一～十四）〔註29〕	掃葉山房發兌
8	富春堂刊本	同治十二年	每半葉九行，每行二十字	小	無	北京大學〔註30〕	
9	【羊城雲梯閣鐫版】	同治十三年	每半葉九行，每行二十字	小	無	1. 北京圖書館 鄭振鐸 2. 筑波大學 3. 東京文理大學〔註31〕	
10	上海書局石印本	光緒三十一年				胡士瑩舊藏〔註32〕	

從上述眾多版本歸納而言，有以下幾點結論：

1. 所有的版本皆是九行二十字的小型無圖本。
2. 原刊本皆爲乾隆五十七年序刊本。道光九年則有達道堂鐫藏本、咸豐二年有三星堂刊本，同治十二年有三種覆刊本，同治十三年廣東雲梯閣又再覆刊。
3. 從刊刻情形來看，同治年間《娛目醒心編》的刊刻次數最多，足以證明該書的盛行時期或在這段時間。

當然，面對著乾隆五十七年刊的原刊本及天理大學收藏的鄴余堂藏本問題，王師三慶曾經有過如下的論述：「《大塚目》所記錄的版本眾多，然而對同處於乾隆五

〔註25〕同上。
〔註26〕同上。
〔註27〕同上。
〔註28〕同上。
〔註29〕同上。
〔註30〕同上。
〔註31〕同註23，頁43。
〔註32〕明清小說論叢第四輯（春風文藝出版社，1986年出版），頁167。

十七年序刊本『鄴余堂藏版』的《天理大學圖書館藏本》置於《中國社會科學院文學研究所藏本》及《東北大學狩野文庫本》之後，又註錄了北京圖書館和東京大學東洋文化研究所的幾種本子或者也是原刊。由於旅日因緣，使我有機會比對《天理圖書館藏本》和東京大學東洋文化研究所的幾種藏本，發覺這個本子在版面的印刷效果上，完全是同版的先後刷印，如果東京大學東洋文化研究所的兩種本子是原刊本，則《天理大學圖書館藏本》不該被排除在原刊本的行列。唯一不同的是，封面倒多出了『鄴余堂藏版』一行印記，封面的文字筆畫全同，因此，既非採入木的印刷，也非整個封面版本的重刻，從這點情形來看，《天理大學圖書館藏本》可能是最早期的先印本，後來鄴余堂版木被販售或某種原因，堂名終被挖掉。」〔註 33〕因此，《娛目醒心編》一書的最早原刻本，應是天理圖書館的鄴余堂藏版，其它題置乾隆五十七年的序刊本或爲只改封面且稍後同版印刷。

〔註 33〕詳見王師三慶〈今古奇聞新編和娛目醒心編的關係研究〉一文，清華大學主編《戲曲小説研究專刊》，第四期（台北：聯經出版公司）。

第三章　內容分析

第一節　內容的編排與分類

《娱目醒心編》共十六卷，包含了明代故事九卷，清代故事四卷以及不明朝代故事三卷，明、清兩代故事間錯編排，時代不明的故事則放置在後面幾卷（卷十三、十四、十五），這是本書內容編排上的一個特色。至於本書回目也是經過作者刻意安排，每卷回目都是一組工整的對句，除卷二爲八句外，其餘各卷回目均爲七字句，例如：

卷三　解己囊惠周合邑　受人托信著遠方

卷六　愚百姓人招假婿　賢縣主天配良緣

卷十　圖葬地詭聯秦晉　欺貧女怒觸雷霆

卷十四　遇賞音窮途吐氣　酬知己獄底抒忠

至於卷二的回目則較特別，爲一組工整的八字對句。

卷二　馬元美爲兒求淑女　唐長姑聘妹配衰翁

作者可能有意突顯內容，因此不強求工整，以免削足適履，故有此例外。

此外值得注意的是，每卷的回目均緊扣該卷正話，惟有卷九的回目概括入話及正話的故事，是個特例。本書每卷故事或分二回，或作三回，並無一定規則，入話特長，幾乎與正話相等，是爲本書的一大特點，此點將於其他章節中討論。

由於過去的所謂小說，無論在形式或內容上極爲龐雜籠統，從《漢書・藝文志》著錄小說十五家，到清乾隆《四庫全書總目提要》中於小說別爲三派「其一敘述雜事，其一記錄異聞，其一綴緝瑣語也。」〔註 1〕的確與今日所謂的「小說」一詞，

〔註 1〕參見《四庫全書總目提要》，卷一百四十，〈子部〉五十，〈小說家類〉，一之序言（漢京文化事業有限公司），《國學要籍叢刊》二〇〇一，頁 740。

存有極大的距離，所以宋元平話及演義等，幾乎全被排除，更遑論其分類了。

至於私家著錄中則以《醉翁談錄》書首〈舌耕敘引〉下的〈小說引子〉和〈小說開闢〉兩篇，對小說一家的講說技術和資料有過詳備的記述和分類。凡載靈怪、煙粉、傳奇、公案、樸刀、桿棒、妖術、神仙八類，〔註2〕使繁瑣的內容廓清不少。但是隨著歷代小說形式內容的日益豐富，則又非以往類目所能完全涵括，因此日人原田季清在《話本小說論》一書中，除將話本小說分爲靈怪、煙粉、講史、風世、說公案等五類外，又在各類之下分若干細目，〔註3〕唯其類目意義之界定亦不完全明確妥善。

是以筆者擬根據主題來爲《娛目醒心編》一書十六卷故事分類，類目的名稱則依《類林雜說》篇名而定，間或輔以其他類書，試作分類如下：

卷次	回目	主要人物	身分	主題分類
一	〈走天涯克全子孝　感異夢始獲親骸〉	曹起鳳	士人	孝行
二	〈馬元美爲兒求淑女　唐長姑聘妹配衰翁〉	唐長姑	村婦	賢女
三	〈解己囊惠周合邑　受人托信著遠方〉	蔡節庵	鄉紳	義行
四	〈活全家願甘降辱　殉大節始顯清貞〉	崔氏	村婦	烈女
五	〈執國法直臣鋤惡　造冤獄奸小害良〉	馬錄	官吏	清吏
六	〈愚百姓人招假婿　賢縣主天配良緣〉	太爺	官吏	清吏
七	〈仗義施恩非望報　臨危獲救適相酬〉	曾英	俠士	義行
八	〈御群兇頓遭慘變　動公憤始雪奇冤〉	張氏	村婦	烈女
九	〈賠遺金暗中獲攜　拒美色眼下登科〉	陸德秀	士人	儒行
十	〈圖葬地詭聯秦晉　欺貧女怒觸雷霆〉	陰員外	鄉紳	報應
十一	〈詐平民恃官滅法　置美妾藉妓營生〉	蓋有之	官吏	貪吏
十二	〈驟榮華頓忘夙誓　變異類始悔前非〉	胡君寵	官吏	貪吏
十三	〈爭嗣議力折群言　冒貪名陰行厚德〉	程氏	村婦	賢女
十四	〈遇賞音窮途吐氣　酬知己獄底抒忠〉	唐六生	伶人	知遇
十五	〈墮奸謀險遭屠割　感夢兆巧脫網羅〉	麻希陀	醫家	報應
十六	〈方正士活判幽魂　惡孽人死遭冥責〉	朱用純	士人	警世

〔註2〕詳見胡士瑩《話本小說概論》（台北：丹青出版公司，民國72年7月翻印本），頁236～264。

〔註3〕參見原田季清《話本小說論》（古亭書屋，民國64年3月台一版），頁19～22。

從上分析，《娛目醒心編》十六個故事，凡有孝行一篇，賢女二篇、義行二篇、烈女二篇、清吏二篇、貪吏二篇、報應二篇、知遇一篇、警世一篇、儒行一篇。其主題屬於勸善或寓褒揚之正面故事者、凡有孝行、賢女、義行、烈女、儒行、清吏、知遇、等十一個故事，而警醒世人之主題則有貪吏、報應、警世等五個故事，顯示作者編作時存有教化警世之用意甚明。

第二節　本事源流探討

小說技巧之評定固就其自身之形式與內容而加以探討，然而如果夠追溯該篇題材之源始本末，更可以知道作者創作小說過程何者出自因襲，其承繼關係若何？何者則為虛構？一個高明的作者，每能突破舊有窠臼，獨出機杼，塑造偉文，雖說材料唯舊，其命維新，作者不過藉著舊有素材的啓發，靈感一動，創作其心血結晶而已。若是一個闇弱作者，其結果不但徒具抄襲，甚至糟蹋素材，且不如舊作遠甚。當然一個卓越作家，不需任何依託，乃由無而有，獨鑄偉辭，虛構情節，使讀者深受感動，由幻入眞而不自覺，是乃大作手。

因此，對於作家創作素材之探源溯流乃為品評作品成就之依憑手段之一，尤其站在中國文學傳統上，歷來相互承襲改寫的素習中，每位作家創作過程皆不乏承傳口頭材料與書面文學間的交互影響，為此，本節乃自《娛目醒心編》一書中諸故事之原始本末沿波討源，以明作者創作過程之眞象，以作品評本書成就之預備。

卷一　〈走天涯克全子孝　感異夢始獲親骸〉

入話一：

本卷用兩個故事做頭回，其一敘述常州江陰縣一舊家子弟徐爾正尋弟的故事。《江陰縣志》卷十六·〈孝友〉三有以下的記載：

> 徐世啓字爾正，庠生。當順治乙酉，江陰守禦兵撒，馬有遊牧於野者。世啓弟世美，方總角，見之，騰而上，騎卒挾之去。母陳痛幼子之被掠也，晝夜哭無時，目遂瞽，時家赤貧，世啓方以營作謀養，不能遽離母，及遊庠娶婦，乃告母曰：「母無憂，弟苟在，兒必挈之歸。」遂由江泝淮抵山東，凡屯衛之所，皆蹤跡之，無所得，返之金陵，忽遇於城下，相與抱持而泣，因偕往主人所，告以誠乞攜歸，不許，及返醵金往贖歸，母喜極而哭，哭已拭淚，目頓明如初。〔註4〕

〔註4〕見《江陰縣志》（清道光二十年刊本，故宮藏）卷十六。〈孝友〉三。

這則徐爾正尋弟的故事，爲清初的實事，縣志的記載僅簡述其經過始末，本卷用爲入話，則敷衍成一回，無論在情節描述或敘事寫情上都更爲傳神。

入話二：

敘述吳門孝子黃向堅萬里尋親歸養的故事。出《吳縣志》卷七十．〈列傳孝義一〉：

> 黃向堅字端木，先世自常熟遷吳。父孔昭字含美，崇禎癸酉舉人。明末授雲南大姚知縣，罷官後兵阻不得歸，流寓白鹽井，教授自給，音問隔絕。向堅家居日夜涕泣，目盡腫。順治八年十二月，拜祖墓，別妻子，誓不得父母不歸。攜一囊一蓋，獨行冰雪中，涉溪踰嶺，自武岡而西，從間道出洪江關，歷鎮遠平越至貴陽，爲孫可望戍兵所執，疑爲間諜，將弁程萬里者，詢知其故，歎曰：「孝子也。」以令符乃得前，其間懸崖絕壑，豺虎蠻箐，兵馬之虞，無所不歷。繭足黧面，幾死者數。明年五月，尋至白鹽井，得見父母，留五月奉二親歸。明年六月始抵里門，吳人以其事播之，樂府世所傳「萬里緣傳奇」是也。還家後，孝養二十年而母歿。孔昭優游林泉，爲吳中耆舊，年九十，無疾而終。向堅年六十五矣，猶孺慕哀號，尋以病卒。乾隆四年巡撫許容題旌。〔註5〕

這個故事是清順治年間的實事，流傳甚廣，載錄的文獻很多，其中包括歸莊的〈黃孝子傳〉、江琬的〈黃孝子事略〉以及黃向堅自著的〈黃孝子尋親紀程〉和闕名的〈黃孝子傳奇〉二卷，王峻的《王艮齋文集》及沉德潛的《歸愚文鈔》皆有傳，依本卷內容來看，其最初來源應是從縣志的記載而來。本卷作爲入話，只是隱括其意，主要做爲議論舉例之用，未若前一則入話敘景寫情結構完整。

正話：

敘述昆山曹孝子萬里尋親骸骨的故事，爲乾隆初年的實事，最初的書面來源應自乾隆十五年《乾隆崑山新陽合志》卷二十九．〈孝友〉：

> 曹起鳳字士元，父子文，自徽州遷崑山，賈於蜀久之。有蜀客來，知子文已死，而弗詳其地，時起鳳年十六，將往求父骨貧不能行，長洲潘爲縉贈以百金，屬其叔代往，無所獲。起鳳既壯，念父益悲痛，爲縉復贈以金，及歷豫秦至蜀，書帖於背，歲暮抵酉陽，雨雪臥土穴中。有項許二生見之曰：「孝子也。」掖歸，留之度歲，進酒肉，謝曰：「不見父棺誓不食

〔註5〕見《吳縣志》（台北：成文出版社，民國22年鉛印本影印，民國59年臺一版），卷七十，〈列傳孝義一〉，頁1326。

此。」是夕，夢經荒原，一叟與數中坐林中，笑語起鳳曰：「月邊古，蕉中鹿，兩任申，可食肉。」覺而識之。偶偕二生經荒原，有棺纍纍，起鳳以夢告二生，就傍近徽人胡某詢之曰：「十年前，鄉人曹氏殯於是，試求之棺，皆有題字，一棺獨無。」白於官，啓棺見骨，漬血驗之而沁，有牙牌文曰：「蕉鹿。」起鳳曰：「是矣！月邊古，胡也，蕉中鹿，牌也。」二生爲設祭以餕肉食，起鳳曰：「子來時，日在壬申，今兩閱月又值壬申，夢盡驗矣！」起鳳哭拜謝，負骨歸里，母見牙牌泣曰：「此而父取繫牡鑰者也。」諏日葬之朱瀝村，既葬，月必再三至灌所植樹，至老不倦，卒年七十二。

原文敘事僅四百餘字，作者以此爲本，敘述曹孝子萬里尋親骸的經過，基本架構不變，添加了若干情節，在人物描述與故事進展上都更深，成爲一則橫跨二回的故事。

卷二　〈馬元美爲兒女求淑女　唐長姑聘妹配衰翁〉

入話：

本卷用一段議論作入話，闡明識見不凡的大奇女子對振興家族有絕大的助力，以引後話。

正話：

敘述馬元美爲兒娶賢媳唐長姑，爾後，疫氣大行，兒、孫均歿，宗祀無繼，唐長姑爲翁聘其妹幼姑爲婦以承宗祀的故事，共分三回，其中爲翁娶媳部份佔一回，本卷故事直接來源無可考見，爲翁娶媳的故事情節則從《明齋小識》卷三‧〈爲翁取姑〉條脫化而來：

徐翁，家素封，鰥居，止一子，娶吳氏女，結褵半載，子亡，同族無可立。越月，媳請曰：「夫已亡，宗祀莫繼，祖宗一脈，忍聽其斬乎？」翁曰：「此亦無可奈何。」氏曰：「媳再四思維，衹有一策，翁雖年開七秩，精神尚健，能續取得丈夫子，則祖宗攸賴矣。」翁以老邁辭，氏不俟堂上命，竟爲聘定某氏，循禮娶歸，翁不得已，勉行嘉禮，三年生二子，長宮南，次有常，翁隨折，氏折菱訓孤，具媵畜供孀姑，恩禮兼盡，後宮有南有子爲氏嗣，又二十餘年，嗣子成立授室，氏年七十餘，無疾而終。〔註 6〕

〔註 6〕見諸聯《明齊小識》卷三（台北：新興書局，民國 67 年 7 月出版），收錄於《筆記小說大觀》第二十一編，第十冊，頁 5967～5968。

卷三　〈解己囊惠周合邑　受人托信著遠方〉

入話：

本卷用一段議論開場，再引洞庭東山席氏上祖某者厚行陰德，遺澤後世子孫的故事佐證，直接來源無可考。《虞初新志》‧卷十有一則文字類似，記載如下：

> 河南劉理順，鄉薦久不第，讀書二郎廟中，聞哭聲甚哀，問之，乃婦人也，其夫出外，七年不歸，母貧且老，欲嫁媳以圖兩活，得遠商銀十二兩，將攜去，姑媳不忍別，故悲耳。劉聞之，急呼其僕曰：「取家中銀十二兩來。」僕曰：「家中乏用，止有納糧銀在，明早當投櫃矣。」劉曰：「汝且取來，官銀再設處，可也。」因代爲其子作一書，稱進離家七年，已獲五百餘金，十日後便歸矣，先寄銀十二兩，覓人送其家，姑媳得銀及書，以告商，商知其子在，取銀去，越十日，其子果歸。所得之銀及所行之事，與書中適符，母以問子，子駭甚，但曰：「此神人憐我也。」惟每日拜謝天地而已，劉公是年會試，廟祝見二郎神親送之，中崇禎甲戌狀元，其子後於廟中，見公題詠，乃知書銀出自公子，舉家往謝，公竟不認，尤不可及也。〔註7〕。

《虞初新志》是清康熙年間張潮所編，本則入話基本情節與其卷十〈河南劉理順〉條雷同，入話將主人翁易爲席氏，按蘇州東洞庭山席本累世望族，《履園叢話》卷一‧〈舊聞〉亦載有〈席氏多賢〉條〔註8〕作者改易本事主人翁名姓，或欲用此事解釋席氏世積世富厚之理，以符前論。

正話：

本卷正話敘述浙德清縣民蔡節庵，平日慷慨仗義，爲地方建學宮，嘉惠學子，又代縣民完成稅等諸多義舉。蔡氏爲德清縣巨富，蔡節庵字元凱，諱凱，節庵爲其號。佔本卷絕大篇幅的代縣民完稅一事則無可考，捐地建學宮一事見戴於《德清縣志》卷八‧藝文志‧〈重建儒學記〉：

> 德清縣儒學舊在縣治之南，左臨大溪，右逼民居，後連委巷，況歷歲滋久，祠宇頹圮。正統六年夏，昆陵王敬來作令，下車之初，釋菜廟庭徘徊周覽，謂其雜處市塵，非育才之地。退而謀諸縣丞崔時雍、楊冕，教諭戴尋、訓導范敏，俱慨然有改作意。遂相基於縣治之東，得義民蔡凱隙地，

〔註7〕參見《虞初新志》卷十（台北：新興書局，民國 68 年出版），收錄於《筆記小說大觀》第二十三篇，第四冊，頁 2160～2161。

〔註8〕見錢泳《履園叢話》（近代中國史料叢刊，續編第八一三冊，文海出版社），卷一‧〈舊聞〉，頁 4～9。

高明寬爽，堪爲學宮，以奉祀事。時巡撫亞鄉周公詢如適來按邑，亦甚稱許，遂奏易其地而改創之。官民損助市材鳩工，經始於壬戌之令，先作禮殿以妥聖哲，次及兩廡以列從祀，以至明倫之堂，肄業之齋，習射之圃，治饌之廚，儲粟之庾及夫祭祀之庖庫，師生居宿之廨，宇凡學之所宜者，罔不畢。其門以櫺星繞以周垣，宏浤靚奧，藻飾大備，訖工於癸亥之冬，眾咸以爲不可無述，以示久遠。遂因王令秩滿，詣京具事狀，謁予徵記，且言舊學久乏舉子，遷創之後，即雋一人，豈非地靈則人傑，成德達材有由然哉！予惟德清山川之邑，其民多秀而知學，蓋朝廷崇儒重道，令丞作興廟學，士子寧有不自激勵而奮起者乎，異日彬彬榮登仕版，爲時用也，必矣！姑爲之記以俟。〔註9〕

卷四　〈活全家愿甘降辱　徇大節始顯清貞〉

入話：

敘封氏女委曲適賊以活全家，後用計逃脫重振家業的故事。從本則入話內容情節而言，是從吳陳琰所編《曠園雜志》·〈奇女巧脫〉條脫化而來，本卷入話只略易姓氏及地名，其他情節完全一致。

〈奇女巧脫〉

豐城楊氏女，歸李某爲婦。有譚兵圍南昌，遊騎四出，掠丁男實軍，婦爲小校王某所得，王故有妻，婦曲意事之，甚見暱，生一子未幾，王家漸落，從軍去，婦詭語妻曰：「妾故丈本富室，當播越時，會以金珠潛瘞密室，今夫死妾擄，使得取來，妾與夫子皆富矣，但妾手自藏，非妾行不可，必得起去，往還且數月，此呱呱者，煩代撫之。」妻大喜，乃擇日釋笄，薙辮鞾褌，腰弓刀，從兩健兒躍馬而南渡章江，去家數十里，止旅舍，以醇酒飲，兩健兒皆醉，潛起駢戮之，馳騎至里，以馬策撾家門大叫，夫從牖隙瞷視，見是少年將軍，不敢出，里老咸來問，婦曰：「無與公等事。」門啓，歇馬中堂，踞坐索故夫聲其厲，里老促夫出，夫傴僂前謁，伏地不敢起，婦曰：「頗識吾否？」夫側目微睇，惘然失措，婦嘆曰：「眞不識抑？」於是推几前抱夫起痛哭曰：「妾即被掠楊氏婦也。」具述其易妝巧脫狀，親鄰皆來賀，事聞，邑令給牒獎許曰：「奇女子。」〔註10〕

〔註9〕見《德清縣志》（清康熙十二年修，民國元年石印本，中研院史語所藏），卷八·〈藝文志〉。

〔註10〕見吳陳琰《曠園雜志》（台北：新興書局，民國63年7月出版），收錄於《筆記小說

正話：

出處來源諸載籍未見。

卷五 〈執國法直臣鋤惡 造冤獄奸小害良〉

入話：

本卷用一段議論開場，即導入正話，分作二回敘述。

正話：

敘述明嘉靖年間，王良創白蓮教事敗被捕，其餘孽李福達，饒有勇力，以幻術愚民，易名爲張寅以重賄得武定候郭勛庇佑，竟補山西太原指揮，後事跡敗露，爲御史馬祿查獲，連郭勛私書一併奏聞。嘉靖帝原批准了本章，定李福達秋后處決，郭勛有旨切責。但一時之間，言臣猶心懷不平，紛紛參劾郭勛，郭勛求助朝廷心腹寵臣張璁、桂萼，兩入進讒，正觸嘉靖帝因議禮一事所派生之積怒，又命張、桂二人會審，竟將李福達釋放，馬錄廷杖一百，發邊充軍，造成一大冤獄，直至隆慶新立，四川白蓮教蔡伯貫事敗，此一冤獄才得機會平。本事見《明史》・卷二百六・列傳第九十四・〈馬錄傳〉：

> 馬錄，字君卿，信陽人。正德三年進士。授固安知縣。居官廉明，徵爲御史，按江南諸府。世宗即位，疏言：「江南之民最苦糧長。白糧輸內府一石，率費四五石。他如酒醋局，供應庫以至軍器、胖襖、顏料之屬輸內府者，費皆然。」戶部侍郎秦金等請從錄言，命石加耗一斗，毋得苛求。中官黃錦誣劾高唐判官金坡，詔逮之，連五百餘人。錄言；「祖宗內設法司，外設撫、按，百餘年刑清政平。先帝時，劉謹、錢寧輩蠱惑聖聰，動遣錦衣官校，致天下洶洶。陛下方勤新政，不虞復有高唐之命。」給事中許復禮等亦以爲言，獄得少解。嘉靖二年，大計天下庶官，被黜者多訐撫、按，以錄言禁止。
>
> 五年出按山西，而妖賊李福達獄起。福達者，崞人。初坐妖賊王良、李鉞黨，戍山丹衛。逃還，更名午，爲清軍御史所勾，再戍山海衛。復逃居洛川，以彌勒教誘愚民邵進祿等爲亂。事覺，進祿伏誅，福達先還家，得免。更姓名曰張寅，往來徐溝間輸粟得太原衛指揮使。子大仁、大義、大禮皆冒京師匠籍。用黃白術干武定侯郭勛，勛大信幸。其仇薛良訟於錄，按問得實。檄洛川父老雜辨之，益信。勛爲遺書錄祈免，錄不從，偕巡撫

大觀》第三編，第十冊，頁 6653。

潮助獄以聞，且劾勛庇奸亂法。章下都察院，都御史聶等覆如錄奏，力言勛黨逆罪。詔福達父子論死，妻子爲奴，沒其產，責勛對狀。勛懼，乞恩，因爲福建代辨，帝置不問。會給事中王科、鄭一鵬、程輅、常泰、劉琦、鄭自壁、趙廷瑞、沈漢、秦祐、張逵、陳皋謨，御史程啓充、盧瓊、邵豳、高世魁、任淳、南京御史姚鳴鳳、潘壯、戚雄、王獻。評事杜鸞，刑部郎中劉仕，主事唐樞，交章劾勛，謂罪當連坐。勛亦累自訴，且以議禮觸怒爲言，帝心動。勛復乞張璁、桂萼爲援。璁、萼素惡廷臣攻己，亦欲借是舒宿憤，乃謂諸臣內外交結，借端陷勛，將漸及諸議禮者。帝深入其言，而外廷不知，攻勛益急。帝益疑，命取福達等至京下三法司訊，既又命會文武大臣更訊之，皆無異詞。帝怒，將親訊。以楊一清之言而止，仍下廷鞫。尚書顏頤壽等不敢自堅，改擬妖言律斬。帝猶怒，命法司俱戴罪辦事，遣官械錄、潮及前問官布政使李璋、按察使李玨、僉事章綸、都指揮馬豸等，時璋、玨已還都御史，璋巡撫寧夏，玨巡撫甘肅，皆下獄廷訊。乃反前獄，抵良誣告罪。

帝以罪不及錄，怒甚。命璁、萼、方獻夫分署三法司事，盡下尚書頤壽，侍郎劉玉、王啓，左都御史賢，副都御史劉文莊，僉都御史張潤，大理卿湯沐，少卿徐文華、顧佖，寺丞郎閔楷、御史張英及寺丞淵私書。詠引罪致仕去，仲賢等亦下獄。萼等上言：「給事中琦、泰，郎中仕，聲勢相倚，挾私彈事，佐錄殺人。給事中科、一鵬、祐、漢、輅，評事鸞，御史鳴鳳、壯、雄，扶同妄奏，助成奸惡。給事中逵，御史世魁，方幸寅就死，得誣勛謀逆，率同連名，同聲駕禍。郎中司馬相妄引事例，故意增減，誣上行私。邇者言官締黨求勝，內則奴隸公卿，外則草芥司屬，任情恣橫，殆非一日，請大奮乾斷，彰國法。」帝納其言，并下諸人獄，收繫南京刑部。

先是，廷臣會訊，太卿汪元錫，光祿少卿余才偶語曰：「此獄已得情，何再鞫？」偵者告萼，以聞，亦逮問。萼等遂肆搒掠。錄不勝刑，自誣故入人罪。萼等乃定爰書，言寅非福達，錄等恨勛，搆成冤獄，因列諸臣罪名。帝悉從其言。謫戍極邊，遇赦不宥者五人：璋、玨、綸、豸、前山西使遷大理少卿文華。謫戍邊衛者七人：琦、逵、泰、瓊、啓充。仕及知州胡偉。爲民者十一人：賢、科、一鵬、祐、漢、輅、世魁、淳、鳴鳳、相、鸞。革職閒住者十七人：頤壽、玉、啓、潮、文莊、沐、佖、淵、元錫、才、楷、仲賢、潤、英、壯、雄、前大理丞遷僉都御史毛伯溫。其他下巡按逮問革職者，副使周宣等復五人。良抵死，眾證皆戍，寅還職。錄以故入人死未決，當徒。帝以爲輕，欲坐以奸黨律斬。萼等謂張寅未死，而錄代之死，恐天下不服，宜永戍煙瘴地，令緣及子孫。乃戍廣西南丹衛，遇赦不宥。帝意猶未慊，語楊一清等曰：「與其僇及後世，不若誅止其身，從舜典『罰弗及嗣』之意。」一清曰：「祖宗制律具有成法，錄罪不中死律，若法外用刑，使將緣作奸，人無所措手足矣。」帝不得已，從之。以萼等平反有功，勞諭之文華殿，賜二品服俸、金帶、銀幣，給三代誥命。遂編欽明大獄錄頒示天下。時嘉靖六年九月壬午也。至十六年，皇子生，肆赦。諸謫戍者俱釋還，惟錄不赦，竟卒於戍所。〔註11〕

卷六　〈愚百姓人招假婿　賢縣主天配良緣〉

入話：

提出一段對賢明官吏的看法，並闡明官吏賢尙與否影響民生甚鉅，引宋賢米元章詩一首作開場。

正話：

本卷故事，作者在卷末自言爲乾隆年間發生在江蘇省內松江府上海縣的眞人眞事，新任賢明的縣主將一兒女相爭，彼此揑告，纏訟經年的棘手案子，辦得周全妥當，既息紛爭又成就一樁姻緣，人人悅服，一時傳爲美談。或僅口耳相傳，筆者未於他書記載發現與本卷故事相關之書面來源。

卷七　〈仗義施恩非望報　臨危獲救適相酬〉

入話：

先申施德不望報之理，言慷慨丈夫，濟困扶危視爲分內之事，不誇其功，不矜其能，雖不望報，人必思以報之，用以引證正話。

正話：

敘述明萬曆年間，豪傑公子曾英，慷慨有大志，人有緩急，求無不應，一夜獲一賊，公子見其衣衫襤褸，面黃肌瘦，憐其流落異鄉，窮途潦倒初次爲賊，其情可憫，故贈以路費，縱以還鄉。又富戶顧克昌爲謀村民陳必大之女金姐爲妾，勾通書辦，逼陳必大爲征收錢糧的「柜頭」，結果弄得傾家蕩產，收禁追比，又誆金姐入尼庵中，欲行非禮，適公子相救，始得脫險。後曾公子應貴州王巡撫之召，往征苗洞，

〔註11〕見吳陳琰《曠園雜志》（台北：新興書局，民國63年7月出版），收錄於《筆記小說大觀》第三編，第十冊，頁6653。

兵敗被執，爲一苗兵所放，此一苗兵則當年公子釋放之賊，公子脫身後，不免以明律問罪，正引頷待刃之際，忽蒙陳侍郎保奏獲免，原仗當年所救金姐之力。

本卷故事《大塚目》·《娛目醒心編》條末附記乃出自《醉醒石》·〈曾公子篇〉〔註12〕但經查考《醉醒石》並無此篇，而第十回〈濟窮途俠士捐金　重報施賢紳取義〉雖回目略同，內容所記與本卷故事截然有異，因此其附記，恐有訛誤。

本卷故事直接來源不明，故事中的豪傑公子曾英的事蹟有《興化府莆田縣志》·卷二十九·〈人物·武烈傳〉可資參考，記載如下：

> 曾英字彥候，美儀觀，負大志，年二十二應巡撫張堂募擊尤溪平和山寇，嗣同遊擊周之璠入蜀以征猺黃，功署都司，又於光安州與流寇過天星戰，履捷，授十三巖都司，守涪州，張獻忠寇萬縣，英衝鋒血戰，著功夔門，陞四川左都督，統數萬眾。時襄陽新破，賊謀順流下吳楚，畏英據上游扼其後，於是由巫山趨涪州，英迎戰失利，身被七創，賊遂乘勝攻成都，英扶創收餘眾，馳護蜀王復重慶，英忠義激發，每遇敵，身先登，推誠與人，人咸心折，稱爲曾公子。李占春、于大海先後皆往歸焉，自是部眾至十餘萬，又與猺黃戰于合州，生擒小秦王，降其家十三萬，勢大振，率兵環九龍，合水龍門夾擊獻忠，大破之，它公城其賊帥攻嘉定者，亦爲英所挫，賊大沮，不敢出，成都蜀王疏于朝，議封爵。命未下，適李自成陷燕京，英聞變，全軍縞素大哭，獻忠乘壓戰，英迎擊大敗之，丙戌秋，大師入蜀，獻忠死，餘賊數萬從敘州詭降英，英不許，欲盡殲之，忽軍中自亂，英殪於矢，躍入渝河，死後二十餘年，川中父母遇莆人，輒問其家身後事甚悉，有至流涕者。〔註13〕

《重修涪州志》卷十三·〈武備志〉·兵燹有關曾英的記載，可資參考，記載如下：

> 崇禎十七年甲申春正月，賊燒李渡鎮，分守道劉齡長遣兵勇百餘，渡江渡哨探，遇賊，殺傷過半。是年夔巫十二隘總兵曾英禦獻賊於萬縣湖灘。二月庚寅，賊陷萬縣，曾英退涪州望州關。又湖灘之潰，余大海走涪州
>
> 六月八日，賊兵入涪（英至涪爲守禦，計於兩江濱聯以木柵，敵賊尾其後，初八日，賊大至，舳艫繼進，分巡道劉齡長退走綦江，郡守馮良謨退走彭水，曾英以寡敵眾，退走望州關，薄暮，賊追至，英下馬持刀殿於關口要路堵截，官兵乃得過關，賊擁上，英短兵相接，被傷昏死落坡下，

〔註12〕見《大塚目》，頁44。

〔註13〕見《興化府莆田縣志》（台北：成文出版社，據光緒五年補刊本，民國15年重印本影印，民國57年12月臺一版），卷二十九·〈人物·武烈傳〉，頁610～611。

夜深賊去，英甦起，復從水路奔去，由南川至綦江，賊焚官民舍，城內外皆爲灰燼）十一日，賊分水陸二路起營，九月曾英從綦江以練兵至江津，下重慶，軍聲復振，乙酉春三月，賊發僞水軍都督下取川東，曾英大破之，詔封英爲平寇伯。（曾英泊船兩岸，警至，英令家眷退涪州，止留戰船數百號，發水師將余大海等，水路迎敵，自率馬步從北岸潛赴合州地，襲取廣才營於多功城，賊潰，渡江淹死無數，於是兩路夾攻，賊大敗奔回，涪州得有兩載之安，督師王應熊爲英題督總兵，繼題平寇伯，有印。）〔註14〕

卷八　〈御群凶頓遭慘變　動公憤始雪奇冤〉

入話：

闡述女子節烈之志，發凡其義，謂生前玉碎珠沈，死後親族稱傳，官府旌表，可不負捐軀之志，以導入正話。

正話：

敘明嘉靖年間，嘉定安亭鎮張耀之女，適汪客之子爲妻。汪客嗜酒糊塗，家中諸事凡其妻做主，汪婦性淫，與一班惡少調笑取樂，張女甚引以爲羞。惡少中有胡岩者，其父與官府相熟，父子朋比爲惡，人皆畏之，胡岩與汪婦設謀，欲染指張女，張女不從，胡豈竟殺人滅屍。事發後，又教汪婦誣指張女與雇工有奸情，既而打通關節，糊塗縣令竟將眾凶釋放。歸有光聞之大怒，作《貞婦辨》告嘉邑紳士，縣令又重新審議，本案始得昭雪。

本卷正話張貞女事見諸《明史》·卷三百一·列傳一百八十九〔註15〕最早的記載則見於《震川先生文集》·卷四中兩篇文字。〔註16〕

一、〈書張貞女死事〉

張貞女父張耀，嘉定曹巷人也，嫁汪客之子，客者嘉興人，僑居安亭，其妻汪嫗多與人私，客老矣，又嗜酒，日昏醉無所省。諸惡少往往相攜入嫗家飲酒，及客子娶婦，惡少皆在其室內治果殽爲歡宴，嫗令婦出偏拜之，貞女不肯，稍稍見姑所爲，私語夫曰：「某某者何人也？」夫曰：「是吾父好友，通家往來久矣！」貞女曰：「好友迺作何事？若長大，

〔註14〕見《涪州志》（同治九年刊本，中研院史語所藏線裝本），卷十三·〈武備志〉。

〔註15〕參見百衲本《明史》（台灣商務印書館印行，民國57年9月臺二版），卷三百一·傳一百八十九，頁32247。

〔註16〕見歸有光《震川先生集》（《四部叢刊本》商務印書館，民國68年11月臺一版），頁69～72。

若母如此，不媿死耶。」一日，嫗與惡少同浴，呼婦提湯，見男子驚走，遂歸母家，哭數日，人莫得其故，其母強叩之，具以實告。居久之，嫗陽爲好言謝貞女，貞女至則百端凌辱之，貞女時時泣語其夫，令謝諸惡少，復乘間從容勸客曰：「舅宜少飲酒。」客父子終不省，反以語嫗，輒致搒掠，惡少中有胡巖最桀黠，群黨皆卑下之，從其指使，一日巖衆言曰；「汪嫗且老，吾等不過利其財且多飲酒耳，新娘子誠大佳，吾已寢處其姑，其婦寧能走上天乎？」遂入與嫗曰：「小新婦介介不可人，意得與胡郎共寢即懽然一家，吾等快意行樂，誰復言之者。」嫗亦以爲然，謀遣其子入縣書獄，嫗嘗令貞女織帨欲以遺所私，貞女曰：「奴耳，吾豈爲奴織帨耶？」嫗益惡之，胡巖者四人登樓縱飲，因共呼貞女飲酒，貞女不應，巖從後攫其金梭，貞女詈且泣，還之，貞女折梭擲地，嫗以已梭與之，又折其梭，遂罷去，頃之，嫗方浴，巖來共浴，浴已，嫗曰：「今日與新婦宿。」巖入犯貞女，貞女大呼曰：「殺人！殺人！」以杵擊巖，巖怒走出，貞女入房自投於地，哭聲竟夜不絕，明日氣息僅屬，至薄暮少蘇，號泣欲死，巖與嫗恐事泄，縶諸床足守之，明日召諸惡少酣飲，二鼓，共縛貞女，椎斧交下，貞女痛苦，宛轉曰；「何不以刃刺我，令速死。」一人乃前刺其頸，一人刺其脅，又椓其陰，共舉尸欲焚之，尸重不可舉，乃縱火焚其室，鄰里之救火者，以足蹴其尸，見赫然死人，因共驚報，諸惡少皆潛走，一人私謂人曰：「吾以鐵椎椎婦者數四，猶不肯死，人之難死如此。」貞女死時年十九耳，嘉靖二十三年五月十六日也，官逮小女奴及諸惡少鞫之，女奴歷指：「是某者縛吾姊，吾以椎擊，某以刃刺。」嫗罵惡少曰：「吾何負於汝，汝謂姑殺婦無罪，今何如？」嫗尋死於獄，貞女爲人淑婉，奉姑甚謹，雖遭毒虐，未嘗有怨言，及與之爲非，獨亢然蹈白刃而不惴，可不謂賢哉！夫以群賊行污閨門之間，言之則重得罪，不言則爲隱忍，抑其處此尤有難者矣，自爲婦至死踰一年，而處汪氏僅五月，或者疑其不蚤死，嗟乎！死亦豈易哉？嘉定故有烈婦祠，貞女未死前三日，祠旁人皆聞空中鼓樂聲，祠中火炎炎從柱中出，人以爲貞女死事之徵，予來安亭，因見此事，嘆其他童年妙齡自立如此凜然，毛骨爲竦，因反覆較勘，著其始末，以備史氏之採擇。

二、〈張貞女獄事〉

初胡巖父子謀殺貞女，傭奴王秀故嘗與嫗通，後已謝去，巖以金鉺之，呼與俱來，本欲焚尺以滅跡，又欲誣貞金與王秀私而自殺，其造意爲此兩端，蓋今豪家殺人多篡取其尸焚之，官司以其無跡，輒置不問，故殺人往往焚尸，爲吏者不可不知也，火起人來救之，巖裸身著草履，其衣爲血所濺，卒無衣易也，人或謂：「胡郎事如是奈何？」巖疾視曰；「若謂有何事耶？」亟令汪客詣縣，且如所以誣貞女者，會汪客醉臥縣門外，而貞女父張耀已先入告之矣，耀弱人，其婦翁已得巖金，教耀獨告，朱旻及典史來驗，巖尚揚揚在外爲賂驗者，貞女喉下刀孔容二指，尚有血沫噴湧，仵人裂其頸謾曰；「無傷者。」盡去其衣，膚青腫寸，斷如畫紋，脅及下體皆刀傷血流，市人盡呼冤，或奮擊仵人，縣令亦知仵人受賂，但薄責而已，一日，令晝寢，夢金甲神人兩膊流血，持刀前曰：「殺人者胡鐸，胡巖也，不速成此獄，當刺汝心。」令驚起，問左右，知有胡巖，巖父胡堂，令因謂：「堂、鐸聲近，訛也。」逮女奴鞫之，遂收巖等，先是嫗貲千金，悉寄巖家，巖以是益得，行金求解時，有張副使罷官家居，與丁憂兵評事兩人時時入縣，縣令問此兩人，張顧丘曰：「老法司謂何？」丘曰：「殺一女子而償四五人，難以申監司也。」蓋令多新進，不諳法律，又獄上御史常慮見駁，損傷聲譽，故以惑之令，果問計兩人，教令以雇工人奸家長妻，律坐王秀足矣，以故事益辦，巖等皆頌繫方，俟十五日再驗貞女，遂釋巖等，會令至學，諸生告以大義，令方慚悔，回縣趣召巖等，巖等自謂得釋，兩人亦坐縣治前候獄定即持金回也，令忽縛巖等，以朱墨塗面至安亭，且遣人祭慰貞女，兩人相顧變色遁去，安亭市中無不鼓舞稱快，時吳中大旱，至於六月不雨，及是大雨如注，巖復賂守卒，斃嫗于獄，欲以絕口，且盡匿其金，令亦疑巖所爲，然但薄責守卒而已，先是貞女之死，數有神怪，至是暴嫗尸于市，汪客夜持棺，欲竊斂之，鬼數百群逐汪客去，令猶以兩人言欲出爲從者，會女奴指周綸實以椎擊貞女，鞫問數四不易辭，令無如之何，獨貸朱旻，旻是夜實共殺者，不獨于户外竊聽而已，獄已具，兩人猶馳赤日中，汨舟所居數里外，竟日相謀丘曰；「我至大理，此獄必反。」張對人稱巖猶曰：「胡公其無人心如此。」貞女之外祖曰「金炳」炳父楷，成化乙未南宮進士第二人，爲涪州知州以卒，貞女歿時，炳家近，先往見其尸，得金遂不復言。及母黨之親多得其金，雖張耀亦色動其族有言而止，予論貞女事已詳，又著其獄事，以志世變，即此一事，其反覆何所不至，獨恃猶有天道也。嘉靖二十七年七月書。

按：本卷正話中所提及〈貞婦辨〉一文，亦見《震川先生集》‧卷四。〈張氏女子神異記〉則見同書卷之十六。〔註 17〕

本卷正話回末附記雍正年間，天津高烈婦事，見《望溪先生文集》卷八‧〈高烈婦傳〉：

> 烈婦魏氏，天津縣產灘人，雍正十一年，年十七，歸縣民高爾信，高僦屋官東，與宋某同宮，庭宇相望，某妻與烈婦有違言，數構之於其姑，十二年六月，烈婦將歸寧，其母遣從子自銑迎，適高嫗及爾信皆出，某妻走告其姑曰；「汝婦與人通，入户即探囊金與之。」復嗾東西家無藉者數人闖入，交鬨強解自銑衣，脅立借券，不則共證之，烈婦呼銑曰；「亟鳴之官，若書券，我即死。」銑暗弱，急求脫，執筆欲書，烈婦望見，即引刀自剄，眾嚇自銑且誘之，卒書券，烈婦死，因以券爲徵，有司莫辨也，既當自銑大辟，而後知其冤，以矜繫獄，乾隆元年赦免，邑之學儒者朱紹夏、孫坦爲文以標白之，而致於余。嗚呼！烈婦遭怪變，謂惟死可自明，而即用其死以成獄辭，徒以銑之券耳，人心之抏敝至此，吁可畏哉，傳其事以志烈婦之隱慼，且使爲吏者鑑焉。
>
> 論曰：古之聽訟獄者，必悉其聰明，致其忠愛之盡之，疑獄汜與眾之，世有鳥獸行，而能殺身以自明者乎！自古婦人之義，皆以死而彰，魏氏則既死而猶暗鬱，易曰；「日中見沫。」又曰；「載鬼一車。」聖人繫辭以爲世戒，有以也夫。〔註 18〕

卷九　〈賠遺金暗中獲攜　拒美色眼下登科〉

入話：

敘述江南常州府有兩個秀才，一爲康友仁，一爲丁國棟，兩人自幼同窗，友仁謙厚而質鈍，文才亦平常。國棟聰明自負。秋試之期，兩人同往，友仁拾得銀百兩，執意等失主來尋，銀兩則託國棟代管，爾後失主尋來，國棟拒不還金，友仁仗義賠銀，差點誤了考期，結果文才平常的友仁高中，昧心賴銀的國棟落榜，鬱鬱以終。本卷入話故事直接來源不明，《果報聞見錄》錄有一則〈還金之報〉頗爲類似，附載於下：

> 明慈谿縣王公福徵爲諸生時，偶赴館，過溪得遺金一袋，計十七封，

〔註 17〕同註 16，頁 72、240。

〔註 18〕見方苞《方望溪先生文集》（《四部叢刊本》商務印書館，民國 68 年 11 月臺一版），頁 120。

因不至館，坐而俟之，至晚，見一人惶遽而來，王問之曰：「汝有所失乎？」曰：「我揭債作本，得銀一百七十兩，欲過江買米，脫襪渡溪，遺失于此，有拾得者，願分半相酧。」王問其銀數，物色相符。曰；「幸我得之，舉以還汝，若欲其半，勿如不還矣。」其人叩謝而去，是年即發鄉榜，中萬曆己未進士，由部屬曆官蘇州太守，致政而歸，享大壽。〔註19〕

正話：

敘述明萬曆年間，長沙秀才陸德秀，借城外顧園讀書，由乳母照料，乳母之繼女春姐，見德秀俊雅，心生愛慕，暮夜敲門求歡，德秀拒絕，次早搬離，並不道春姐長短。德秀同窗友潘再安素戀春姐，見德秀去，竟搬入園中與春姐合，爾後德秀中進士，點入翰林，而潘再安落弟，德秀於某日宴席，見一官妓，正是爲人騙賣至娼家的春姐，德秀遂爲她落籍，道歸長沙，免其流落異鄉。來源待考。

按：《石點頭》卷五．〈莽書生強圖鴛侶〉入話中引一則竇儀秀才月下讀書拒女子引誘的故事，與本卷正話情節類似，出處不詳。〔註20〕

卷十　〈圖葬地詭聯秦晉　欺貧女怒觸雷霆〉

入話：

引宋朝朱文公在浙江省台州地方任推官時，錯判一件爭葬地案，事後十餘年，公舊地重遊，訪得民隱，始知當年誤判，遂於墳牆上留字，是夜，雷電交加，將棺木震出墳外。朱文公爲宋代理學大師，查歷代筆記俱不見載此事。

正話：

敘述明萬曆年間，歙縣地方有一陰員外，爲人刻薄，獨好風水之學，看中朱漁翁的一塊地，便假謀娶朱女爲媳，遂得其地，事成後，虐待朱漁翁夫婦及其女，漁翁夫婦相繼氣死，朱女上吊自殺，后青天霹靂，將陰家墳頭打壞，陰員外父子亦因冤魂索命而亡。

卷十一　〈詐平民恃官滅法　置美妾藉妓營生〉

入話：

援引管子之「禮義廉恥，是爲四維。」孟子之「無羞惡之心，非人也。」作爲開場，發敘議論，並無故事性情節。

〔註19〕見楊式傳《果報聞見錄》（台北：新興書局，民國74年出版），收錄於《筆記小說大觀》第三十九編，第九冊，頁207。

〔註20〕見《石點頭》（台北：天一書局，影印帶月樓（或同人堂）刊本），卷五。

正話：

敘廣西窮秀才蓋有之，品行不端，後爲官貪婪酷虐，遭革職後，改名易姓，開設妓院，末因大盜宿妓，事發牽連，家產盡沒，女兒又與人私奔，蓋有之氣惱而亡。鄭振鐸說：「《娛目醒心編》第十一卷〈詐平民恃官滅法　置美妾藉妓營生〉便是全部襲取天然癡叟的《石點頭》中的第八卷〈貪婪漢六院賣風流〉的，不過略易其中人物的姓名以及瑣屑的事實與文句而已。」〔註21〕本卷正話的確有部份文字襲自《石點頭》卷八，情節部份雷同，可說是受《石點頭》的影響，但非如鄭氏所言爲全部襲取，今將《石點頭》影響本卷正話的部份錄出：

〈貪林漢六院賣風流〉

1. 惟有吾愛陶從小出人頭地，讀書過目不忘。見了人的東西，卻也過目不忘，不想法到手不止。自幼在書館中，墨頭紙角，取得一些也是好的。至自己的東西，卻又分毫不捨得與人，更兼性又狠又躁，同窗中一言不合，怒氣相加，揪髮扯胸，揮磚擲瓦，不占得一分便宜，不肯罷休，這是胞胎中帶來凶惡貪鄙的心性，便是天也奈何他不得。……在閭里兜攬公事，武斷鄉曲……。

2. 故吾愛陶出衙下船，分付即便開去。岸上人預先聚下磚瓦土石，亂擲下去，叫道：「吾剝皮，你各色俱不放空，難道這磚瓦不裝一船，回去造房子。」有的叫道：「吾剝皮，我們還送你些土儀回家，好做人事。」拾起大塊，又打下去，這一陣磚瓦土石，分明下了一天冰雹，吾愛陶躲在艙中只叫快些起蓬，那知關下擁塞的貨船又多，急切下不能快行，商船上又拍手高叫道：「吾剝皮，小豬船、人載船在此，何不來抽稅。」又叫道：「吾剝皮，岸上有好些背包裡的過去了，也該差人拿住。」叫一陣，笑一陣，又打一陣瘡瘡。吾愛陶聽了，又惱又羞，又出不得聲答他們一句，此時好生難過……。(《石點頭》)〔註22〕

卷十二　〈驟榮華頓忘夙誓　變異類始悔前非〉

入話：

先發一段議論，再引昔日某甲向某乙借五十金，昧心不還，死後託生爲牛在某乙家，某甲託夢其子，言頂有白毛者是他，盼其子還清前債，領他歸家。此則人欠

〔註21〕參見鄭振鐸〈明清二代的平話集〉一文，收錄於《小說月報》第二十二卷第七期，頁934。

〔註22〕同註20，卷八。

銀不還，死後變牛的故事，《太平廣記》·卷四百三十四·〈路伯達〉條頗爲類似，記載如下：

> 永徽中，汾州義縣人路伯達負同縣人錢一千文，後共錢主佛前爲誓曰：「我若未還公，吾死後與公家作牛畜。」話訖，逾年而卒，錢主家牸牛生一犢子，額上生白毛，成路伯達三字，其子姪恥之，將錢五千文求贖，主不肯與，乃施與濕成縣啓福寺僧貞如，助造十五級浮圖，人有見者，發心止惡，競投錢物以而施焉。

正話：

敘述陳秀英與薛蘭芬自幼相交，拜爲姊妹，蘭芬夫胡君寵素貧，皆秀英攛夫幫助，後秀英夫亡，產下一子與蘭芬之女訂下婚約，君寵且向秀英借黃金百兩，並立誓不還則合家變犬，爾後君寵夫婦悔婚賴金，果踐前誓，獨蘭芬之女娟娟守志得免。本文受《警世通言》卷二十五·〈桂員外途窮懺悔〉影響，部份情節類似，今附錄如下：

> 〈桂員外途窮懺悔〉
>
> 交遊誰似古人情？春夢秋雲未可憑。溝壑不援徒汎愛，寒暄有問但虛名。陳雷義重踰膠漆，管鮑貧交托死生。此道今人棄如土，歲寒惟有竹松盟。
>
> 話說元朝大順年間，江南蘇州府吳趨坊，有一長者，姓施名濟字近仁。其父施鑑，字公明，爲人謹厚志誠，治家勤儉，不肯妄費一錢。生施濟時年已五十餘矣。鑑晚歲得子，愛惜如金，年八歲，送與里中支學究先生館中讀書，先生見他聰秀，與己子支德年齒相彷，遂令同桌而坐。那時館中學生雖多，長幼不一，偏他兩個聰明好學，文藝日進。後支學究得病而亡，施濟稟知父親，透支德館穀於家，彼此切磋，甚相契愛。未幾同遊庠序，齊赴科場。支家得第爲官，施家屢試不捷。乃散財結客，周貧恤寡，欲以豪俠成名於世。父親施鑑是個本分財主，惜糞如金的，見兒子揮金不吝，未免心疼。惟恐他將家財散盡，去後蕭索，乃密將黃白之物，埸藏於地窖中，如此數處，不使人知，待等天年，纔授與兒子。從來財主家往往有此。正是：
>
> 常將有日思無日，莫待無時思有時。
>
> 那施公平昔若是常患頭疼腹痛，三好兩歉的，到老來也自判個死日；就是平昔間沒病，臨老來伏床半月或十日，兒子朝夕在面前奉侍湯藥，那地窖中的話兒卻也說了。只爲他年已九十有餘，兀自精神健旺，飲啖兼人，

步履如飛，不匡一夕五更睡去，就不醒了。雖喚做吉祥而逝，卻不曾有片言遺囑，常言說得好：

三寸氣在千般用，一日無常萬事休。

那施濟是有志學好的人，少不得殯殮祭葬，務從其厚。

其時施濟年踰四十，尚未生子，三年考滿，妻嚴氏勸令置妾。施濟不從，發心持誦白衣觀音經，并刑本布施，許願：「生子之日，捨三百金修蓋殿宇。」期年之後，嚴氏得孕，果生一男。三朝剃頭，夫妻說起還願之事，遂取名施還。到彌月做了湯餅會。施濟對渾家說，收拾了三百兩銀子，來到虎丘山水月觀音殿上燒香禮拜。正欲喚主僧囑托修殿之事，忽聞下面有人哭泣之聲，仔細聽之，其聲甚慘。施濟下殿走到千人石上觀看，只見一人坐在劍池邊，望著池水，嗚咽不止。上前看時，認得其人姓名富五，幼年間一條街上居住，曾同在支先生館中讀書。不二年，桂家父母移居胥口，似便耕種，桂生就出學去了。後來也曾相會幾次。有十餘年不相聞了，何期今日得遇？施公喫了一驚，喚起相見，問其緣故。桂生只是墮淚，口不能言。施公心懷不忍，一手挽住，拉到觀音殿上來問道：「桂兄有何傷痛？倘然見教，小弟或可分憂。」桂富五初時不肯說。被再三盤詰，只得吐實道：「某祖遺有屋一所，田百畝，自耕自食，儘可糊口。不幸惑於人言，謂農夫利薄，商販利厚。將薄產抵押李平章府中本銀三百兩，販紗段往燕京。豈料運蹇時乖，連走幾遍，本利俱耗。宦家索債，如狼似虎，利上盤利，將田房家私盡數估計。一妻二子，亦爲其所有，尚然未足，要逼某扳害親戚賠補。某情極，夜間逃出，思量無路，欲投澗水中自盡，是以悲泣耳。」施公惻然道：「吾兄忽憂，吾適帶修殿銀三百兩在此，且移以相贈，使君夫妻父子團圓何如？」桂生驚道：「足下莫非戲言乎？」施公大笑道：「吾非有求於我，何戲之有？我與君交雖不深，然幼年曾有同窗之雅。每見吳下風俗惡薄，見朋友患難，虛言撫慰，曾無一毫實惠之加；甚則面是背非，幸災樂禍，此吾平時所深恨者。兄君今日之禍，波極妻子。吾向苦無子，今生子彌月，祈佛保佑願其長成。君有子而棄之他人，玷辱門風，吾何忍見之！吾之此言，實出肺腑。」遂開篋取銀三百兩，雙手遞與桂生。桂生還不敢便接，說道：「足下既念舊情，肯相周濟，願留借券。倘有好日，定當報補。」施公道：「吾憐君而相贈，豈望報乎？君可速歸，恐尊嫂懸懸而望也。」桂生喜出望外，做夢也想不到此。接銀在手，不覺屈膝下拜。施濟慌忙扶起。桂生垂淚道：「某一家骨肉皆足下所再造，雖重生父母不及此恩。三日後，定當踵門叩謝。」又向觀音大士前磕頭說誓道：「某受施君活命之恩，今生倘不得補答，來生亦作尤馬相報。」歡歡喜喜的下山去了。後人詩贊施君之德！

誼高矜厄且憐貧，三百朱提賤似塵；試問當今有力者，同窗念幼時人？

施公對主僧說道：「帶來修殿的銀子，別有急用挪去，來日奉補。」主僧道：「遲一日不妨事。」施濟回家，將此事述與嚴氏知道。嚴氏亦不以爲怪。次日另湊銀三百兩，差人送去水月觀音殿完了願心。到第三日，桂生領了十二歲的長兒桂高，親自到門拜謝。施濟見了他父子一處，愈加歡喜，殷勤接待，酒食留款。從容問其償債之事。桂生答道：「自蒙恩人所賜，已足本錢，奈渠將利盤算，田產盡數取去，止落得一家骨肉完聚耳。」說罷，淚如雨下。施濟道：「君家至親數口，今後如何活計？」桂生道：「身居口食，一無所賴，家世衣冠，羞在故鄉出醜，只得住他方外郡，傭工趁食。」施公道：「爲人須爲徹，胥門外吾有桑棗園一所，茆屋數間，園邊有田十畝，勤於樹藝，儘可度日。倘足下不嫌淡泊，就此暫過幾時何如？」桂生道：「若得如此，免作他鄉餓鬼。只是前施未報，又叨恩賜，深宥未安。某有二子，長年十二，次年十一，但憑所愛，留一個服侍恩人，少盡犬馬之意，譬如服役於豪宦也。」施公道：「吾既與君爲友，君之子即吾之子，豈有此理？」當煥小廝取皇曆看個吉日，教他入宅。一面差人分付看園的老僕，教他打掃房屋潔掙，至期交割與桂家管業。桂生命兒子拜謝了恩人。桂高朝上磕頭。施公要還禮，卻被桂生扶住，只得受了。桂生連唱了七八個喏，千恩萬謝，同兒子相別而去，到移居之日施家又送些糕米錢帛之類，分明是：

從空伸出拿雲手，提起天羅地網人。

過了數日，桂生備四個盒子，無非是時新果品，肥雞巨鯽，教渾家孫大嫂乖轎親到施家稱謝。嚴氏備飯留款。那孫大嫂能言快語，讒諂面諛。嚴氏初相會便說得著，與他如姊妹一般。更有一件奇事，連施家未週歲的小官人一見了孫大嫂也自歡喜，就賴在身上要他抱。大嫂道：「不瞞姆姆說，奴家見有身孕，抱不得小官人。」原來有這個俗忌，大凡懷胎的抱了孩子家，那孩子就壞了脾胃，要出青糞，謂之「受記」，直到產後方痊。嚴氏道：「不知嬸嬸且喜幾個月了？」大嫂道：「五個足月了。」嚴氏把十指一輪道：「去年十二月內受胎的，今年九月間該產。嬸嬸有過了兩位令郎了，若今番生下女兒，奴與姆姆結個兒女親家。」大嫂道：「多承姆姆不棄，只怕扳高不來。」當日説話，直到晚方別。大嫂回家，將嚴氏所言，述了一遍。丈夫聽了，各各歡喜，只願生下女兒，結得此姻，一生有靠。光陰似箭，不覺九月初旬，孫大嫂果然產下一女。施家又遣人送柴米，嚴氏又差女使去問安。其時只當親眷往來，情好甚密，這話擱過不題。

卻説桑棗園中有銀杏一棵，大數十圍，相傳有「福德五聖之神」棲止其上。園丁每月臘月初一日，於樹下燒錢奠酒。桂生曉得有這舊規，也是他命運合當發跡，其年正當燒紙，忽見有白老鼠一個，遶樹走了一遍，逕鑽在樹底下去，不見了。桂生看時，只見樹根浮起處有個盞大的竅穴，那白老鼠兀自在穴邊張望。桂生説渾家，莫非這老鼠是神道現靈？孫大嫂道：「鳥瘦毛長，人貧就智短了。常聽人説金蛇是金，白鼠是銀，卻沒有神道變鼠的話。或者樹下窖得有錢財，皇天可憐，見我夫妻貧苦，故教白鼠出現，也不見得。你明日可往胥門童瞎子家起一當家宅課，看財爻發動也不？。」桂生平日慣聽老婆舌的，明日起早，眞個到童瞎子鋪中起課，斷得有十分財采。夫妻商議停當，買豬頭祭獻藏神。二更人靜，兩口兒把鋤頭，照樹下竅穴開將下去。約有三尺深，發起一小方磚一塊，磚下磁罈三個，罈口鋪著米，都爛了。撥開米下邊，都是白物。原來銀子埋在土中，得了米便不走。夫妻二人叫聲慚愧，四隻手將銀子搬盡。不動那磁罈，依舊蓋磚掩土。二人回到房中，看那東西，約一千五百金。桂生算要將三百兩還施氏所贈之數，餘下的將來營運。孫大嫂道：「卻使不得。」桂生問道：「爲何？」孫大嫂道：「施氏知我赤貧來此，倘問這三百兩金從何而得？反生疑心。若知是銀杏樹下掘得的，原是他園中之物，祖上所遺，憑他説三千四千，你那裏分辨。和盤托出，還只嫌少，不惟不見我們好心，反成不美。」桂生道：「若依賢妻所見如何？」孫大嫂道：「這十畝田，幾株桑棗，了不得你我終身之事。幸天賜藏金，何不於他鄉私下置些產業，慢慢地脱身去，自做個財主。那時報他之德，彼此見好。」桂生道：「有智婦人，勝如男人。你説的是。我有遠方親族在會稽地方。向因家貧久不來往。今攜千金而去，料不慢我。我在彼處置辦良田美產，每歲往收花利，盤放幾年，怕不做個大財主。」商量已定，到來春，推説浙中訪親，私自置下田產，托人收放，每年去算帳一次。回時舊衣舊裳，不露有錢的本相。如此五年，桂生在紹興府會稽縣已做個大家事，住房都買下了。只瞞得施家不知。忽一日兩家兒女同時出痘，施濟請醫看了自家兒子，就教去看桂家女兒，此時只當親媳婦一般。大幸痘都好了。里中有個李老兒，號梅軒者，素在施家來往。遂邀親鄰醵錢與施公把盞賀喜，桂生亦與席。施濟又題起親事，李梅軒自請爲謀，眾人都玉成其美。桂生心下也情愿，回家與渾家孫大嫂商量。大嫂道：「自古說『慈不掌兵，義不掌財。』施生生雖是好人，卻是爲仁不富，家事也漸漸消乏不如前了。我的人家都做在會稽地面，到彼攀個高門，這些田產也有個依靠。」桂生道：「賢妻說得是。只是他一團美意，將何推托？」大嫂道：「你只推門衰祚薄，攀陪不起就是。倘若他定要做親，只說兒女年幼，等他長大行聘未遲。」古人說得好：「人心不足蛇吞象。」當初貧困之日，低門扳高，求之不得，如今掘藏發跡了，反嫌好道歉起來。

只因上岸身安穩，忘卻從前落水時。

施濟是個正直之人，只道他眞個謙遜，並不疑有他故。

荏苒光陰，又過了三年。施濟忽遘一疾，醫治不痊，嗚呼哀哉了。殯殮之事不必細說。桂富五的渾家攛掇丈夫，乘此機會早爲脫身之計。乃具隻雞斗酒，夫婦齊往施家弔奠。桂生拜奠過了先回，孫大嫂留身向嚴氏道：「拙夫向蒙恩人救拔，朝夕感念，犬馬之報尚未少申。今恩人身故，愚夫婦何敢久占府上田盧？寧可轉徙他方，別圖生計。今日就來告別。」嚴氏道：「嬸嬸何出此言！先夫雖則去世，奴家亦可做主。孤苦中正要嬸嬸時常伴話，何忍舍我而去。」大嫂道：「奴家也舍不得姆姆。但，非親非故，白占寡婦田房，被人議論，日後郎君長大，少不得要吐還的；不如早達時務，善始善終，全了恩人生前一段美意。」嚴氏苦留不住，各各流淚而別。桂生挈家搬往會稽居住，恍似開籠放鳥，一去不回。再說施家，自從施濟存日，好施樂善，囊中已空虛了。又經這番喪中之費，不免欠下些債負。那嚴氏又不是賢德有餘才幹不足的，守著數歲的孤兒撐持不定，把田產逐漸棄了。不勾五六年，資財罄盡，不能度日，童僕俱已逃散。常言「吉人天相，絕處逢生」。恰好遇一個人從任所回來。那人姓支名德，從小與施濟同窗讀書，一舉成名，剔歷外任，官至四川路參政此時元順帝至正年間，小人用事，朝政日紊。支德不願爲官，致政而歸。聞施濟故後，家日貧落，心甚不忍，特地登門弔唁。孤子施還出迎，年甫垂髫，進退有禮。支翁潸然淚下道：「令先公憂人之憂，樂人之樂，此天地間有數好人，天理若不泯，子孫必然昌盛。某忝在窗誼，因久宦遠方，不能分憂共患，乃令先公之罪人也。某有愛女一十三歲，與賢姪年頗相宜，欲遣媒妁與令堂夫人議姻，萬望先爲道達，是必勿拒！」施還拜謝，口稱「不敢。」次日支翁差家人持金錢幣帛之禮，同媒人往聘施氏子爲養婿。嚴氏感其美意，只得依允。施還擇日過門，拜岳父岳母，就留在館中讀書，延明師以教之。又念親母嚴氏在家薪水不給，擔柴送米，每十日令其子歸省一次。嚴氏母子感恩非淺。後人評論世俗倚富欺貧，已定下婚姻猶有圖賴者，況以宦家之愛女下贅貧友孤兒，支翁眞盛德之人也！這纔是：

錢財如糞土，仁義值千金。

說那支翁雖然屢任，立意做清官的，所以官囊甚薄。又添了女婿一家供給，力量甚是勉強。偶有人來說及桂富五在桑棗園搬去會稽縣，造化發財，良田美宅，何止萬貫，如今改名桂遷，外人都稱爲桂員外。支翁是曉得前因的，聽得此言，遂向女婿說知：「當初桂富五受你家恩惠不一而足，別的不算，只替他償債一主，就是三百兩。如今他發跡之日不來看顧你，一定不知你家落薄如此。賢婿若往會稽投奔他，必然厚贈，此乃分內之財，諒他家也巴不得你去的，可與親母計議。」施還回家，對母親說了，嚴氏道：「若桂家果然發跡，必不負我。但當初你尚年幼，不知中間許多情節，他的渾家孫大娘與我姊妹情分。我與你同去，倘男子漢出外去了，我就好到他內裡說話。」施還回復了，支翁以盤費相贈，又作書與遷，自敘同窗之誼，囑他看顧施氏母子二人。當下買舟，逕往紹興會稽縣來。問：「桂遷員外家居何處？」有人指引道：「在西門城內，大街上，第一帶高樓房就是。」施還就西門外下個飯店。次日嚴氏留止店中，施還寫個通家晚輩的名刺，帶了支公的書信，進城到桂遷家來。門景甚是整齊，但見：

門樓高聳，屋宇軒昂，花木點綴庭中，桌椅擺列堂上。一條通道花磚砌，三尺高階琢石成。蒼頭出入，無非是管田；小户登門，不過是還租還債。桑棗園中掘藏客，會稽縣裡起家人。

施小官見桂家門庭赫奕，心中私喜，這番投人投得著了。守門的問了來歷，收了書帖，引到儀門之外，一座照廳內坐下。廳內匾額題「知稼堂」三字，乃名人楊鐵崖之筆。名帖傳進許久，不見動靜。伺候約有兩個時辰，只聽得儀門開響，履聲閣閣，從中堂而出。施還料道必是主人，乃重整衣冠，鵠立於檻外，良久不見出來。施還引領於儀門內窺覷；只見桂遷峨冠華服，立於中庭，從者中餘中環侍左右。桂遷東指西畫，處分家事，童僕去了一輩又來一輩，也有領差的，也有回話的，說一不了。約莫又有一個時辰，童僕方散。管門的稟復有客候見，員外問道：「在那裡？」答言：「在照廳。」桂遷不說請進，一步步踱出儀門，逕到照廳來。施還鞠躬出迎。

作揖過了。桂遷把眼一瞅，故意問道：「足下何人？」施還道：「小子長洲施還，號近仁的就是先父。因與老叔昔年有通家之好，久疎問候，特來奉謁。請老叔上坐，小姪有一拜。」桂遷也不敘寒溫，連聲道：「不消不消。」看坐喚茶已畢，就分付小童留飯。施還卻又暗暗歡喜。施還開口道：「家母候老嬸母萬福，見在旅舍，先遣小子通知。」論起昔日受知深處，就該說：「既然老夫人在此，請到舍中與拙荊相會。」桂遷口中唯唯，全不招架。少停，童子報午飯已備。桂生就教擺在照廳內。只一張桌子，卻是上下兩桌喫飯。施還謙讓不肯上坐，把椅拖在傍邊，桂遷也不來安正。桂遷問道：「舍人青年幾何？」施還答道：「昔老叔去蘇之時，不肖年方八歲。承垂弔賜奠，家母至今感激。今奉別又已六年，不肖門户貧落，老叔福祉日臻，盛衰懸絕，使人欣羡不已。」桂遷但道肯，不答一詞。酒至三巡，施還道：「不肖量窄，況家母見在旅舍懸望，不敢多飲。」桂遷又不招架，道：「既然少飲，快取飯來！」喫飯已畢，並不題起昔日交情，亦不問及家常之事。施還忍不住了，只得微露其意，道：「不肖幼時侍坐於先君之側，常聽得先君說：生平窗友只有老叔親密，比時就說老叔後來決然大發的。家母亦常稱老嬸母賢德，有仁有義。幸而先年老叔在敝園暫居之時，寒家並不曾怠慢，不然今日亦無顏至此。」桂遷低眉搖手，嘿然不答。施還又道：「昔日虎丘水月觀音殿與先君相會之事，想老叔也還記得？」桂遷恐怕又說，慌忙道：「足下來意，我已悉知，不必多言，恐他人聞之，爲吾之羞也。」說罷，先立起身來，施還只得告辭道：「暫別台顏，來日再來奉候。」桂遷送至門外，舉手而退。正是：

別人求我三春雨，我去求人六月霜。

話分兩頭，卻說嚴氏在旅店中懸懸而待，道：「桂家必然遣人迎我。」怪其來遲，倚閭而望。只見小舍人快快回來，備述相見時的態度言語，嚴氏不覺雙淚交流，罵道：「桂富五，你不記得跳劍池的時節麼？」正要數一數二的叫罵出來，小舍人急忙勸住道：「今日求人之際，且莫說盡情話。他既知我母子的來意，必然有個處法。當初曾在觀音面前設誓，『犬馬相報』，料不食言。待孩兒明日再往，看他如何？」嚴氏嘆口氣，只得含忍過一夜。次日，施還起早便往桂家門道候見。誰知桂遷自見了施小官人之後，卻也腹中打藁，要厚贈他母子回去。其奈孫大嫂立意阻擋道：「『接人要一世，怪人只一次』攬了這野火上門，他喫了甜頭，只管思想，惜草留根，到是個月月紅了。就是他當初有些好處到我，他是一概行善，若干人沾了他的恩惠，不獨我們一家；千人喫藥，靠著一人還錢，我們當恁般晦氣？若是有天理時，似恁地做好人的千年發跡，萬年財主，不到這個地位了！如今的世界還是硬心腸的得便宜，貼人不富，連自家都窮了。」桂遷道：「賢妻說的是。只是他母子來一場，又有同窗支老先生的書，如何打發他動身？」孫大嫂道：「支家的書不知是眞是假，當初在姑蘇時不見有甚麼支鄉宦扶持了我，如今卻來通書！他既然貧恤寡，何不損已財？這樣書一萬封也休作准。你去分付門上，如今這窮鬼來時不要招接他。等得興盡心灰，多少賫發些盤費著他回去。『頭醋不酸，二醋不辣，』沒什麼想頭，下次再不來纏了。」只一套話說得桂遷：

惡心孔再透一個窟窿，黑肚腸重打三重跎躂。

施還在門上候了多時，守門的推三阻四不肯與他傳達。再催促他時，佯佯的走開去了。那小官人且羞且怒，揎衣露臂，面赤高聲，發作道：「我施某也不是無因至此的，『行得春風，指望夏雨！』當初我們做財主時節，也有人求我來，卻不曾恁般怠人慢人！……」罵猶未絕，只見一位郎君衣冠整齊，自外而入。問罵者何人？施還不認得那位郎君，整衣向前道：「姑蘇施某……」言未畢，那郎君慌忙作揖道：「原來是故人，別來已久，各不相識矣。昨家君備述足下來意，正在措置，足下遽發大怒，何性急如此？今亦不難，當即與家君說知，來日便有設處。」施還方知那郎君就是桂家長子桂高。見他說話入耳，自悔失言，方欲再訴衷曲，那郎君不別，竟自進門去了。施還見其無禮，忿氣愈加，又指望他來日設處，只得含淚而歸，詳細述於母親嚴氏。嚴氏復勸道：「我母子數百里投人，分宜謙下，常將和氣爲先，忽騁銳氣致觸其怒。」到次早，嚴氏又叮囑道：「此去要謙和，也不可過有所求，只還得原借三百金回家，也好過日。」施還領了母親教訓，再到桂家，鞠躬屏氣，立於門首。只見童僕出入自如，昨日守門的已不見了。小舍人站了半日，只得扯著一個年長的僕者問道：「小生姑蘇施還，求見員外兩日了，煩通報一聲！」那僕者道：「員外宿酒未醒，此時正睡夢哩。」施還道：「不敢求見員外，只求大官人一見足矣。小生今日不是自來的，是大官人昨日面約來的。」僕者道：「大官人今早五鼓駕船往東莊催租去了。」施還道：「二官人也罷。」僕者道：「二官人在學堂攻書，不管閒事的。」那僕者一頭說，一頭就有人喚他說話，忙忙的奔去了。施還此時怒氣塡胸，一點無明火按納不住，又想小人之言不可計較，家主未必如此，只得又忍氣而待。須臾之間，只見儀門大開，桂遷在庭前乘馬而出。施還迎住馬頭鞠躬致敬，遷慢不爲禮，以鞭指道：「你遠來相投，我又不曾擔閣你半月十日，如何便使性氣惡言辱罵？欲從厚，不能矣。」回顧僕者：「將拜匣内大銀二錠，打發施生去罷。」又道：「這二錠銀子也念你先人之面，似你少年狂妄，休想分文賫發。如今有了盤纏，可速回去！」施還再要開口，桂遷馬上揚鞭如飛去了，正是：

蝮蛇口中草，蠍子尾後針；兩般猶未毒，最毒負心人。

那兩錠銀子只有二十兩重，論起少年性子不希罕，就撇在地下去了。一來主人已去，二來只有來的使費，沒有去的盤纏，沒奈何，含著兩眼珠淚，回店對娘說了。母子二人，看了這兩錠銀子，放聲大哭。店家王婆見哭得悲，切問甚緣故，嚴氏從頭至尾泣訴了一遍。王婆道：「老安人且省愁煩，老身與孫大娘相熟，時常進去的。那大娘最和氣會接待人，他們男子漢辜負恩義，婦道家怎曉得？既然老安人與大娘如此情厚，待老身去與老安人傳信，說老安人在店中，他必然相請。」嚴氏收淚而謝。又次日，王婆當一節好事，進桂家去報與孫大嫂知。孫大嫂道：「王婆休聽他話，當先員外生意不濟時，果然曾借過他些小東西，本利都清還了。他自不會作家，把個大家事費盡了，卻來這裡打秋風。我員外好意款待他一席飯，送他二十兩銀子，是念他日相處之情，別個也不能勾如此，他倒說我欠下他債負未還。王婆，如今我也莫說有欠無欠，問題他把借契出來看，有一百還一百，有一千還一千。」王婆道：「大娘說得是。」王婆即忙轉身，孫大嫂又喚轉來，叫養娘封一兩銀子，又取帕子一方，道：「這些微之物，你與我送施家姆姆，表我的私敬，教他下次切不可再來，恐怕怠慢了傷了情分。」王婆聽了這話，到疑心嚴老安人不是。回家去說：「孫大嫂千好萬好，教老身寄禮物與老安人。」又道：「若有舊欠未清，教老安人將借契送去，照契本利不缺分毫。」嚴氏說當初原沒有契書。那王婆看這三百兩銀子，山高海闊，怎麼肯信？母子二人悽惶了一夜，天明算了店錢，起身回姑蘇。正是：

人無喜事精神減，運到窮時落寞多。

嚴氏爲桂家嘔氣，又路上往來受了勞碌，歸家一病三月，施還尋醫問卜，諸般不效，亡之命矣夫。衣衾棺槨，一事不辦，只得將祖房絕賣與本縣牛公子管業。那牛公子的父親牛萬户久在李平章門下用事，說事過錢，起家百萬。公子倚勢欺人，無所不至。他門下又有個用事的叫做郭刁兒，守一替他察訪孤兒寡婦，便宜田產，半價收買。施還年幼，岳丈支公雖則鄉紳，是個厚德長者，自己家事不屑照管，怎管得女婿之事。施小舍人急於求售，落其圈套，房產値數千金，郭刁兒於中議估，止値四百金。以百金壓契，餘俟出房後方交。施還想營葬遷居，丘壟已成，所剩無幾。尋房子不來，牛公子雪片差人催促出屋。支翁看不過意，親往謁牛公子，要與女婿說個方便。連去數次，並不接見。支翁道：「等他回拜時講。」牛公子卻蹈襲個陽貨拜孔子之法，瞯亡而往。支翁回家，連忙又去，仍回不在家了。支翁大怒，與女婿說道：「那些市井之輩，不通情理，莫去求他。賢婿且就天生館權住幾時，待尋得房子時，從容議遷便了。」施還從岳父之言，要將家私什物權移到支家。先拆卸祖父臥房裝摺，往支處修理。於乃祖房內天花板上一小匣，重重封固，還開看之，別無他物，只有帳簿一本，內開：某處埋銀若干，某處若干，如此數處，末寫「九十翁公明親筆」。還喜甚，納諸袖中，分付眾人且莫拆動。即詣支翁家商議。支翁看了帳簿道：「既如此，不必遷居了。」乃隨婿到彼先發臥房檻下左柱磉邊，簿上載內藏銀二千兩。果然不謬。遂將銀一百四兩與牛公子贖房。公子執定前言，勒掯不不許。支翁遍求公子親戚往說方便，公子索要加倍，度施家沒有銀子。唯知藏鏹充然，一天平兌足二百八十兩，公子沒理得講，只得收了銀子，推說文契偶尋不出，再過一日送還。哄得施還轉背，即將悔產事訟於本府。幸本府陳太守正直無私，素知牛公子之爲人，又得支鄉宦替女婿分愬明白。斷令回贖原價一百四十兩，外加契面一十四兩，其餘一百二十六兩追回出助修學宮，文契追還施小官人，郭刁兒坐教唆問杖。牛公子羞變成怒，寫家書一封差家人往京師，捏造施家三世惡單，教父親討李平章關節，托囑地方官，訪拿施還出氣。誰知人謀雖巧，天理難容，正是：

下水拖人他未溺，逆風點火自先燒。

那時元順帝失政，紅巾賊起，大肆劫掠。朝廷命樞密使咬咬征討。李平章私受紅巾賊賄賂，主張招安，事發，坐同逆繫獄。窮治黨與，牛萬户係首名，該全家抄斬。頃刻有詔書下來。家人得了這個凶信，連夜奔回說了。牛公子驚慌，收拾細軟家私，帶妻攜女，往海上避難。遇「判寇」方國珍遊兵，奪其妻妾金帛，公子刀下亡身，此乃作惡之報也。

卻說施還自發了藏鏹，贖產安居，照帳簿發次發掘，不爽分毫，得財鉅萬。只有內開桑棘園銀杏樹下埋藏一千五百兩，止剩得三個空罈。只道神物化去，付之度外，亦不疑桂生之事。自此遍贖田產，又得支翁代爲經理，重爲富室。直待服闋成親，不在話下。

再説桂員外在會稽爲財主，因田多役重，官府生事侵漁，甚以爲苦。近鄰有生號尤清稽，慣走京師，抱攬事幹，出入貴人門下。員外一日與他商及此事。尤生道：「合不入粟買官，一則冠蓋榮身，二則官户免役，兩得其便。」員外道：「不知所費幾何？仗老兄斡旋則個！」尤生道：「此事吾所熟爲，吳中許萬户衛千兵都是我替他幹的，見今腰金衣紫，食祿千石。兄若要做時，敢不效勞，多不過三千，少則二千足矣。」桂生惑於其言，隨將白金五十兩付與尤生安家；又收拾三千餘金，擇日同尤生赴京。一路上尤生將甜言美語哄誘桂生，桂生深信，與之結爲兄弟。一到京師，將三千金唾手付之，恣其所用。

只要烏紗上頂，那顧白鏹空囊。

約過了半年，尤生來稱賀道：「恭喜吾兄，旦夕爲貴人矣！但時宰貪甚，凡百費十倍昔年，三千不勾，必得五千金方可成事。」桂遷已費了三千金，只恐前功盡棄，遂托尤生在勢要家借銀二千兩，留下一半，以一千付尤生使用。又過了兩三個月，忽有隸卒四人傳命，新任親軍指使老爺請員外講話。桂遷疑是堂官之流，問：「指使老爺何姓？」隸卒道：「到彼便知，今不可説。」桂遷急整衣冠，從四人到一大衛門。那老爺烏妙袍帶，端坐公堂之上。二人跟定桂遷，二人先入報。少傾聞堂上傳呼喚進。桂遷生平未入公門，心頭突突地跳。軍校指引到於堂簷之下，喝教跪拜，那官員全不答禮，從容説道：「前日所付之物，我已便宜借用，僥倖得官，相還有日，決不相負。但新任缺錢使用，知汝囊中尚有一千，可速借我，一并送還。」説罷，命先前四卒「押到下處取銀回話。如或不從，仍押來受罪，決不輕貸。」桂遷被隸卒偪勒，只得將銀交付去訖，敢怒而不敢言。明日，債主因桂生功名不就，執了文契取索原銀。桂遷沒奈何，特地差人回家變産，得二千餘，加利償還。桂遷受了這場屈氣，沒告訴處，羞回故里。

又見尤滑稽乘馬張蓋，前呼後擁，眼紅心熱，忍耐不過，狠一聲：「不是他，就是我！」往鐵匠店裡打下一把三尖利刀，藏於懷中，等尤生明日五鼓入朝，刺殺他了，便償命也出了這口悶氣。事不關心，關心者亂，打點做這節非常的事，夜裡就睡不著了。看見月光射窗，只道天明，慌忙起身，聽得禁中鼓纔三下，復身回來，坐以待旦。又捱了一個更次，心中按納不住，持刀飛奔尤滑稽家來。其門尚閉，旁有一竇，自己立脚不住，不覺兩手據地，鑽入竇中。堂上燈燭輝煌，一老翁據案而坐，認得施濟模樣。

自覺羞慚，又被施公看見，不及躲避，欲與拱揖，手又伏地不能起，只得爬向膝前，搖尾而言：「向承看顧，感激不忘，前日令郎遠來，因一時手頭不便，不能從厚，非負心也，將來必當補報。」只見施君大喝道：「畜生討死喫，管吠做甚麼！」桂見施君不聽其語，心中甚悶，忽見施還自內出來，乃銜衣獻笑，謝昔怠慢之罪。施還罵道：「畜生作怪了！」一腳踢開。桂不敢分辨，俯首而行，不覺到廚房下。見施母嚴老安人坐於椅上，分派肉羹桂聞肉香，乃左右跳躍良久，蹲足叩道。訴道：「向郎君性急，不能久待，以致老安人慢去，幸勿記懷！有餘肉幸見賜一塊。」只見嚴老母喚侍婢：「打這畜生開去。」養娘取廚內火叉在手，桂大驚，奔至後園，毛見其妻孫大嫂與二子桂高桂喬，及少女瓊枝，都聚一處，細認之，都是犬形，回顧自己，亦化爲犬。乃大駭，不覺垂淚，問其妻：「何至於此？」妻答道：「你不記得水月觀音殿上所言乎？『今生若不能補答，來生誓作犬馬相報。』冥中最重誓語？今負了施君之恩，受此果報，復何說也！」桂抱怨道：「當初桑棘園中掘得藏鏹，我原要施家償負，都聽了你那不賢之婦，瞞昧入己；及至他母子遠來相投，我又欲厚贈其行，你又一力阻擋，今日之苦，都是你作成我的。」其妻也罵道：「男子不聽婦人言，我是婦人之見，誰教你句句依我？」二子上前勸解道：「既往不咎，徒傷和氣耳。腹中餒甚，覓食要緊。」於是夫妻父子相牽，同至後園，遶魚池而走。見有人糞，明知齷齪，因餓極姑嗅之，氣息亦不惡。見妻與二兒攢聚先啖，不覺垂涎，試將舌舔，味覺甘美，但恨其少。忽有童兒來池邊出恭，遂守其傍，兒去，所遺是乾糞，以口咬之，誤墮於池中，意甚可惜。忽聞庖人傳主人之命，於諸犬中選肥壯者烹食。縛其長兒去，長兒哀叫甚慘。猛然驚醒，流汗浹背，乃是一夢，身子卻在寓所，天已大明了。桂遷想起夢中之事，痴呆了半晌：「昔日我負施家，今日尤生負我，一般之理。只知責人不知自責，天以此夢儆醒我也。」嘆了一口氣，棄刀於河內，急急束裝而歸，要與妻子商議，尋施氏母子報恩。

只因一夢多奇異，喚醒忘恩負義人。

桂員外自得了這個異夢，心緒如狂，從京師趕回家來，只見門庭冷落，寂無一人。步入中堂，見左邊停有二柩，前設供桌，桌上有兩個牌位，明寫長男桂高，次男桂喬。心中大驚，莫非眼花麼？雙手拭眼，定睛觀看，叫聲：「苦也苦也！」早驚動了宅裡，奔出三四個丫鬟養娘出來，見了家主便道：「來得好，大娘病重，正望著哩。」急得桂遷魂不附體，一步一跌進房，直到渾家床前。兩個媳婦和女兒都守在床邊，啼啼哭哭，見了員外不暇施禮，叫公的叫爹的亂做一堆，都道：「快來看視！」桂遷纔叫了一聲：「大娘！」只見渾家在枕上忽然倒插雙眼，直視其夫道：「父親如何今日方回？」桂遷知譫語：急叫：「大娘甦醒，我在此。」女兒媳婦都來叫喚，那病者睜目垂説：「父親，我是你大兒子桂高，被万俟總管家打死，好苦呵！」桂遷驚問其故，又嗚咽咽的哭道：「往事休題了。冥王以我家負施氏之恩，父親曾有犬馬之誓，我兄弟兩個同母親於明日往施家投於犬胎，一產三犬，二雄者我兄弟二人，其雌犬背有肉瘤者，即母親也。我親因陽壽未終，當在明年八月中亦托生施家做犬，以踐前誓。惟妹子與施還緣分合爲夫婦，獨免此難耳。」桂見言與夢合，毛骨悚然，方欲再問，氣已絕了。舉家哀慟，一面差人治辦後事。桂員外細叩女兒，二兒致死母病緣由。女兒答道：「自爹赴京後，二哥出外闞賭，日費不貲，私下將田莊陸續寫與万俟總管府中，止收半價。一月前，病癆瘵身死。大哥不知賣田之情，往東莊取租，遇万俟府中家人，與他爭競，被他毒打一頓，登時嘔血，抬回數日亦死。母親向聞爹在京中爲人誆騙，終日憂惱，又見兩位哥哥相繼而亡，痛傷難盡，望爹不歸，鬱成寒熱之症。三日前疽發於背，遂昏迷不省人事。請醫人看治，俱誤難救。天幸爹回，送了母親之終。」桂遷聞言，痛如刀割。延請僧眾作九晝夜功德拔罪救苦。家人連日疲倦，遺失火燭，廳房樓房燒做一片白地，三日棺材盡爲灰燼，不曾剩一塊板頭。杜遷與二媳一女僅以身免，叫天號地，喚祖呼宗，哭得眼紅喉啞，昏絕數次。正是：

從前作過事，沒興一齊來。

常言道：「瘦駱駝強似象。」桂員外今日雖然顛沛，還有些餘房剩產，變賣得金銀若干。念二媳少年難守，送回母家，聽其改嫁。童婢或送或賣，止帶一房男女自隨，兩個養娘服事女兒。喚了船隻直至姑蘇，欲與施子續其姻好，兼有所贈。想施子如此赤貧，決然未娶，但不知漂何所？且到彼舊居，一問便知。船到吳趨坊河下，桂遷先上岸，到施家門首一看，只見煥然一新，比往日更自齊整。心中有疑，這房不知賣與何宅？收拾得恁船華美！問鄰舍家：「舊時施小舍人今在何處？」鄰舍道：「大宅裡不是？」又問道：「他這幾年家事如何？」鄰舍將施母已故，及賣房發藏始末述了一遍。「如今且喜娶得支參政家小姐才德兼全，甚會治家，夫妻好不和順，家道日隆，比老官兒在日更不同了。」桂遷聽説，又喜又驚，又羞又悔，欲待把女兒與他，他已有妻了；欲待不與，又難以贖罪；欲待進弔，又恐怕他不理；若不進弔，又求見無辭。躊躇再四，乃作寓於閶門，尋相識李梅軒托其通信，願將女送施爲側室。梅軒道：「此事未可造次，當引足下見了小舍人，然後徐議之。」明曰，李翁同桂遷造於施門。李先入，述桂生家難，并達悔過求見之情。施還不允，李翁再三相勸，施還念李翁是父輩之交，被央不過，勉強接見。桂生羞慚滿面，流汗沾衣，俯首請罪。施還問：「到此何事？」李翁代答：「一來拜奠令先堂，二來釋罪於問下。」施還冷笑道：「謝居不必，奠亦不勞！」李翁道：「古人云『禮至不爭』，桂先兒好意拜奠，休得固辭。」施不得已，命蒼頭開了祠堂，桂遷陳設祭禮，下拜方畢，忽然有三隻黑犬，從宅內出來，環遶桂遷，銜衣號叫，若有所言。其一犬背上果有肉瘤隱起，乃孫大嫂轉生，餘二犬乃其子也。桂遷思憶前夢，及渾家病中之言，輪迴果報，確然不爽，哭倒在地。施還不知變犬之事，但見其哀痛，以爲懊悔前非，不覺感動，乃徹奠留款，詞氣稍和。桂遷見施子舊憾釋然，遂以往日曾與小女約婚爲言。施還即變色入內，不復出來。桂遷返寓所與女兒談三犬之異，父女悲慟。

早知今日都成犬，卻悔當初不做人！

次日，桂遷拉李翁再往，施還托病不出。一連去候四次，終不相見。桂遷計窮，只得請李翁到寓，將京中所夢，及渾家病中之言，始末備述，就喚女兒出來相見了。指道：「此女自出痘時便與施氏有約，如今悔之無及！然冥數已定，吾豈敢違。況我妻男並喪，無家可奔，倘得收吾女爲婢妾，吾身雜童僕，終身力作，以免犬報，吾願畢矣。」說罷，涕淚交下。李翁憐閔其情，述於施還，勸之甚力。施還道：「我昔貧困時仗岳父周旋，畢姻後又賴吾妻綜理家政，吾安能負之更娶他人乎？且吾母懷恨身亡，此吾之仇家也，若與爲姻眷，九泉之下何以慰吾母！此事斷不可題起！」李翁道：「令岳翁詩禮世家，令閫必閑則，以情告之，想無難色。況此女賢孝，昨聞祠堂三犬之異，徹夜悲啼，思以身贖母罪。取過門來，又是令閫一幫手，令先堂泉下聞之，必然歡喜。古人不念舊惡，絕人不欲已甚，郎君試與令岳翁商之！」施還方欲再卻，忽支參政自內而出，道：「賢婿不必固辭，吾已備細聞之矣。此美事，吾女亦已樂從，即煩李翁作伐可也。……」言未畢，支氏已收拾金珠幣帛之類，教丫鬟養娘送出以爲聘資。李翁傳命說合，擇日過門。當初桂生欺負施家，不肯應承親事，誰知如今不爲妻反爲妾，雖是女孩兒命薄，也是桂生欺心的現報。分明是：

周郎妙計高天下，賠了夫人又折兵。

那桂女性格溫柔，能得支氏的歡喜，一妻一妾甚説得著。桂遷罄囊所有，造佛堂三間，朝夕侫佛持齋，養三犬於佛堂之內。桂女又每夜燒香爲母兄懺悔。如此年餘，忽夢母兄來辭：「幸仗佛力，已脱離罪業矣。」早起桂老來報，夜來三犬，一時俱死。桂女脱簪珥買地葬之，至今閶門城外有三犬塚。桂老踰年竟無恙，乃持齋悔罪之力。卻説施還虧妻妾主持家事，專意讀書，鄉榜高中。桂老相伴至京，適值尤滑稽爲親軍指揮使，受賕枉法，被言官所劾，拿送法司究問。途遇桂遷，悲慟伏地，自陳昔年欺誑之罪。其妻子跟隨於後，向桂老叩頭求助。桂遷慈心忽動，身邊帶有數金，悉以相贈。尤生叩謝道：「今生無及，待來生爲犬馬相報。」桂老嘆息而去。後聞尤生受刑不過，竟死於獄中。桂遷益信善惡果報，分毫不爽，堅心辦道。是年，施還及第爲官，妻妾隨任，各生二子。桂遷養老於施家。至今施支二姓子孫蕃衍，爲東吳名族。有詩爲證：

桂遷悔過身無恙，施濟行仁嗣果昌；

奉勸世人行好事，皇天不佑負心郎！

卷十三　〈爭嗣議力折群言，冒貪名陰行厚德〉

入話：

敘述東漢許武讓產得高名的故事，與《醒世恆言》卷二．〈三孝廉讓產立高名〉取材相同，但描述極詳盡，佔本卷篇幅之半，最初來源出自《後漢書》七十六．列傳第六十六．〈許荊傳〉：

許荊字少張，會稽陽羨人也，祖父武，太守第五倫舉爲孝廉。武以二弟晏、普未顯，欲令成名，乃請之曰：「禮有分異之義，家有別居之道。」於是共割財產，以爲三分，武自取肥田、廣宅、奴婢強者，二弟所得，並悉劣少。鄉人皆稱弟克讓，而鄙武貪婪，晏等以此並得選舉。武乃會宗親泣曰：「吾爲兄不肖，盜聲竊位，二弟年長，未豫榮祿，所以求得分財，自取大譏，今理產所增，三倍於前，悉以推二弟，一無所留。」於是郡中翕然，遠近稱之。位至長樂少府。荊少爲郡吏，兄子世，嘗報讎殺人，怨者操兵攻之，荊聞乃出門，逆怨者跪而言曰：「世前無狀相犯，咎皆在荊，不能訓導，兄既早沒，一子爲嗣，如令死者傷其滅絕，願殺身代之。」怨家扶荊起曰：「郡中稱賢，吾何敢相侵，因遂委去，荊名譽益著，太守黃

競舉孝廉……」〔註 23〕

正話：

敘一婦人程氏，夫亡無子，立二房吳有源之子如泉爲嗣，程氏得嗣，所需供給件件加倍，需索頗多，人皆以爲貪，後程氏八十歲生日，始道出所需供給皆供養各房遺孤窮苦者，並輔助嗣子家業，累世富厚。本卷故事諸書未見載記。

卷十四　〈遇賞音窮途吐氣　酬知己獄底抒忠〉

入話：

敘唐吳保安棄家贖友的故事。與《古今小說》卷八‧〈吳保安棄家贖友〉同，文長不錄。

正話：

敘蘇州名優唐六生，頗有個性，不肯向人爭媚取憐，常嘆世無知已，後至蘭州府，受方布政賞識，其後方布政下獄，六生四處奔走打點，及方布政死，又爲其盛殮，從此火復度曲，不知所終。本卷故事來源待考。

又回末記附記一則明正統年間，京師妓高娃爲昌平侯楊俊節的故事。出《情史》卷一‧〈情貞類〉：

〈高娃〉

高娃者，京師娼也，自幼美姿容，昌平候楊俊與之狎，猶處子也，昌平去備北邊者數載，娃閉門謝客，天順中，俊與范都督廣爲石亭所搆，以正統十四年，大駕陷土木，俊等坐視不救爲不忠論死，二人赴市，英氣不挫，楊尤挺頸但云：「陷駕者誰？今何在？吾提軍救駕，殺之居宜。」親戚故吏無一往者，俄有一婦人縞而來，則娃也，揚顧謂曰：「汝來何爲？」娃曰；「來視公死。」因大呼曰：「忠良死矣。」觀者駭然，楊止之曰：「已矣，無益於我，更累苦耳。」娃曰：「我已辦矣，公先往，妾隨至。」楊至戮，娃慟哭，吮其頸血，以針綿紐接著於頸，顧楊氏家人曰；「好葬之。」即自取練縊於旁。

按：《紀錄彙編》卷之二百三亦載有此條，事蹟皆同，但名作高三，疑誤。《七修類稿》卷五十一‧〈奇謔類〉‧義娼條所述同。〔註 24〕

〔註 23〕見百衲本《後漢書》(台灣商務印書館，民國 57 年 9 月臺二版)，卷七十六‧列傳第六十六‧〈許荊傳〉，頁 3699～3700。

〔註 24〕見《七修類稿》(台北：新興書局，民國 72 年出版)，收錄於《筆記小說大觀》第三十三編，第一冊，頁 748。

卷十五　〈墮奸謀險遭屠割，感夢兆巧脫網羅〉

入話：

引〈老神仙傳〉一文，敘明末在張獻忠軍中，有一醫術高明的陳士慶生平事蹟。《明代軼聞》卷六·亂賊記中載有〈老神仙〉一文，敘述頗詳，可無參考，附載如下：

〈老神仙〉

蜀中劉文季爲余言，昔獻賊中有所謂老神仙者，事甚怪，能生已死之人，續已斷之肢與骨，賊眾敬如神明焉。其初被擄時，將殺之矣，賊擄人不及殺，審其人，凡一技一藝者，皆得免，神仙比能以泥塑像獲免，賊中遂以塑匠呼之。一日，塑匠滌大釜沃水，折屋爲薪燎之，水沸，沸凡數，以一榜左右攪成膏，賊眾駭異爭相傳，獻賊聞謂：「妖人。」又將殺之，塑匠曰：「願一言以死，王不欲成大事邪？何故殺異士。」獻賊異而問之，曰：「臣有異術，能生人，此膏乃仙授，或刀斧、或搒掠受重創者。臣能頃刻完好。」獻賊即推一人試之，立驗。獻賊殘忍，日殺人劓刖人至笞無算，笞凡數百，血肉糜潰，氣息僅存者，付塑匠以白水膏傅之，無不生，且立刻杖而行軍中爭趨之。餽遺飲食無虛，日以是食衣囊橐漸充矣，獻賊有愛將某者，攻城爲飛礮所中，去其頦，奄奄一息矣。塑匠曰；「易與耳。」即生割一人頦之，傅以膏，一日而甦，飲啗如未割也。時孫可望在賊中爲監軍，夜被酒。殺一嬖妾，且行三十里，醒而悔之，道遇塑匠，笑問曰；「藍軍夜來未醉耶，何有不豫色然。」可望告以故，塑匠曰：「監軍果念其人乎！吾當回馬覓之。」可望曰：「唉！起營時，尺已不知何在，想爲犬豕啖矣！何從覓邪！」塑匠曰；「監軍若令我覓，何物犬豕，敢啖貴人乎。」可望曰；「鼠子紿我，汝欲逃耶，我當遣介士押汝往見覓。」塑匠曰：「何處覓，覓不能得。」可望怒曰；「汝何戲我。」塑匠指道旁舁一氈橐曰；「何須覓，即此是也。」可望曰：「已朽之骨，何舁之。」塑匠笑謂監軍曰：「曷啓之。」可望下馬解氈，則星眸宛轉，厭厭如帶雨梨花，帳中之魂已返矣。可望喜噪，一軍皆驚聞於獻賊。獻曰：「此神仙也，當封之。」且封，恐眾不知，時營大澤中，下令軍中人備一几，以次日廣集原野，是時賊眾十萬餘，令以數十萬几累之，擇累之最高者，謂拜仙臺。於是衣塑匠以深衣，巾以綸巾，方履絲絛，塑匠身高六尺，廣顙闊面，口大有鬚，望之如世所繪社神者。然命之升臺，臺高且危。匠怯不欲登，獻賊令軍士，各持弓矢滿以向之曰：「不登即射。」塑匠不得已，及其半，惴慓惶懼，而萬矢擬之如的，不敢止，勉登其上。獻賊令三軍釋弓矢羅拜其下，呼老神仙者三，於時聲震天地。自此不復呼塑匠。而皆曰：「老神仙矣。」老神仙亦自此不輕試其術，有渠賊某者，戰敗傷其足，脛骨已折，折不斷者皮僅寸耳，求神仙治辭以不易，某哀號宛轉，盛陳金帛以請。老神仙揮之曰：「此身外物，吾無需，雖然，吾不忍將軍之創也，吾無子，將軍能養我乎。」某指天而誓，願終身父事之。老神仙從容解所佩囊，出小鋸，鋸斷其足，上下各寸許，取生人脛度其分寸以接之。傅藥不數日而愈。自此賊中凡求其藥者，皆不敢侈餽遺，爭投身爲養子矣，獻賊有幸婢曰：「老腳者。」美而慧，善書畫，腳不甚纖，因名，凡賊中移會偵發文字，皆所掌之，獻賊嬖之，燕處有所思，老腳見其獨坐，私往侍之，賊不知其爲老腳，疑旁人伺，以所佩刀反手擊之中其腰，折骨劃腹出腸而死，獻賊省之，悔恨惋痛，急召老神仙曰：「死不能救。」獻賊罵曰；「老狡，監軍妾亦已死者乎，汝不能救，吾當殺汝以殉。」老神仙逡巡曰：「需時日方可。」獻賊急欲其生，限三日，老神仙請期三七，比酒合藥灌之，一七喉間格格有聲，老神仙賀曰：「可救矣。」七日當復，因取水潤其腸納腹中，引針縫之，傅以藥，夾以木板，約以繩，果七日而老腳步履如常時。及獻賊死賊眾潰，從蜀奔滇，生平素德於老神仙者，衛之來滇。永明至，賊眾多爲僞王候，老神仙笑傲王侯間，擁厚資，闢室城東隅，累石成山，鑿井爲地。旁植花木，蓄朱魚數百頭，客至浮白，呼魚出水以娛，醉則高歌而臥不顧也。迨永明奔緬甸，老神仙從之行，及騰越，居常向空咄咄，若有所訴。一日爲文季曰：「吾老矣！將奈何？」文季曰：「等死耳，公何惜，但公之異術，素靳不與人，致絕其傳，是可惜者。」神仙曰：「吾非靳也，吾師授我時，有戒也。」因訊其所授之由，曰：「某陳某、河南鄧州人，名家子，少嘗入鄉塾，性不樂章句，塾側有塑神佛者，時就與嬉，塾師時扑責之，歸而父母復責以不學，不能學，不能耐，遂出亡。」悵悵無所適，因禱於關帝得籤云：「他日王候欲並肩，自顧一喪家子，何得並肩王侯哉！」然神定不誣我，與王侯可並肩者，惟仙人，素聞終南多隱仙，願往從之，窮登涉，忍飢寒，遍訪無可從者。一日至山後，遙望絕壁上有洞，人出入，因披荊棘，踞巉岩，達於洞。見一道者坐石上，脩然異凡人。余幸曰此：「吾師也。」因長跪以請，道士不顧，拂袖歸洞，余不敢入，即洞口稽首而已。如是者三日，忽一童子持一物示余曰：「師食爾，狀如糕，色百。方僅二寸，味甘如飴，食之，遂不復飢。余竊喜益信，拜求七日，道者忽出。」問余者：「癡子，汝欲何爲。」余告求仙，道者晒日去：

「汝非此中人，何自苦爲。」余自念無所歸，惟投崖死耳，涕泣以求，道者曰；「已而，吾念汝誠，有書一卷授汝，資一生衣食，好爲之，勿輕洩。洩雷擊也，速去毋久留，徒飽虎狼耳。」余得書驚喜，倉皇下山，省之皆禁方也，可三十頁，道延安：人爭傳。某巡撫者，有愛女戲鞦韆，傷足，骨出於外，醫莫能療，募能醫者，金二百，快騍一匹。余往應募，依方試之，果瘥，余於是囊金乘騍歸，吾父怒出而亡，且疑多金，是時賊已起，謂余必從不義，首之官，將置之法。余族兄孝廉某白無辜，出獄，訊其故，因出書，余父聞余出，持大杖奔族兄家。余族兄反覆解喻不信，并陳書以實，余父愈怒，裂書焚之，族兄從火中奪得，僅四頁，余急懷而逃。今之所用者，皆燼餘之四頁也。年久，其頁者亦不知何往矣。」其自述如此，居無何以疾死，嗚呼！不龜手藥一也，一以封侯，一不免於洴澼，顧所用異耳。向使老神仙能體父志，不陷於賊挾此術遊當世，盧扁華陀，不得專美於前矣，惜其狃於貨利，遂安神仙之名，而終以賊死。雖然人之遇仙與不遇仙，惟視福德之厚薄，老神仙得其書而不能全，其福可知矣。嘗見稗官所誌候元者，樵山遇老人，授兵法，卒作賊，戮其身，頗類此。常怪仙人不得其人，即秘其傳可也。何往往傳非其人，以致戕害，仙亦何忍哉。且終南道者亦未必有眞仙，聞其膏，乃以處子陰户油煉之，火光滿室，燄升屋梁，光息而膏成。此豈仙人救人之方乎！本草以多用蟲魚，致遲上昇十年，況殺人以救人邪！且不獨一人，須數十百人也。是老神仙者，則亦始終一從賊而已。〔註25〕

正話：

敘蘇州秀才賈任遠往洞庭山覓館，途遇醫家麻希陀延聘至府教授其子，但云不可出書房一步，原來麻希陀取人體爲葯材，任遠窺探後心膽俱碎，後感異夢，方才脫險。本卷正話故事，直接來源待考，然其部份故事情節與《曠園雜志》後卷十四．〈冥府延師〉相似，茲錄於下，以資參考比較。

〈冥府延師〉

仁和臨平鎮某生，貧而無館，除外至小港閒步，忽見一舟來繫樹下，有一役持柬疾走，訪某名。某云：「何事？」役云：「我主人欲延某爲師。」某云：「即我也。」接其大字柬，姓吳名奎文，兼出聘金二十兩，詣其家，某約於明春走館，役云：「主人迫欲請，不能待。」隨登舟至其家，恍惚

〔註25〕見《明代軼聞》（台灣中華書局，民國56年出版），卷五，頁157～162。

間，門第巍煥堂皇宏敞，但不設座。俄而主人冕服出迎，至書館即入內，命其徒出拜，閒繙架上書，非人世所有。問徒所從學，乃詩古文也，一日其徒他出赴宴，囑其師云：「堂側郎房有門封固，不宜窺伺。」某心疑懼，至更餘步至其所，啓門一縫，窺見主人端坐中堂，兩郎皆胥役，門外有悲戚聲，俱縲絏待審者，已而次第拷訊，某驚怖欲絕，次日，其徒至館云：「昨囑師勿往觀，不意夜間潛窺，今緣盡不能復留矣。」某問故，卒不言，即贈半載修金五十兩，送之歸，師弟亦流涕不忍別，至河干乘舟仍在，其送者亦即前役也，比登岸，舟與役俱不見。〔註26〕

卷十六　〈方正士活判幽魂　惡孽人死遭冥責〉

入話：

引明魏禧〈地獄論〉三篇，見《魏叔子文集》卷一，文字皆同。〔註27〕

正話：

敘述昆山鄉賢朱用純，學問淵博，立品端正，一夜為人請往冥間審案的故事。本卷故事諸書未見載記。

根據以上溯源結果，《娛目醒心編》十六卷之入話及正話具故事情節者共二十五個，其中可以考見直接材料者凡有七個，類似者凡有八個，至於未見出處或可能杜綱簒創者凡有十個，因此可見《娛目醒心編》一書創作時，凡有依託書面材料或民間傳說者不少，然亦有虛擬摹想之篇，而其創作方式與歷來小說之創作方式實相呼應。至於有所依託之篇目情節，並非完全因襲不變，而是加以敷演改寫，成為更加精采之文字。

第三節　許寶善的評點與內容分析

評點是我國傳統的文學批評形式，從前學者在讀書時有了心得，每在字裏行間或文章的前後部份加上一些精簡的評語或用朱墨圈點來品評詩文，用以識明上下，這種文學藝術評論的形式，稱之為評點。此種欣賞品鑒方式為我國極具民族特色的一種審美習慣。

評點包括圈點與評論二大部份，圈點的運用最早記載可以追溯至《三國志·魏志·

〔註26〕同註10，頁6656～6657。

〔註27〕參見魏禧《魏叔子文集》(台灣商務印書館，據易堂藏板影印，民國60年出版)，頁181～197。

王朗傳》裴松之注文：「遇，字秀直，……善《左氏傳》更爲作朱墨別異」〔註 28〕到了有明一代，圈點更爲古文家們提倡，歸有光評點《史記》時曾用不同符號標誌的方式，直到清代，仍受到桐城派大家姚鼐的讚譽，「於學文最爲有益，圈點啓發人意，有愈於解說者矣」〔註 29〕在這種風氣盛行的情況之下，小說自然運用此一方式來標示重點或作讚賞、感嘆之用。

至於「評」字，後漢時許劭有「月旦評」，用以評人。而南朝鍾嶸則運用於《詩品》，品評文學的上下等第，爾後隨著科學制度以文取士的需要，更有古文評註。通俗小說評點的產生則遲至明代，早期的小說評點是由一些書賈寫作，例如余氏雙峰堂刊行由余象斗評點的《水滸志傳評林》、《批評三國志傳》等，在理論方面並無太大價值。到了明萬曆年間，李贄的容與堂刊本與袁無涯刊本《水滸傳》評點出現，才使小說評點變成了一種文學批評的獨特形式。明清之際，金聖嘆的評點，無論在理論深度或形式運用上，都更臻圓熟，於是小說評點成爲一種廣泛應用的文學批評形式，極富群眾性及具有社會影響力，在有清一代更形蓬勃發展。

小說評點的體例，「一般先冠之以『序』，繼而有『讀法』，相當於一部著作的總綱，揭示作品的意旨、重點和特點，帶有導讀的性質，體現了評點者對作品的整體性評估。每一回的回前或回後有總評（回評），就此回的若干問題加以議論分析，也屬宏觀性批評。在每一回中，又有眉批、夾批、旁批，對作品的具體情節描寫和語言運用予以微觀評析。」〔註 30〕評點的內容十分廣泛，評點者可以從不同的角度去分析、評價作品，亦可根據自身的審美感受，寫下評語、或評古道今，或借題發揮，且評點文字不拘長短，更可使之生動活潑，別見風格。

《娛目醒心編》由許寶善評點，在體例上具有序跋、回末總評和每一回中的夾批等三種樣式。以下將依序跋及回評、夾批等部份，分別討論相關的問題。

一、序　跋

小說評點產生後，序跋成爲不可或缺的部份，序跋的價值除了提借豐富的小說理論資料外，更具有史料價值，可以幫助我們了解原書作者的創作動機、生平、思想等多方面信息。以《娛目醒心編》來說，許寶善所寫的序跋即具有以上的作用，其中值得討論的地方頗多，茲先錄原序於下：

〔註 28〕見百衲本《三國志》·〈魏志〉卷十三（台灣商務印書館印行，民國 57 年 9 月臺二版）。

〔註 29〕見周啓志主編《中國通俗小說理論綱要》（文津出版社印行，民國 81 年 3 月出版），頁 314。

〔註 30〕見葉朗《中國小說美學》（台北：天山出版社，民國 77 年出版），頁 15。

《娛目醒心編》

稗史之行於天下者，不知幾何矣。或作詼奇詭譎之詞，或爲豔麗淫邪之說。其事未必盡眞，其言未必盡雅。方展卷時，非不警魂眩魄。然人心入於正難，入於邪易。雖其中亦有一二規戒之語，正如長卿作賦，勸百而諷一。流弊所及，每使少年英俊之士，非慕其豪放，即迷於豔情。人心風俗之壞，未必不由於此，可勝嘆哉！至若因果報應之書，非不足以勸人。無如侃侃之論，人所厭聞，不以爲釋老之異教，即以經生之常談，讀未數行，卷而棄之矣。又何益歟？草亭老人家於玉山之陽，讀書識道理，老不得志，著書自娛，凡目之所見，耳之所聞，心有感觸，皆筆之於書，遂成卷帙，名其編曰：「娛目醒心」，考必典核，語必醇正其間可驚可愕可敬可慕之事，千態萬狀，如蛟龍變化，不可測識，能使悲者流涕，喜者起舞，無一迂拘塵腐之辭，而無不處處引人於忠孝節義之路，既可娛目，即以醒心，而因果報應之理，隱寓於驚魂眩魄之內，俾閱者漸入於聖緊之域而不自知，於人心風俗不無有補焉，余故急爲梓之以問世，世之君子幸勿以稗史而忽之也。

在序中，我們可以清楚知道作者的創作動機及有關作者的一些資料，這部份已在前面章節討論過，在此不再贅述。另外一點值得注意的是序中提及小說的功能問題，早在通俗小說的雛形階段，志怪小說的作者便提出娛樂功能的觀念，如晉干寶《搜神記》序中言：「今粗取足以演八略之旨，成其微說而已。幸將來好事之士錄其根體，有以游心寓目而無尤焉。」〔註 31〕至明代胡應麟云：「小說者流，或騷人墨客，遊戲筆端，或奇事洽人，蒐蘿宇外。紀述見聞，無所迴忌，覃研理道，務極幽深。其善者，足以備經解之異同，存史官之討覈，總之有補於世，無害於時。」〔註 32〕將作者的創作動機與影響，總括爲「有補於世，無害於時」八字。認爲通俗小說除了純供娛情遣興之用外，另具「有補於世」的教化作用。

《娛目醒心編》序文中卻明白指陳，一味主張娛樂功能這類作品「或作詼奇詭譎之詞，或爲豔麗淫邪之說」，而少「規戒之語」，「流弊所及，每使少年英俊之士，非慕其豪放，即迷於豔情。人心風俗之壞，未必不由於此。」另一種主張勸懲功能的作品，則「至若因果報應之書非不足以勸人。無如侃侃之論，人所厭聞，不以爲

〔註 31〕見干寶《搜神記》序言（台北：新文豐出版公司，民國 73 年 6 月出版），《叢書集成新編》第八十一冊。

〔註 32〕見胡應麟《少室山房筆叢》〈九流緒論下〉（台北：新文豐出版社，民國 78 年出版），《叢書集成續編》第十冊。

釋老之異教，即以爲經生之常談，讀未數行，卷而棄之矣。又何益歟？」這二種創作主張，評者許寶善皆不表贊同。

於是他提出自己的看法，主張文學作品應「既可娛目，即以醒心，因果報應之理，隱寓於驚魂眩魄之內，俾閱者漸入於聖賢之域而不自知，於人心風俗不無有補焉。」將娛樂功能及有益世道人心的教育效果同時包括，兼及二者的功能，可以說承繼了胡應麟「有補於世，無害於時」二者的功能，且更進一步開展，這種自覺的意識十分高明，對文學特徵及文學作品的社會作用，可說是相當深刻的見解。

二、回評與夾批

在每一回故事中，評點者可以運用眉批、夾批、旁批等方法，直接追隨原文，對作品的具體情節描寫和語言文字的運用進行微觀評析，從不同的角度去議論作品本身的得失。第一回的回前或回末的總評，可就該回的若干問題加以議論分析。《娛目醒心編》的評者許寶善係採雙行夾批及回末總評的方式來評點本書，全書雙夾批語計有一四三條，及十六回的回末總評，其中內容涉及人物形象、情節結構、表現手法等方面，不乏一些具有價值的評語，今將評語內容分類略舉數例如下：

1. 涉及人物形象之評語，如：

〔正文〕國棟一見友仁便道：「你來了麼？」友仁答聲：「纔到。」又問：「這位何人？」友仁道：「就是拾他銀子的，兄別後，我等到次日下午，纔趕來說明了，故同他來拿銀子。」國棟道：「你既拾得便該還他了，爲何領到這裏來？」

〔雙夾〕小人聲口如此如此。（《娛目醒心編》許寶善穆堂評本卷九）

藉著這段丁國棟與康友仁的對話描寫，通過人物語言的表達，顯示丁國棟貪鄙的嘴臉，由一開始見到友仁便冷淡的道：「你來了麼？」看見友仁帶人前來，明知所爲何故，卻故意問道：「這位何人？」及友仁道出欲索回托管的失銀時，國棟當下撇清，若無其事的說：「你既拾得便該還他了，爲何領到這裏來？」將丁國棟昧心賴銀的小人行徑繪殆盡，所以許寶善特有此評。

〔正文〕既葬之後，相待之情漸漸比前不同矣。朱漁翁只道他爲葬事忙亂，故待他冷淡，熟知一日怠慢一日，相見時佯佯不睬，始而每食四樣，有酒有肉，繼而供給漸薄，葷腥全不見面。女兒本與婆婆同吃的，後來叫他與父母同吃了。家人婦女見主人將他簡慢，皆冷眼相看，要湯沒湯，要水沒水，全不來答應，甚至背後裝鬼臉說趣話。

〔雙夾〕小人情狀，實是如此。（《娛目醒心編》許寶善穆堂評本卷十）

此段正文描述自陰員外得到朱女陪嫁的吉壤葬地後，上至陰員外，下至家中奴僕，均對朱漁一家冷眼相待，借飲食供應的縮減、傲慢的態度，將一群勢利小人的嘴臉和行事態度的轉變，一一詳實道出。

〔正文〕其子到有十六七歲，一心好賭，摸著了父親藏下的銀子，背著眼不論高低上下，就是乞丐花子，隨他跌錢擲骨，贏了不歇，輸完才是。

〔雙夾〕好賭之人，每每如是（《娛目醒心編》許寶善穆堂評本卷十一）

藉蓋有之之子，將喜好賭博者的習性，顯露出來，雖寫蓋有之之子，實則一般好賭者皆如此，故許寶善特有此評。

〔正文〕保安看了書，急忙整頓行李向長安進發，要知姚州到長安有三千餘里，東川是順路，保安竟不回家，直到京都，求見郭元振相公，誰知撲了一個空，一個月前元振已經薨逝，家小都扶柩回去了，斯時保安大失所望，復身回到遂州，對妻子張氏放聲大哭道：「吾今不得顧家矣！」

〔雙夾〕眞血性，眞君子。（《娛目醒心編》許寶善穆堂評本卷十四）

吳保安因視郭仲翔爲平生知已，一接獲他身陷蠻中的求贖信，便馬不停蹄的遠赴長安，向其叔求助，途中甚至過家門而不入。千辛萬苦來到長安後，卻驚聞其叔郭元振相公薨逝，家人皆扶柩回鄉，於是希望頓時落空。吳保安失望的回到家中，對著妻子大哭道：「吾今不得顧家矣！」表示他將有營救郭仲翔的其他計劃，將爲了朋友之義妻拋夫婦之情了。其爲朋友所表現的言行，可稱爲血性君子，所以許寶善特有此評。

2. 涉及情節結構之評語，如：

〔正文〕有德見女兒衣服外面罩件色衣，便想道：「他是最講究道理的，今日爲何改其裝束來。」正欲開口，只見女兒一到堂前雙膝跪倒，兩眼交頤，放聲大哭道：「馬氏後代絕矣！女兒異日必做無祀之鬼，永無出頭日子了，望爹爹救我一救。」有德見此光景，大爲驚駭，自忖：「女兒常守閨訓，今來求救於我，難道不能守節，意欲改嫁，欲求父母作主不成？」因道：「汝且起來坐了細說。」長姑總不肯起，但道：「女兒有一句話，爹娘如肯聽吾，則女兒便可得生，如不依吾，今日即死於爹娘之前。」有德愈疑，家人在旁聽著，也疑到長姑只一句話，不明白的話，自然思量嫁人了，惟死父母不依，故此以死相唬，有德慢慢的道：「汝素知道理，所以吾平日最聽汝言，今日汝所欲言，一定合理，吾何爲不依。」

〔雙夾〕一面含糊，一面疑心，四處八方一時寫到越忙越閑。

這段正文描寫唐長姑於服喪期間，身穿色衣回娘家拜訪，其父唐有德見其女改變裝束，心中已有疑慮，再見長姑大哭跪倒在地說些含糊之詞，更覺疑心。故事便在唐父的疑心，長姑目的未明的相間表現下，情節一步步開展，將兩人的心理反映，面面寫到，毫不遺漏。

〔正文〕「因念馬氏世代的積德，公公一生仁厚，吾丈夫爲人念書好學，存心厚道，不應無後，即女兒賦命多蹇，亦自信無他，何至受此慘報，今承繼無人，遂致宗斬祀絕。」長姑說到此處，淚如湧泉，伏地悲鳴，哽咽不能成聲，旁人遂掩面而欷歔，有德夫婦亦流淚不止。

〔雙夾〕百忙中，寫得細緻絕倫。

描寫唐長姑言及傷心處的情狀，且描繪極仔細，指其「淚如湧泉，伏地悲鳴，哽咽不能成聲」，並兼及旁觀諸人的表情，描寫極細，故許寶善方有是評。

〔正文〕長姑見公公說侃侃鑿鑿，全無一點通融之意，便將庚帖放在桌上道：「公公可去送還，媳婦今日拜別公公了。」一面拜別，一面取出利刃，便向頸上要刺，唬得元美倉皇無措，刃在媳婦手中，不便相奪，百忙間連聲道：「吾依，吾依。」

〔雙夾〕事情忙殺，文章閒殺。

〔回末〕自怡軒主人曰：「事奇文亦奇，中間寫長姑歸求父母，至回見元美一節，淋漓曲折，如千手觀音，面面是相，與史公寫鉅鹿之戰，同一筆妙，觀者不得以稗史忽之。」(《娛目醒心編》許寶善穆堂評本卷二)

前段正文敘唐長姑以死相逼，迫其公公答應娶幼姑爲妻，長姑以利刃作勢刺頸，馬元美嚇得倉皇無措，又不便將唐長姑手中利刃拿開，又恐她想不開，只得連聲答應，寫慌忙緊張的情形，描述得有條不紊。故許寶善批云：「事情忙殺，文章閒殺。」

〔正文〕張氏母女遇難獲救一節。

〔雙夾〕以上一段，寫得拉拉雜雜，如火如花，百忙中卻自脈縷井井。(《娛目醒心編》許寶善穆堂評本卷七)

錯雜是形式美的要素之一，也是結構小說情節的原則，條分理晰是安排情節的另一要素。正文描述張氏母女遇難獲救一節，將曾公子營救金姐及其母的情形相互交錯穿插，但是卻又自成條理，毫不紊亂，故許寶善批其「百忙中卻自脈縷井井」，確爲的評。

〔回末〕自怡軒主人曰：「汪婦之淫濫，胡巖之兇惡，已令人髮指皆裂矣，而無恥之鄉宦又爲說情，糊塗之問官，遽爾聽信，直是氣憤欲絕。及至大儒作辨公義得伸，貞女之冤始白，天樂表廟食千秋，乃知福善禍淫天道自不爽也。卷中摹寫處有精神，有起落，如入山陰道上，應接不暇。」(《娛

目醒心編》許寶善穆堂評本卷八)

許寶善依據卷八〈御群凶頓遭慘變　動公憤始雪奇冤〉全回故事作總評，故事中的人物如汪婦之淫濫、古巖之兇惡、糊塗官吏及無恥鄉宦皆有所評，並對書中一波三折的故事情節結構作出評論，言其「卷中摹寫處有精神，有起落，如入山陰道上，應接不暇。」評點文字兼及內容與技巧的評述，十分完整。

以上略舉數例以明評者評點本書的大概情形，總括而言，許寶善的評點十分注意思想內容的分析，帶有較強的道德倫理的色彩，至於作品的章法結構、人物形象的批語亦不在少數，就小說評點理論的範疇而言，並無太大貢獻。不過，評點文字明白而精簡，不落八股文評點咬文嚼字的窠臼，這一點是值得稱許的。

第四章　思想探微

第一節　儒學思想

儒學是傳統文化的重要組成部份，從孔子被尊爲「至聖先師」，其學說歷經孟子、荀子的闡揚，在百家爭鳴的戰國時代已成爲顯學。漢武帝提出「罷黜百家、獨尊儒術」之後，儒學經過漢儒的積極發揚，便成了影響深遠的傳統思想，歷代的儒學代表人物根據當時社會發展情形及政治現狀，不斷加以發揮及補充以適應實際的需要，在這種情況之下，儒學的影響可說是無所不及，它支配著人民的精神生活和物質生活，對政治、思想、倫理制度、道德、文學、藝術等方面產生了最直接、最深刻的作用。

《娛目醒心編》卷一〈走天涯克全子孝　感異夢始獲親骸〉即敘述孝子曹士元萬里尋親遺骨，中間歷經艱難險阻，終于負骨而回。作者極力讚揚此一孝行，於篇首議道：「果其仁孝之念，發于至性至情，一當骨肉分離，生必尋其蹤，死必求其骨，極艱難困頓之時，而此心不爲少挫，則鬼神必爲之呵護，天地必爲之周全，畢竟報其苦心，完其骨肉而后已。」全篇主旨在「孝可格天」，借此篇闡揚孝道。

孝的觀念在周代即有，但孝的對象是祖先，屬於宗教性活動。孔子提倡孝道最主要的意義在它的社會功能，中國傳統社會是以家族爲基本單位的農業社會，在這樣的社會裏，最基本的要求除了和諧安定之外，便是延續宗祀了，《娛目醒心編》卷二〈馬元美爲兒求淑女　唐長姑聘妹配衰翁〉全篇便架構在「不孝有三，無後爲大」的題旨上。文中敘述唐長姑爲免馬家宗祀滅絕，於是以死相逼，使公公與父母不得不應允其十九歲的胞妹姑成爲她的婆婆，爲馬家延續宗祀。作者稱讚唐長姑爲「天生大奇女子，識權達變，見得明，信得透，將人所不敢爲，不能爲的難事，辦得易若反掌，而極衰門戶變極盛家聲。」所持的觀點即是延續宗祀的孝道觀，取材上雖然新穎，但是以此種畸形婚姻形式達到目的，令人覺得庸陋，無法苟同。不過也反映出此種延續宗祀的孝道觀在傳統中國社會是極具影響力的。

關於人與人之間應遵循的行爲規範與道德準則是儒學向來強調的重要課題。孟子云：「聖人有憂之，使契爲司徒，教以人倫：父子有親、君臣有義、夫婦有別、長幼有序、朋友有信。」〔註 1〕即爲五倫，而「親」、「義」、「別」、「序」、「信」，則是處理此人之大倫的基本準則。這種倫理道德觀深植人心，維護傳統社會的基本結構的安定。因此在反映世態人情的小說中也有所體現。《娛目醒心編》卷三〈解已囊惠周合邑　受人托信著遠方〉中描述蔡節奄平日樂善好施，於解糧往京師途中，遇到因父疾急欲歸視的房之孝，卻因貨船託負無人而無法成行，蔡節庵於是義助房君盤費，並將貨物一并運往京師貨賣，事後且將本利一起交還房之孝。明示出一個輕財仗義，信守諾言的義士形象來，而房之孝亦有心人，不肯多受利錢，最後兩者連名具呈捐銀代民完稅，完就美事一樁。作者除了強調「朋友有信」之外，更提出「積善之家，必有餘慶」的觀點做爲文章總結。「信」在傳統社會是極爲重要的，人與人相處最重要的基礎莫過於此。因此「背信」是會受到嚴厲譴責的，《娛目醒心編》卷十二〈驟榮華頓忘夙誓　變異類始悔前非〉所描述胡居寵夫婦窮急之時履受陳秀英周濟，陳秀英且將先夫遺下黃金百兩借胡君寵求官之需，後胡君寵且官運日隆，家道興盛，卻失信忘報，不但悔卻兒女親事，且在秀英之子金哥前往求償黃金百兩之時，竟絕情以對，爾後胡君寵勢敗積鬱而亡，變爲犬類托夢於妻，其妻方知悔悟，速履前誓。作者的基本出發點是對於忘恩負義的「失信者」的譴責，從反面描述入手，不過借此張顯遵循「朋友有信」此五倫之一的必要性。通過反面形象的塑造，來達到肯定和頌揚此一儒家倫理道德的目的。

「義」也是儒家道德規範中的重要內容之一，卷十四〈遇賞音窮途吐氣　酬知已獄底抒忠〉中的名優唐六生雖是唱戲之人，但爲人頗有血性，不肯向人爭媚取憐，於落魄之際至蘭州府，受方布政賞識，故認方布政爲平生知己，後方布政緣事繫獄，六生四處奔走打點，及方布政死，又爲其盛殮，且濟助方布政的家眷。雖爲伶人，表現出來的義氣，令人敬慕。本卷入話所述吳保安棄家贖友一事，亦著眼於「義」的取材範疇，作者通過唐六生、吳保安的正面形象塑造，發凡「義」的眞諦及其重要性。

「君爲臣綱、父爲子綱、夫爲妻綱」是爲「三綱」，條列其首的即爲君臣的關係，臣事君的道德準則即是「忠」，所謂「忠」是指對君主忠誠盡職盡力。忠臣良吏爲人

〔註 1〕見《孟子》·〈滕文公篇〉（台北：藝文印書館，《十三經注疏》本），頁 98。

稱頌讚揚，實際是源於儒家仁政思想的影響，因為他們代表一股正義的力量，使因實行禮治而達到人民渴望的政治清明理想有實現的可能。相對而言，破壞這股清流的反面勢力，如貪官污吏，權奸惡霸就受到極端的痛恨與譴責。《娛目醒心編》卷五〈執國法直臣鋤惡　造冤獄奸小害良〉是據《明史》·〈馬錄傳〉改寫的〔註 2〕，敘述一被追緝的白蓮教餘孽李福達，以重賄得武定侯郭勛的庇護，竟得援例輸粟，成了朝廷命官，後事跡敗露，巡按馬錄審定此案，有旨正法，不料，一時之間，言臣猶心懷不平，紛紛參劾郭勛，郭勛為了自保，便求助於朝廷心腹寵臣張璁、桂萼，兩人進讒言，正觸及嘉靖帝因議禮一事所派生的積怒，竟命張璁、桂萼二人重新會審，李福達反得無罪開釋，馬錄等一干忠臣俱遭廷杖，發邊衛充軍，形成一大冤獄。形成一大冤獄。按《明史》的載記，此嘉靖六年發生的冤獄事件，至嘉靖十六年皇子生，始有數人逢赦，而張璁、桂萼二人，因「有功」而加官進爵，並封三代誥命。至於忠而遭誣的馬錄，終生未蒙赦免，卒於戍所。作者在本卷改變結局為四川白蓮教蔡伯貫事敗，致此一冤獄因而平反，並藉都御史龐尙鵬上言道：「武定侯郭勛與閣臣張璁、桂萼庇一福達，當時流毒縉紳至四十餘人，衣冠之禍，莫此為烈。今三臣雖死，理合追奪官爵，以垂鑒戒。被冤諸臣，宜特加優異，以伸忠良之氣。」於是馬錄欽召進京，復為御史，餘盡加官贈爵。將一原本悲劇性結局改變為權奸受懲，忠良得以昭雪的理想結局，作者借此鞭笞結黨營私的佞臣張璁、桂萼與賊人相通的郭勛，以抒天下不平之氣。

卷六〈愚百姓人招假婿　賢縣主天配良緣〉描述錢監生看中王慕郭的養女壽姑，夥同張賽葛、李百曉謀圖良為妾，於是扯出壽姑好賭的生父，變成一件兒女相爭的訟案，這件訟案前後經兩位官府審理，審理結果卻有天壤之別。原因在於官吏的良莠不一，前任官府對民事不甚關心，事有疑難，全不細心體察，專聽胥吏之言，以致糊塗了帳，是非不明。繼任官府則是一位既有愛民之心兼有愛民之才的賢良官吏，能體恤民情，通達下意，不唯心力為勞，並且解囊相助，成就一樁美事。將一件極難分解訟案，處置得十分妥當，使奸巧者受奸巧之累，良善百姓仍得良善之益，充份體現出為民父母的良吏風範，作者藉一件訟案的審理情形，深入描繪官吏的良窳與否影響民生至鉅。卷八〈御群凶頓遭慘變　動公憤始雪奇冤〉描述張貞婦因其姑行為不端，常與一班惡少往來，張女堅拒同流合污，於是被殺身亡，死後猶蒙不白之冤，乃因此班惡少之首胡岩，其父與衙門相熟，素來在縣中仗勢橫行，案發後，胡岩父子賄賂典史、仵作等人，企圖逍遙法外，而有司不察又聽了胥吏一派胡言，

〔註 2〕參見本論文第三章第二節本事源流探討卷五正話部份。

幾乎使此案定讞而貞女含冤莫白，幸而歸有光義作〈貞婦辨〉一文，地方什紳同感義憤，方使此案有了轉機，最後眞相大白，眾凶得懲，貞女之冤得以昭雪。本卷除了讚揚張貞婦的節操之外，主要在揭露地方土豪惡霸的邪惡行徑，這股違背禮治破壞仁政的罪惡勢力與貪官污吏同樣受到批判。

卷十一〈詐平民恃官滅法　置美妾藉妓營生〉更塑造出一個典型的貪官蓋有之，用嚴刑酷法訛詐百姓銀子，貪贓斂財，與一班家奴書吏、皀快差人串通一氣，到任數年，把一縣的大家小戶整得民不聊生，怨聲四起，最後因鬧出人命，受害者群起控告，才被參劾下。作者筆鋒一轉，敘述蓋有之去官後竟開起妓院，當起煙花領袖，後遭嫖客盜案牽連，身受官刑，一命嗚呼！其子淪爲乞丐，其女捲財私奔，蓋有之一生造盡惡孽，算計銀利，取後到底成空，他的下場充份反映出人民對貪官污吏的憎恨。本書有關贊美清官，揭露權勢，譴責貪官污吏的三種表現意向，在不同的形象描繪下表現出對邪惡勢力的不滿與譴責，對正義形象的褒揚，其共同的基礎，正是源自儒家仁政思想的反映。

在數千年的封建宗法制度社會裏，爲子女制定了種種特殊的倫理道德規範，例如：「三從」未嫁從父，即嫁從夫，夫死從子；「四德」婦德、婦言、婦容、婦功、以及由此衍化而生的種種規範，成爲女性沉重的精神桎梏。西漢劉向作《烈女傳》，懸擬母儀、賢明、仁智、貞順與節義等多項婦女行爲標準，〔註3〕東漢班昭更作《女誡》七篇，將男尊女卑，夫爲妻綱和三從四德的典型等原本浮泛的觀念，系統編纂起來，成爲垂訓閨閣的道德經典。至宋儒對古代形成的禮教大加推重，婦女原本身上的枷鎖又多了幾道，「自宋人對於貞節的態度加嚴後，夫死守節，差不多爲個個婦人應盡的義務，甚言之，這種觀念差不多成爲人們下意識了。〔註4〕明代是獎勵貞節最力的時代，一部《二十四史》節烈婦女最多的莫過於《明史》〔註5〕迨於清，這股風潮依然不減，史乘方志列傳之烈女，竟至長篇累牘。在這種文化觀念的薰染教化之下反映世情的小說內容意蘊中，不免受其影響據此勾勒小說人物形象來圖解女性舊道德規範。」

卷二〈馬元美爲兒求淑女　唐長姑聘妹配衰翁〉全篇架構在「不孝有三　無後爲大」的題旨上，作者對唐長姑的讚美基於延續宗祀的孝道觀，一手促成此事的唐

〔註3〕據曾鞏考訂曹大家註《列女傳》時將其七篇，分爲十四，而合其中頌義爲十五篇，並加入陳嬰母及東漢以後十六事。宋代，蘇頌復訂此書爲八篇，意在還其舊觀，《四庫總目》則將無頌者刪去，變爲八篇，稱之《古列女傳》。

〔註4〕參見陳東原《中國婦女生活史》(台灣商務印書館，民國54年11月台一版)，頁177。

〔註5〕參見陳東原《中國婦女生活史》(台灣商務印書館，民國54年11月台一版附錄《二十四史》中之婦女覽表)。

長姑及落入畸形婚姻悲劇的唐幼姑，都是傳統婦德教化制約下的人物縮影，作者在作品中有段議論道：「從來人家盛衰興廢，在男子，不在女人。男子……光大門戶，亦是尋常之事。若女子，雖賢，不過孝順公婆，幫助丈夫，勤儉作家，親操井臼，不失婦道之常，使已夠了；設不幸丈夫早世，下無子嗣，能謹守門戶，潔清自持，已爲賢節之婦了；至若宗祀絕續，后代興廢，只好聽天由命。然此等議論專爲尋常女子而設，若果有大才大識，明于經權常變之道，處常不見其異，處變始見其能，譬猶隆冬閉塞之候，生機將斷，而一陽復發，枯木可使重春，祖宗血食賴以興，幹出來的事，爲夫家絕大功臣，豈不令人敬羨！」這段看似迂府的議論，卻恰巧顯示出宗法制度社會中，男尊女卑，夫爲妻綱等傳統文化心理的反映。卷十三〈爭嗣議力折群言　冒貪名陰行厚德〉程氏能甘受貪饕無厭之名，而暗裏普濟同宗各房，作者稱其曉大義，是個賢能婦人。判定的準則亦源於宗法封建社會的維護夫家根基穩固的價值觀。

此外，卷四〈活全家願甘降辱　徇大節始顯清貞〉入話所述的封氏女爲了拯救全家性命，不得不「從權」，然她始則曲意含忍，待時機成熟，便用計求脫，作者讚其「一段深心，全爲不忘故夫起見，豈非身雖受污，此心可對天日眞是女中丈夫！」正話則述崔氏安於貧苦，克盡婦職，其時地方大旱，餓殍相望，夫家借貸無門，瀕臨餓死，公公遂勸媳婦各尋生路，三媳崔氏謂另去適人，須得些身價，合家方免於餓死，後經媒婆說合，改適任監生，得聘金一百二十兩，臨別向其公公索去荒田十畝，立契寫明賣與任處，事妥后，崔氏竟自縊在迎親轎上。官府驗屍發現田奏上有「田歸任姓，屍歸王氏」八字，合府聞其事，莫不稱誦其烈。崔氏與封氏雖採不同方式表現節烈。但受作者極力張揚的共通點，即如前段所言是恪守「夫爲妻綱」保全夫家的模範女性。

綜觀全書作品所體現的意蘊，在不同程度上反映出受儒家思想制約和影響的痕跡，如張顯孝道，承續宗祀，以及源於仁政思想的對忠臣良吏贊美與對違背禮治的邪惡勢力的鞭笞，其他如「仁」、「義」等德行以及對傳統婦德的宣揚，在本書的形象畫廊皆可找到它的化身和體現者，這種創作現象，顯然是作者在不同程度上接受儒家道德規範和倫理思想，在人物形象塑造中加以藝術體現的結果，而且在相當程度上左右作品創作主旨的提煉方向及其基本性質的確定。

第二節　果報思想

中國固有思想中，早已存有以天爲主宰的現世報應觀念，遠至夏商周三代，便有敬鬼神之說。如《禮記》·〈表記〉:「夏道尊命，事鬼敬神」、「殷人尊神，率民以事神，先鬼而后禮」、「周人尊禮尙施，事鬼敬神而遠之」〔註6〕。《尙書》·〈湯誥〉亦云:「天道福善禍淫」〔註7〕都顯示此一觀念的存在。春秋戰國之際，孔孟諸子企圖以倫理常道來代替鬼神信仰，將宗教信念的報應觀，轉化爲道德信念的報應觀。如《易經》·〈坤卦文言傳〉云:「積善之家必有餘慶，積不善之家必有餘殃」。秦、漢重祭祀，漢代「天人感應」說盛行，賞善罰惡的報應觀念，也見載於典籍之中，如《說苑》·〈雜言篇〉:「人爲善者，天報以福，爲不善者，天報以禍」〔註8〕這種賞善罰惡的報應觀念，從先秦到兩漢一直深植於人民心中，但是中國早期的典籍對於因果、報應等觀念，並無深刻理論性的探討。

佛教傳入中國之後，爲因果報應觀念，提供了理論基礎，因果報應的「因」，就是因緣，「因緣生萬法」是佛法中的重要義理，佛教認爲生命是依「業」而輪迴的，現世人們的窮富禍福，是前世所造善惡諸業決定的「果」，今生的善惡行爲，則是導致來生禍福報應的「因」，因此，提倡「三世報應」說，所謂「三世報應」是指「現報」、「生報」、「後報」。《弘明集》·卷五·〈三報論〉云:

> 經說業有三報，一曰現報；二曰生報；三曰後報。現報者，善惡始於此身，即此身受；生報者，來生便受；後報者，或經二生、三生、百生、千生，然後乃受。受之無主，必由於心，心無定司，感事而應，應有遲速，故報有先後，先後雖異咸隨所遇而爲對。對有強弱，故輕重不同，斯乃自然之賞罰，三報之大略也。〔註9〕

三世報應之說肯定了善惡報應的必然性，而道教將報應發展成「承負說」，指人善惡可能報應于子孫。並擴及冥界的祖先。二者互相滲透，與中國原有的報應觀念相互融合，適合於中國社會文化的需要，便成爲人們普遍的信念，從而形成一種至爲深遠而廣的影響。因此在反映世情的小說中，文人於創作時，自然而然地運用了此種觀念，通過藝術描繪在形象意蘊中，或強或弱的展現。

《娛目醒心編》一書中，有數卷提及此一觀念，然而不同的行爲導致不同的結

〔註6〕見《禮記》·〈表記〉第三十二（台北：藝文印書館印行，民國74年12月出版，《十三經注疏本》)，頁915～916。

〔註7〕見《尚書》·〈湯誥〉第三（台北：藝文印書館印行，民國74年12月出版，《十三經注疏本》)，頁112。

〔註8〕見劉向《說苑》卷十七〈雜言篇〉(台灣商務印書館印行，《四部叢刊》子部第十七冊)。

〔註9〕見梁代僧祐《弘明集》卷五·釋慧遠之〈三報論〉(台灣商務印行館印行，《四部叢刊》子部第二十四冊)。

果，相同的行爲或因程度深淺與各階層人士的不同，獲致的結果也不盡相同，因此，本節將討論果報思想在本書中的運用情形，及其蘊含的意義。下列簡附表格一張，依故事人物的身份、行爲、報應、結果等項，以條列整理，做爲輔助說明之用。

卷別	人物	身份	行為	報應	結果
卷二	馬元美	鄉紳	多行善事	善報	得子延嗣，長子中進士。
卷三	蔡凱	鄉紳	捨財救人	善報	子孫連登進士，科第不絕。
卷五	馬錄	官吏	忠君	善報	雪冤復官。
卷五	郭勛	官吏	招權納財	惡報	死後追奪官爵。
卷五	張璁	官吏	招權納財	惡報	死後追奪官爵。
卷五	桂萼	官吏	招權納財	惡報	死後追奪官爵。
卷七	曾英	俠士	仗義救人	善報	自身逢難化吉，宦途順利，子俱登進士。
卷八	張氏	村婦	節烈	善報	死後成神，列位貞烈廟。
卷八	汪婦	村婦	淫亂	惡報	暴死，暴屍荒野。
卷八	胡岩	地方土豪	殺人淫惡	惡報	父子俱亡，其祀遂絕。
卷八	胡堂	地方土豪	殺人淫惡	惡報	父子俱亡，其祀遂絕。
卷八	邱評事	官吏	貪財背義	惡報	染惡疾而死。
卷八	張副使	官吏	貪財背義	惡報	抑鬱而死。
卷九	康友仁	士人	拾金不昧	善報	中進士。
卷九	丁國棟	士人	貪財背信	惡報	除功名，抑鬱而死。
卷九	陸德秀	士人	見色不淫	善報	中進士，功名顯達。
卷十	陰員外	鄉紳	昧心佔地	惡報	家業散盡，子嗣滅絕。
卷十一	蓋有之	官吏	酷虐害民	惡報	絕子嗣。
卷十二	胡君寵	官吏	賴銀悔婚	惡報	父子死後俱變犬類。
卷十二	陳秀英	村婦	濟貧行善	善報	子登進士，誥封一品太夫人。
卷十三	吳如泉	商賈	孝順	善報	歷代富厚。
卷十三	程氏	村婦	濟貧行善	善報	享高壽。
卷十五	麻布陀	醫家	殺人	惡報	家私抄沒，子嗣滅絕。

若依上表中的行爲一項來歸納，可以簡單區分爲善行與惡行，而善行得善報，惡行得惡報，是相對的因果律法則。因此，我們可以從這二方面的反映情形，加以比較分析：

一、善行得善報

在上表羅列的善行包括捨財救人、忠於君、仗義救人、節烈、濟貧、孝順、見色不淫、拾金不昧等，不同的善行在結果的安排有相同的可能，相同的善行，因著行善者善因的深、淺程度不同及身份不同，所得的善報便有差異。

例如：卷二故事中的主人翁馬元美，是個家道富厚的地方鄉紳，居常一心行善，修橋舖路，凡屬濟物利人之事，無不盡力而為，做這些善事，除了因他個人宅心仁厚，更緣於馬氏族累世行善積德的家風所致，這樣一個仁慈的家族，卻苦於歷代單傳，宗族不盛。到了馬元美這代，經過一場疫氣大行，竟至子、孫全，歿宗祀無繼，如此善心仁者，若為無祀之鬼，豈有天理，因此作者安排其媳唐長姑為他聘妹為婦，延續宗祀，又因累世積德善因種得深，因此後代子孫繁盛，不復有單傳之憂，而富厚鄉紳雖衣食無慮，但無功名顯達之人，乃屬憾事，作者復提及馬元美三子俱讀書進學，長子且中進士，將福報安排得極為圓滿。

卷三故事中的蔡凱是地方富紳，平素慷慨仗義，周急救難，不但捐地建學宮，更一肩挑起全縣解糧到京城的責任，爾後，義助房之孝返家省親，且幫忙房君處理貨物買賣事宜，事後堅拒利錢，將房君送來的利錢，轉捐府庫做為代全縣縣民繳納的稅款，使鶉衣百結，收納監禁的窮民立即獲釋，此等義舉，澤及全縣縣民，受惠者眾，而所獲善報亦多，蔡凱本人壽至期頤，且無疾而終，子孫連登進士，累世富貴久遠。「無疾而終」在傳統觀念中，是有盛德者才能得到的死亡方式，現世的生命能不受病痛折磨，不遭意外襲擊，而以此種方式結束，也是福報的一種，而後世子孫連登進士，功名顯達，將家族地位提升為「仕宦之家」，在講究「學而優則仕」的封建時代，無疑具有勸善的實質鼓勵。

卷五故事中的良吏馬錄，為了懲治叛賊，寧可得罪權臣也不願枉法，這個根據《明史》·〈馬錄〉傳敷演的故事，作者改動馬錄含冤至死的結局，借新君登基為由，為馬錄雪冤復官，肯定他的「忠於君」的節操，以明天公報應，原是纖毫不差，將原本負面的果報結果，變為正面的積極教化作用。

卷七故事描述的俠士曾英，身為官臣之後，家業富有，雖習儒業，但生有神力，又慷慨有大志，好行俠仗義，濟人緩急，是個文武兼備的人才。這樣的背景，使他具有儒者的仁心與俠客的義氣和一身的好本事，日後他釋放一名流落異鄉的窮賊和仗義救金姐於淫賊之手，保全她的名節，這二項善行的福報在曾英面臨生死關頭的緊要時刻，都及時顯現，當曾英被苗兵俘虜時，過去他釋放的竊賊，正巧在苗兵中，於是營救他出苗洞，解除他的危難。回到中土之後，他又面臨三法司勘問其失機之責，待罪大牢，只等引頸就戮了。此時，竟逢兵部侍郎出本救援，究其原因，原是昔日因他營救而全節的金姐，已成爲翰林夫人，而在幕後奔走所致。作者將果報結果如此安排之外，針對曾英才能而付予官居武職，直至都督同知，其二子俱登進士，藉「近在於身，遠子孫」的獲報觀，肯定他仗義濟人的豪傑行徑。

卷八描述一節烈少婦張氏，因婆婆行爲不端，又屢次縱其奸夫調戲她，意欲染指，張氏抵死不從而被殺身亡，作者於文中言：「張女死之日，廟旁人聞有鼓樂聲從天而下，光火照出牆外，三夜不絕。人皆以爲張女死後成神矣，遂附張女貞烈神位于廟內，春秋祭享。」前一節已提及在封建時代，女性的貞節是極爲重要的，明清二代由於官府的提倡，貞節烈女更不計其數，張女的表現無疑是當時婦女的楷模，值得頌揚，因其身亡，故只能安排後世報，稱其死後成神，除受官府旌表之外，更得香火供奉，春秋祭享。對一介民婦而言，這些待遇的鼓勵作用，是十分可觀的。卷十二、卷十三各有一位濟貧行善的婦女，卷十二的陳秀英除周濟結拜姐妹，米食四時不斷外，心腸又慈，常肯周人之急。卷十三的程氏利用嗣子孝敬她的日常供應及歲末奉養的銀兩，周濟同宗各房窮困者，甘冒貪名而不改初衷，十年如一日。二人同爲濟貧行善，果報情形有些不同，程氏周濟宗族得享高壽，陳秀英周濟範圍廣及他人，不限同宗，而其子因登進士，功名顯達，她又誥封一品太夫人。雖然二人善行相同，但因施行範圍不同，個別背景也有差異（程氏嗣子爲商賈，陳秀英子從政）所得果報情形，便有不同。

卷九故事中的康友仁是個爲人忠厚謙遜但文才稍差的秀才，應了幾回秋試俱不得中，某年赴秋試途中，在落腳的古廟中拾得百兩銀子，便將銀兩先交同行友人保管，而自己在原地等待失主，待失主尋來，康生友人卻賴銀不還，而康生爲負責起見，四處挪借以償失銀，幾乎忘了應試一事，幸一徽商幫忙，才得進場，作者先言他「隨眾入場，已弄得力盡筋疲，題目到手，一句也做不出……，自料必無中理」前面提及他宅心仁厚，但文才稍遜，但做了這樁善事，結果竟登進士，對困於場屋，志在功名的士子而言，這樣的善報是最具有實質鼓勵作用的。同卷另一少年秀才陸德秀，因見色不淫，拒絕奔女，也同樣得到登進士功名顯達的福報，兩者善行不同而所獲致的結果相同，足見拾金不昧、見色不淫都是作者所認爲士人應該俱備的德行，而作者處理士人的善行，便採取最快速的現世報，以收勸善的實效。

二、惡行得惡報

附表所列的惡報人數較善報人數多，且得惡報者的階層較統一，所列的惡行有招權納賄、淫亂、殺人、貪財背信、背義、昧心佔地、酷虐害民等項，現分論於後。

卷五故事中造成冤獄的三位朝臣郭勛、張璁、桂萼，恃寵左右聖聽，又納賄攬權、顛倒朝綱、陷害忠良，這樣的貪官污吏在《明史》本事記載卻「因功加官進爵」，封三代誥命」，不禁令人不平。作者改動結局爲「三臣雖死，理合追奪官爵，以垂鑒戒」，以抒天下不平之氣，並符合善惡報應的原則，而達到懲誡的作用。卷八故事中爲貪財替罪犯說項，使張貞女之冤一度不得昭雪的府吏邱評事、張副使，爲貪一時之利而罔顧正義公理的行爲，都得到應有的懲誡，邱評事未及起復補官，便身患惡瘡，全身潰爛而死。張副使則是困於心靈的刑罰，抑鬱以終。死亡的方式稍異，但同樣付出生命的代價。

比較起來，卷十一的蓋有之及卷十二的胡君寵所受的惡報就更多了，蓋有之恃官滅法，奇貪極酷，身爲知縣，不爲百姓造福，凡事只在銀子上算計，審案不分曲直，有錢者贏，無錢者輸，到任之后，將一縣大家小戶，日夜抽筋剔骨，弄得民不聊生，怨聲四起，因草菅人命，諸事並發，才被參下台。罷官之後的蓋有之，竟當起煙花領袖來，因嫖客涉及搶案，被審下獄，不僅自己一命歸除且家業散盡，可見一斑。卷十二的胡君寵在窮窘時，常受陳秀英濟助，秀英且將先夫遺下的黃金百兩借他做爲求官的費用，且免無券。胡君寵先前還指天立誓，信誓旦旦的保証歸還，誰知一旦官場得意就拋諸腦後，不僅在秀英之子金哥來訪時，絕情以對，索性悔婚賴銀，嗣後，因問枉了一件命案，被上司參劾，革職治罪，經此變故，胡君寵遂急怒攻心，痰涌而死。死後墮入畜生道，變爲犬類，胡妻於夢中見其夫、子與她本人皆成嗜舌舐人糞之犬，其子且遭烹食，夢中情境甚爲悲慘。胡妻方知警悟，速履前誓，送女完婚並歸還黃金百兩，因知悔改只做了一夜的狗，其夫因背信忘義而遭此報，警誡的意味十分濃厚，所受的報應也最嚴厲。

卷八的汪婦，不守婦道，與胡岩等諸惡少淫亂，胡岩仗父親胡堂權勢，叨列地方土豪，斂財欺民，朋比爲惡，又殺死守節不屈的張貞女，並運用衙門關係，使張貞女之冤一度不得昭雪，這樣的惡行，相對得到惡報，淫婦暴死，死後暴屍荒野，在重視婦德的當時，這樣的報應安排，具有嚴正的誡誡意義，與守節不屈的張貞女死後成神的果報安排，形成強烈的對比。作惡多端的胡岩、胡堂父子俱亡，子嗣遂絕，稱霸地方的土豪落此下場亦屬罪有應得。卷十的陰員外爲人刻薄，作事慳吝，獨好風水之學，相中朱漁翁家傳的十畝地，爲絕好葬地，聞知朱漁翁欲將此地當成獨生女的陪嫁而不出售，陰員外爲圖葬地，假意娶朱女爲媳，事成葬地到手後，便對朱漁翁一家百般凌虐，朱漁翁夫婦抑鬱而亡，朱女被丈夫欺凌，上吊而死。陰員外只信地理，行事不憑良心的結果是不能享風水之益，反受風水之害，而且家業散盡，子嗣滅絕。警示人的禍福吉凶在於自己的立心行事，若逆天理而行，縱有吉壤，必不能享其福。卷十五故事中的外科醫家麻希陀，以人身做葯料，無辜被殺之人，不知凡幾，最後東窗事發，麻希陀被處以凌遲，妻孥俱問斬罪，家私抄沒，以給受冤被殺之人作爲埋葬骨殖之用。造此殺業的報應累及子孫。宗嗣俱絕，而本身則受殘酷的處死方式——凌遲。正如先前他對無辜的人們所做的一樣，以「其人之道還治其人之身」，並罪及家屬，懲誡意味十分濃厚。

卷九故事中的常州府秀才之一的丁國棟質地聰明，做事伶俐與另一秀才康友仁聯袂赴考，友仁于途中拾得白銀百兩，意欲歸還失主，國棟則設計呑沒，友仁不得已四處張羅賠還，以致精疲力盡，殆及入場考試，草草成文，自然必無中理。而國棟得銀，心中快活，文字篇篇得意，自以爲舉人捏穩在荷包裏。那知揭曉後，文才平平的康友仁竟中了第三十六名，素負文名的丁國棟卻落榜了，作者在友仁進謁座師時，借座師之口道：「你的名數已中定丁國棟的，因場中得一夢，夢見一朱衣人對吾說：『第三十六名姓丁的做了虧心事，天榜上已除了他的名字，換了姓康的了。』……自做了此夢之後，再把丁生文章來看，越看越不好，遂爾棄去。隨手取過一本，正是尊卷，越看越有精神，將來補上了。及塡榜時，拆開來看，果然就是足下名姓……。」作者的立意十分明確，在描寫中，特意將落榜者說成甚有文才，而且場中順利；而登科者卻文字平庸，而且進場時精神萎靡，然而，考試結果卻適得其反，根本原因就在於落榜者貪財背信，德行有虧，而中試者拾金不昧，善念動天。藉此說明應試得中與否，在於士子的行爲導致的善惡果報結果，從而通過科舉活動的描寫，用士人最重視的功名做爲賞罰，以達到最直接的勸善懲惡的目的。

三、地獄觀的體現

中國古代已有幽冥世界的觀念，《楚辭》‧〈天問〉曰：「日安不到，燭龍何照？」於是啓發了人們對死亡以後的歸身處所的聯想，「幽冥世界」的概念，包括了言及人死後的歸宿「黃泉」與「蒿里」，而「幽都」的觀念則是出於《楚辭》‧〈招魂〉，明末大儒顧炎武且認爲此爲後世地獄之說的濫觴。〔註10〕佛教傳入中國之後，隨著佛經的陸續翻譯，佛教的地獄之說逐漸流布，在南朝到宋朝朝的筆記小說著重在宣說傳家教理，宗教意味濃厚，降至明、清兩代的冥司地獄說，則漸漸成爲小說無以發揮的題材。卷十六〈方正士活判幽魂　惡孽人死遭冥責〉中，作者先援引魏禧〈地獄論〉三篇，其二云：

> 三代以下，刑賞不足以懼人，於是孔子作《春秋》以名懼之。曰；汝弒汝君與父而爲帝王，極富貴，擅威福，天下頌神聖，縱自以爲得計，而

〔註10〕見顧炎武《日知錄》，卷三十〈泰山治鬼〉（上海中華圖書館印行，民國8年出版）。

書之於策，則亂臣賊子之名，億萬世不能去。但名之爲說，可以動天下之智者，而不可警天下之愚人，與天下不自爲愚、而蕩軼非常之人。何則？愚者見目前倡優盜賊，爲其實，安其名，不之恥也。蕩軼非常之人，則以名者身後之後，吾有知乎爾？吾無知乎爾。且吾有身耳，名得強而命之，至若身後，天下每多姓同名同，何必其是我？天下即無姓同名同者，亦何必是我？故不勝私欲之忿，則曰「不能流芳，亦當遺臭」。嗚呼！彼固不嫌以亂臣賊子自居矣，名何足以懼之？然執其人而刀之鋸之，鼎之烹之，則未有不叫號哀痛，慘切而求免也。不能刀鋸鼎烹之於其生，而刀鋸鼎烹之於其死，是故刑賞窮而《春秋》作，《春秋》窮而地獄之說起。

可是作者並非倡導誦經禮懺可以消災滅罪的「非正學明道」之言，不過藉著地獄之說來維持世道人心，以抒天下不平之氣，垂萬世無窮之戒。觀正話所敘，朱用純先生立品端方，專講性理之學，不喜釋、老之書。某日夜裏被請入冥間審理案件，先食下五個鐵丸，一旦徇私情而審判不公時，鐵丸將燒紅自腹內升起，以示警戒。朱用純一日審及一平日相好的朋友因少年時犯了淫罪，雖然平日修齋奉佛，朝夕禮誦經文，亦不免轉世投入狗胎，變爲畜類。顯示個人行爲不檢，而無改過遷善之心，縱然朝夕禮佛亦無助其消惡業。

又一日，朱用純先生於冥間又閱一宗案卷，正是昔日舊友所有，友人因在某處作官，逢地方上遭遇荒年，朝廷命發米賑濟，而他身爲地方父母官克落糧食，弄得死者無數，自己卻賺得荷包飽滿，這種侵盜賑米的惡行，罪不容誅。雖生前享盡榮華富貴，未見報應，死後將勾到冥間受審。判其斷種絕嗣，修齋禮懺亦不足挽回。

作者以冥間審判的方式來表達民間公道觀念，凡世間所有不平，到了陰司一切得到合理的解決，作者以一正直的碩學通儒作爲審判的冥官，印證了「民間認爲陰司的判官是極爲正直的，凡民間所認爲不義之舉，陰司判官也認爲是不義之舉，民間所認爲大逆極惡，陰司也認爲大逆極惡。」〔註11〕所列舉士人因犯奸淫而墮畜生道，官吏因侵盜賑米而絕子嗣的二則例子所依據的標準則是對二者的行爲要求，士子奸淫尼僧於德行有虧，因此生前雖不見報應，死後仍需對此不當行爲負責。官吏克落賑米致使餓殍遍野，死者無數，在專制社會中，平民苦不堪言，卻求訴無門，眼見諸種不平的事實，又莫可奈何，因此安排此種貪官污吏的惡行將在死後得到報應，以示天道不爽，具有慰藉的作用，並維持世道人心，以抒不平之氣。

〔註11〕見鄒文海〈從冥律看我國的公道觀念〉，收錄於《東海學報》五卷第一期，頁113。

四、小　結

由上述的討論，我們可知作者對善惡應的安排，往往配合著現實社會的價值觀或依行爲者本身的願望給予適當的報酬，而且與身份有密切的關係，例如士人有善行便予以功名之報，倘若德行有虧則削去功名，若爲商賈的善行則報以歷代富厚，因其爲經商人家，實利遠比功名來得重要且實際，若地方鄉紳，既有富厚家業則另外加以功名，更是錦上添花，若乏子嗣則報以子孫綿延，而福報的意義更爲彰顯，鼓勵的性質更濃。若是官吏行惡則依程度深淺予以不同的報應，往往禍及子孫，且多採現世報方式，以收懲惡揚善的效果。而善惡依憑的標準則是依前一節所討論的對各個階層的道德規範而定，這種審情度理的尺度，使教化的功能易於傳達而收實效。

觀本書果報思想的運用不過是勸懲的手段之一，而非宣導因果報應等迷信思想，因此對本書的評價不應停留在因果報應等表層思想，而應著眼其勸懲的對象、鞭笞的對象，如貪官污吏、地方土豪、淫婦等，揭露這些陰暗腐敗的現象，顯然只是藉小說用作教育的意義，完全符合其全書命名，既可娛目，又可以醒心的創作宗旨。

第五章　藝術手法的探析

第一節　楔子的運用

「楔子」兩字的解釋，歷來議論每多針對戲劇中的楔子而言，特別是指元雜劇。蓋楔子之作用原本是在元劇中作爲聯絡照應，因此在其位置的運用上十分靈活，並無一定的規則。金聖嘆云：「楔子者，以物出物之謂也。」〔註1〕「楔子」在話本裡，並不一定稱做「楔子」而是有許多不同的名稱，位置則要放在正文之前。儘管名稱或有不同，它們都有一個共同作用，那就是「在聯繫故事的情節」。〔註2〕

一般認爲宋元話本中的「楔子」在當時說書的實際運用情形，純然是爲了拖延時間，招徠觀眾，是一種輔助達到說書目的東西。到了擬話本時期，話本已非說書的底本，縱使在取材，形式各方面仍不脫離宋元話本風貌，卻已屬於文人的案頭仿作，因此楔子轉爲更具故事性，用以烘托正文並強化勸善諷俗「有所有」而發的情節。

至於話話本小說在篇首的詩詞之後，加以解釋，然後引入正話的，稱爲入話。「入話」一詞首見於《清平山堂話本》〔註3〕入話是話本的重要組成部份，對正話具有穿針引線的效果，不能獨立存在，屬於小說楔子的一種。本論文在前一節本事源流考及本節的論述，皆採用「入話」一詞來說明其運用情形。

莊因先生曾在〈話本中楔子的體裁〉一文中，將話本（包括擬話本）中的楔子，依其體制，分成以下四種：

〔註1〕見金批七十回本《水滸傳》，附〈聖歎外書〉卷五（貫華堂本）。
〔註2〕見吉川幸次郎《元雜劇研究》（台北：藝文版，民國49年，鄭清茂譯），頁193。
〔註3〕參見鄭振鐸〈明清二代的平話集〉一文對於「入話」兩字的解釋。見《小說月報》第二十二卷第七期，頁933～934。

1. 在卷首冠以詩句或詞。

2. 除去詩文或詞句外，還有一段閑話。

3. 除去詩文或詞句外，再加一則或一則以上的故事。

4. 既有詩人或詞句，又有一段閑話，再加一則或以上的故事。〔註4〕

若依此標準來看《娛目醒心編》十六卷入話的體製，則分屬於第二、第四兩種。屬於第二種的有卷二、五、六、七、八、十一、十六共七卷，其餘九卷，其餘九卷都屬於第四種。

再說楔子對正文的作用來看，莊因先生曾經借用《詩經》篇目的作法賦、比、興來加以區分：

1. 賦　體

這一類楔子，除了卷首的一詩或一詞外，便開門見山的敘起正文的故事。

這類楔子在話本最簡單，同時佔比例也是最少的一種楔子形式。在《娛目醒心編》十六卷中，並無此體。

2. 比　體

在正文之前，用一則別的故事做引子，它們的內容或極相似，或迥異，可細分爲六種：

（1）性質相同，結尾與正文稍異。

（2）性質相同，結尾與正文相反。

（3）性質相反，結局與正文相同。

（4）故事性質和結局皆與正文相反。

（5）複楔子（楔子裡面包括二則或二則以上的故事）

（6）以楔子爲反襯，實與正文無關。〔註5〕

本書屬於（1）性質相同，結尾與正文稍異的這類楔子凡有四卷，如：

卷三〈解己囊惠周合邑　受人托信著遠方〉

入話和正話都是寫濟助他人，厚行陰德，遺澤子孫的故事。兩者故事性質相同，但入話是指一人行善，而正話則敘二人，結尾處理稍異。

卷四〈活全家願甘降辱　殉大節始顯清貞〉

入話及正話所述皆是爲大局著想的節烈女子，入話所述的封氏女委身適賊，以求保全家人性命。正話所述的王烈婦則爲圖聘金以養活瀕臨餓死的夫家，假意改嫁

〔註4〕見莊因《話本楔子彙說》，國立台灣大學文學院編《文史叢刊》十六（民國54年12月初版），頁133。

〔註5〕同上，頁139～147。

他人，卻以一就死之身做賣田中人。楔子故事結尾封氏女用計逃脫，得以生還，正文卻使王烈婦以死殉節。

卷十〈圖葬地詭聯秦晉　欺貧女怒觸雷霆〉

入話用朱文公誤判兩姓爭葬地事，這和正話陰員外詭謀地事性質相同。不過，入話借朱文公自悔斷錯此案，題字於墳牆上後雷殛之，天理得以昭彰。正話則借魂索命來達到懲惡的目的。

卷十四〈遇賞音窮途吐氣　酬知己獄底抒忠〉

入話用吳保安棄家贖友的故事，正話則敘唐六生爲酬知音，生死不背的故事，二則同爲尙義的故事，不同的是唐六生在知音死後，即不知去向，吳保安事則敘及其子受郭仲翔照顧的情節。

至於隸屬第五類的複楔子，乃指楔子中包含二則或二則以上的故事。本書屬於這一類的楔子凡有二卷：

卷一〈走天涯克全子孝　感異夢始獲親骸〉

用徐爾正尋弟及黃孝子萬里尋親兩則故事作爲入話。

卷十五〈墮奸謀險遭屠割　感夢兆巧脫網羅〉

用庸醫誤診閨女受孕故事以及明末一名醫「老神仙」事作入話。

屬於第六類者，則是以楔子爲反襯，實與正文無關。這一類的楔子在本書中凡有一卷：

卷十二〈驟榮華頓忘夙誓　變異類如悔前非〉

入話用某甲生前賴銀不還，死後托生爲牛的故事。作者用此爲忘恩負義者昭戒，並陪襯正文的題旨。

至於第二類，性質相同，結尾與正文相反；第三類，性質相反，結局與正文相同；第四類，故事性質和結局皆與正文相反第三類楔子形成，在《娛目醒心編》各卷中均無出現。

3. 興　體

這一類可以算是典型的楔子。它們原是天南地北，上下古今，在大宇宙中縱橫交錯織成的。它們無奇不有，猶春花滿樹，但有時又像落江隨水漂流，芳香十里，使人有冗長的感覺〔註6〕

另外，還有一種興體，是先說一些閑話，東拉西扯，逐漸扯入正題，舉出一兩

〔註 6〕同上，頁 148。

個例子以明之，最後卻作翻案文章的。〔註7〕

莊因先生所說的兩種興體形式，在《娛目醒心編》各卷均無出現。

綜觀《娛目醒心編》各卷在楔子的運用情形，可以發現各卷楔子體製有除去詩、詞再加一段閑話；或既有詩、詞，又有一段閑話，再加一則或一則以上的故事等兩種體裁爲主，後者所佔的份量又略勝一籌。無論是否引用故事，卷首的詩、詞及相關議論是各卷所共同具備的組成部份。以卷首的詩、詞部份而言，全書共有九卷的卷首用詩，七卷用詞。所用的九首詩中，除卷六引宋賢米元章詩外，其餘八卷卷首詩爲作者自撰，七卷中用詞開場的七闋詞亦爲作者所作。至於這些詩、詞的作用不外乎「可以是點明主題，概括全篇大意，也可以造成意境，烘托特定的情緒，也可以是抒發感歎，從正面或反面陪襯故事內容」〔註 8〕以本書而言，以「點明主題，概括全篇大意」的情形最多，如：

卷　一

純孝由來出性天，三牲五鼎總徒然。

天涯走遍尋遺骨，留得芳名萬古傳。

本卷故事是描寫曹子萬里尋親骨骸的故事，首聯即點出本卷主題孝的重要，結聯概括全篇故事的經過和結果。

卷　二

造物安排閒世間，怪怪奇奇，幻出人情外。

莫道衰年無倚賴，白頭花燭人稱快。

寡婦機謀人不解，以妹爲姑，手段天來大。

接續宗嗣延後代，合家歡樂勞拖帶。（右調《蝶戀花》）

卷二是描寫唐長姑爲公公娶妹爲妻的故事，前面是概說，後面即寫出本卷故事主要人物唐長姑，以妹爲姑，藉以延續宗祀的故事大要。

卷　五

貪財怙寵薰天惡，釀成逆寇妖氛作，妖氛作，芟除不盡，沐猴蒙爵。烏台欲把鷹顫博，奸謀暗里權臣托；權臣托，撥空冤枉，禍由璁。（右調寄《憶秦娥》）

卷五故事是描述白蓮教餘孽李福達，改名換姓依附權勢，竟得武職成爲官吏，後爲舊識薛良告發，李福達又依附朝廷權臣郭勛，但不得要領，全案仍由御史馬錄秉公處理，後因言臣彈劾郭勛太過，致使郭勛向皇上跟前的二位寵臣張璁，桂萼求助，皇上聽信二者讒言，於是形勢逆轉，一干正直大臣均被誣陷、責罰，而禍首李

〔註 7〕同上，頁 151。

〔註 8〕見胡士瑩《話本小說概論》（台北：丹青公司，民國 72 年 7 月翻印本），頁 131。

福達等人反而無罪開釋，首句詞即點明「貪財怙寵薰天惡，釀成逆寇妖氛作」，後面則敘權臣之勢，故有「潑空冤枉，禍由璁蕚」，將全卷主題、大意均概括在詞意中。

其他如卷七、卷十一、卷十四等亦同此項作用，不用一一列舉說明了。

本書亦有「抒發感歎，從正面或反面陪襯故事內容」的情形存在，例如：

卷十二

人生南北如歧路，世事悠悠等風絮。造化小兒無定據。

翻來覆去，倒橫直竪，眼見都如許。

伊周功業何處慕？不學淵明便歸去。

坎止流行隨所寓。

玉堂金馬，竹籬茅舍，總是無心處。（右調《青玉案》）

作者接著繼抒感歎說：「天下最壞心的話，莫若魏武所云『寧我負人，毋人負我』兩句。但不知魏武當日果有是言，抑或後人因他一生奸詐，負心篡漢，裝在他名下的？不知魏武欺人孤兒寡婦，奪了漢朝天下，其後司馬氏一樣照他行事，攘其位，奪其國，把一生經營事業悉付他人之手。可見一報還一報，天之報應，是斷乎不爽的，那曉得後世昧心的人，偏把這兩句話，奉爲金科玉律。」

卷十二是描述胡君寵夫婦宦途發達後，負心忘報陳秀英慨借百兩之恩，且悔卻兒女親事等不義之舉，死後卒遭報應之事。篇首的詞意及其後的議論，皆爲「抒發感歎，從正面或反面陪襯故事內容」的典型例子。

以上是就本書楔子卷首詩詞部份所作的分析，若以本書楔子中另一個重要組成部份——議論來看，可以發現每篇議論長短不等，但議論的重點必緊扣該回主題，或論孝友，或論節烈，或論忠臣良吏，間或徵引他人文章證明自己的觀點（卷十六），總之必暢達己見，充份表現文人擬話本的寫作風格。藉此抒發自己看法，與早期以娛樂性質爲主的說書人底本，在表現與取材上有極大的不同。

另外，值得注意的一項特點是本書的入話極長，有些則是與正話處於平行狀態的單篇同類型故事，所以篇幅常逾該回之半，例如卷三、卷四、卷九、卷十、卷十三、卷十四等皆是如此，計佔本書八分之三強。評者甚至在回末附上其他同類型的故事，這種編排的形式及入話運用，無疑是擬話本小說中的一種變體。

總括而言，本書入話的運用上大致能達到烘托主題，概括全篇大意，或抒發感歎從正面或反面陪襯故事內容的效果。而入話的編排方式，則更強化了主題意識，彰顯了重點所在，較之其他擬話本小說，是相當特別的運用方式。

第二節　情節的貫串

小說之所以能吸引讀者，除了題材的選取上要能反映現實生活中的生活百態，洞悉世態人情以符合多數人的旨趣外，仍需針對原有的素材，加以巧妙的安排、合理的剪裁，才能構成曲折動人的故事，達到引人入勝的效果。因此，小說技巧的運用得當與否影響一部作品的成敗甚鉅。《娛目醒心編》在小說技巧方面運用了伏筆照應、夢境等項藝術手法，茲就這幾種技巧的運用情形，分述如下：

一、伏筆和照應

所謂的「伏筆」，就是埋伏，也就是對即將出現的人物、事件先作一個提示，用以增加讀者對故事轉變發展的欲知興趣，並可使情節發展的來龍去脈顯得自然而不突兀。〔註 9〕所謂「照應」就是對前面提出的問題予以解答，對前文的簡單暗示，予以具體細緻的描寫，使之血脈一貫，發展合理。〔註 10〕我國古典小說的美學原則亦強調「有應有伏，一筆不漏」，是爲小說家行文時常用的穿插技巧。《娛目醒心編》在書中亦採用此法，做爲情節突轉的內在契機和依據，使各情節羅絡勾，聯前後映帶，產生情節上的特殊效果。例如：卷二故事中的唐長姑未嫁在家時，閒暇時每與父親講論古今史事，某日，更申「女子之責，更甚於男子」之義與其父聽，長姑道：

> 「女子在家，唯叨父母教育；一旦出爲人婦，則堂上安否，家人睽睦，皆由此婦妥當不妥當。妥當者，一堂和順，助夫成家，顯身揚名；不妥當者，弄得人家七顛八倒，致丈夫身敗名裂。女子之責豈不甚重？然此就其常言之。設或命犯孤鸞，丈夫早喪，親老子幼，內難外侮，一時并作，如徒束手閨中，坐視夫家危亡，不圖所以保存之道，則雖一死，不足塞責，人家可賴有此婦？譬如爲人臣者，一旦國家多故，托以六尺之孤，寄以百里之命，能以一身保其萬全，方是爲臣之道。今以巾幗女子而亦委以托萬全之事，重乎不重？難乎不難？豈非女子之責，有時反重於男子？」其父深服其論。即幼姑聞之，亦以姊言爲然。

作者安排這段議論，實有深意，乃爲後面情節發展預留的伏筆，設若長姑僅以尋常女子自許，能謹守門戶，潔清自持、勤儉作家，親操井臼，便不失婦道之常了，至若宗祀之絕續則非一己之力能夠多所作爲。因此後面爲翁聘妹作姑，以便延續宗祀的情節若無前面埋下那一段議論，顯示其性格見識，則必無開展。另一方面，議

〔註 9〕參見賈文昭、徐召勛合著之《中國古典小說藝術欣賞》（台北：里仁書局，民國 72 年出版），頁 213～223。

〔註 10〕同註 9，頁 225。

論末了，作者敘及「其父深服其論，即幼姑聞之，亦以姊言爲然」乃是預爲安排幼姑應允此椿婚事的伏筆。

是故後面作者敘唐長姑爲延馬氏宗祀，一日外罩色衣回娘家求親，以死相逼，長姑父母以老少相懸，不敢允諾，遂將決定權交於幼姑本人，幼姑一見長姑進房，便道：「姊不必跪，姊之意，吾已盡知，竟從姊命便了。」即因幼姑素知長姑見識不凡，又自幼極以姊言爲然，才使幼姑應允了這椿親事。藉此結果照應前面安插的伏筆，使前面情節的發展合理而不突兀。

又如卷四正話描述寧國地方大旱，除了盈實富戶外，往往十室九空，餓殍相望。尤其是以教書訓蒙爲主的貧士，名爲體面人家，實則閉門餓死者十有八九。王貢生之三媳崔氏見全家瀕臨餓死，遂自願改適他姓，圖取聘金養活全家。在改適行前向阿翁道：

> 我嫁來時原有些衣裳首飾，連年典貸，都貼在家內用去。今媳婦此去，須將十來畝田還我。況田在此處，前後不得花利，也是無用，讓我拿去作一紀念。楔上要寫「賣到任處，收會一百二十兩」，我好領受。

王貢生雖然茫然不解，仍然照辦，這是作者安排的第一個伏筆。又言迎娶的人眾擁轎而行，路上笑語紛紛。

> 有的道：「看來新人是性急的，轎子一到，立即出來，絕不作難。」獨有轎夫走到半路，微嫌新人坐得不穩，側來側去，叫跟轎家人扶策而走。

此段看似無甚緊要，實則是伏筆的運用手法，作者落筆極輕，易爲人忽略。果然後面接敘道：

> 停了轎子，掌禮人念起詩賦來，請新人出轎。媒婆揭開轎門，舉手去扶，只聽見「呵呀」一聲，大驚失色。眾人爭問其故，媒婆搖手道：「不要吹打了，新人只怕不是活人了！」眾人同向轎中一看，果見直挺挺一個死屍，頸上套的帶還拖著呢！

藉此照應前段所言：「轎夫走到半路，微嫌新人坐得不穩，側來側去……。」原來崔氏已在半路在轎中上吊自盡了。至於向阿翁要來的十畝田地賣契的作用，則在驗屍時，由縣官口中道出：

> 你們曉得他寫契之意麼？他的本意不過得此聘金，以爲養活一家之計，自己早辦一死。又恐死在她姓，白騙人財，反以人命累人，心中不安，故將十畝田價償還任姓一百二十兩聘金，不啻以就死之身作一賣田中人，生者得安，死者無愧，恰是權而得中的道理。

整個故事便在這一伏一應之間，發展得合情合理，而且十分緊湊引人，不但吸引讀者因想知道原委的好奇心，產生危機緊張的凝聚力，直到故事發展曲線的頂點高潮。

卷七故事描述豪傑公子曾英的俠義行徑，故事的情節也是在一伏一應之中發展出來的，第一個伏筆是寫道，一夜，公子燈下看書，聞後面人聲鼎沸，原是家人捉住一賊，公子問其來歷，那人道：

> 小的是貴州人，來此投親不遇，行囊罄盡，回去不得。昨晚見莊門尚開，故潛身入內，思欲偷些東西，以作路費，致被捉住，望相公開恩釋放！

曾公子憐其淪落異鄉，以致為賊，故致贈旅費，助其返鄉，復為良民。

第二個伏筆是寫道公子因歸德府太守生日，故帶了幾個家人前往拜壽，回程的時候，經過一尼姑庵，忽聞裏邊有女子哭聲，便前往了解，意外搭救金姐母女。

爾後，曾公子應王巡撫之請，前往貴州任監紀一職，後因功升副總兵，一日，與王巡撫進剿苗洞失敗被擒，正待束手就死時，忽蒙一苗兵搭救，公子問其姓名，那人道：

> 公子還記得在莊上所獲賊人麼？我即是也。蒙贈盤費回家，即投入苗洞。今日擒住公子者，就是我洞苗兵。天幸遇著，故來相救，以報大恩。如今不要擔擱，作速去罷。

這段描寫照應了第一個伏筆。曾公子回到中土後，又必須負責身為前鋒卻失護主將被執脫逃一事，無奈明律最重失機，失機者無不立決，雖曾公子為一員能將，仍難赦其罪，唯有引頸待刀了。正當此時，忽逢兵部侍郎陳大人出本保奏，言其人才有用，可圖後效。究其施恩者乃是金翰林夫人，公子茫然不解，到金翰林府中，方由翰林口中道出：

> 兄難道不認得了麼？此即尼庵被難之陸氏女兒也，賴兄保全又救他父親出獄，一家載德。曾昔未第時，流寓寧陵，因前妻亡過，取他為室，日夜向弟稱頌大德。弟慕兄義氣久矣。今聞陷罪在獄，賤荊寢食不安，弟係新進書生，朝廷大事，不敢開口，只得轉懇敝老師，出本保奏，幸邀聖恩恕免。此皆吾兄盛德所致。

前面所述張金姐一事的伏筆，到了此時也有了照應，二處伏筆皆有後文照應，顯得相當統一而強調了「有伏有應」的必然性。

觀本書作者在運用伏筆與照應的處理上相當嫻熟，前面出現的伏筆，後段情節必有照應，讓人感覺血脈一貫，發展合理，顯示出巧妙細心的安排，作為情節進行的內在契機，因而獲致極佳的成效。

二、夢境的運用

「夢」是大腦的一種生理活動，「做夢」，幾乎是人都有的經驗，這是人類生活現象中普遍存在的事實。因此以人爲主要描寫對象的文學，將「夢」引入文中便成了極自然的事，在我國先秦的典籍中，「夢和寓言的形式及作用相似，它往往被虛構以表現哲理」〔註 11〕至於漢魏以降直迄明清，小說家大量利用「夢」爲素材，透過作者的創作意圖和藝術規律賦予了特殊意義，在深化作品主題、嚴密情節結構、推動情節進展等方面，都發揮巨大的藝術作用，成爲一種重要的表現手法。《娛目醒心編》一書在卷一、卷九、卷十二、卷十五、卷十六等五卷運用了「夢」的表現技法，各卷運用的目的不盡相同，今特分析如下：

卷一故事中，孝子曹起鳳爲尋親骨骸行逾萬里餐風露宿乃至盤纏告罄，求乞度日，聽說任何可能的地點，不論遠近，便去探訪，甚至遠至滇南邊境，亦毫無所獲。在此情況膠著，進退維谷之際，作者安排寫道：

> 士元是夜睡在床上，翻來覆去，只是睡不著。三更以後，剛剛睡去，夢至一處，平原曠野，滿目蕭條，路傍有白楊數株，悲風蕭瑟，只見父親坐在樹下。士元一見，忙即趨至父前，跪下抱住。其父道：「你來了麼？我有十二個字念與你聽：『月邊古，蕉中鹿，兩任申，可食肉。』你須記著。」說罷，忽然不見。但見棺木累累，停在樹下，心上酸痛，大哭起來，醒來乃是一夢。

作者藉此夢表達了「懸疑」的手法，夢中有謎，利用筆墨的渲染，製造神秘的氣氛，激起讀者的好奇心，欲窺究竟，便需往下再看方能知道謎底。果然，曹孝子尋獲父骨的經過與夢中語相待，藉此發端後情節的進展，使情節前後貫穿。又不至平淡無奇，運用上十分恰當。

相同的手法亦運用在卷十五，赴館糊口的秀才賈任遠，一日欲往洞庭山親友處，見一來歲館地，於岸邊遇到「名醫」麻希陀，因麻希陀欲延良師以教二子，修儀又厚，任遠便欣然前往，誰知窺見麻布陀之人身做藥料的秘密，料自己亦在此數。從此以後，日日如坐針氈，思欲逃去，但是牆垣甚高插翅難飛，於是每日持誦《白衣觀音神咒》千遍，以求救援。果然，事有轉機：

> 一夜，夢見白衣婦人向他說道：「要脱稿，待遇布。」醒來不解所爲。

這個夢極爲簡短，不若卷一在夢中的情景歷歷如繪，單只一句謎語，卻也表達了「懸疑」的氣氛，使人好奇，而想知後事如何，便得住下尋找答案了。雖無筆墨

〔註 11〕見傅錫壬〈夢的解析〉一文，收錄於《淡江學報》第十五期，頁 245。

的渲染，但同樣達到了運用法的目的。

卷九〈贈遺金暗中獲攜　拒美色眼下登科〉之入話，即運用夢境來呈現獎善懲惡的意念。故事中的二位秀才，一位是甚有文才的丁國棟，一位是文才平平但心地寬厚的康友仁，兩人同赴京試，結果卻是由文才稍遜的康友仁中舉，作者藉友仁進謁座師時，道出原因：

> 座師道：「你的名數已中定丁國棟的了。只因場中得了一夢，夢見一朱衣人對吾說：『第三十交名姓丁的做了虧心事，天榜上已除了他名字，換了姓康的了。』」

作者藉此夢境的襯托，說明文才雖優，但賴銀不還的丁國棟縱有天才，德行不足取，亦不免除去功名；而康友仁雖文才稍遜，因臨財不苟得，且償還失銀，義行足式，因此得中舉，獲功名。爲故事發展的結果，尋求合理的解釋，並藉以警惕士人勿昧心敗德之事，以免遭到報應，印證行爲與報應之因果關係，以昭炯戒。

卷九的正話中亦採用同一手法，表達相同的意念。故事串的潘再安寄居外處時，竟與一女苟合。其年，大比過後，潘父便得一夢：

> 一夜，再安父親夢見無數報人擁進門來，報道：「潘再安已中第二名舉人。」正在歡喜，又見一人走來，將報條奪去，道：「潘再安做了虧心事，舉人已認與陸秀才了。」報人紛紛而散。夢中拖住那人道：「那個陸秀才？」那人答道：「就是與你兒子同窗的陸德秀。」忽然驚醒。

那知發榜後，結果竟與夢同，作者在本卷正話、入話二個夢境的運用，不外乎是張顯士人行爲得當與否和中舉有密切的關係，藉此印証行爲與報應的因果關係，以揚善忝惡，收到勸善的攻效。

卷十二〈驟榮華頓忘夙誓　變異類始悔前非〉中忘恩負義的胡君寵，因問枉了一樁人命案被上司參劾而心焦不已，致痰湧而死。自胡君寵死後，「樹倒猢猻散」門庭冷落，只剩孤兒寡婦，胡妻日夜思念丈夫，因此下文的描寫：

> 一夜朦朧睡去，只見一青衣人走來，問道：「你要見丈夫麼？我領你去見他。」蘭芬巴不得見丈夫，跟著就走。走到一所大宅門口，其門尚閉，旁有一竇。那人道：「你要見丈夫，從此進去。」不覺自己立腳不住，兩手據地攢入竇中。走過前廳，直至內堂，堂上坐者一位女子，仔細認去，卻認得是秀英模樣。自覺羞慚，又被秀英看見，不及躲避。欲要行禮，手又伏地，不能起立，只得爬向膝前，搖尾而言：「向承周濟，感激不忘！前日令郎遠來，臥病在床，不能接見！非過慢也。承借金子，將來必當補報。」只見秀英大喝道：「畜生討死呢！只管搖尾甚麼？」走過一個丫鬟，

> 將一根短棒，照他背上打來，打得疼痛異常，又將他一腳踢開。不敢違抗，俯首而行。不覺到廚房下，見一管婆烹調蔬菜，桌上擺碗肉羹，馨香透鼻，甚想要吃，乃在養娘身邊，左右跳躍，蹲足叩首，欲求一塊餘肉充口，被他踢道：「畜生討死了。」拿起一柄火叉，當頭打來。連忙逃走，奔入後園，看丈夫、兒子都聚在一處，細認之，卻是犬形；回顧自己，亦已變犬，乃大駭，不覺垂淚問丈夫道：「何以至此？」其夫哭道：「你不記得陳家書房內借金子時立誓麼？負他不還，來牛做犬相報。冥中取重誓言，今負了秀英之恩，受此業報，悔已無及！」兒子又哀哀哭道：「今日之苦，都是爹娘負心害我的！」心中益發不忍。但腹中餒甚。於是夫妻、父子同至園中，繞魚池而走，見有人糞，明知齷齪，因餓極，姑嗅之，氣息亦不甚惡。見丈夫、兒子攢聚先啖，咀嚼有味，不覺口內流涎，試將舌舐，味覺甘美，但恨其少。見有童兒池邊出恭，所遺是乾糞，以口咬之，誤墮水中．意甚可惜。忽聞庖人傳主人之命，于諸犬中選一肥壯者，殺以烹食，縛其兒子而去。兒子哀叫甚慘。猛然驚醒，汗流浹背，乃是一夢。

胡君寵生前雖忘恩負義，但官運極隆，升至四品黃堂，後因屈枉人命而勢敗憂心致死，生前並沒有因賴銀悔婚等惡行而遭到惡報。因此作者借胡妻的夢境顯示胡君寵死後仍須爲諸多惡行負責，因有違前誓，故墮入畜生道成爲犬類。作者透過冥報的方式來表達「惡行得惡報」的果報觀念，借助夢境來深化作品的主題意識。

卷十六亦描述惡人受冥責的情形，借一心公正的碩儒朱用純先生活判幽魂的入冥方式來呈現：

> 先生一夜朦朧睡去，具有無數人役到門迎接，請往冥間審理事件，遂乘輿而往，到一所絕大的衙門，堂殿巍峨，氣象整肅。回顧自身，冠履袍服，已非今制，儼如戲台上的王侯打扮，便即升座。兩旁侍立書役皀隸、牛頭馬面等眾，皆如中泥塑的妝束。庭下排列儀仗，槍刀劍戟，無一不有。伺候人役，濟濟滿階。有一判官走上，打了一拱，送上一碗湯來，內有黑團子五個，請食了審事。先生吃過，問是何物？判官道：「是五個鐵丸。此陰司規矩，凡鬼魂當面，即有親屬朋友，亦要照律科斷，留不得一毫情面。倘一徇私情，腹內的鐵丸便要變紅了燒將起來，教你片刻難忍。」說罷，就呈上多少案卷，逐件判斷，忙忙的審了一夜，到天明才醒。
>
> 一夜審事，勾到一個鬼魂，卻是平日相好的朋友。其人曾中兩榜，因年紀有了，不去做官，平日兼通釋典，修齋奉佛，朝夕禮誦經文，要修到西天路上去的。卻查其生平功過，少年時節，曾往尼庵遊玩，見一少尼僧

頗有姿色，動了淫心，一時把持不定，奸宿了他。這重罪案倒也不輕，蓋冥中淫律取重。故曰：「淫人妻者，得子孫淫佚報；淫人室女者，得絕嗣報。」若奸宿尼姑，尤爲敗壞清規，污穢佛地。犯此罪孽，又無善事可補，注定轉世投入狗胎，變爲畜類。柏盧見了，因念平日交情，心中好生不忍，便問道：「汝向習經典，還記得麼？」只要他記得，便是本心不昧，或可挽回。那人答道：「全不記得。」又手一寫一「佛」字與他看，道：「汝還認得此字麼？」答道：「不識得。」又道：「那你朝夕持誦的《大悲神咒》，難道也忘了？」答道：「不知。」先生便高念出一句《大悲咒》來，侍立的判官書吏牛頭馬面等眾，都伏倒地上。蓋《大悲咒》是佛號，神鬼欽服的。而腹內鐵丸亦漸漸升起，如烈火燒到心上一般，便叫左右把張狗皮披在他身上。只見那人向地一滾已變成狗形，搖頭擺尾而去。醒來心下戚然。

作者借二個夢境來表達其公道觀念，認爲此世的惡人在公平的冥律審判標準下，都必須得到相對的惡報。若無善心，縱使朝夕禮懺拜佛亦不能免罪。在描述上不時採用虛幻荒誕的藝術手法，如描述朱柏廬被請往冥間審理案件，「有一判官走上，打了一拱，送上一碗湯來，內有黑團子五個，請食了審事……倘一徇私情，腹內的鐵丸便要變紅了燒將起來，教你片刻難忍」令人讀來頗覺驚悚，也達到作者爲了要「娛目」，故採「因果報應之理，隱寓於驚魂眩魄之內」的寫法，而達到「醒心」的效果。

觀本書夢境的運用上，或以示懸疑，藉此發端後面情節的進展，或爲故事發展的結果，尋求合理的解釋，印證行爲與報應之因果關係，或借夢境來深化作品的主題意識，因運用的巧妙不同，且採多樣的手法敘寫，其感染力亦爲之加大，在運用的效果上相當突出。

第三節　人物的刻劃

事件和人物是構成小說的兩大要素，奇特的事件吸引人們的注意，而形象生動的人物則令人印象深刻，過目難忘。而「只有成功地塑造出典型性格，反映社會生活，社會關係才有深度，才能叫人百讀不厭。」〔註12〕所謂的「典型化」人物是指：

典型化，就是作家馳騁藝術想像，把生活中某一類人的性格特徵集中概括在一個人身上，並予以誇大、加深和個性化。只有進行了典型化，使

〔註12〕見葉朗《中國小說美學》（台北：天山出版社，民國77年出版），頁83。

人物既有鮮明的個性又有充分的類的共性，既是獨特的「這一個」，又是一整類人的代表。〔註 13〕

要將人物「典型化」，使之既有鮮明的個性又有充份的類型共性，就必須依恃刻劃的技巧，威廉的《短篇小說作法研究》第十章說道：

去刻劃一個人物，非但要形容畢肖，而且要把他的心理狀態和人格一併顯露出來，作者必須備得下列三種手段：即描寫（description）分析（analysic）和戲劇動作（dra-maticaction）是。〔註 14〕

從這三方面來看《娛目醒心編》的人物刻劃技巧，可以發現作者在分析及戲刻動作上有較高的成就，而描寫方面的表現較遜色。茲分析如下:

一、描寫法

「描寫」是指人物外貌的形容，包括儀表和服飾等等，威廉氏認爲表現的方法有三：

1. 由作者敘述；
2. 由其他的人敘述；
3. 由作者根據其他人物的觀察而敘述。

以上即謂的敘述角度或觀點問題，而本書各卷主要人物的描寫，絕大部份都採由作者敘述的方式來描寫，其敘述都是爲了情節的需要，有一個特別的意義存在，並非泛泛敘寫。不過人物的外貌往往相當模糊，未見仔細描繪。如卷四對王烈婦的描寫，很虛泛的說她爲「容貌姣好，素有美名」並未詳加形容刻劃。卷十二對陳秀英的描寫亦僅「相貌端好」寥寥數字，作者並未賦予清晰的面貌描述。唯一使用視角轉移，利用前述威廉氏所提第三種方式「由作者根據其他人物的觀察而敘述」的描寫方式，運用在卷六對壽姑的描寫：

1. 錢監生一見壽姑，頓時神魂飄蕩，……思想：「此女年紀約有十六七歲，正在破瓜時候，身段不肥不瘦，不長不短，姿色美豔，更有一種風韻，尤覺可人」

2. 太爺因叫壽姑上去，舉目一看，見他容貌端好，倒不像小家兒女。

這兩段描寫以「錢監生……」一段描述最爲詳盡，第二段「太爺……」的描述仍很虛泛，只是視角轉移罷了。在小說中，人物的典型性格特質是左右情節發展的

〔註 13〕同註 9，頁 70。
〔註 14〕見威廉《短篇小說作法研究》（張志澄譯，台北商務印書館印行，民國 54 年臺一版），頁 108。

重要部份，而對人物的外貌往往較易忽略，本書在人物外貌描寫方面，並未多加著力，人物的面貌往往模糊不清，是表現較弱的一環。

二、分析法

至於「分析」則是指描述人物心理，揭露其內心的變化。可由二方面進行描述，一是作者對小說中人物的心理剖析，一是讀者（或評論者）就小說人物的言行解析其心理的變化。我國古典小說自明代起對心理描寫的運用相當普遍，尤其「題材範圍的擴大，時代內容的融入，加上小說家對民間藝術的集中整理與重新創作，小說對象從瓦肆聽講轉向案頭閱讀，這些因素都促使擬話本加工技巧的不斷提高，心理描寫的漸趨細膩，其表現方式和心理狀態也呈現多種多樣。」〔註 15〕這種表現方式延續至擬話本小說的末期也還保留著，本書在心理描寫方面可以稱述者也復不少，茲析論如下：

1. 借心理描寫，刻畫人物的個性形象

卷三入話描述一席秀才，爲人忠厚正直，因家計不足故平日赴館訓蒙爲生。一日，從學館回家，途中遇雨，躲在人家屋檐下，忽聞屋裏有婦人悲泣的聲音，聽彼此絮語都是痛心之言，席秀才不僅慘然下淚，心裏想：「世間乃有如此窮苦無告的人。我輩布衣得暖，粗飯得飽，室家完聚，不愁離散，就是上界神仙了！」這幾句話表現出席秀才的慈善心腸，替他人的苦楚感喟不已，反忘了自己立在檐下一夜的苦處。因此席秀才天明後，即去打探原因，知道這家男主人出外做工，五年未歸，音訊全無，其母無奈，欲將媳婦轉嫁，得些財禮濟急，席秀才便將館中所得束修十兩加上一封仿男主人聲口的家書送達，以解婆媳之危。若非席秀才在檐下聽聞哭聲，動了惻隱之心，便無後面打探原因、解囊相助的情節，也無法強化席秀才古道熱腸的忠厚正直形象。

卷五通過薛良和李福達兩人，內心活動的描述，故事情節一步一步開展。薛良原與李福達相熟，偶然到太原探望親戚，閒走在街上，見一武職官員坐在馬上，氣派十足，馬到跟前，猛一看，認是李福達，心想：「此人焉得到此地步？」再細聽聲音極相似，又疑道：「或者面目相像，也未見得。」但心內總委決不下，又思：「若說是他，他怎能有此榮顯？欲說不是他，聲音笑貌，確確是他。」再想了一回，便做了決定：「是了，他畏罪改名張寅，在此做官的。我不要管，明日去望他一望，不怕他不好好相待，買我不開口。還要發一大注大財哩！」這一段描寫，將薛良由懷

〔註 15〕見蔡國梁〈明代擬話本心理描寫敘論〉一文，收於《明清小說探幽》（台北：木鐸出版社印行，民國 74 年出版），頁 153。

疑不解到心想可以發一注大財的心理變化，層層寫出，刻劃出十分生動的形象來。

再看李福達見到薛良時，陡然變色，假作笑容，雖極力款待，又應允薛良給予盤費，但心中暗忖：「我的蹤跡並無人曉得，今日被他撞破，倘到外邊將我從前情節告訴人知道，還了得麼？不如先下手為強，將他殺死，就絕了後患了。」於是動了殺機的李福達派兩個心腹家人去解決薛良的性命，事有湊巧，薛良因腹痛，想找一個偏僻處解手，不巧聽到李福達所派的兩個心腹家人的談話，嚇得魂飛天外，心想：「不道此賊如此心狠！若再遲延，性命不保了，作速逃命為上。」薛良趁隙逃脫後，因覺李福達心腸太狠！故決定首告李福達，引發後面冤獄事件產生，兩人的心理繪十分生動，層層相因，除對情節的發展有推動之效外，更將兩人之間各懷鬼胎，貪圖財利及賊性難改的形象，完全刻劃出來。

2. 借心理描寫，表現內心的衝突

卷九正話描述一風度翩翩的少年秀才陸德秀，借住外處讀書，乳母的繼女春姐對他相當傾心，服侍殷勤，一日，德秀方欲睡去，忽耳邊有彈門之聲，便問何人。外邊低低的應道：「是我，送一杯茶在此。」德秀聽是春姐聲音，便道：「我已睡了，不用茶了。」外邊又道：「相公開了門，還有一句話要與相公說，莫負奴的來意。」其聲婉轉動人。德秀不覺欲心頓動，暗想道：「讀書人往往有幹風流事的，況他來就我，不是我去求他，開他進來何妨？」遂坐起披衣。才走下床，只見月光照在窗上，皎亮猶如白日，忽然猛省道：「萬惡淫為首！今夜一涉苟且，污己污人，終身莫贖。」把一團欲火化作冰炭，縮住了腳，依舊上床睡下。

這一段描寫，將陸秀才在禮教和情慾之間的矛盾心態，生動刻劃了出來，面對投懷送抱的佳人，他並非不動心，先前是抱持拒絕的態度，但聽其聲音婉轉動人，又不免內心交戰不已，於是說服自己「讀書人往往有幹風流事的，況他來就我，不是我去求他，開他進來何妨？」正欲行動時，道德禮教的規範終究戰勝情慾，使他一團慾火化作冰炭，將二者的衝突、矛盾刻劃得十分生動。

三、戲劇法

「戲劇法」是指讓各個人物從他們的言語和動作中間去顯性格。古典小說評論家亦注意到此一表現方式，如金聖嘆云：「《水滸》所敘，敘一百八人，人有其性情，人有其氣質，人有其形狀，人有其聲口。」〔註16〕通過對人物形象的行為舉止以及言語談吐的準確描寫來顯示其個性特徵，是小說家用來表現人物之最常用手法。人

〔註16〕見《水滸傳》序三（金聖嘆批，三民書局影印貫華堂本），頁26。

物塑造的造型的技巧可分單人刻劃、雙人刻劃、以及群體刻劃〔註17〕短篇小說一般只用到單人刻劃和雙人刻劃，今依這二方面分析本書的人物。

1. **單人劖劃技巧**

單人刻劃技巧手法可分爲兩種，即正筆刻劃和側筆刻劃，所謂「正筆刻劃是指作家直接刻劃人物的行爲舉止、言語談吐來表現其個性特徵，通過一定的情節發展顯示人物豐富的個性因素及發展邏輯。」〔註18〕本書所採取的均爲正筆刻劃。

卷三中的蔡師庵，原爲鄉紳上戶，可免解運漕糧之役，但他見人民困苦，慨然願往當差，縣官遲疑不敢相瀆，蔡節庵道：「治晚並非取笑，都是朝廷百姓，食毛踐土，同受國家生養之恩，苦樂自宜均受，怎見得鄉紳矜士就不該當差？老父台不必疑心，今歲運糧竟是治晚去便了。」通過言語的體現，寫出一個慷慨仗義，周急救難的義士形象。

卷十一的故事原型襲自《石點頭》第八卷〈貪婪漢六院賣風流〉，但雷同部份只是一小段。〔註19〕在人物的刻劃上，本書頗有創新之處，例如描述蓋有之爲秀才之後的種種無賴行徑，包括：

> （1）開館訓蒙，不但不認眞教學，要起東脩來比催錢糧更緊，還要訛詐家長錢糧，若稍有不從，即私下扭打學生。
>
> （2）一年，有人請他去教書，講定自膳，帶了妻子同去，不上半年，其妻病故，館主人只得出資予他買棺盛殮，他拿了銀子，一去不來，任憑屍臭，主人無奈，央人去說，足足被他詐了十兩銀子，方來收殮，屍身上的蛆，已是成團結塊了，主人恨之入骨。
>
> （3）後來，無讀書養靜爲名，到廟裏寄食一年，那道士供給了一年，銅錢不見一個，廟産卻一個個不見了，弄得道士叫苦連天，蓋有之更到縣裏投告道：「生員在廟裏讀書，被道士偷去衣服幾件，玉器古玩數事，與他理論，反被毆辱。」幸知縣了解其爲人不端，圖賴道士，吆喝一頓，趕了出去。

這些描寫都是《石點頭》一書沒有的，寫得十分生動而眞實，刻劃出蓋有之貪鄙的嘴臉。

再看蓋有之拜要宦家奴爲義父，搖身一變成爲山東萊蕪縣後，「到任之後，一心

〔註17〕見《中國通俗小說理論綱要》，第四章〈創作論〉（台北：文津出版社印行，民國81年3月初版），頁130。

〔註18〕同註17。

〔註19〕見本論文第三章．第二節〈故事來源探討〉，卷十一的考證。

只在銀子上算計，錢糧白銀，加倍收納，例算本分之事，不必說了」作者再以連續的事件來佐證，刻劃其詐人錢銀的貪官個性：

（1）國家忌日，不應動鼓樂，有之坐在轎中，聽見一破牆門內傳出鑼鼓聲，皂役要去，有之叫住道：「不要這家去，往間壁新牆門裏去。」皂役把人帶到，那人叫屈不了，差人道：「官府不過見你牆門新造，道是富翁，想發你的銀子，不送與他，就要與你歪纏到底。」那人只有去暗通關節，被詐了五百兩，方才丟手。

（2）某人用兩個元寶押買十個緞子，鍛鋪店家與顧店爲了退貨爭論，蓋有之將兩造押回縣衙，各自責罰後，道：「既如此，我老爺都饒了，元寶、鍛子暫且貯庫，寫了甘狀來領。」兩造倒賠了些衙門使用，東西白送與蓋有之享用了。

（3）一日修腳時，聞其女漂亮，可賣一百二十兩，有之心中算計，修完腳故意踢在刀上，割出血來，卻賴在修腳的頭上，欲將其收押，衙役悄稟道：「老爺，他是窮人，沒有想頭的。」有之道：「他有一個女兒，可以變得錢的，如何說沒想頭？」逼其賣女還罰金，又教修腳的告買主，圖良爲妾，前後又詐了五百兩，才放手。

（4）又一日，地方捉獲一娼妓，有之大喜，暗想道：「買賣到手了！」叫一心腹書役，開出縣中有身家、有體面的姓名，叮屬娼妓叫他當堂無出曾經嫖過，娼妓懼怕，只得一一招認，質得諸人有口難分，有之在上，呵呵大笑道：「這是行止有虧，都要革前程問杖枷的，本縣亦不便白白的周全你們。」諸人知他意思不過詐錢，只得傾囊倒篋，將銀子大捆小包，陸續送進，詐得無數銀子，方得稱心。

用事件來佐證人物的性格，以對話、動作來呈現人物形象，將這些可驚可愕，「恃官滅法」凌虐百姓的貪官形象，刻劃得入木三分，是相當成功的人物塑造。

2. 雙人刻劃技巧

雙人劃是指作家有意地將兩個人物放置在特定的情節和背景之中，通過他們各自特有的行爲表現，可以比較出他們的個性特徵，「襯筆是雙人刻劃中最常用的技巧，襯筆又分反襯與正襯，反襯是將兩個性格相異的人物在一定的描寫中進行對比」〔註 20〕本書在對比的運用上，以正面人物與反面人物的對比情形較多，討論如下：

〔註 20〕同註 17，頁 135。

> 卷六描述一兒女相爭的訟事，前後歷經二位官府，判決結果卻有天壤之別，二位官府的行爲表現也截然不同，首位太爺是個糊糊塗塗不大理事的官，舊冬事，直到來年八月才掛牌拘審，當日開審，叫兩造各去問話，便開口道：「據我老爺看來，除非分一女作兩女，或兩男併作一男，方免爭奪。女既分不開，男又合不攏，教我也無可如何。這都是媒人多事不好。」兩造媒人極力辯解，縣官拍案大道：「這個不錯，那個不錯，難道倒是我老爺錯了不成！我老爺不耐煩審問，你們去議和了罷！」

借對話刻劃出一個糊塗官吏的形象，再看新任官府的行爲與前任成強烈對比。新任官府庭無留訟，有申告者即刻便審，絕不拖延。一見此案訟辭離奇，立刻審理，問話時，處處留心，料其中必有隱情，故道：「這節事，恩撫與本生俱可作主。你兩下既不能作主，來求本縣作主，今日本縣自有作主的道理。」於是將壽姑送進內堂打扮妥當後，又吩咐道：「女子配人是終身大事，況夫妻緣分皆由上天主張，本縣已將兩婿名姓寫在兩鬮在此，你去跪在香案前暗自禱告，信手去拈，拈得的便是汝夫，本縣即與配合。」事成後，又吩咐衙役小心察訪，是官府細心周到之處，後來果然發現錢監生從中作梗，故逮其審問，監生求情時，太爺高喝道：「本縣只打外來流棍，不管你監生不監生！」顯示其嫉惡如仇的性格，又喚恩撫到堂，對他道：「昨日你失了一女，今日加還你一婿。況你婿已有本錢，盡夠經營，領去同居，便終身有靠了。」上述的描述刻劃出一個有爲有守，愛民如子的賢明官府形象，與前任官府懶於理事，糊塗判案的昏官形象前後成強烈的對比。

卷九入話亦運用人物對比的手法，爲人敦厚的康友仁與質地聰明的丁國棟，同赴金陵秋試，途中友仁拾得一布包，一看是十封白銀，國棟一見大喜，以手拍友仁肩道：「恭喜發財了，見者有分，快快回船去吧！」友仁道：「這銀子必定是過客遺忘的，只怕要來尋覓，等在這裏還他才是。」國棟道：「眞正書呆子，我既拾了，便是我物。從來說：『拾得拾得，皇帝奪不得。』管他來尋不來尋！」友仁堅持要等人來尋，國棟便道：「你若要等，不如我替你收著銀子，你在此等著了尋的人，同他到南京來取，萬無一失，不好麼？」友仁應允後，等到失銀之人齊到南京找國棟要失銀，國棟竟矢口否認道：「倒也好笑，這銀子我見也沒曾見過，如何來向我討？你托我帶來的不過箱子一只，這個在此，交還了你，餘事莫向我說。」友仁義憤塡膺，向失銀者道：「不要慌！他縱不肯還，我賠也賠還你。」國棟更在人前說道：「你們不要理他，他不過借此爲名，要人幫助的意思。」弄得友仁走投無路。

這一段描寫，以國棟的貪婪襯托友仁的正直廉潔，達到對比的效果，使兩個人不同的性格鮮明的顯現出來。

總結本書在人物刻劃方面的表現，作者或運用心理描述或以連續事件來突顯人物性格，或用對比手法來塑造表現，人物類型有清官、昏官、秀才、鄉紳等，各有各的神態、符合身份的言語談吐，都能刻劃入微，唯有人物外貌描述方面，未曾多加著力，表現較弱，不過就整體表現而言，在話本式微之際，仍有可觀的表現，殊屬難得。

第六章　《娛目醒心編》的評價、影響及其他作品的比較

第一節　《娛目醒心編》在話本小說中的地位

「話本」爲中國短篇小說的重要體裁之一，起源極早，我們從灌園耐德翁的《都城記勝》，吳自牧的《夢粱錄》，周密的《武林舊事》及羅燁的《醉翁談錄》等書的記載，約略可知宋代說書盛行的情形。「這些說話的人，各有其『話本』大概便是他們說的底本。」〔註 1〕然而，「宋之說話人，於小說及講史皆多高手，而不聞有著作；元代擾攘，文化淪喪，更無論矣。」〔註 2〕因此，目前我們所見到最早的話本集，是明朝嘉靖年間洪楩清平山所刊行的《六十家小說》殘存的二十九篇。

明朝亦有爲發達的說書事業，作爲說話人底本而存在的話本，至此時有了變化，明顯地脫離了說話表現的範疇而逐漸地書本他，印刷業的發達與文人的大量創作，形成話本小說極盛的時代，「三言」的刊布，乃是中國文學史上的一件盛事，編纂者馮夢龍是介紹通俗文學的功臣，「三言」的內容非常廣泛，題材來源，雖有取自於古代的史事，主要是來自民間傳說，共收宋、元、明話本一百二十篇，是研究宋、元以來話本文學的重要史料，書中前人之作可能都經過馮夢龍的潤飾加工，胡萬川先生討論馮夢龍改編舊作的情形，認爲：「馮氏對於舊本所作之加工，不但未損及原作所具有之特色，抑且經其調節之後，乃得成爲可閱讀之佳構而爲

〔註 1〕參見鄭振鐸〈明清二代的平話集〉一文，收錄於《小說月報》第二十二卷第七期。這種以話本爲說話的底本之觀念歷來爲學者所接受，而且逐漸約定俗成，討論上亦方便。雖有增田涉、雷威安二氏提出質疑，但本論文仍採原觀念論述。

〔註 2〕見魯迅《中國小說史略》（台北：谷風出版社），頁 130。

雅俗所共賞。」〔註3〕

馮夢龍主要是編輯介紹古今的短篇話本，到了凌濛初才以文人之筆大量的創作話本，《二拍》充滿了文人學士「創作」的氣息，此後，作者紛起，白話短篇小說專集如雨後春筍般出現，例如周清源（《西湖二集》）、吳某（《鼓掌絕塵》）、陸君翼（《型世言》）、天然痴叟（《石點頭》）、華陽散人（《鴛鴦針》）以及不明作者的《十二笑》、《壺中天》、《一片情》等〔註4〕作品，紛紛問世，足見其盛行情形。

隨著明亡，話本小說也步向衰微的命運，現存的清代擬話本，大部份是清初的刊物，較重要的著作有《醉醒石》、《清夜鐘》、《照世杯》、《無聲戲》（初集、二集、合集）、《十二樓》、《人中畫》、《西湖佳話》等〔註5〕，這群作者都是生長在明清之交人的人，作品內容已趨向道德教條的訓誡，而刑行於乾隆五十七年的《娛目醒心編》，正是擬話本小說的末期之作。

「最古的話本只是敷演著各地的新聞、社會的故實、當代的風光，所以其描狀與談吐，都是新鮮而迫眞的。」〔註6〕因而有相當大的部份反映了市民的生活和意識，藝術風格較活潑樸實，形象刻劃較簡單，語語則通俗生動。而擬話本則是文人模擬話本形式的書面文學，個人風格較強，隨著作者的立場觀點以及藝術修養不同，作品便有極大的差別，題材的選取乃聚現枯窘之態，而敘述的態度漸趨膈膜而不眞實，已失去初期話本中眞實自然的氣氛，加上長期的模擬，形式上已呈僵化，在擬話本發展到衰落的過程中，某些作者也企圖一些革新的嘗試，「例如明崇禎間出現的《鼓掌絕塵》，全書四集，每集卻用十回書來寫一個故事，後出的《鴛鴦針》、《弁而釵》、《宜春香質》、《人中書》等，都宜接受到它的影響，將篇幅相對地加長。這種形式，實際上已成爲短篇小說向中篇小說發展的過渡形式，明末清初中篇小說之以大量產生，就是從這種形式轉化而來的。」〔註7〕這等情形從話本到文言小說的發展規律，幾成定則。

然而，這樣的努力並不能挽回擬話本小說漸趨式微的命運，卻也留下一些影響，《娛目醒心編》創作之際，正當擬話本小說發展之末流，在形式上則以入話與正話所佔篇幅幾乎成等量的方式，可說是擬話本小說中求變方式的一種新體式樣，在擬話本小說式發展已呈強弩之末的時候，顯得極爲特別。在內容方面，一因文字獄的

〔註3〕見胡萬川《馮夢龍生平及其對小説之貢獻》一書，頁108。

〔註4〕參見胡士瑩《話本小説概論》，第十三章對明代話本的敘錄（台北：丹青圖書公司，民國72年7月翻印本），頁474～486。

〔註5〕同註4，第十五章對清代話本的敘錄，頁613~630。

〔註6〕同註1。

〔註7〕同註4，頁319～380。

政治壓力，一因文人本身的道德教化意識的抬頭，不免落入僵化教條的束縛。不過這個時代使然，也是話本由實際上的應用變成非應用案頭的擬作後，文人學士作為發洩不平或勸忠勸孝的寄託工具所導致的必然結果。

以小說史的觀點而言，任何一種小說形式的振興衰蔽都值得探究，話本小說興盛之時，有《三言》、《二拍》足以作為表徵，而當其形式入於僵化，內容處於枯澀之時，末期的話本《娛目醒心編》則可作為代表作品，雖其試圖振作，形式力圖求變，內容卻難有創新突破致使本書在中國文學史上鮮少被提及，在中國小說史上也難以獲得較高的評價，可說為話本小說幾乎劃上了告一段落的句點，象徵著文人擬話本的衰微命運。

第二節　《今古奇聞新編》與《娛目醒心編》的關係

《今古奇聞新編》是短篇話本選集，魯迅的《小說舊聞鈔》最早介紹此書，並云：

> 余所見《今古奇聞》二十二卷，為王治梅翻刻日本國本，中有髮逆字，當為咸豐、同治時書，曲園乃云：「清初人作。」豈王氏有所增益歟！〔註8〕

由於其中部份篇章涉及太平天國時事，因此，魯迅斷為咸、同時書；然因俞曲園已經指出「清初人作」，使他懷疑是否王治梅再加增益。

稍後，孫楷第《中國通俗小說書目》又補充云：

> 《新選今古奇聞》二十二卷，一名《古今奇聞》。
>
> 存　光緒辛卯北京坊刊本，光緒辛卯鉛印本。封面署「燕山耕餘主人校刊」。
>
> 清無名氏輯。題「東壁山房主人編次」，「退思軒主人校訂」。首光緒十三年王治梅序。
>
> 書選《恒言》、《西湖佳話》及《娛目醒心編》。〔註9〕

孫氏除了補充幾種版本外，並略為指出其部份故事出處。而鄭振鐸同時也於〈明清二代的平話集〉一文，《今古奇聞》中提及：

〔註 8〕參見魯迅《小說舊聞鈔》（人民文學出版社，1952 年 10 月，北京重印第二版），頁 92。又《中國小說史略》已經補充說明四篇出《醒世恒言》，一篇出《西湖佳話》（明倫出版社，民國 58 年 5 月翻印北新版），頁 231。

〔註 9〕見孫楷第《中國通俗小說書目》（台北：木鐸出版社，翻印增編本，民國 72 年 7 月），頁 109～110。以下稱《孫目》。

除卷一之〈張淑兒巧智脫楊生〉、卷二之〈劉小官雌雄兄弟〉、卷六之〈陳多壽生死夫妻〉、卷十八之〈十五貫戲言成巧禍〉出於《醒世恒言》，卷十之〈梅嶼恨蹟〉出於《西湖佳話》，又第十四卷、第二十二卷爲傳奇文之外，其餘十五篇皆係出於草亭老人的《娛目醒心編》。〔註 10〕

鄭振鐸將《古今奇聞》一書各卷故事的出處，作較詳細的考證，使該書輯選自他書的編纂情形，更加清楚明白。

然而，《續修金庫全書提要》《今古奇聞》一則的撰寫，孫氏似乎未參預，撰述者也未研讀鄭氏的文章，以致於援用光緒辛卯年（光緒十七年）的北京坊刊本，並說明序題和刊記同時，不知是否原本，內容方面在記載出處部份，出自《娛目醒心編》的篇目少了一篇，此外，再作幾點補充：

1. 王治梅名寅，上元人，光緒間以畫名聞上海。因以此爲秘笈善本而誤刻。
2. 卷十四〈劉孀姝篇〉出西逸叟《過墟志》。
3. 從《今古奇聞》和《娛目醒心編》標目文字兩者相同，斷言直抄《娛目醒心編》。
4. 《今古奇聞》文言與白話小說雜揉，卷三、卷九、卷二十一，並以第一回入話作標目和內文不相對應，尤乖體例。〔註 11〕

以上諸家發凡啓例，開創之功不少。此外，尚有如下數家亦略涉及，特作介紹：

（1）戴不凡云：「〈唐六生篇〉中兩則故事，吳保安一則出《古今小說》，《今古奇觀》亦曾輯入。〈士無行篇〉則節錄《石點頭》卷八〈貪婪漢六院賣風流〉主角名字已改。」〔註 12〕

（2）胡士瑩云：「卷二十二〈林蕊香篇〉採自王韜《遯窟讕言》」。〔註 13〕

（3）譚正壁則說明卷目方面的問題，「《今古奇聞》採自《娛目醒心編》的十五篇由聯句改作單句。」〔註 14〕

（4）日人大塚秀高則於《增補小國通俗小說書目》中，廣記《今古奇聞》一書

〔註 10〕見鄭振鐸〈明清二代的平話集〉一文，收錄於《小說月報》第二十二卷，第七期。

〔註 11〕見《續修四庫全書提要》（台灣商務印書館，民國 61 年 3 月），〈子部〉頁 1785。案此書主筆者傅增湘，然當據孫說改寫補充。

〔註 12〕見戴不凡《小說聞見錄》（台北：木鐸出版社，民國 72 年 7 月翻印版），頁 262～263。

〔註 13〕見譚正壁，譚尋《古本小說稀見匯考》（浙江：文藝出版社，1984 年 11 月第一版），頁 162。

〔註 14〕見譚正壁，譚尋《古本小說稀見匯考》（浙江：文藝出版社，1984 年 11 月第一版），頁 162。

的版本及藏地。〔註 15〕

儘管《今古奇聞》經過多人的著錄及補充，對於《今古奇聞》與《娛目醒心編》兩者的關係並無直接而完整的論述，仍然留下許多疑點尚未釐清，以下將就《今古奇聞》一書的版本、序刊者以及《今古奇聞》與《娛目醒心編》兩書的關係等三方面，分別討論。

一、《今古奇聞新編》的版本

《今古奇聞新編》一書的版本，不止如孫氏著錄的兩種光緒辛卯（光緒十七年）的北京坊刊本、鉛印本兩種而已，胡士瑩在孫氏的《中國通俗小說書目》中更加有如下的批語：

> 余藏光緒十三年丁亥原刊本，係上海東壁山房刊本。封面題「上元王寅治梅氏選」。〔註 16〕

胡氏是最早提出《今古奇聞新編》一書十三年刊本者，另外王師三慶也提到另一本不同的光緒十七年刊本。因此本書除有十三年原刊本外，另有十七年刊本三種，這幾種版本的異同情形如下：

1. 十三年版與十七年版不同

光緒十三年丁亥上海東壁山房主人王寅序刊本是最早的本子。光緒十七年又出現一個行款幾近全同王寅序刊的覆刊本，序文筆意與十三年本相同，筆法卻相當拙劣。相異處在於序文的題署，原序的題署是『光緒十三年歲次丁亥夏四月上浣東壁山房主人王寅治梅甫識於春申江上』。改動後的題署變爲『光緒十七年孟春王治梅書』。因無底本覆刻，這幾個字顯得特別突兀而不協調，其下二枚王氏印記，也被拿掉，說明了這個光緒十七年的版本是未經王寅同意而刊行的覆印本。

除了序文不同之外，就正文部份而言，行款方面並無不同，不過，光緒十三年本中的第四卷，原有二回，第一回〈吳保安酬知已忘家〉，第二回則爲〈唐六生獄底抒忠〉，到了光緒十七年本，則僅存第二回，卷目則改擬作〈唐六生歌舞得金〉仍保留原來的行款格式，較原書少了八又四分之三葉，僅存四分之一葉，似乎覆印時因某種原因，不得不放棄此回，大概所據版本已經殘缺之故吧！另外又刻上皇帝、楊延兒、張淑兒、悟石和尙、劉德、劉未人等六幅圖像，以示意與十三年本不同。

〔註 15〕見大塚秀高《增補中國通俗小說書目》（日本汲古書院，1985 年 5 月再版本），頁 44。以下稱《大塚目》。

〔註 16〕見胡士瑩著、曾華強整理、蕭欣橋校訂的〈《中國通俗小說書目》補〉，《明清小說論叢》第四輯（春風文藝出版社，1986 年 6 月），頁 165。

2. 十七年版間的不同

除上述十七年版之外，題作十七年的本子尚有兩種，都題燕山耕餘主人，時間俱署辛卯年。一是京都文成堂鉛印本，（大塚目作文盛當誤，當據正。）即《孫目》中提到的本子。另一種則多了一篇題署『光緒辛卯中伏虎林醉犀牛揮汗於歇浦讀畫樓』的石印本，和二十二葉畫圖及諸家題詞，這是鉛印本的底本。〔註17〕因此，《今古奇聞新編》版本關係可作如下之圖示表：

《今古奇聞新編》版本關係圖示表

（序刊者王寅）　　　　（序刊者燕山耕餘老人）

光緒十三原刊本 → 光緒十七年石印本 → 坊間鉛印本（燕山耕餘老人）

↓

光緒十七年覆刊本

（少了第四卷第一回）

（序刊者題作王治梅）

二、《今古奇聞新編》的刊行者

《今古奇聞新編》的刊行者有二人，一爲王寅，一爲燕山耕餘主人。王寅，字治梅，以字行，上元人。《海上墨林》批說：

> 「山水泥一格，摹仿尤長，筆力沈著，氣韻宣爽，爲一時能手。寫意人物別饒意致，又工傳神及蘭竹。曾游東瀛數載，歸後寓滬，名聲益盛，有畫譜行世。」

另外，《冶梅蘭竹譜》〈序〉中亦提到：

> 夫子工人物、山水、木石、禽魚、蘭竹，曾遊日本華浪，深受彼邦士夫所推重。能詩，著《蘭竹譜》光緒六年，曾有《自序石譜》。十二年作〈秋山煙雨圖〉。十六年足病，始著《梅譜》，年近六十，十七年，《治梅梅譜》成書。十八年，尚在。而王尚鉞爲之作〈冶梅梅譜小傳〉。〔註18〕

由此看來，王寅的確到過日本，且頗具名氣，光緒十三年到十七年間，都在上

〔註17〕本節有關版本問題的論述，是依王師三慶的論文〈《今古奇聞新編》和《娛目醒心編》的關係研究〉其中有關《今古奇聞新編》的幾點補充部份改寫，本文收錄於清華大學主編《戲曲小說研究專刊》第四期（台北：聯經出版公司）。

〔註18〕參見《清代畫史增編》卷十八，第二葉上及《清代畫史補錄》卷二，二十六葉上，又見《宋元明清書畫家年表》（文史哲出版社，民國64年10月再版翻印本），頁515、520、522、525。

海一帶活動，因此由其作序刊行《今古奇聞新編》應是極有可能的。

另一刊行者光緒十七年刊本的燕山耕餘主人，其生平事跡無可考見。

三、與《娛目醒心編》的關係

歷來，諸位學者注意到《今古奇聞新編》有十五篇出自《娛目醒心編》，然而編錄方式如何？並未有詳細的對照說明，以下就是序文、回目及內容方面的比對，來說明兩者之間的關係。

1. **序文的比較**（〔符號內爲王寅竄改之文〕）

稗史之行於天下，不知幾何矣！或作詼奇詭譎之詞，或作豔麗淫邪之說，其事未必盡眞，其言未必盡雅，方展卷時，非不驚魂眩魄。然人心入於正難，入於邪易，雖其中亦有一二規戒〔之語〕（改作〔語言〕），止如長卿作賦，勸百諷一。〔流弊所及〕（改作〔流所及〕），每使少年英俊之才，非慕其豪放，即迷於豔情，人心風俗之壞，未必不由於此，可勝歎哉！至若因果報應〔之書〕（改作〔諸書〕），〔非不足以勸人〕（改作〔亦足以勸人行善〕）〔無如侃侃之論〕（改作〔無如忠言逆耳〕）人所厭聞，不以爲釋老之異教，即以爲經生之常談，讀未數行，〔卷而棄之矣〕（改作〔捲而棄之〕），又何益歟！〔草亭老人家於玉山之陽，讀書識道理，老不得志，著書自娛，凡目之所見，耳之所聞，心有感觸，皆筆之於書，遂成卷帙，名其編曰《娛目醒心》。考之典核，語必醇正〕（自草亭老人以下至此，改作〔寅昔年藉書畫糊口，浮海遊日本國，搜羅古書中，偶得《今古奇聞》若干卷，暇日手披目覽〕）其間可驚可愕可敬可慕之事，千變萬狀，如蛟龍變化，不可訓識，能使悲者〔流涕〕（改作〔痛哭流涕〕），喜者〔起舞〕（改作〔眉飛色舞〕），無一迂拘塵腐〔之辭〕（改作〔爛調〕），〔而無不處處引人於忠孝節義之路〕（改作〔且處處引人入於忠孝節義之路〕），〔既可娛目，即以醒心〕（改作〔既可醒世警人，又可以懲惡勸善，嬉笑怒罵，皆屬文章〕），而因果報應之理，〔隱寓〕（改作〔亦隱〕）於驚魄眩魄之〔內〕（改作〔中〕）俾閱者〔漸入於聖賢之域〕（改作〔一新耳目，置之案頭，爲座右銘〕），〔於人心風俗〕（改作〔于人心風俗兩端〕），不無有補焉。〔余故急爲梓之以問世，世之君子，幸勿以稗史而忽之也〕（以上數句改作〔故不惜所得筆資，急付梓人刻成，刷印出裡，以公同好，惟望諸君子曲諒婆心，勿以稗史小說而忽之也〕）。

〔乾隆五十七年歲在壬子五月十有二日自怡軒主人書〕（押〔一片婆心〕陰文及〔自怡軒主人〕陽文章各一）

（改題〔光緒十三年歲次丁亥夏四月，上浣東壁山房主人王寅冶梅甫識於春申江上〕，下押〔王寅〕陽文、〔冶梅〕、〔金陵王氏〕陰文章共三印記)。

由序文的比對，我們可以發現《今古奇聞》的序文襲用且竄改自《娛目醒心編》之跡極爲明顯，尤其在關鍵性的書名命意、時間及序跋者的人名上都被竄改，不過卻不諳《娛目醒心編》原序之意，因而造成文意重複的情形，也隨處可見。這恐怕是王寅未曾料到的破綻。

2. 卷目的比較

卷次	《今古奇聞新編》	卷次	《娛目醒心編》	附註
1	〈張淑兒巧保楊生〉			出《醒世恒言》第二十二卷。
2	〈劉小官雌雄兄弟〉			出《醒世恒言》第十卷。
3	〈許武善能孝友兄弟〉	13	〈爭嗣議力折群言　冒貪名陰行厚德〉	
4	〈吳保安酬知已忘家〉	14	〈遇賞音窮途吐氣　酬知己獄底抒忠〉	
5	〈網羅險遭醫師屠割〉	15	〈墮奸謀險遭屠割　感夢兆巧脫網羅〉	
6	〈陳多壽生死夫妻〉			出《醒世恒言》第九卷。
7	〈曾公子仗義救人終遇救〉	7	〈仗義施恩非望報　臨危獲救適相酬〉	
8	〈張貞婦含冤淚動公忿〉	8	〈御群兇頓遭慘變　動公憤始雪奇冤〉	
9	〈康友仁輕財重義得科名〉	9	〈賠遺金暗中獲攜　拒美色眼下登科〉	
10	〈梅嶼恨蹟〉			出《西湖佳話》卷十四。
11	〈謀葬地欺心上干天怒〉	10	〈圖葬地詭聯秦晉　欺貧女怒觸雷霆〉	
12	〈士無行貪財甘居下賤〉	11	〈詐平民恃官滅法　置美妾藉妓營生〉	
13	〈胡君忘恩負義遭陰譴〉	12	〈驟榮華頓忘夙誓　變異類始悔前非〉	
14	〈劉霜妹得良遇奇緣〉			出野西逸叟《過墟志》。
15	〈封氏女失節活全家〉	4	〈活全家願甘降辱　殉大節始顯清貞〉	
16	〈李福達終難逃國法〉	5	〈執國法直臣鋤惡　造冤獄奸小害良〉	
17	〈能吏爲民招假婿成眞〉	6	〈愚百姓人招假婿　賢縣主天配良緣〉	
18	〈十五貫戲言成巧禍〉			出《醒世恒言》卷三十三。
19	〈曹孝子感異夢獲親骸〉	1	〈走天涯克全子孝　感異夢始獲親骸〉	
20	〈唐淑女聘妹爲姑續宗祀〉	2	〈馬元美爲兒求淑女　唐長姑聘妹配衰翁〉	
21	〈窮秀才歲暮解囊積德〉	3	〈解已囊惠周合吧　受人托信著遠方〉	
22	〈林蕊香行權計全節〉			出《遯窟讕言》，爲文言小說。
		16	〈方正士活判幽魂　惡孽人死遭冥責〉	

從卷目的比較中，可以看出凡是《今古奇聞新編》襲用《娛目醒心編》一書中的篇章，皆以每三卷爲一單位，且前後互換位置，將每一單位之卷前或卷後再加插其他書的選篇，這種呈現亂中有序的編輯方式，顯示出是刻意而非無心的竄改僞造。再看其卷目的擬作，將每捲原本的兩句聯語改作單句，不能概括一卷中的兩個故事，而且將卷三、四、九、十五、二十一各卷中的楔子，直擬作回目，完全是不明白原著的編纂體例，故有此錯誤。

四、結　語

從序文、卷目的比較情形可以得知《今古奇聞新編》惡意蹈襲《娛目醒心編》，卻又造成一些不明原書體例的錯誤。在內容方面亦同，其增入二篇文言選篇，混淆原書的白話體例，而新增的七篇中無評語，其他選自《娛目醒心編》者，則自怡軒主人評語一字不改的保留著，體例上已呈明顯差異。

《娛目醒心編》一書最盛行期間，約在同治十二、三年（西元 1873～1874 年），到了光緒十三年（西元 1887 年）王寅纂改本書，以新選面貌的姿態出現，或因畫名漸著，不再做此不名譽之事，到了光緒十七年，將版木出售，因第四卷版本已毀，只好將第一回捨棄不用，附付了六圖出版。逮該版刊行之後，又被燕山耕餘老人上石石印，坊間亦據此鉛印翻排，甚至調動過卷次，致使光緒十七年版本產生互異情形。

第三節　《娛目醒心編》與《南史演義》、《北史演義》的比較

《娛目醒心編》的作者杜綱，於乾隆五十八年完成了《北史演義》六十四卷。乾隆六十年，再完成《南史演義》三十二卷。兩書均以章回體通俗小說形式，分別記述我國歷史上北朝、南朝的興亡更迭，與《娛目醒心編》是兩種體制完全不同的小說樣式。這種一個作家由擬話本到長篇小說的創作進程，在中國小說史上，清初的李漁已開先例，而《北史演義》、《南史演義》填補了歷史演義系列中的空白，獲得極高的評價，更奠定杜綱成爲乾隆間重要通俗小說家的地位。

《北史演義》記述我國古代歷史上民族關係最複雜、戰亂最頻仍的南北朝時期，杜綱「宗乎正史，旁及群書，搜羅纂集，連絡分明」〔註 19〕在紛繁的歷史事件中，

〔註 19〕見《北史演義》原序（上海：古籍出版社，1986 年排印本）。

以北齊的建立至滅亡做爲故事主線，以北齊高祖高歡的出世做引線，將幾十年間，幾個王朝的政治變故、戰場烽煙穿插其間，最後北齊滅亡，隋朝確立大統。杜綱以善於剪裁、富於想像的表現手法，將百年間禍亂相尋變故百出的歷史，眞切生動地描述出來，使這段歷史條分縷晰，眉目清楚。

此外，杜綱更塑造出一群具有鮮明個性的人物形象，以自己的美學觀把北朝歷史處理爲一個英雄輩出的時代，加上絕代佳人與之匹配，英雄美人，相得益彰，歐陽健先生評《北史演義》認爲「《北史演義》之所以成功，主要是它尋得了一個貫串全書的主旋律——對於『英雄美人』的頌美和謳歌，從而找到一個正確處理史的因素和人的因素關係的聯結點的緣故」。〔註 20〕

舉例而言，《北史演義》第四卷題爲〈白道村中困俊傑　武川城上識英雄〉，即敘述高歡與婁昭君的故事，按《北史》第十四〈后妃傳〉曰：

> 少明悟，強族多聘之，並不肯行。及見神武城上執役，驚曰：「此眞吾夫也！」乃使婢通意，又數致私財，使之聘己。父母不得已而許焉。〔註 21〕

所敘高歡與婁昭君從認識到完婚的經過，僅寥寥數語，極爲簡略。但是杜綱據此卻敷演成卷四到卷六一波三折的精彩文字，小說寫道婁昭君爲富戶之女，極受父母寵愛，一旦見城上執刀侍立的高歡，嘆爲當世豪傑，私相傾慕，擬以身相許，故命婢通意，央媒求娶，昭君知其家貧，便贈以私財爲納聘之資。高歡此時「龍潛蠖伏，辱在泥塗，茫茫四海，無一知己。昭君一弱女子，能識之風塵之中，一見願以身事，其知己之感爲何如，況贈以金寶，使之納聘，尤見鍾情，豈能漠然置之？但兒女私情，難以告知父母，故此遲遲」，因有此一顧慮，高歡遲遲未至婁家提親，其後侍婢來催，誤以爲歡已將求姻事告知其父，故以來意告之，高父大驚，責備高歡曰：「婁氏富貴顯赫，汝欲踵桑間陌上之風，誘其蘭室千金之女，一朝事敗，性命不保，獨不念父母年老，靠汝一身成立，何不自愛若此？」高歡又再度委決不下。昭君不得已，親自修書贈釵，以明己志。高歡感其厚意，乃遣媒求親，婁父見高家遣媒求親，叱而絕之，疑高家貿然求親必有隱情，責問侍婢，昭君料難隱瞞，直言以告謂：「前見高氏子，實一未發達的英雄，現在蛟龍失水，他日勛名莫及。若嫁此人，終身有托，故捨經從權，遣婢通信，實出女兒之意。」婁父欲奪昭君之志，設計請高歡來家教習子弟弓箭，半夜遣奴殺之，不料事敗，反被高歡意氣激昂、情辭慷慨的責備一番，婁父自知理虧，於是擺列財寶，謂昭君曰：「汝肯從親擇配，當以此相

〔註 20〕見歐陽健《明清小説采正》（台北：貫雅文化有限公司，民國 81 年 1 月初版），頁 353。
〔註 21〕見百衲本《北史》，卷十四〈后妃傳〉（台灣商務印書館印行，民國 87 年 9 月臺二版），頁 13074。

贈。」昭君不屑一顧，寧不取一物，孑身往嫁高歡。其後婁家父母憐女貧苦，遣人去請高歡，歡不至，只得親至其家接女歸寧，高歡方偕昭君同來。《北史》中原本「父母不得已而許焉」八字，杜綱敷演成如此眞切生動的情節，足見其藝術才能。

杜綱費許多筆墨細寫高歡與婁昭君的結合，即是強調二人完美的結合，奠定高歡一生事業的基礎，作者借正筆描寫昭君美而賢的形象，如高歡爲杜洛周所逼，連夜逃至野寺，昭君親燃馬矢作餅給高歡充飢。爾朱榮命高歡爲先鋒，昭君勸勉曰:「大丈夫公爾忘私，努力王事可也，奚以家爲」；昭君終生言行皆不悖此，連她生子，都以高歡統大軍，不得爲己故，輕離軍幕，故堅拒左右追告高歡。在高歡一朝得志後，昭君又「高明嚴斷，雅遵儉約」，絕不以私亂公，又借助於諸美人之間複雜的感情糾葛，烘托昭君的「寬厚不妒」，顯示其不凡的氣度。作者又以百態多姿的奇筆，先後描寫胡桐花、爾朱娟娟、蠕蠕公主等美人寫出她們對英雄高歡的認同，從不同的側面映襯高歡的氣度和性格，概括了高歡事業的全程，這就將小說開端確立的「英雄美人」的格局，從整體上構成完美的形象體系。

「英雄美人」的組合，隨著高氏政權的更迭和北齊國運的隆替而逐漸改變其內容上的比重，高歡的繼承者高澄，在恣意聲色上與高歡相比，不遑多讓，而英雄之氣，卻相差甚遠，高澄一掌大權，便廣選佳麗，更貪美色，以至於假公以濟私慾，造成極壞的效果，後卒死於膳奴之手，遠不能與高歡相比。高洋高殷皆如此，由「英雄美人」組合的逐漸衰變，借女色的糾葛之中，清晰勾勒出創業與守成間的轉化，一步步寫出北齊的敗亡史。

乾隆六十年（西元 1795 年），杜綱復作南史演義三十二卷，「自東晉之季以迄宋、齊、梁、陳，二百餘年，廢興遞嬗，無不包羅融貫，朗如指上羅紋，持此以續北吏之後可謂合之兩美矣。」〔註 22〕《南史演義》記述的南朝時期，是我國古代南方長江流域經濟文化大發展期，本書主要描述宋、齊、梁、陳四朝的興衰事變，對南朝諸開國英傑如宋高祖劉裕、齊高祖蕭道成、梁高祖蕭衍、陳高祖陳霸先人的雄才大略作了詳盡的描繪，其中對宋朝事跡記載特詳，這些君主皆「躬行節儉，以身範物」，不戀美色；而書中也對歷朝亡國之君如宋蒼悟王，齊東氏候、齊東昏侯、陳後主等暴虐淫佚的行爲，作了淋漓盡致的揭露和批判。在描述陳後主的荒淫時，細述其令寵妾張、孔二妃與文士范等參與宴會，賦詩贈答，選色徵歌，在暴露其淫佚享樂生活的同時，也側面反映出文學藝術在當時社會的滲透和影響。

本書基本上依據正史，凡正史所載之重大事件無不備錄，同時又摻以稗舊聞，

〔註 22〕見《南史演義》原序（上海：古籍出版社，1989 年排印本）。

使故事情節、人物形象更加曲折生動。在事件的描寫上更具功力，例如侯景之亂梁，隋師之滅陳，一事而涉及南北兩方，書中必詳略得宜，不顯冗複。不過《南史演義》並未在「英雄美人」的組合上取得成功，原因是好色之主如東昏候，陳後主，皆荒迷益，甚毫無英雄氣概可言，且作者認爲「六朝金粉，人物風流，中間韻事韻語，足供玩繹者，美不勝收，如《世說新語》等書所載皆是，書中不及備錄。」〔註23〕故未在美人形象塑造及描繪上多著墨，加上南朝歷史，彼此替代，實以相同格局不斷重覆，所以儘管在描述上不乏精彩之處，但整體成就終難勝過《北史演義》。

《北史演義》與《南史演義》均據正史敷演故事，以歷史事件做爲素材，進行創作。一方面要尊重史料，另一方面又必需塑造出符合審美要求的藝術形象，尤其需要處理好人和史的因素關係的連結點，才能成就一部成功的歷史小說。杜綱撰寫《南史演義》、《北史演義》成功之處在於憑恃歷史的認識，重新建構組織，以取代單調的資料排比，並運用已臻成熟寫作技巧，描繪情節、刻劃人物，使二書在不悖離正史的原則下，又有奇文異趣錯落其間，成爲饒富興味的歷史小說，獲致極大的成功。相較之下，杜綱早期的作品——擬話本小說《娛目醒心編》因話本形式入於僵化，內容亦難有創新突破，藝術手法的表現在後期擬作中雖有可觀，但其整體表現不及《北史演義》、《南史演義》突出，一方面是因小說形式的差異，另一方面則是作者初作小說技巧未臻圓熟之故；尤其純粹虛構不如講史之有紀事史材作爲憑依。

總而言之，杜綱能以《娛目醒心編》代表擬話本後期之作，而《北史演義》、《南史演義》填補歷史演義系列中的空白，不但代表他兼長兩種不同形式的創作，也代表他由短篇而長篇的創作歷程，其不凡的表現更奠定他成爲重要通俗小說家的地位。

〔註23〕同註22，見該書凡例。

第七章　結　論

明清兩代是小說的繁盛期，各體創作及仿作競萌，作品數量極多，但一般學者提及時往往將焦點集中於幾部熟知的章回與話本小說作品上，認爲其餘的「擬作末流」（魯迅語）就更不必多談了，因此，幾乎所有的小說史皆未曾介紹到《娛目醒心編》一書，偶有論及，也持全盤否定態度，流於浮面的批評，以至於擬話本末期之作的本書，知者甚稀，亦未得到適當的評價，然而《娛目醒心編》一書乃是歷史上既已存在的事實，也是話本小說史上不可或缺的一個環節，無論如何，都有深入探討的必要，因此，本篇論文實就《娛目醒心編》一書試作全面的探討，並給予如實的評價，今分述如下：

就作者方面而言，杜綱字振三，草亭爲其別號，江蘇省崑山縣人，爲一終生未仕的儒生。先後創作《娛目醒心編》與《北史演義》、《南史演義》，前者代表擬話本小說之末期作品，後二書補古來講史小說之闕。因此，以一作家之筆兼擅兩種不同小說形式的創作，在清初文壇上殊爲難得。而他與評者許寶善合作無間，尤其杜綱在《娛目醒心編》的形式內容上，力圖求新求變，加上許寶善特殊的品評方式，使得《娛目醒心編》在擬話本後共的作品中，顯得十分特別。再者將娛樂與教化功能統一起來，提出「娛目醒心」的自覺意識，較之前人僅強調警世教化的作用，無疑是邁出重要的一步。而且更以善於剪裁布局的巧筆，眞切生動地寫出百年間禍亂相尋，變故百出的南北朝歷史小說，獲致相當的成功。因此，杜綱可說是乾隆間重要的通俗小說作家，在稗史的創作上佔有一席之地。

就全書思想表現而言，在不同程度上反映出受儒家思想的制約和影響，如張顯孝道、承續宗祀，以及源於仁政思想對忠臣良吏贊美與違背禮治的邪惡勢力的鞭笞，本書各卷故事中皆有明白的體現。由於作者處於文網嚴密，充滿肅殺氣氛的時代，故作品中往往採取較嚴肅的勸戒態度。此外，本書運用果報思想，然而不過是藉此作爲勸懲的手段，而非宣導因果報應等迷信思想，勸懲的標準是依對社會各個階層人士的道德規範而定，這種審情度理的尺度，顯然只是藉小說用作教育的意義，使教化的功能易於傳達而收到實效。

在寫作技巧方面，運用伏筆與照應作爲情節進行的內在契機，獲致相當不錯的效果，而且運用夢境來發端後面情節的進展，採多樣的手法敘寫，在運用的效果上也相當突出。在人物刻劃方面，延續至明代起普遍運用的人物心理描寫，可稱述之處不少，但對人物外貌描述方面，未曾多加著力，表現較弱，至於敘述角度亦少變化，是較爲遜色之處。不過就整體表現而言，在話本式微之際，仍有如此可觀的表現，殊屬難得。

《娛目醒心編》一書約盛行於同治十二、十三年間，至光緒年間被王寅惡意蹈襲爲《今古奇聞新編》，且一再翻刻，但序刊者從未說明，造成《娛目醒心編》的故事雖曾流傳，卻無人知其本自何書，間接造成《娛目醒心編》的鮮爲人知。

就話本小說史的角度而言，《三言》、《二拍》代表話本小說藝術的高峰，卻不足代表說話本小說史的全部風貌，尤其在形式漸趨僵化，內容呈現枯窘的擬話本創作末期，《娛目醒心編》可說是這段期間的代表作品，反映出強弩之末的擬話本小說的時代表徵，以此嵌入整個話本小說史裡，使話本小說之內容，形式的興盛衰蔽都呈現首尾完足的整體觀念，使人了解整個話本史上的形式與內容的流變情形，讓文學歷史的眞象再度呈現。

附錄：《北史演義》人物形象論析

摘　要

在通俗小說中，歷史演義小說是一種值得探討的題材類型，其創作素材取自史料，一朝一代的史料或單一歷史人物都可以加以敷演，而歷史小說的批評理論亦受到史學的影響，在創作實踐上便有「崇實論」、「崇虛論」等不同的觀點。本文試以《北史演義》爲本，以主要人物高歡、婁昭君爲例，析論歷史演義小說的人物形象塑造、實踐及美學表現手法，期使對繞富興味的歷史演義小說與歷史本身間，其於史的因素和人的因素處理的情形與理論實踐作一剖析。

關鍵詞：虛、實、崇虛論、崇實論

一、引　言

明清兩代是小說的繁盛期，各種創作及仿作競萌，作品數量極多，在通俗小說中，歷史小說是傳播最廣，影響最大的一種題材類型，歷史小說起源自傳文學，兩者有相通之處，如《史記》、《左傳》等史傳，在記述歷史事件或刻劃人物性格特徵時，會運用小說敘事志人的表現方法，使故事完整，而益添文采，因此小說作者擷取史傳中某一歷史人物或歷史事件，或一朝一代的故事，都可成爲創作的素材，從羅貫中《三國演義》問世以來，歷史演義小說創作蔚爲大觀，其浩瀚幾與正史分簽並架，基本上構成了講史小說的大系統。

歷史小說的創作素材來自史料，而且歷史小說的批評理論也是從史學借鑒而來，因此，歷史小說的創作受到史學觀念和史學理論極大的影響，在創作實踐上便有「崇實論」的史家實錄思想或「崇虛論」的藝術表現思想以及其他論者的文學理論實踐之爭。

本文以清乾隆時期重要的通俗小說作家杜綱所著《北史演義》爲本，試論析歷史演義小說的美學表現手法，以人物形象塑造的實踐來探討「實」、「虛」的意義，以及應用的實際情形，茲分關於《北史演義》及其作者和藝術手法的探析等節析論之，使歷史演義小說之形式，美學的表現，能呈現首尾完足的整體觀念，並給予如實的評價，讓文學歷史的眞象再度呈現。

二、關於《北史演義》及其作者

《北史演義》完成於乾隆五十八年（西元 1793 年），凡六十四卷，作者爲杜綱，大約生活於清乾隆時期，關於杜綱的生平，現存資料極少，經考證得知，杜綱爲江蘇省昆山人，字振三，草亭爲其別號，草亭老人即是指杜綱，大約生於乾隆五年（西元 1740 年）前後〔註1〕年少時補諸生，然於功名路上並不順遂，以布衣終老。不過由《昆新兩縣續修合志》卷三十一、〈文苑二〉記載。

> 時經生家久不治古文，綱獨上下百家，於幽隱難窮之處，輒抒其獨見，發前人所未發…。〔註2〕

可知杜綱是極具才華，並具有獨特見識，尤其在古文方面有極高的造詣，可惜在重視八股取士的當時，無益於仕途的進取，杜綱將半生精力用於流俗輕賤的稗史創作上，期「能使悲者流涕，喜者起舞，無一迂拘塵腐之辭，而無不處處引人于忠孝節義之路，既可娛目，即以醒目，即以醒心，而因果報應之理，隱寓于驚魂眩魄之內，俾閱者漸入于聖賢之城而不自知，于人心風俗不無補焉。」〔註3〕於是有《娛目醒心編》的著作產生，此爲清代擬話本小說的後期之作，杜綱因鑒於正史之質奧難讀，而稗史之通俗易解，「于是宗乎正史，旁及群書，搜羅纂輯，連絡分別，俾數代治辭之機，善惡之報，人才之淑慝，婦女之貞淫，大小常變之情事，朗然如指上羅紋。」〔註4〕先後寫下了補古來演義之闕的《北史演義》與《南史演義》在稗史創作上，自有其一席之地。

《北史演義》與《南史演義》兩書均以章回體通俗小說形式，分別記述我國歷史上北朝、南朝的興亡更迭，與《娛目醒心編》是兩種體制完全不同的小說樣式，這種一個作家由擬話本到長編小說的創作進程，在中國小說史上，清初的李漁已開先例，而《北史演義》、《南史演義》填補了歷史演義系列中的空白，獲得極高的評

〔註1〕詳見本書第二章外緣考證，第一節作者考。

〔註2〕見《昆新兩縣續修合志》卷三十一，文苑二（台北：成文出版社，民國 59 年台一版），第 541 頁。

〔註3〕見《娛目醒心編》原序。（日本天理大學圖書館藏本）。

〔註4〕見《北史演義》原序。（上海：古籍出版社，1986 排印本）。

價，更奠定杜綱成爲乾隆間重要通俗小說家的地位。

在通俗小說中，歷史小說是傳統最廣，影響最大的一種題材類型，自羅貫中《三國演義》問世以來，歷史演義小說創作，蔚爲大觀，正如可觀道人所說的：「自羅貫中氏《三國志》一書，以國史演義爲通俗演義，汪洋百餘回，爲世所尙，嗣是效顰日眾，因而有《夏書》、《商書》、《列書》、《兩漢》、《唐書》、《殘唐》、《南北宋》諸刻，其浩瀚幾與正史分簽並架。」〔註 5〕基本上構成了講史小說的大系統，唯有南北朝一百多年的歷史還沒有被寫成歷史演義，究其原因，應是南北朝百年間禍亂相尋，變故百出，較之其他朝代，有過之而無不及，且「史之言質而奧，人不耐讀，讀亦罕解」〔註 6〕直至杜綱以爲此百年事跡，不可以公諸見聞，「于是宗乎正史，旁及群書，搜羅纂輯，連絡分明，俾數代治亂之機，善惡之報，人才之淑慝，婦女之貞淫，大小常變之情事，朗然如指上羅紋」〔註 7〕先後完成《北史演義》和《南史演義》，方才填補這段歷史演義系列中的空白。

《北史演義》記述我國歷史上民族關係最複雜，戰亂最頻仍的南北朝時期，在紛繁的歷史事件中，以北齊的建立至滅亡做爲故事主線，以北齊高祖高歡的出世做引線，將幾十年間，幾個王朝的政治變故、戰場烽煙穿插其間，最後北齊滅亡，隋朝確立大統。杜綱以善於剪裁、富於想像的表現手法，將百年間禍亂相尋變故百出的歷史，眞切生動地描述出來，使這段歷史條分縷析，眉目清楚。此外，其時南北分裂，杜綱於書中，塑造了一群有鮮明個性的人物形象，以自己的美學觀把北朝歷史處理爲一個英雄輩出的時代，加上絕代美人與之匹配，英雄美人，相得益彰。歐陽健先生評《北史演義》認爲「《北史演義》之所以成功，主要是它尋得了一個貫串全書的主旋律——對於『英雄美人』的頌美和謳歌，從而找到一個正確處理史的因素和人的因素關係的聯結點的緣故」。〔註 8〕

通俗小說作者擷取史傳中某一歷史人物或歷史事件，或一朝一代的史實，通過典型事例刻劃人物性格特徵，運用富有表現力的小說敘事志人，因歷史小說的素材來自史料，所以歷史小說的創作不能不受到史學觀念及理論的影響，在創作實踐中，作者都很注重語出有憑，本事有根有據，因此，「崇實思想」無形中成爲歷史小說的創作原則，在此前提下，作者再加以「添設敷演」「而大要不敢盡違其實」，施展其

〔註 5〕見《新刻列國志》序。

〔註 6〕見許寶善《北史演義》序。

〔註 7〕同〔註 6〕出處。

〔註 8〕見歐陽健《明清小說采正》（台北：貫雅文化事業有限公司，民國 81 年 1 月初版），第 353 頁。

作爲小說的結構技巧、語言技藝，或三分實事，七分虛構，或七分實事，三分虛構，使歷史小說在歷史眞實與藝術創作間適度擺動。

清人吳沃堯言：「撰歷史小說者，當以發明正史事實爲宗旨，以借古鑑今爲誘導，不過涉虛誕，因正史相刺謬，尤不可張冠李戴，以別朝之事實，牽牽羼入，貽誤閱者云云。」〔註 9〕所言極是，歷史小說負載著一種使命感，企圖通過小說形式普及歷史知識，然而歷史小說之所以難作，便難在虛實關係的處理上，若是全書隨事隨時，摘錄排比，在內容上便簡略無味，在敘事上更是不成片段，毫無藝術感染力，若是以一個歷史人物作爲主角，其餘人物、情節皆爲杜撰，如描述薛仁貴征東的《征東傳》、寫狄青生平的《萬花樓》，此類作品缺乏歷史證據，「轉使歷史眞象，隱而不彰」，此類歪曲歷史面目的歷史小說並不足取。

反觀杜綱處理《北史演義》並非靠排比史料，而是靠對歷史的重新構建來處理史的因素和人的因素，不讓繁瑣的歷史細節與歷史進程掩蓋其塑造符合審美要求的藝術人物形象的光芒，即是以正史爲依托，據史敷陳故事，凡正史所載之重大事件不備錄，同時又摻以稗說舊聞，使故事情節、人物形象更加曲折生動，成爲繞富興味的歷史小說。

追求虛構性與眞實性的統一，是文學的重要美學原則，作家是否能處理好「虛」與「實」的關係，是創作成功與否的一個重要條件，所謂「實」，事實上具有二層意義，一爲合於現實、眞實，二是合於歷史眞實，所謂合於歷史眞實與否是借助於典籍記載來判斷，這便是「崇實論」，這種傳統實錄觀對通俗小說理論影響極大，從晉・干寶在《搜神記》序中言：「雖考先志於載籍，收遺逸於當時，蓋非一耳一目之所親聞睹也，又安敢謂無實者哉！」

到南宋羅燁，《醉翁記載》：「小說者流，出於機戒之官，遂分百官記錄之司，由是有說者縱橫四海，馳騁百家，此上古隱奧之文章，爲今日分明之議論，或名演義，或謂今生，或稱舌耕，或作桃閃，皆有所據，不敢謬言。言其二世之賢者可爲師，排其近世之愚者可爲戒，言非無根，聽之有益。」雖言「一耳一目之所親聞睹」（指小說之創作合於現實眞實），而宋之吳自牧亦提出：「蓋小說者，能講一朝一代故事，頃刻間捏合」〔註 10〕的觀點，略識小說「敷演」的特點，但大抵仍是崇實反虛論調，這種觀點主要見於歷史演義小說，對於歷史人事爲題材的小說，尤其主張要「實錄」，即合於先賢的經籍，不過，這種絕對的「崇實反虛」論，影響了人們對歷史小說的藝術特徵的認識，不利於對作品的美學分析。

〔註 9〕見廣雅版《晚清小說大系》冊六，《兩晉演義》之序之，見該書頁 2～3。
〔註 10〕見吳自牧《夢梁錄》〈小說講經史〉。

直至明代胡應麟在論及小說時，一反以「崇實」爲評論的標準，對立意好奇的唐傳奇給予高度肯定，而對「多有近實」的宋代文言小說表示不滿，略現「崇虛思想」的端倪，此敘袁于令言：「文學之性，寫於淩虛，不宜於徵實」明確提出「崇虛貶實」論，後亦有附焉者，「崇實論」著重「現實眞實性」、「歷史眞實性」一味求實，便會影響作品的藝術效果，「崇虛論」著重於藝術虛構性，一味求虛，則無法產生藝術眞實感，單一的論點皆有所缺失，因此，晚明．李日華《廣諧史序》言：

> 且也因記載而可思者，實也，而未必一一可按者，不能不屬之虛。借形以托者，虛也；而反若一一可按者，不能不屬之實。古至人之治心，虛者實之，實者虛之。實者虛之故不繫，虛者實之故不脱，不脱不繫，生機靈趣潑潑然，以坐揮萬象將無忘筌蹄之極，而向所讎校研摩之未嘗有者耶。

提出「實」的新義，意指小說創作通過虛構達到「若天造然」的眞實感。此一新義，使得「虛」與「實」的藝術虛構性與眞實性統一起來，在「不脫不繫」的虛實原則下，要求作家避免機械式地對現實與歷史的眞實作摹仿實錄，而能透過虛構中體現藝術眞實，既以現實爲基礎，又能跳出史傳典籍的束縛，才能令人產生「生機靈趣潑潑然」的審美感受，這種寄寓作者理想的藝術眞實，才是優秀小說作品藝術生命之所在，〔註 11〕《北史演義》作者杜綱在處理本書上，對「虛」、「實」的關係的處理上頗爲得宜，對史料的重新構建，使得符合審美要求的藝術人物形象的光芒不因繁瑣的歷史進程與細節而掩蓋其光芒，下文所將對《北史演義》中的藝術手法略作探析。

三、藝術手法的探析

關於歷史人物創作論，金豐在《新鐫精忠演義說本岳王全傳序》曾言：

> 故以言乎實，則有忠有奸有橫之可考，以言乎虛，則有起複有變之足觀，實者虛之，虛者實之，娓娓乎有令人聽之而忘倦矣。

主張基本性格、品德要符合史實，同時又不可完全拘泥歷史記載，意即以歷史眞實人物爲原型，又要作家發揮想像力進行藝術虛構，要言之，即不脫正史亦不爲之所限。事件和人物是構成小說的兩大要素，奇特的事件吸引人們的注意，而形象生動的人物則令人印象深刻，通過對人物形象的行爲舉止以及言語談吐的準確描寫來顯示其個性特徵，是小說家用來表現人物形象的常用手法，而「只有成功地塑造出典

〔註 11〕有關「虛實論」參見《中國通俗小說理論綱要》第五章〈審美範疇論〉第十七節〈虛與實〉（台北：文津出版社，民國 81 年 3 月初版），第 182～194 頁。

型性格，反映社會生活、社會關係才有深度，才能叫人百讀不厭。」〔註12〕所謂「典型化」人物是指：

> 典型化，就是作家馳騁藝術想像，把生活中某一類人的性格特徵集中概括到一個人身上，並予以誇大、加深和個性化。只有進行了典型化，使人物既有鮮明的個性又有充分的類的共性，既是獨特的「又是一整類人的代表。」〔註13〕

《北史演義》人物眾多，杜綱將之處理爲英雄輩出的時代，加上眾多具有慧眼的美人與之相襯，成爲貫串全書的故事主線，以下試就婁昭君與高歡二人略作論述。

按《北史》對婁昭君的性格描寫爲「高明嚴斷，雅遵儉約，往來外舍，侍從不過十人，性寬厚，不妒忌」「每言有材當用，義不以私亂公」〔註14〕杜綱於《北史演義》中以不同的事件、人物，用正筆寫婁昭君美而賢的形象，將其性格深化！如卷四六言：「昭君入門后，親操井臼，克遵婦道，不以富貴驕人，見者無不稱其賢孝」而謂高歡將昭君當日贈財用於結納賢豪之用，以圖進步，在高歡落魄時與之共患難，如卷十二所述，高歡爲杜洛周所逼，連夜逃至野寺，「時天氣初寒，風雨暴至，眾人皆倉皇就路，衣衫單薄，不免飢寒，昭君親燃馬矢，作餅與六渾充飢」，爾朱榮命高歡爲先鋒，將行，昭君勸勉曰：「大丈夫公爾忘私，努力王事可也，奚以家爲」，昭君生子，左右請追告高歡，昭君以爲歡統大軍，不得以已故輕離軍幕，不聽。」上述的事件描述，映襯昭君「高明嚴斷」、「義不以私亂公」的性格，極具生動。

及高歡一朝得志後，杜綱又先後描寫胡桐花，爾朱娟娟、蠕蠕公主等美人間複雜的感情糾葛，烘托照君「性寬厚、不妒忌」的賢明大度，尤以高歡欲借蠕蠕國軍力以自強，而娶蠕蠕公主，昭君爲國家大局計，乃主動退出正宮言：「妾雖處深宮中，亦知蠕蠕地大兵強，爲中國患，與東則東勝，與西則西勝，其情之向背，實係國家之安危，今欲以女嫁王，永結鄰好，誠國之幸也」（卷四十六）此段出自昭君口中之議論，則將昭君顧全大局，知權宜進退且寬厚不妒的理想嫡妻的形象塑造完成。

婁昭君代表的是理想嫡妻的典型，符合當時代禮教制約下的完美形象，《女學》開篇列婦德言：「爲嫡則有『去妒』，處約則有『安貧』，富貴則有『恭儉』。〔註15〕昭君誠有良譽，源自其身爲輔助高歡的幕後功臣，「寬厚不妒」容許丈夫多方納妾，

〔註12〕見葉朗《中國小說美學》（台北，天山出版社，民國77年版），第83頁。
〔註13〕見賈文昭、徐召勛合著之《中國古典小說藝術欣賞》（台北：里仁書局，民國72年版），第70頁。
〔註14〕見《北史》卷十四〈后妃傳〉。
〔註15〕見《中國婦女生活史》第八章〈清代的婦女生活〉第275頁。（台灣：商務印書館發行，民國83年12月台一版第10次印刷）。

展現泱泱嫡妻的風範，具備了傳統社會要求的「婦德」。杜綱身處清代中期，下筆自會受當時「女教」觀念的影響，事實上，這也是數千年來，完全中國女性的理想典型，婁昭君在杜綱「不脫不繫」的原型基礎上，代表了此類人物的共性，既是獨特的『這一個』又是這一類人的典型代表。

至於高歡，《北史・齊本紀》，敘其爲人「性深密高岸，終日儼然，人不能測，機權之際，變化若神，至於軍國大略，獨運懷抱，文武將吏，罕有預之。」〔註 16〕杜綱《北史演義》中以正筆刻劃描述高歡的行爲舉止、言語談吐來表現高歡的性格，又運用視點轉移的側筆描寫，從不同的人通過不同的視角來描述高歡，增加高歡形象的立體感、眞實感，使人物形象特點有層次的顯現出來。

《北史演義》卷五描述昭君父內干欲奪女志，假言子弟欲習弓箭，求高歡指點，並留之西園過夜，派張僕半夜潛入殺之，不幸事敗，反被歡殺，高歡並往見內干，忿忿陳辭道：「我高歡一介武夫，不失禮義，君世食天祿，家傳詩禮，如何自恃豪富，私欲殺人？且歡叨居鄰右，平素不通往來者，實以貧富不同，貴賤懸殊之故。即數日求婚，並非歡意，亦因令愛欲圖百歲之好，通以婢言，重以親書，再三致囑，歡乃不得已而從之，媒婆到府，君家發怒，歡已絕望矣，令愛別選高門，于我何涉，乃必殺一無辜之人，以絕令愛之意，是何道理？惡奴我已手戮，大丈夫死生有命，豈陰謀暗算所能害，唯君裁之。」這番言語慷慨陳辭，理直氣壯，令人無從置辯，時高歡雖功名未達，卻仍顯出不凡的氣魄，英雄逼人，令人不敢小視，杜綱借著這番言語談吐正筆描述高歡的個人性格，遇不平之事即抒不平之氣，英雄豪邁的特質立現。

此外，杜綱又以視點轉移的側筆描寫方式，從不同人的視角來描述高歡，如卷四借婁昭君之眼，描述高歡「此子身若山立，眼如曙星，算直口方，頭上隱隱白光籠罩，乃大貴之相。」又借其叔高徽之眼述道：「一日從京師回，見六渾氣度軒昂，大喜」，卷二十七借孝武帝之口形容高歡，「歡身長八尺，體貌如神，龍行虎步，雙眼濃秀，目有精光，長頭高額，齒白如玉，肌膚細潤，十指如初出筍尖一般，聲如裂帛，又能終日不言，通宵不寐，喜怒不形於色，人莫能測其意，性既沈重，識文宏遠，實天地異人也。」借不同人的視角來描述高歡，由於顯現高歡的外貌、個性，使高歡的形象特點有層次地顯現出來。再者，杜綱「用極近人之筆」寫「極駭人之事」，把筆觸深入人物心靈的深處，寫出他的七情六慾，所謂「兒女無非天性，英雄不外人情」，用不同的情節、事件來體現人的眞本性，如卷十二「描述高歡杜洛周所

〔註 16〕見《北史》卷六，〈齊本紀〉。

逼，謂眾人曰：『洛周兵力精法，我們寡不敵眾，急急向前，不可回馬與戰。』昭君與端娥、端愛、高澄乘一牛車，澄方六歲，數墮車下，歡怒其羈遲，欲彎弓射之。昭君大驚，高叫段榮曰『段將軍速救我兒！』段榮飛身下馬，抱起高澄，歸於馬上，加鞭急走。」將高歡急躁的個性描寫出來，爲了逃避追兵的壓力，使他對延遲隊伍速度的人不容寬貸，即使是自己的親生兒子，亦不例外。卷二十五述胡桐花生擒爾朱皇后，對高歡言及爾朱后年少青春，容顏絕世，歡聞后美，不覺心動，後迫張氏爲說客，強納爾朱后，此事顯出高歡好色的本性，及藐視皇室的恣肆性格。卷三十一敘高歡扶立孝武帝，大權在握，其心已足，斜斯椿心懷反覆，日勸孝武帝除掉高歡，圖之甚急，婁昭初見高歡「在在珠圍翠繞，奪目移情」，深爲其「不務遠圖，耽於聲色」不安於懷，不意時交五鼓高歡已至西郊教場演兵，軍容之壯，令婁昭見之悚然，高歡才道出以「外耽聲色，以愚眾人耳目」欲「使上不我忌，庶各相安無事」的用心。將高歡之善於機變與姿意聲色的兩方面性格結合起來，從而將一個叱吒風雲的英雄形象塑造完成。

四、結　論

《北史演義》中歷史人物甚多，而以高歡、婁昭君的人物形象較具典型且描述生動，杜綱不惜濃墨重彩細寫兩人的結合經過及一生的患難相隨，高歡之於婁昭君是理想中的英雄，婁昭君之於高歡是輔佐其一生功業的得力助手，英雄美人的結合，貫穿全書的情節發展，兩人的形象鮮明，加上其他人物的襯托，益添光彩，杜綱於寫作的原則，能「大要不違史實」不作機械式的實錄，而將史料重新建構，統合藝術的虛構及史實的眞實性；展現藝術的眞實感，在歷史演義小說中，試屬難能可貴，此外，杜綱善於剪裁，富於想像的表現手法，將百年間禍亂相尋變故百出的歷史，描述得條分縷析，眉目清楚，處理史的因素和人的因素的功力更是不凡，其兼擅擬話本小說及歷史演義小說的藝術才華，奠定他成爲乾隆間重要通俗小說家的地位，《北史演義》一出，補上歷史演義小說的空白，杜綱對歷史人物的創作能作到「不脫不黏」的原則，使《北史演義》故事情節生動，成爲饒富興味的歷史小說，其美學的觀點與實踐，實具評析價值，而足堪玩味。

參考書目

一、專書（依書名筆劃順序編排）

1. 《七修類稿》，（明）郎瑛撰《筆記小說大觀》本三十三編第一冊，新興書局，民國72年出版。
2. 《三國志》，（晉）陳壽撰、裴松之注，《百衲本》台灣商務印書館，民國57年9月臺二版。
3. 《中國小說史略》，魯迅撰，谷風出版社。
4. 《小理理論及技巧》，任世雍撰，龍門圖書公司，民國71年7月初版。
5. 《小說美學》，萬・萬特爾・陳米斯撰、傳志強譯，北京燕山出版社，1987年10月出版。
6. 《小說結構美學》，金健人撰，台北木鐸出版社，民國77年9月初版。
7. 《小說叢考》，錢靜方撰，長安出版社，民國68年10月台一版。
8. 《小說舊聞見錄》，戴不凡撰，台北木鐸出版社，民國72年7月翻印版。
9. 《小說舊聞鈔》，魯迅撰，人民文學出版社，1952年10月，北京重印第二版。
10. 《中國小說史》，孟瑤撰，傳記文學出版社，民國66年10月再版。
11. 《中國小說史》，范煙橋撰，長安出版社，民國66年9月台一版。
12. 《中國小說史料》，孔另境撰，台灣中華書局，民國71年3月台四版。
13. 《中國小說美學》，葉朗撰，台北天山出版社，民國77年出版。
14. 《中國小說發達史》，譚正壁撰，啓業書局，民國67年9月台四版。
15. 《中國文學中的小說傳統》，西諦撰，台北木鐸出版社，1985年9月出版。
16. 《中國文學發展史》，劉大杰撰，台北華正書局，民國74年6月版。
17. 《中國古典小說美學資料匯粹》，孫遜、孫菊園合撰，大安出版社，民國81年1月第一版。
18. 《中國古典小說藝術技法例釋》，范勝田主編，浙江古籍出版社，1989年9月第一版。

19. 《中國古典小說藝術欣賞》，賈文昭、徐召勛合撰，台北里仁書局，民國 72 年出版。
20. 《中國思想與制度論集》，段昌國、劉紉尼、張永堂譯，台北聯經出版事業公司，民國 74 年第五版。
21. 《中國婦女生活史》，陳東原撰，台灣商務印書館，民國 54 年 12 月台一版。
22. 《中國通俗小說書目》，孫楷弟撰，台北廣雅出版有限公司，民國 72 年 10 月翻印增編本。
23. 《中國通俗小說理論綱要》，周啓志主編，台北文津出版社，民國 81 年 3 月初版。
24. 《中國學術思想變遷之大勢》，梁啓超撰，台灣中華書局印行，民國 78 年 6 月十版。
25. 《今古奇聞》，（清）東壁山房主人編，《中國通俗小說彙刊》本，鳳凰出版社，民國 63 年 12 月初版。
26. 《元雜劇研究》，吉川幸次郎撰、鄭清茂譯，台北藝文版，民國 49 年出版。
27. 《天下書院總志》，不著撰人，台北廣文書局，民國 63 年 6 月初版。
28. 《太平廣記》，（宋）李昉等編，《筆記小說大觀》本，二十七篇，新興書局，民國 68 年出版。
29. 《少室山房筆叢》，（明）胡應麟撰，《叢書集成續編》本，台北新文豐出版公司，民國 78 年出版。
30. 《方望溪先生文集》，（清）方苞撰，《四部叢刊》本，台灣商務印書館，民國 68 年 11 月一版。
31. 《日知錄》，（清）顧炎武撰，上海中華圖書館，民國 8 年出版。
32. 《水滸傳》，（元）施耐庵撰、（明）羅貫中纂修，台北三民書局景印貫華堂本，民國 59 年出版。
33. 《北史》，（唐）李延壽撰，《百衲本》台灣商務印書館，民國 57 年 9 月臺二版。
34. 《北史演義》，（清）杜綱撰，上海古籍出版社，1986 年排印本。
35. 《古今小說》，（明）馮夢龍編撰，台北鼎文書局，民國 63 年 12 月初版。
36. 《古本小說稀見匯考》，譚正壁、譚尋合撰，浙江文藝出版社，1984 年 11 月第一版。
37. 《四庫全書總目提要》，（清）紀昀等奉敕撰，《國學要籍叢刊》二〇〇一，漢京文化事業有限公司。
38. 《弘明集》，（梁）釋僧祐編撰，《四部叢刊》本，台灣商務印書館，民國 68 年 11 月臺一版。
39. 《石點頭》，（明）天然癡叟撰，天一書局影帶月樓（或同人堂）刊本，民國 74 年出版。

40. 《江陰縣志》，（清）陳延恩等修、李兆洛等纂，清道光二十年故宮藏本。
41. 《吳縣志》，（清）吳秀之等修、曹允源等纂，台北成文出版社影印民國 22 年鉛印本，民國 59 年臺一版。
42. 《宋元明清畫家年表》，中國書畫研究資料社編，文史哲出版社，民國 64 年 10 月再版翻印本。
43. 《孟子》，趙岐注、孫奭疏，《十三經注疏》本，台北藝文印書館，民國 74 年 12 月出版。
44. 《尚書》，（唐）孔穎達正義《十三經注疏》本，台北藝文印書館，民國 574 年 12 月出版。
45. 《昆新兩縣續修合志》，（清）金吳瀾等修、汪纂，台北成文出版社影印光緒六年刊本，民國 59 年臺一版。
46. 《明代軼聞》，林慧如編，台灣中華書局，民國 56 年出版。
47. 《明史》，（清）張廷玉等撰，《百衲本》台灣商務印書館，民國 587 年 9 月臺二版。
48. 《明清人情小說研究》，方正耀撰，華東師範大學出版社，1986 年 12 月第一版。
49. 《明清小說序跋選》，大連圖書館參考部編，春風文藝出版社，1953 年 5 月出版。
50. 《明清小說采正》，歐陽健撰，台北貫雅文化事業有限公司，民國 81 年 1 月初版。
51. 《明清小說研究》，吳雙翼撰，台北木鐸出版社，民國 72 年 9 月出版。
52. 《明清小說探幽》，蔡國梁撰，台北木鐸出版社，民國 74 年出版。
53. 《明清小說理論批評史》，王先霈、周傳民合撰，花城出版社，1988 年 10 月出版。
54. 《明清小說與中國文化》，吳聖昔撰，南京大學出版社，1991 年 6 月第一版。
55. 《明清史》，陳捷先撰，台北三民書局，民國 79 年 12 月出版。
56. 《明清江蘇文人年表》，張慧劍編，上海古籍出版社，1981 年出版。
57. 《明齋小識》，（清）諸聯撰，《筆記小說大觀》本第二十一編第十冊，新興書局，民國 67 年 7 月出版。
58. 《果報聞見錄》，（清）楊式傳撰，《筆記小說大觀》本第二十九編第七冊，新興書局，民國 74 年出版。
59. 《松江府志》，（清）宋如林等修、孫星衍等纂，台北成文出版社影印嘉慶二十二年刊本，民國 59 年 5 月臺一版。
60. 《青浦縣志》，（清）陳其元修、熊其英等纂，台北成文出版社影印光緒五年刊本，民國 59 年臺一版。
61. 《南史演義》，（清）杜綱撰，上海古籍出版社，1989 年出版排印本。
62. 《後漢書》，（宋）范曄撰，《百衲本》台灣商務印書館，民國 57 年 9 月臺二版。

63. 《娛目醒心篇》，（清）杜綱撰，日本天理大學圖書館藏本。
64. 《乾隆崑山新陽台志》，（清）邵大業、鄒召南等修，王峻纂，清乾隆十五刊本故宮藏本。
65. 《情史》，（清）澹澹外史輯，廣文書局，民國 71 年 8 月初版。
66. 《清代科舉》，劉兆璸撰，東大圖書有限公司，民國 68 年 10 月再版。
67. 《清代燬書目研究》，吳哲夫撰，台北嘉新水池公司文化基金會，民國 58 年出版。
68. 《清史》，蕭一山撰，中國文化大學出版部印行，民國 77 年 7 月再版。
69. 《涪州志》，（清）呂紹衣等重修、王應元等纂，同治九年刊本（線裝本）史語所藏本。
70. 《短篇小說作法研究》，威廉撰、張志澄譯，台灣商務印書館，民國 54 年臺一版。
71. 《馮夢龍生平及其對小說之貢獻》，胡萬川撰，政大碩士論文，民國 62 年 8 月。
72. 《搜神記》，（晉）干寶撰，《叢書集成續編》本，台北新文豐出版公司，民國 73 年 6 月出版。
73. 《虞初新志》，（清）張潮撰，《筆記小說大觀》本二十三編第四冊，新興書局，民國 68 年出版。
74. 《話本小說概論》，胡士瑩撰，政大碩士論文，民國 62 年 8 月。
75. 《話本小說論》，原田季清撰，古亭書屋，民國 64 年 3 月臺一版。
76. 《話本楔子彙說》，莊因撰，《文史叢刊》十六，國立台灣大學文學院編，民國 54 年 12 月初版。
77. 《漢書》，（漢）班固撰，《百衲本》台灣商務印書館，民國 57 年 9 月臺二版。
78. 《說苑》，（漢）劉向撰，《四部叢刊》本，台灣商務印書館，民國 68 年 11 月臺一版。
79. 《嘯亭續錄》，（清）昭槤撰，台北廣文出版社，民國 76 年初版。
80. 《增補中國通俗小說書目》，大塚秀高，日本汲古書院，1987 年 5 月再版本。
81. 《履園叢話》，（清）錢泳撰，《近代中國史料叢刊》續編本，文海出版社，民國 72 年 10 月出版。
82. 《德安府志》，（清）賡音布等修、劉國光等纂，台北成文出版社影印光緒十四年刊本，民國 59 年 10 月臺一版。
83. 《德清縣志》，（清）候元棐修、陳後方等纂，清康熙十二年修，民國元年石印本（史語所藏本）。
84. 《醉醒石》，（明）東魯古狂生撰，天一書局景印清初刊本，民國 74 年出版。
85. 《震川先生文集》，（明）歸有光撰，《四部叢刊》本，台灣商務印書館，民國 68 年 11 月臺一版。

86. 《歷代小說序跋選注》，文鏡出版部編，文鏡文化公司，民國 73 年 6 月初版。
87. 《興化府莆田縣志》，（清）廖必琦、宮兆麟等修，宋若霖等纂，成文出版社據光緒五年補刊本，民國 15 年重刊本影印民國 57 年 12 月臺一版。
88. 《醒世恆言》，（明）馮夢龍編撰，世界書局影印金閶葉敬池刊本，民國 652 年再版本。
89. 《禮記》，（漢）鄭玄注、（唐）孔穎達正義，《十三經注疏》本，台北藝文印書館，民國 74 年 12 月出版。
90. 《魏叔子文集》，（明）魏禧撰，台灣商務印易藏堂藏本，民國 60 年出版。
91. 《曠園雜志》，（清）吳陳琰編，《筆記小說大觀》本第三編第十冊，新興書局，民國 63 年 7 月出版。
92. 《類林雜說》，王立政原著、王明壽增廣，日本靜嘉堂文庫藏本十二函十七號。
93. 《蘇州府志》，（清）李銘皖等修、馮桂芬纂，台北成文出版社影印清光緒九年刊本，民國 59 年 5 月臺一版。
94. 《警世通言》，（明）馮夢龍編撰，世界書局影印金陵兼善堂刊本，民國 47 年出版。
95. 《續修四庫全書提要》，東方文化事業委員會編，台灣商務印書館，民國 61 年 3 月。
96. 《鑑止水齋集》，（清）許宗彥撰，清咸豐八年刊本。

二、單篇論文

1. 〈小說的敘述方法〉，方祖燊撰，《新時代》十三卷二期。
2. 〈《今古奇聞新編》和《娛目醒心編》的關係研究〉，王師三慶撰，《戲曲小說研究專刊》第四期。
3. 〈《中國通俗小說書目》補〉，胡士瑩撰、曾華強整理、蕭欣橋校訂，《明清小說論叢》第四輯。
4. 〈中國小說觀念的轉變〉，羅錦堂撰，《大陸雜誌》三十三卷四期。
5. 〈中國諷刺小說的特質和類型〉，張宏庸撰，《中外文學》五卷七期。
6. 〈古典小說家的宿命論〉陳克環撰，《文學思潮》第三期。
7. 〈在因果報應說的背後——讀《閱微草堂筆記》〉，李錦全撰，《北方論叢》第五期。
8. 〈地獄觀念在中國小說中的運用和改變〉，量齋撰，《純文學》九卷五期。
9. 〈地獄之說與道德思想之研究〉，宋光宇撰，《漢學研究通訊》第三卷第一期。
10. 〈我國古典小說中的貞節觀念〉，周作乃撰，《國魂》三九一期。
11. 〈宋話本裏的命運觀〉，王拓撰，《幼獅月刊》四十卷三期。
12. 〈我國古代小說理論家對小說地位和作用的認識〉，陳謙豫撰，《華東師範大學學報》1984 年第三期。
13. 〈宋人的冥報觀〉，劉靜貞撰，《食貨月刊》第二十一卷十二期。
14. 〈命運天定論之分析及批判〉，董方宛撰，《中國民族學通訊》第二十三期。
15. 〈明人小說記當代奇聞本事舉例〉，杜聯喆撰，《清華學報》七卷二期。
16. 〈明末清初小說理論中的道德觀〉，劉勇強撰，《明清小說論叢》第四輯。
17. 〈明清二代的平話集〉，鄭振鐸撰，《小說月報》二十二卷七期。
18. 〈從冥律看我國的公道觀念〉，鄒文海撰，《東海學報》五卷一期。
19. 〈從六朝志怪小說看當時傳統的神鬼世界〉，金師榮華撰，《華學季刊》第五卷三期。
20. 〈從《三言》看明代的僧尼〉，徐志平撰，《嘉農學報》十七期。
21. 〈善惡報應思想——東洋合理主義〉，孫秉乾撰，《華學月刊》七十二期。
22. 〈話本定義問題簡論〉，雷威安撰，《東方中國小說戲曲專號》。
23. 〈談「夢」的描寫〉，汪遠平撰，《河北大學學報》1982 年第一期。
24. 〈論三世因果〉吳垂昆撰，《獅子吼》十八卷五期。
25. 〈論話本一詞的定義〉，增田涉撰，《古典小說研究專集》第三輯。
26. 〈論小說的結論〉，高莫野撰，《暢流半月刊》三卷十二期。
27. 〈儒佛的入世與用世〉，杜松柏撰，《獅子吼》七十卷八～九期。
28. 〈夢的解析〉，傅錫壬撰，《淡江學報》第十五期。

日本天理大學鄴餘堂藏本

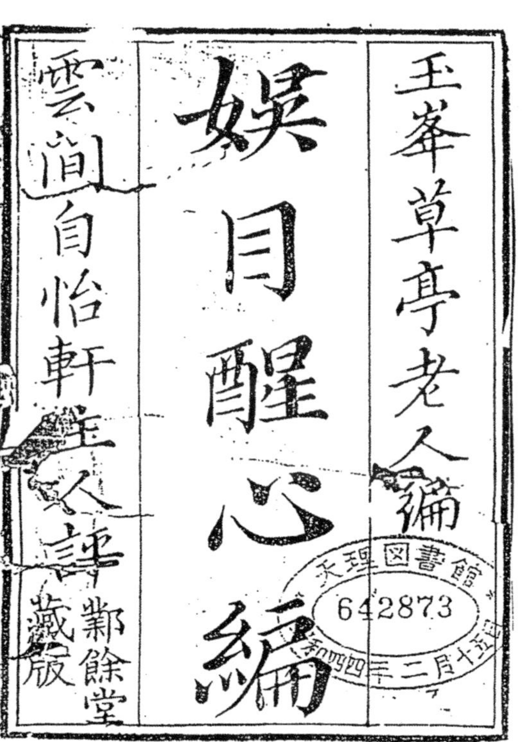

玉峯草亭老人編

娛目醒心編

雲間自怡軒主人評

鄴餘堂藏板

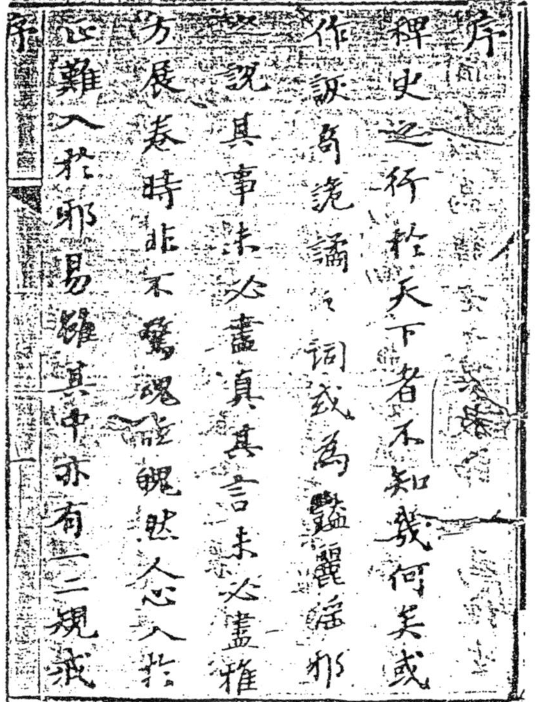

序

稗史之行於天下者不知幾何矣或作詼奇詭譎之詞或為豔麗淫邪之說其事未必盡真其言未必盡雅方展卷時非不驚魂眩魄然人心入於正難入於邪易雖其中亦有一二規戒

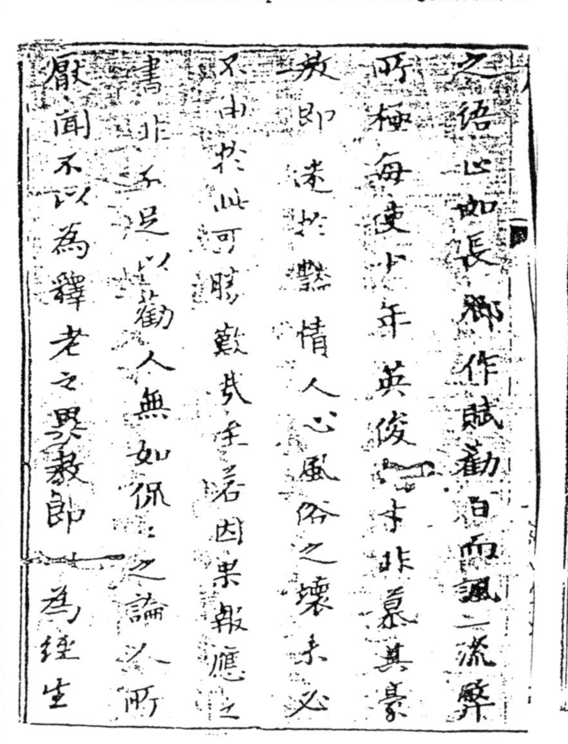

之語心如長卿作賦勸百而諷一流弊所極每使少年英俊之士非慕其豪放即流於豔情人心風俗之壞未必不由於此可勝歎哉至若因果報應之書非不足以勸人無如侃侃之論必所厭聞不以為釋老之異教即為經生

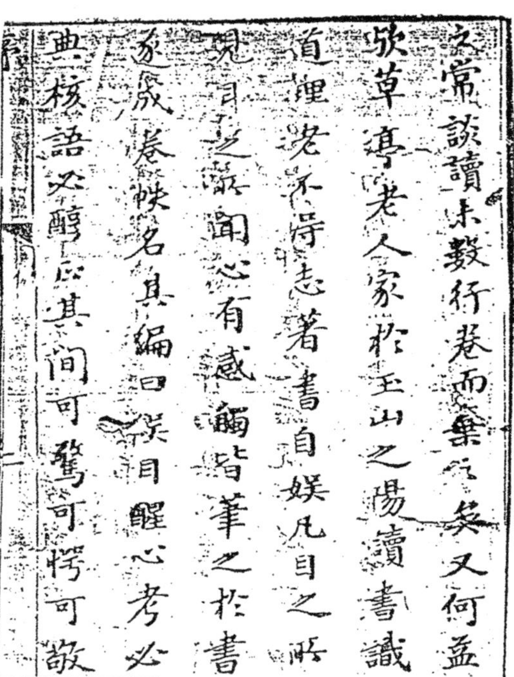

之常談讀未數行卷而棄之矣又何益哉草亭老人家於玉山之陽讀書識道埋名不得志著書自娛凡目之所見耳之所聞心有感觸皆筆之於書遂成卷帙名其編曰娛目醒心考必典核語必醇正其間可驚可愕可敬

而不自知於人心風俗不無有補焉余
故急為梓之以問世世之君子幸勿以
稗史而忽之也
乾隆五十七年歲在壬子五月十有
二日自怡軒主人書

可愕之事千態萬狀如蛟龍變化
不可測識能使悲者流涕喜者起舞
無一迂拘塵腐之辭而無不處處引
人於忠孝節義之路既可娛目即
以醒心而因果報應之理隱寓於驚
魂眩魄之內俾閱者漸入於聖賢之域

《玉麟夢》研究

林文玉　著

作者簡介

姓名：林文玉

學歷

9/2004 －至今　輔仁大學比較文學研究所博士生

9/1998 – 6/2002　東海大學中國文學研究所

9/1992 – 6/1996　台灣大學中國文學系

經歷

8/2007 – 至今　文化大學教育推廣中心兼任講師

9/2000 – 6/2007　致理技術學院兼任講師

7/2002 – 2/2004　國立故宮博物院圖書文獻處

國科會善本古籍數位典藏子計畫專案研究助理

著作目錄（翻譯作品）

1.《炸醬麵》：安度昡著，林文玉譯，晨星出版社，2002.7

2.《鮭魚》：安度昡著，林文玉譯，晨星出版社，2002.8

提　要

韓國漢文小說《玉麟夢》是作者李庭綽在 1709 年間回到楊根完成。作者七歲喪父，在寡母撫養下成長，與小說中柳、范、張府中的人物都在寡母下成長的境遇巧合，可看出作者的影子。

《玉麟夢》原本寫作應是漢文書寫而成。從文字內容的差別性；以及在韓國國家圖書館中所藏的韓文本異本中比較得知。或有以中文書寫的內容梗概和以中文書寫著該回的回目名。第三，在《玉麟夢》中引用了大量的中國故事典故和詩詞。

《玉麟夢》具有許多中國才子佳人小說的特性。雖然不是全盤的依襲，但仍可看出中國才子佳人小說對它的影響。女方多是名門閨秀，男方亦是書香門第。在情節構造上，亦是男才女貌，一見鍾情，相互愛戀;故事中歷經小人撥亂，流離受難;最後，幾經千辛萬苦，終得以大團圓。

韓國文人以漢文寫成的漢文小說有著中國通俗小說的陰影。《玉麟夢》中也可以看到對中國典故的純熟運用，故事的背景也都是以中國為中心。但其中表現的是韓國人之感情、思想、生活，是屬於韓國文學的領域，可視之為中韓文化之結晶，或海外中國文學。

《玉麟夢》展現出了十七世紀末小說的特色，也開創了十九世紀小說的前路。它同時融合了漢文長篇小說和韓文長篇小說兩大洪流，包含著漢文長篇小說的士大夫的觀點和韓文長篇小說的閨閣中女性的觀點。

吸收中國章回小說經驗的《玉麟夢》，其優點在於，小說創作的水準提高，不用經過摸索，文化水平也跟著提升。在貴族、文人之間廣為流傳。反之，因為是漢文書寫，一般老百姓看不懂，才會有後來各種不同版本的韓文本《玉麟夢》出現。

目次

書影一：韓國國立中央圖書館藏《永垂彰善記》八卷八冊。漢文手抄 53 回本。前頁有總目次，第一卷前四頁筆跡與後面不同，疑後來所加。（本文 p.13 將引用）

永垂彰善記卷之一

第一回 祐玄妙誕生玉麟 救忠良投遞丹墀

江西南昌府城東十里許有一座大山名曰玉華山山勢雄壯秀麗與天台四明爭其氣勢衡岳廬山抗其靈異自古仙人得道於此葛洪鍊丹之竈麻姑升仙之巖往往有之而絕頂又有一洞曰西鶴洞層巒絕壑非人跡之所到洞門深邃雲霞杳冥其絕欄熳而無秋瑤草掩映而長春中有石室而一道士處焉姓孟名謙道號玄妙真人隱居五百年吸風飲露

書影二：韓國國立中央圖書館藏《永垂彰善記》八卷八冊。漢文手抄 53 回本。前頁有總目次。第一卷後記載，「此卷已為見失，故華營鳩鍾者，更為新補，傳之無窮，甲申年」，可知此本甲申年重抄。第一卷，除了一、二處外，和上面所提書影一的藏本一致。可見書影二乃書影一所抄。（本文 p.13 將引用）

永垂彰善記卷之一

第一回

祈玄妙誕生玉麟　救忠良披瀝丹墀

說話江西南昌府城東十里許有一座大山名曰玉華山山勢雄壯秀麗與天台四明爭其氣勢衡岳廬山抗其靈異自古仙人得道於此葛洪鍊丹之竈麻姑升仙之巖往往有之而絕頂又有一洞曰西鶴洞層巒絕壑非人跡之所到洞門狹邃雲霞杳冥琪花爛熳而無秋瑤草掩映而長春中有石室而一道士處焉姓孟名謙道號玄妙真人隱居五百年吸風飮露

書影三：韓國國立中央圖書館藏《永垂彰善記》八卷三冊（缺本）。漢文手抄 53 回本。前頁沒有總目次。原可能是八卷四冊，少了第二冊（卷 3、4）。（本文 p.13 將引用）

永垂彰善記卷之一

第一回　祈玄妙誕生玉獜　救忠良披瀝丹墀

話說江西南昌府城東十里許有一座大山名曰玉華山山勢
雄壯秀麗與天台四明爭其氣勢衡岳廬山抗其灵異自古仙
人得道於此葛洪鍊丹之竈麻姑升仙之岩往往有之而絕頂
又有一洞曰西鶴洞層巒絕壑非人跡之所到洞門深邃雲霞
杳冥琪花爛熳而無秋瑤草掩映而長春中有石室而一道士
處焉姓孟名謙道號玄妙真人隱居五百年吸風飲露已成修
鍊興雲致雨役使百灵手中一片造化之機有天地斡旋之功
真所謂瑤池上客金谷真仙也一日天地晦冥祥雲瑞靄葱籠
之中真人以鶴駕鸞驂朝於玉京羽蓋雲軿音影杳茫每當月明

書影四：林明德藏本《玉麟夢》。漢文手抄 53 回本。前頁有總目次。內題《永垂彰善記》。（本文 p.14 將引用）

永垂彰善記卷之一

第一回

所玄妙誕生玉麟　救忠良拔瀝丹墀

話說江西南昌府城東十里許有一座大山名曰玉華山〻勢雄壯秀麗與天台四明爭其氣勢衡岳廬山抗其靈異自古仙人得道於此葛洪鍊丹之竈麻姑升仙之巖往〻有之而絕頂又有一洞曰西鶴洞層巒絕壑非人跡之所到洞門深邃雲霞杳冥琪花爛熳而無秋瑤草掩映而長春中有石室而一道士處

書影五：民國 69 年 5 月出版，韓國漢文小說全集 1，林明德主編，中國文化大學、韓國精神文化研究院。依林明德藏本《玉麟夢》53 回本排版發行（本文 p.14 將引用）

第一回　祈玄妙誕生玉麟　救忠良披瀝丹墀

話說江西南昌府城東十里許，有一座大山，名曰玉華山，山勢雄壯秀麗，與天台、四明，爭其氣勢，衡岳、廬山，抗其靈異，自古仙人得道於此，葛洪鍊丹之竈，麻姑升仙之巖，往往有之。而絕頂又有一洞，曰西鶴洞。層巒絕壑，非人跡之所到，洞門深邃，雲霞杳冥，琪花爛漫而無秋，瑤草掩映而長春。中有石室，而一道士處焉，姓孟名謙，道號玄妙眞人，隱居五百年，吸風飲露，已成修鍊，興雲致雨，役使百靈，手中一片造化之機，有天地斡旋之功，眞所謂瑤池上客、金谷眞仙也。一日，天地晦冥，祥雲瑞靄，葱籠之中，眞人以鶴駕鸞驂，朝於玉京，羽蓋雲軿，音影杳茫，每當月明之時，只聞有笙鶴之聲，隱隱於山下矣。時人慕其靈異之跡，建祠於城內，四時芬苾，未嘗闕焉，凡有所禱，輒必靈應。此時即大宋時節，天下初定，四方無事，南方風俗，最好踏青，每當清明佳節，則香車寶馬，絡繹千里，爭趨於廟中，占得一年禍福，眞可謂肩摩踵接。日已向晚，遊客漸散，有一人葛巾布衣，緩步而入，禱畢，向廟祝不言姓名而飄然出去，灑落風彩，凝重氣象，觀者無不驚動，此人乃當朝名宰，姓柳，名琰，家在汴京興化坊，而河東節度使公綽之後也，世襲忠孝，聲名耀於一代。公之天性，端嚴簡重

書影六：韓國國立中央圖書館藏《玉麟夢》十卷十冊。韓文手抄本，無章回。每卷封面前，用中文將《玉麟夢》53 回本的各章回名寫下。以《玉麟夢　甲》、《玉麟夢　乙》等天干來分卷冊。內題為《옥닌몽》（即「玉麟夢」）。（本文 p.15 將引用）

書影七：（本文 p.15 將引用）

옥난몽권지ᄉᆞ

ᄎᆞ셜범심이젼ᄒᆡ몰을ᄉᆞ례ᄒᆞ라ᄒᆞ야ᄌᆞ로나아와문후ᄒᆞ미부인

[illegible]

書影八：韓國國立中央圖書館藏《玉麟夢》十卷十冊。韓文手抄本，第一卷封面有《玉麟夢卷之一》和《옥인몽권지일》（即「玉麟夢卷之一」）的題目。內題為《옥인몽》（即「玉麟夢」）。每卷之前均記下抄錄時間。（本文 p.15 將引用）

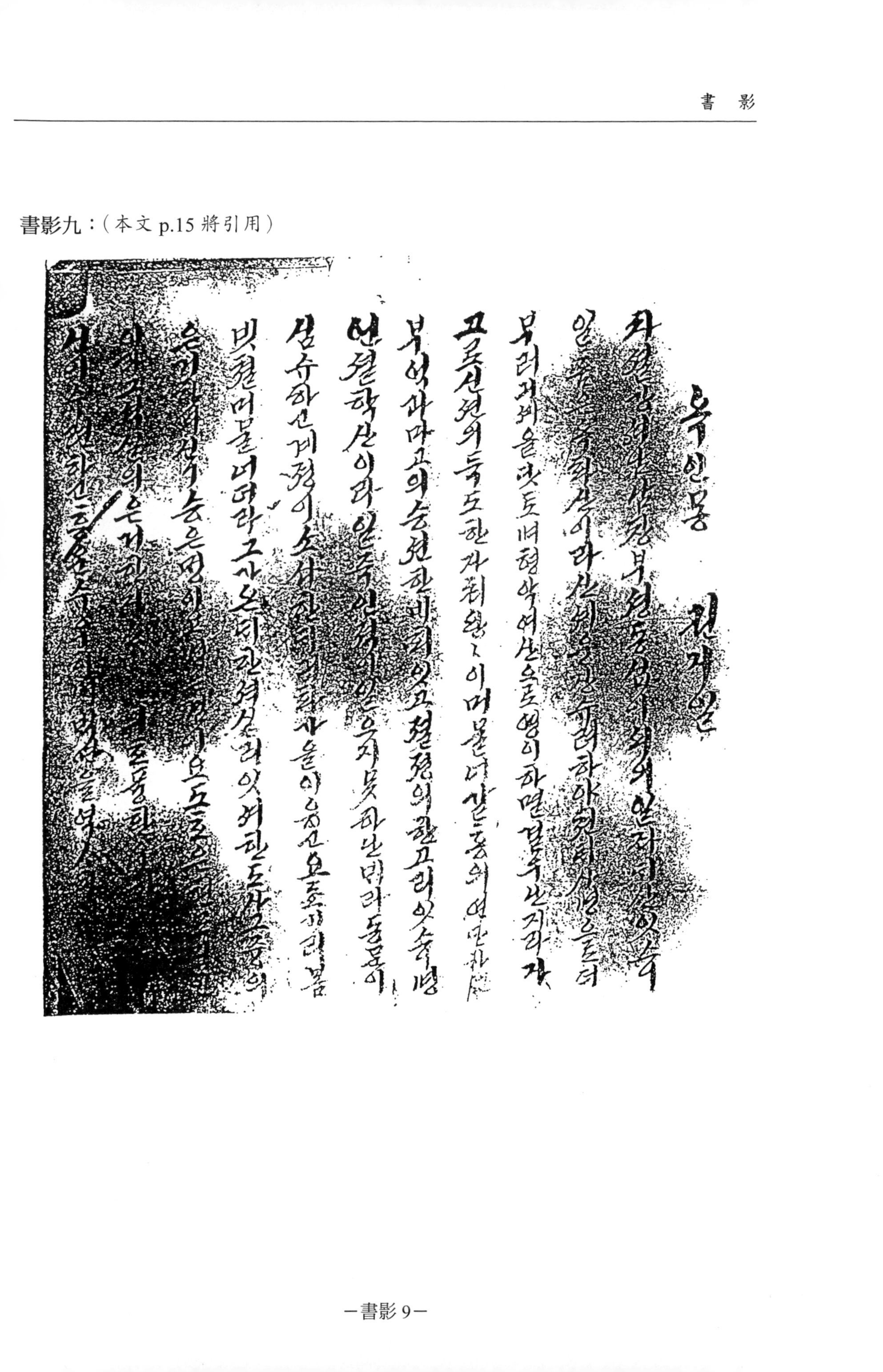

書影九：（本文 p.15 將引用）

書影十：韓國國立中央圖書館藏《玉麟夢》六冊（缺本）。韓文手抄本，題目《玉麟夢卷之一》，內題為《옥인몽》（即「玉麟夢」）。文中韓漢文並列。（本文 p.15 將引用）

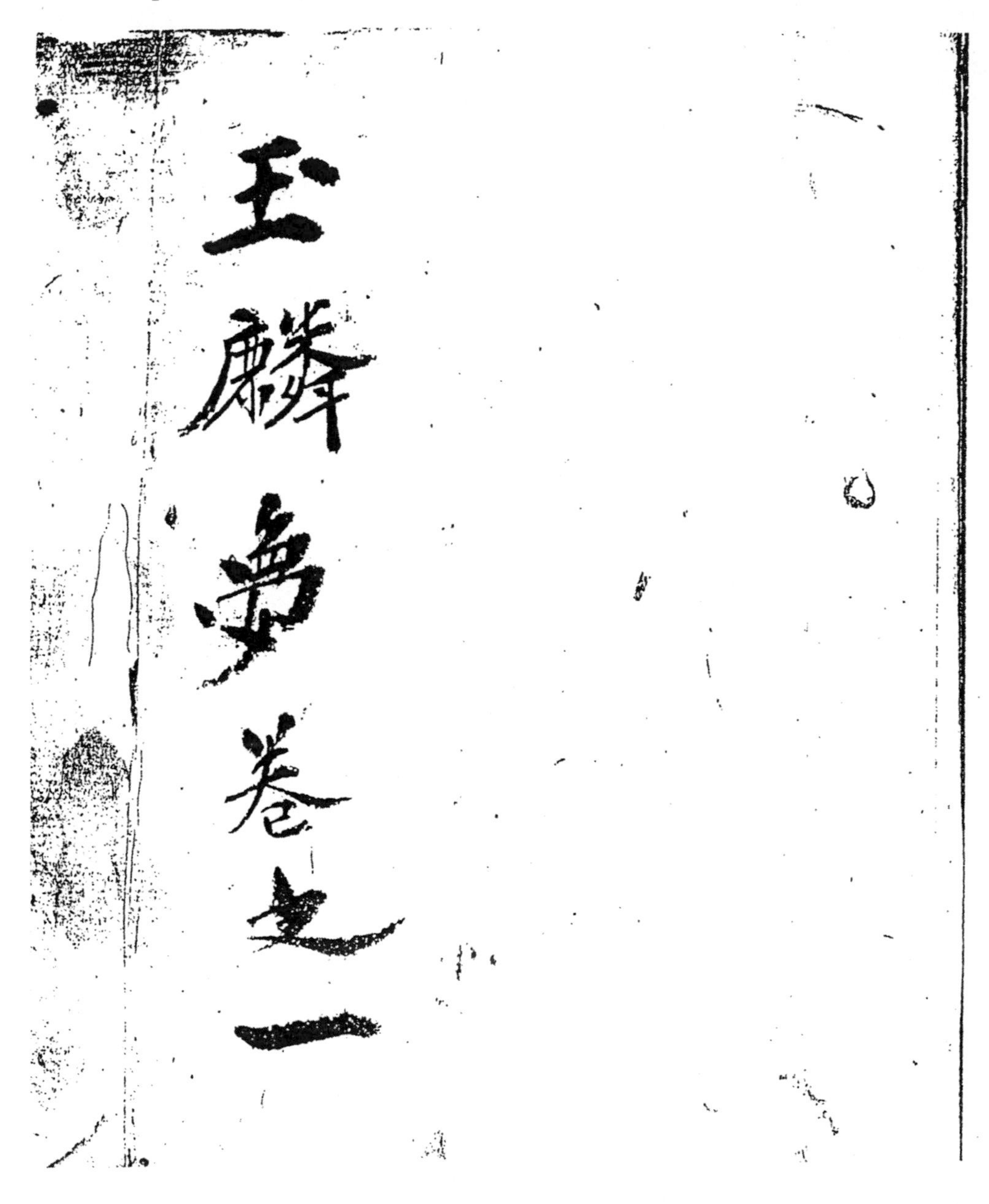
玉麟夢卷之一

書影十一：（本文 p.15 將引用）

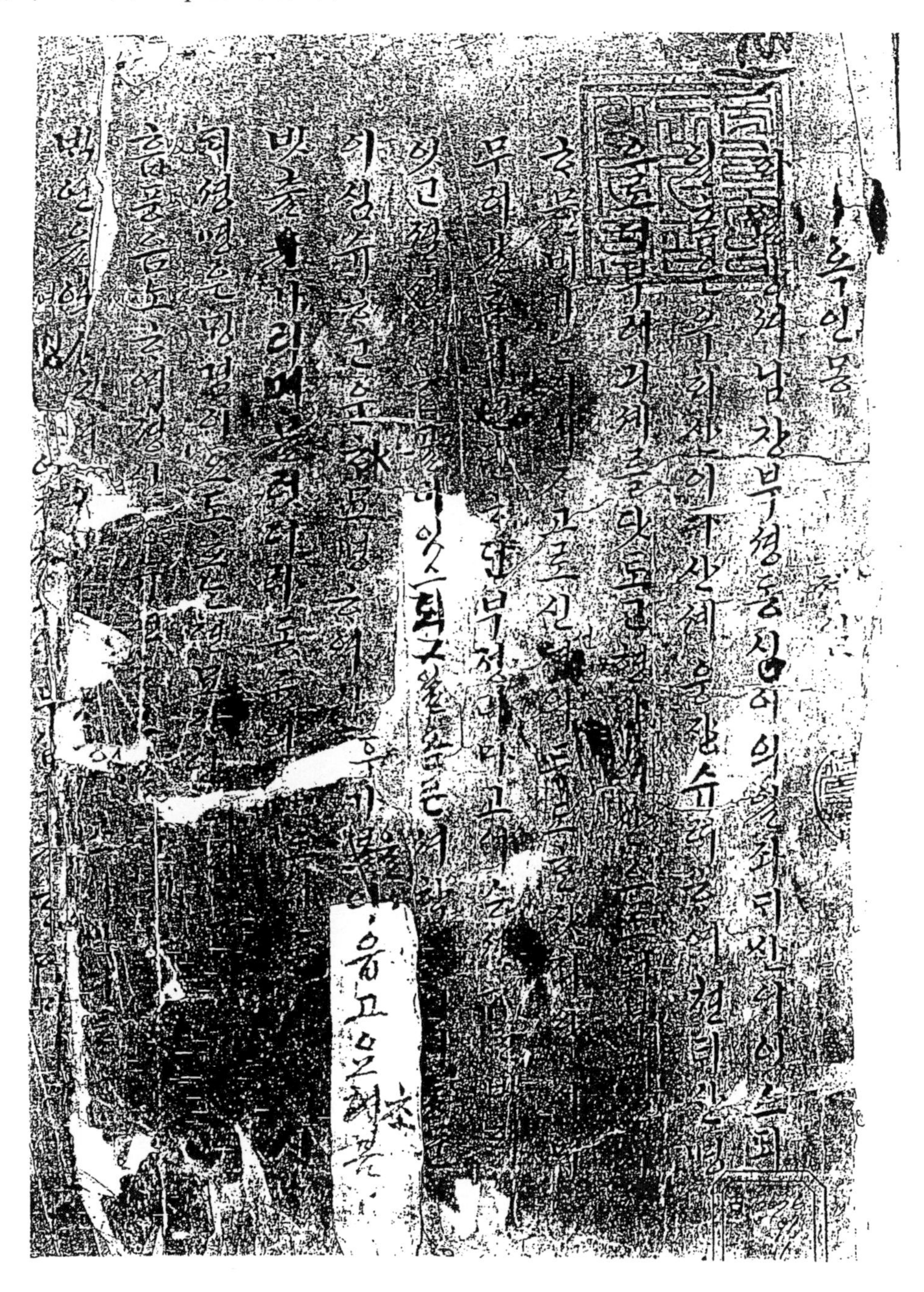

書影十二：漢文懸吐本《玉麟夢》上、下各一冊。漢文懸吐本，是京城廣益書館在 1918 年 9 月刊行的。上冊 1～26 回，下冊 27～53 回。《玉麟夢》題目下，有「一名永垂彰善記」的記錄。（本文 p.13 將引用）

懸吐玉麟夢上編　一名永垂彰善記　廣益書館發行

第一回　祈玄妙誕生玉麟　救忠良拔瀛州

話說南昌府城東十里許에有一座大山ᄒᆞ니名曰玉華ㅣ라山勢雄壯秀麗ᄒᆞ야與天台四明으로爭其氣勢ᄒᆞ고衡岳廬山으로抗其靈異ᄒᆞ니自古로仙人이得道於此ᄒᆞ야葛洪煉丹之灶와麻姑升仙之岩이往往有之러라絕頂에又有一洞ᄒᆞ니曰西鶴이라層巒絕壑이非人跡所到라洞門이深邃ᄒᆞ고雲霞杳冥이라琪花無秋ᄒᆞ고瑤草長春이러라中有石室에一道士處焉ᄒᆞ니姓孟名謙이오道號는玄妙眞人이라隱居百餘年에吸風飲露ᄒᆞ야已成修鍊ᄒᆞ고興雲致雨에役使百靈이라手中一片造化之機ㅣ有天地斡旋之功ᄒᆞ니眞所謂瑤池上客이오金谷眞仙也ㅣ러라一日鮮雲蔥籠之中에眞人이以鶴駕鸞驂으로朝於玉京ᄒᆞ니羽蓋雲軿의音影이杳茫이라每當月明之時에笙鶴之聲이隱隱於山上矣라時人이集其靈異之跡ᄒᆞ야建祠於城內ᄒᆞ고四時芬苾에有靈感應이러라此時는卽大宋時節이라天下ㅣ初定에四方이無事ᄒᆞ고南方風俗이最好踏青이라每當淸明佳節則香車寶馬ㅣ絡繹爭趍於廟中ᄒᆞ야占得一年禍福ᄒᆞ니肩磨踵接이라日已向晚에有一人이葛巾布衣로緩步而入ᄒᆞ야拜廟禱祝ᄒᆞ고飄然出去ᄒᆞ니瀟洒風彩와凝重氣像을觀者無不驚動ᄒᆞ더라此人은乃當朝名宰ㅣ니姓柳名琰이오家在汴京興化坊ᄒᆞ니唐河東節度使公綽之後也ㅣ라世篤忠孝ᄒᆞ야聲名이耀於一代러라

懸吐玉麟夢上編　第一回　一

書影十三：現代譯本《玉麟夢》上、下各一冊。韓文活字 53 回本，由北韓吳喜福在 1989 年翻譯出版。上冊 1～26 回，下冊 27～53 回。每冊前面是韓文翻譯，後面則附有中文原文。（本文 p.17 將引用）

제1회 현묘진인에게 치성드려 옥기린을 낳고
상감에게 충신을 구원할것을 아뢰이다

남창부성 동쪽 십여리되는곳에 옥화산이라는 큰 산이 있다. 산
수이 웅장하고 수려하여 천태산, 사명산과 더불어 그 형세를 다
투는듯하고 형산이며 려산과 그 신기함을 겨루는듯하여 예로부터
신선이 되려는 사람들은 이곳에 들어와 도를 닦군하였다.
그리하여 죽어서 신선이 되였다고 하는 갈홍처사가 장생불사약을
달이던 자취와 마고선녀가 하늘우로 올라간 흔적이 다 여기에 있다.
산마루에 서학동이라고 부르는 골짜기가 있다. 아아한 메부리는
겹겹이 솟아있고 으슥한 골짜기는 절벽을 이루어 사람의 발길이 닿
지 않는곳인데다가 워낙 산높고 골깊은고장이라 날마다 안개와 구
름이 자욱히 덮이고 사시장철 진귀한 꽃이 피여 그윽한 향기를 뿜
는다.
서학동에는 바위굴이 있는데 거기에는 맹겸이라는 한 도사가 살
고있었다.
맹겸은 도호를 현묘진인이라고 하였다.
그는 서학동에서 바람과 이슬을 마시며 백여년간 도를 닦아 구름
과 비를 일으키고 온갖 귀신을 부려 못하는 일이 없이 되였다. 신
비로운 재주를 지닌 그야말로 하늘우의 요지(전설에서 하늘의 신선
들이 모여산다는곳)에 오른 나그네요, 이 땅의 금곡(옛날에 석숭이라
는 사람이 호화로운 동산을 꾸리고 지내던 고장이름)에 내린 신선
같았다.
어느 하루 상서로운 구름이 찬연한 빛을 뿌리는 가운데 현묘진인
이 학이며 란새가 끄는 수레에 몸을 싣고 하늘우로 옥황상제를 만
나러갔다. 깃으로 덮개를 한 가벼운 수레는 아름다운 풍류소리속에
아득히 사라졌다.
후날에도 매양 달밝은 보름날밤이면 산우에서 학 우는 소리와 피
리소리가 들려오군하였다.
그리하여 사람들은 현묘진인의 신기한 도술을 사모하여 남창부
성안에 사당을 세우고 사철 향을 피우며 제사를 지내였는데 무엇이
든 원하는것이 있어 이곳을 찾아와 치성을 드리면 그때마다 보람이

11

書影十四：（本文 p.17 將引用）

第一回 祈玄妙誕生玉麟 救忠良披瀝丹墀

話說 南昌府城東十里許 有一座大山 名曰玉華 山勢雄壯秀麗 與天
台四明爭其氣勢 衡岳廬山抗其靈異 自古仙人得道於此 葛洪煉丹之灶
麻姑升仙之巖 往往有之 絕頂又有一洞曰西鶴 層巒絕壑 非人跡所到
洞門深邃 雲霞杳冥 琪花無秋 瑤草長春 中有石室 一道士處焉 姓孟名
緣 道號玄妙眞人 隱居百餘年 吸風飲露 已成修鍊 興雲致雨 役使百靈
手中一片造化之機 有天地斡旋之功 眞所謂瑤池上客 金谷眞仙也 一日
祥雲葱籠之中 眞人以鶴駕鸞驂 朝於玉京 羽蓋雲軿 音影杳茫 每當月
明之時 笙鶴之聲 隱隱於山上矣 時人集其靈異之跡 建祠於城內 四時
芬苾 有禱輒應 此時 大宋時節 天下初定 四方無事 南方風俗 最好踏
青 每當清明佳節 則香車寶馬絡繹爭趍於廟中 占得一年禍福 肩磨踵接
日已向晚 有一人 葛巾布衣 緩步而入 拜廟禱祝 飄然出去 灑落風彩
凝重氣像 觀者無不驚動 此人乃當朝名宰 姓柳名球 家在汴京興化坊
唐河東節度使公綽之後也 世篤忠孝 聲名耀於一代 公之天性 端嚴簡
重 事上盡忠 待人至誠 文章德業 爲世所推 夫人鄭氏 吏部尚書聘之
女也 幽閒靜貞 無欠於四德 人皆謂女中君子 晩得一女 名曰蕙蘭 秀
美賢淑 非凡品所及 而德齊莊姜 才壓班姬 柳公夫妻 愛如掌珠 而但
以弄璋差遲 關心嗣續 以是歎曰 祈禱之事 世人之所常 且尼丘誕聖
千載所稱 吾豈無一試之擧乎 是故 名山大川 無不致誠 而終未見效
公之夫妻 日夜憂悶 此時江西地方連年飢饉 人民流離 天子大加憂悶
廷臣中擇送清廉公直者 使之恤民隱察吏政 公以禮部尚書 見抄於江西
按察使 卽日發行 變着儒服 寸寸前進 出沒村里 行到南昌 則路傍有一
古祠 殿角深嚴 士女塡闒往來 公問其故 一人答曰 此乃玉華山玄妙眞
人之祠也 眞人修道百餘年 足跡不出山門之外 救濟群生之功 如雲覆
雨沾 人人仰其德化 一自上界朝天之後 影響不返 遠近追思 遂建一祠
四時香火 禱必有應 公聽罷 大異於心 入面周覽 則階庭灑灑 門闥深
邃 一位塑像 道服黃冠 端坐卓上 生氣動人 公敬服不已 暗會於心曰
眞人之靈異若此 吾豈不効成湯之剪爪乎 卽具香燭 整齊衣冠 致誠跪禱
曰 汴京禮部尚書江西按察使柳球 不避猥越 敢告于玄妙眞人座下 江西
旱蝗 百姓未免塡壑之患 萬歲皇爺方切宵旰之憂 命小官以巡撫之任 才
學不逮 責任重大 忍負皇命 竊伏聞尊師主張禍福 自任造化 惠澤旁流

349

第一章　序　論

一、研究動機

興起對韓國的漢文小說研究的動機，要從自小成長的環境說起。筆者是韓國華僑，從小生長在韓國，注意到韓國境內處處可見中國文化的影子，而且，融合得天衣無縫。等到筆者回到台灣來讀大學之時，興起了研究的念頭，想要溯源，一探究竟。

再者，在韓國文學的漢文學中，尤其是在小說方面，更可以看到其中多以漢文呈現的文學形式，表現也相當的成熟。在西元 1443 年，世宗大王（1397～1450）創造韓文之前，韓國的文學也多以漢文書寫，可見漢文對韓國文學的影響。因此，想要藉由這篇論文開始了解中韓文學的相同與相異。

韓國在地理上與中國相接，很早就受到了中國文化的影響，在歷史上公元前二世紀時，燕國衛滿來到北部朝鮮建立了衛氏朝鮮。元封三年（公元前 108）漢武帝設立四郡，種種歷史事蹟證明韓民族與中國關係密切，其受到漢文化影響的情形也很清楚。實際上它在很早以前就與漢文化接觸了。

對韓國文化而言，不僅單純的引入漢文。漢字的傳入，還充分有效地運用在日常生活中，才是更重要，更值得注意的。依記錄所示，在公元前 200 年，古朝鮮時已經有四言漢文詩《箜篌引》。在公元前 17 年，高句麗第二代王琉璃王時有《黃鳥歌》。依三國史記之記載來看，百濟近肖古王時（公元 350）已經開始編纂歷史。在今天的滿州輯安縣，有高句麗時有名的廣開王陵碑，這是在長壽王初年（公元 414）所建立的，其碑文使用的漢文隸書，其文章也非常堂皇。新羅也在眞興王六年（公元 545）編纂歷史，在二十六年建封彊碑於北漢山。由此可知，在公元四、五世紀左右，新羅、百濟和高句麗不但已自由自在地使用漢字，而且已進

入成熟期。所以，漢文在新羅統一三國（公元 676）之前，就已經傳入並且習用了。〔註 1〕

中韓兩國，交流頻繁，中韓兩國之間的關係當然是密不可分的。中韓之間也有了很頻繁的文化、政治、經濟等的交流。至於中韓兩國間的文學交流，則因爲中國文明發展較韓國早，文學創作的質量形式亦高於韓國。因此在早期，形成韓國單方面向中國學習及模仿的交流方式。

直到西元 1443 年，世宗大王創造韓文，韓國才有了它們本身的文字。但是，漢文仍長期爲文人所採用，受到重視。因此，中國文化，特別是文學方面，對韓國的影響實在是很大。

世宗大王創造韓文以前，一切爲文皆以漢文爲表達之工具。直到朝鮮初期創造韓文後，才產生了所謂以韓文爲主的平民文學。而當時，一般高級知識份子與文人，仍以學漢文爲義務。但大部分的平民百姓卻無法接觸漢文。此時，韓文書寫創造了一個新文學的開始，也漸漸形成了民間文學。

小說的形成期就是從朝鮮初期創造韓文開始到壬辰倭亂（1592 年，明萬曆二十年，朝鮮宣祖二十五年）爲止。其中尤以金時習（1435～1493）《金鰲新話》最爲重要。他根據明代瞿佑《剪燈新話》的架構改編而成，在韓國小說史上佔有很重要的地位。它也是韓國最初的小說，是韓國小說的始祖。在壬辰倭亂之時，《剪燈新話》和《金鰲新話》傳播到日本去，產生了《伽婢子》和《雨月物語》。〔註 2〕此時，韓文小說也開始出現了。

兩亂——壬辰倭亂、丙子胡亂（1636 年，明思宗崇禎九年，清太宗天聰十年，朝鮮仁祖十四年）期間是韓國國內產生極大變化的時期。兩亂之後，外來思潮之大量流入與自我反省的要求之下，出現了新的文學形態，而這時期，韓文使用也更加的廣泛和普及。並且在兩亂的影響之下，軍談類小說也特別的興盛。

正當此時，中國的小說也大量的傳入韓國，尤其是演義類與軍談類的小說極受讀者的歡迎。例如：《三國演義》、《水滸傳》、《西遊記》、《東周列國志》、《隋唐演義》等等。這些中國小說傳入韓國之後，極受民間的喜愛，這也同時刺激著韓國的小說界。當時韓國的創作小說也大量出現，如《林慶業傳》、《五將軍傳》等的軍談類小說。〔註 3〕這和當時大量流入的中國演義類小說有密切關係。經歷兩亂之後，社會各階層產生了莫大的變化，不論是在社會總的面貌或價值觀上，而中國小說就在這

〔註 1〕參見趙潤濟：《韓國文學史》，頁 6。
〔註 2〕參見中國古典文學會主編：《域外漢文小說論究》，頁 157。
〔註 3〕參見閔寬東：《中國古典小說流傳韓國之研究》，頁 10～13。

時大量的進入韓國內。〔註4〕此時，四大奇書與演義類小說已大量流入韓國。

兩亂過後幾十年，至朝鮮肅宗（1624）——景宗（1724）時期，社會再趨安定，外交問題也平靜了。中國方面，清朝已安定了國力的基礎。此時清朝文化大量流入朝鮮，小說也大量流入。因此，其後韓國漢文小說之文筆細緻流暢，與中國小說大同小異，且於行文中巧妙地融入中國古典小說與人物典故，此方面技巧比中國作品毫無遜色。此時韓文的長篇小說亦甚爲興盛，如《九雲夢》、《謝氏南征記》等。

到了英祖（1725）——正祖（1800）時期，各方面的文化相當發達，小說作品也多具有現實性和社會性。當時的代表作品有《彰善感義錄》、《玉麟夢》、《玉樓夢》、《恨中錄》等。此外，也出現了翻譯中國小說的作品。其後，在正祖年間下令禁止小說之輸入，但此禁止令無法產生效果，越來越多小說暗地裡在民間流傳，朝鮮後期，甚多的小說流通於民間。

在中韓兩國長期的相互交往和文化交流中，中國古典小說流傳韓國的數量很多，早在西元284年前，已有中國典籍、小說傳入韓國的記錄，如《易經》、《孝經》、《論語》、《山海經》等。〔註5〕它們流傳韓國後，在韓國小說文學方面引起了很大的影響，特別是傳入通俗小說後，在韓國古典小說的發展上有極密切的關係，而且產生了深遠的歷史作用。

因此，探究韓國古典小說的傳統與其特性，首先便應了解與中國古典小說的關係。〔註6〕許多的韓國漢文小說的背景，皆與中國有著密切的關聯；不只如此，在歷史背景上也有著相當的關聯性。〔註7〕

筆者對韓國會有書寫如此流利的漢文小說感到很驚奇。因而，對這個範圍的研究大感興趣，興起了研究的動機。韓國文人及作家從閱讀並翻譯中國通俗小說，進而全盤仿作，如金時習的《金鰲新話》（仿自中國明代瞿佑的《剪燈新話》）、權韠（1569～1612）的《周生傳》（仿自中國唐代蔣防的《霍小玉傳》），或改寫成漢文之讀本小說，如《還狐裘》（和《情史》卷一6《珍珠衫》以及明馮夢龍的《喻世明言》卷一《蔣興哥重會珍珠衫》極爲相近），以及純粹以漢文寫成的漢文小說，如李庭綽的《玉麟夢》、南永魯的《玉樓夢》。上述無論那一種創作方式，基本上都是脫離不了中國通俗小說的影響。韓國文人以漢文來寫作的漢文小說，可確定它們或多或少都受到

〔註4〕參見車溶柱：《韓國漢文小說史》，頁171～176。
〔註5〕可參見寺島良安，島田勇雄、竹島淳夫、桶口元巳譯注，《和漢三才圖會．卷十三．異國人物》，頁244。其他中國小說傳入韓國的時期，可參見本論文的附錄（5）：「中國古典小說傳入韓國的時期表」。
〔註6〕參見閔寬東：《中國古典小說流傳韓國之研究》，頁1～9。
〔註7〕參見林明德：《韓國漢文小說의 背景研究——中國과의 關係》，頁1～2。

中國通俗小說的影響。

從整體漢文化的發展而言，想要眞正認識漢文化在中國及其域外之傳播情形，我們只由中國漢文化下手是不夠的。我們還要對域外漢文化作研究，惟有如此，才能明瞭各漢文化間的關係和他們各自的特色。整體研究有助於解決一些分別研究所不能解決的問題，並提供新的資料和研究角度。從事漢文化的整體研究，一定要將越南、朝鮮、日本和琉球的漢文獻都包含在內。〔註 8〕

基於以上諸多理由，筆者想要研究韓國漢文小說中的《玉麟夢》。在韓國境內，即使到現在仍有很強的排外意識。有一群人已經發表了諸多的文章來批評韓國的漢文作品，認爲它不夠格成爲韓國文學史的一環。〔註 9〕覺得只有以韓文書寫的文學才能算在韓國文學裡面。當然，也有一些人說，如果除去漢文在韓國文學中的角色，則韓國文學將會不夠完整。在世宗大王創造韓文之前的韓國文學將變成一片空白。〔註 10〕在韓國有著這兩大不同的陣線。筆者選擇這本書的理由其實很簡單。除了筆者個人的喜好之外，也是因爲在其中看到了中韓兩國之間相似的特質與聯繫，也試圖從其中找出兩者間的影響。

中國小說一般傳入韓國的方法可分直接傳入與間接傳入兩種路徑。直接傳入是指韓國的使臣與貿易商們從中國直接買回來的，或中國贈給韓國的。間接傳入是靠口耳相傳，例如：韓國三國時代以來，很多的學者在中國留學，他們回國後，把中

〔註 8〕參見中國古典文學會主編：《域外漢文小說論究》，頁 172。

〔註 9〕例如李光洙在《新生》雜誌中說，「何謂朝鮮文學？即以朝鮮文寫下之文學。」又金台俊在其《朝鮮小說史》中也說，「韓語爲表達國民思想感情之唯一道具，除去它，則所謂國民文學、鄉土文學均無法成立，因此朝鮮文學之起源，可謂在韓文創造之後。」或金亨奎於《國文學概論》中說，「正如朝鮮人之英文或英詩並非韓國文學，漢文學或漢詩，雖爲朝鮮人之作品，然不可謂之韓國文學。如此，以韓語表現乃韓國文學之必須條件。」等等許多的學者皆將以漢文書寫的文學作品摒除於韓國文學之外。詳見林明德：〈論韓國漢文小說與漢文學之研究〉，頁 91～93。或金圭泰：《韓國古典文學史》，頁 16～18。

〔註 10〕例如車溶柱在《韓國漢文小說史》中說，「在創造韓文之前所有記錄皆是用漢字，等到創造韓字之後，也是中韓文並用的。在這種特殊的情形之下，韓文小說和漢文小說的發展上，一定是有互補的效用在。……並且，漢文小說必定在韓文小說的發展上有很大的影響；但卻很難看出韓文小說對漢文小說有很大的影響。」金圭泰在《韓國古典文學史》中也說，「除去漢字在韓國文學史上的位置，則韓字創造之前的文學史將會成爲完全的空白。……而且，在韓國的歷史中，雖然漢文人口只佔其中的一小部分，但他們卻是主要的統治階層，由這些人所完成的龐大份量的漢文學是無論如何也不能忽視的。」趙潤濟在《韓國文學史》中則認爲，「以韓語創作的文學乃韓國的固有文學，是純韓國文學；而漢文學則是廣義的韓文學。」等等，許多作者皆認爲漢文學也是韓國文學之一。

國小說或民間故事介紹到韓國。〔註 11〕

韓國文人從閱讀並翻譯中國的通俗小說中，推廣並分享這些小說。接著，他們會加以模仿或直接以漢文來創作韓國自己的小說。這種小說就稱作韓國漢文小說。無論上述那一種方式，基本上都脫離不了中國通俗小說的陰影。它們或多或少都受到中國通俗小說的影響。

而韓國的漢文小說，以文言漢文寫成與中國明清文言短篇小說並無兩樣，小說中的時代背景、人名、地名也都是以中國爲背景。小說的創作無論是在敘述語言、人物形象塑造、心理刻劃，以及使用漢詩作爲交代情節的進展，或說明人物心理的特殊敘述手法上，都是仿自中國通俗小說。〔註 12〕

本論文也想要討論中國才子佳人故事與《玉麟夢》相似或相反的一些因素。想要從其中的故事比較，探討故事中反映的社會意義與現象。因爲才子佳人小說是世情小說的一個分支，與它並無截然的界限。才子佳人小說在其發展中，或從思想深度，或從情節新奇的追求出發，亦不斷向外拓寬。其中有的融合歷史俠義神魔小說的內容，包含更多的世情面向。

或在描寫才子佳人們的悲歡離合中，揭露科舉制度的種種弊病，因爲科舉功名還是他們與佳人們結合的捷徑。在表現才子佳人的悲歡離合中，抨擊腐朽的世風，嫌貧愛富，趨炎附勢的世俗觀念或紈褲子弟的從中破壞等的磨難。

才子佳人小說中的缺點，一是一夫多妻婚姻的形成；二是追求故事的奇巧；三是出於作者的對於一夫多妻婚姻制度的情趣。作者讓女方自願爲男方「合理」的再娶一美。女方不妒不忌。這也是包含《玉麟夢》在內的許多才子佳人小說的缺點。李庭綽所寫的《玉麟夢》，基本上即仿傚中國明清大爲流行的才子佳人小說。

韓國文人在接受中國文化的心態，有些是直接接受，全盤移植中國式的文化，而有些則選擇地汲取，並加以適當的消化和重組。前者毫無條件地中化，可說是對中國文化景仰已達五體投地的地步；後者則是經過文人自身有意識的自省，吸取中國文學風土並加以改造，以期符合韓國人生活經驗的形式。只是把中國視爲可以吸收模仿之對象。這種迥然不同的心態，可以從現存作品中看出端倪。

古代韓國人受漢學薰陶，乃承襲中國思想體系之跡象。中國小說影響韓國至深，因之韓國作品，除韓固有之面貌外，尚受中國小說的文體背景素材之影響，由韓國人所著的小說中可窺見中國小說對其影響之痕跡。

〔註 11〕參見閔寬東：《中國古典小說流傳韓國之研究》，頁 260～263。

〔註 12〕在李進益：《明清小說對日本漢文小說影響之研究》中亦提到，日本的漢文小說也是如此的情形，受中國通俗小說的影響很深，可參見頁 1～4。

韓國的漢文小說也有很多，爲何要選擇這本《玉麟夢》呢？那是因爲筆者在其中看到了人類的共同性，那就是「情」。看到了中韓人們共通的愛好——才子佳人故事。

才子佳人小說雖然受到廣大讀者的歡迎，可是在文學史上，卻未得到公正的評價，反而一再地受到貶斥，被歪曲、甚至遭受焚毀。能夠認眞的研究和評價才子佳人小說，這只是近幾年才開始的事情。從藝術上的考察，才子佳人小說是否就是千部一腔，公式化和概念化，沒有什麼價值呢？從總體來說，才子佳人小說家們藝術水平不高，也很少有妙筆生花，另辟蹊徑而有獨創色彩者；再加上有不少是抄襲剽竊，粗製濫造之作品，這就是才子佳人小說在藝術上聲譽不好的主要原因。

而筆者要探討的是韓國文學雖在其淵源上得自中國許多，在最初，韓國人亦藉漢文來表達其情感及生活百態，所展現出的作品亦有類似中國的。但在流傳多年之後，又經傳承演變，故韓國漢文學中，除具中國形式外，尙有著韓國之獨特風格的。

如在《玉麟夢》中爲什麼會出現一些有關中國的地名、人名、朝代或山川河水等的名詞呢？〔註 13〕或是一些成語故事的提及呢？除了代表故事中人物的背景之外，是否還有什麼深意呢？

再者，在這《玉麟夢》中可以看到中韓之間相同的社會現象和習俗，如祈子（在夢中看到仙人贈送麒麟而得子），或在宗教和民間思想上的諸多著墨，佛教、道教、儒教和民間信仰，因爲道士或尼姑的出現，完全改變了故事的發展。如玄妙眞人的靈驗和靈遠的奔波和對柳、范兩家的貢獻。

或者在書中出現的賢婦良妻（如柳蕙蘭、柳原妻張氏）的作爲，已可以將書名改爲賢婦頌般，節烈又美好的女子們。當然，也有才子們的出場（如柳原和柳在郊父子，以及范璟文），雖然比起佳人們，他們的磨難少了些。但柳原父子則是祈子神話中的主角，故事是由他們開始的。

就奴僕的個性上，也可以明顯看出一些忠僕護主與惡僕背主的對比，那也實在是精彩無比。就忠僕雲鴻而言，她不但在危急的時候，冒死護主，等到有機會更是擊鼓鳴冤，刷清主人的清白。雲鴻甚至爲了爲主忠節和從夫義理的不可兩全而自盡。作者爲了獎勵這等氣節，讓她投胎轉世爲柳蕙蘭之子。而惡僕翠蟾，則是一直慫恿呂夫人把柳蕙蘭除去，從旁協助呂夫人完成她計畫中的惡行。後來，所有的奸計暴露，她逃出范家，先是做了人家的妾，後來還被賣做娼妓，又成爲流浪的乞丐。最後，被張氏和其兄張士元抓回刑部，凌遲處死。

《玉麟夢》的特色不但是在其故事的複雜與轉折上，更是因爲它是少見將三代

〔註 13〕可參見本論文的附錄（3）：「在《玉麟夢》中出現的地名及山水名」。附錄（4）：「在《玉麟夢》中出現的中國歷史人物」。

的故事，寫得如此完美的一部小說。在它的故事中，不但可以看到才子們的英雄事蹟，更可以看到女性地位的強調。透過磨難，展現出節烈和積極進取的面貌。而筆者也想要了解《玉麟夢》爲何會被分類爲夢幻類呢，是代表什麼意思呢？是理想或渴望呢？這些都是筆者想要在此論文中談論的主題。

二、研究方法與範圍

本文試圖從對李庭綽文學的探究中深入的了解他的文學面貌及他在《玉麟夢》中想要表現的思想，並且，從中探討《玉麟夢》在韓國小說史上的作用。其中著重點即在中韓兩國間對才子佳人小說看法的比較上。並且，試圖找出兩者間的聯繫或相互間的影響。也許一本小說，無法看出全貌。但相信可以找出其中的關連性。基本文獻上，則以林明德教授主編的《韓國漢文小說全集》〔註14〕爲主。再輔以中、韓國的小說史及對韓國漢文小說的評論。

在中國的部分，參考目前相關的才子佳人小說的研究情況。〔註15〕在韓國方面，則以《韓國漢文小說史》〔註16〕和《韓國漢文小說의　背景研究》〔註17〕爲中心，配合韓國有關《玉麟夢》的論文〔註18〕。再加上，一些韓國有關古小說中的胎夢或祈子的論文〔註19〕和才子佳人有關的論文來加以分析。

最後，再探討中國明清通俗小說對韓國漢文小說創作的影響。

三、目前的研究概況與預期目標

對於《玉麟夢》的研究，最初是從車溶柱的論文〈玉麟夢研究〉〔註20〕開始的。

〔註14〕林明德主編：《韓國漢文小說全集》，中國文化大學、韓國精神文化研究院共同發行，民國69年5月。《玉麟夢》則是在這套書的第一卷夢幻、家庭類。

〔註15〕如：胡萬川、范伯群、鴛鴦蝴蝶派、三言兩拍論文、民間文學、古小說研究等。

〔註16〕車溶柱：《韓國漢文小說史》，亞細亞文化社，1989。

〔註17〕林明德：《韓國漢文小說의　背景研究——中國과의　關係》，漢城大學校國語國文學科博論，1983年12月。

〔註18〕安昌壽：《玉麟夢의　構造와　意味——世代記小說로서의　特徵을　中心으로》，嶺南大學校國語國文學科國文學專攻碩論，1979年12月。
全永善：《玉麟夢研究》，漢陽大學校國語國文學科碩論，1992年12月。
崔皓晳：《玉麟夢研究》，高麗大學校國語國文學科博論，1999年12月。

〔註19〕柳寅山：《古小說의　祈子 motif 研究》，高麗大學校教育大學院教育學科國語教育專攻碩論，1981年11月。
孫吉元：《古小說에　나타난　꿈에　研究——胎夢을中心으로》，慶熙大學校教育大學院教育學科國語教育專攻碩論，1983月。

〔註20〕車溶柱：〈玉麟夢研究〉，《清州女子師範大學論文集》4，清州女子師範大學，1975年。

他在論文中，因爲沒有找到具體的證據，故很小心的以後代人的口述記錄和朝鮮王朝實錄的記載，提出了李庭綽可能就是《玉麟夢》作者的可能性。並且明確的說出《玉麟夢》在原作時，就有《玉麟夢》和《永垂彰善記》等二個名字。也很清楚的說出《玉麟夢》的原本則是由漢文書寫。除了談到作者問題以外，對於《玉麟夢》中，著作年代、內容結構、故事中人物的分析、背景思想和主題等事項，都提出了有力的方向，展開了後學研究之路。

繼車溶注而起的，是安昌壽的碩士論文《玉麟夢의 構造와 意味——世代記小說로서의 特徵을 中心으로》〔註21〕。他將《玉麟夢》界定爲世代記小說，並且強調要清楚的看出《玉麟夢》的本質，則一定要從世代中心看起。他從《玉麟夢》人物的橫向關係，探討書中的社會意識；接著，以縱向關係來說明從儒教倫理中得到解放，自我意識成長的樣貌。他還解釋像《玉麟夢》這樣的世代記小說產生的意義爲何。他認爲像《玉麟夢》一樣的三代記小說，主要是代表著李朝後期因社會秩序的混亂，所帶來的價值觀的二元化現象。想要以道德規範或家族興盛等的事情達到讀者教化的功用。另一方面，也是對當時對傳統價值否定或自由意識高漲現象的批判。

接著是鄭宗大的〈《玉麟夢》의 構造와 意味〉〔註22〕以家庭小說的順次結構爲中心，談論《玉麟夢》中的婚事磨難和軍談，以家庭不和和婚事磨難作爲並立結構的中心來分析。並且簡單的討論書中人物的特色，特別的是他認爲《玉麟夢》中的男性是被限定爲退化的英雄，反之，卻強化了女性的角色。

全永善的《玉麟夢研究》〔註23〕則把論述的焦點，放在二代和三代來談論。他認爲在二代故事中，以范璟文家庭中的爭寵談爲中心，再輔以柳原的英雄談和張氏的婚事磨難。在三代故事中，則以男女雙方的知鑑力和愛情見證爲主。並且，還推定說，因爲《玉麟夢》中沒有太多的政治談，大多都是和女性有關的素材，所以，一定有許多的女性讀者喜歡讀它。也提出《玉麟夢》是受朝鮮後期商業化的影響，所以才會有份量上的增加。

鄭昌權在高大圖書館中找到收在《海東話詩抄》中的《二四齋記聞錄》。查出李庭綽、宋質、嚴慶遂等的交遊關係，因此寫成〈玉麟夢의 作家고증과 異本양상〉〔註24〕。並推定《玉麟夢》這本書是李庭綽讀過金春澤漢譯的《謝氏南征記》之後

〔註21〕安昌壽：《玉麟夢의 構造와 意味——世代記小說로서의 特徵을 中心으로》，嶺南大學校國語國文學科國文學專攻碩論，1979年12月。

〔註22〕鄭宗大：〈《玉麟夢》의 構造와 意味〉，《國語教育》71，72合集，한국국어교육연구회，1990年。

〔註23〕全永善：《玉麟夢研究》，漢陽大學校國語國文學科碩論，1992年12月。

〔註24〕鄭昌權：〈玉麟夢의 作家고증과 異本양상〉，收於《韓國古小說史의 視角》中，

（1709），到他正式出任官職之前（1727）寫成的可能性很大。他列出《玉麟夢》小說的異本共三十九種，強調《玉麟夢》是十八世紀唯一被創作出來的漢文長篇小說，也說它融合了漢文長篇小說和韓文長篇小說兩種類型，並成功開展出了一條新的小說。

最後，要談的是崔皓晳的博士論文《玉麟夢研究》〔註25〕，他在前述論文的基礎下，更有系統的研究了《玉麟夢》這本書。他以《玉麟夢》的作者和異本問題的討論爲基礎，分析作品，並強調《玉麟夢》在小說史上的地位。在前人提出李庭綽可能是作者的推論下，他找出更多更有力的證據來證明李庭綽確實是《玉麟夢》的作者。並找出很多李庭綽較不爲人知的生平和交友狀況。比較特別的是，他從異本的研究中，得到和前人完全相反的推論，那就是他認爲《玉麟夢》是韓文創作，後來才寫成漢文本的。除此之外，他也對《玉麟夢》的結構、敘述手法、主題意識以及《玉麟夢》在小說史上的意義均加以討論。

以上就是在韓國國內討論到《玉麟夢》這部作品的主要論文。但他們主要的論述重點在作者研究和內容分析上，較少觸及影響研究的部分。因此，在這本論文當中，筆者也用一些篇幅討論《玉麟夢》受中國明清通俗小說和韓國才子佳人小說《謝氏南征記》影響的研究上。

四、論文綱要

本篇論文大致可分爲：

第一章：序論，共分四節。第一節，敘述筆者研究的動機；也就是筆者所以要寫這題目的背景說明。第二節，則在說明筆者如何書寫這篇論文。它的範圍到那裡、是用怎樣的方法。第三節，目前爲止的研究概況和預期目標、結果。第四節，則是交代本篇論文的提要。

第二章：《玉麟夢》的版本及其作者，共分二節。第一節，《玉麟夢》異本問題與原本書寫問題。第二節，《玉麟夢》作者及其著作年代。

第三章：《玉麟夢》的敘事技巧、故事單元（unit），共分三節。第一節，《玉麟夢》的敘事技巧。第二節，《玉麟夢》故事單元的探討分析。第三節，與韓國才子佳人小說《謝氏南征記》的比較。

第四章：《玉麟夢》的情節與人物形象，共分三節。第一節，《玉麟夢》故事情節介紹。第二節《玉麟夢》中的人物造型分析，第三節，《玉麟夢》中

丁奎福博士古稀紀念論叢，國學資料院，1996年10月。

〔註25〕崔皓晳：《玉麟夢研究》，高麗大學校國語國文學科博論，1999年12月。

的人物對比設計。

第五章：中國通俗小說東傳之後對《玉麟夢》的影響，共分二節。第一節，《玉麟夢》對中國典籍、故事、典故的引用。第二節，《玉麟夢》中的舞台背景。

第六章：結論。

以及附錄的部分，共分 5 類。

附錄（1）《玉麟夢》故事梗概。

（2）《玉麟夢》的主要人物表。

（3）在《玉麟夢》中出現的地名及山水名。

（4）在《玉麟夢》中出現的中國歷史人物。

（5）中國古典小說傳入韓國的時期表。

第二章　《玉麟夢》的版本及其作者

《玉麟夢》是韓國古代小說中的一篇長篇小說，有韓、中文兩種版本。筆者以下所依據引用的版本主要是以林明德主編《韓國漢文小說全集》〔註 1〕，中國文化大學、韓國精神文化研究院共同發行的版本爲主。《玉麟夢》收入在這套書的第一卷「夢幻‧家庭類」。筆者將會在本章的第一節詳細討論它的異本以及原本書寫語言的問題。

就如書名《玉麟夢》所要傳達的意義一樣，它主要是在說柳琰向玄妙眞人「祈子」之後，做了得到「玉麒麟」的胎夢而產下一子——柳原而來。當柳琰向玄妙眞人祈雨應驗之後，他又向玄妙眞人祈子。當天夜裡，柳琰夢見玄妙眞人出現，自袖中拿出一隻異獸，交給柳琰，並對他說，因你爲民之心感動上天，故將天上的靈物暫借於你，但你家厄運尚未結束，因此要好好保護這玉麟。

另一方面，在家鄉的鄭夫人當天夜裡也做了同樣的夢。夢見柳琰從外面抱著一隻玉麟麒而來，並對她說，這是柳家的吉祥物，我們盼了很久的禮物，終於來了。但可惜玉華眞人只願暫借二十年而已，實爲遺憾。當鄭夫人想要問清楚時，便從夢中驚醒。

果然，懷胎十月之後，小男孩便出生了，整個故事也從此展開。從故事開頭的

〔註 1〕《韓國漢文小說全集》共分九卷。有夢幻家庭、夢幻理想、夢幻夢遊、歷史英雄、擬人諷刺、愛情家庭、筆記野談等七類。其中長篇小說只有卷一的《玉麟夢》和卷二的《玉樓夢》兩本。其他收錄的 367 本皆爲短篇小說。它的分類並沒有以創作的時間先後來分，而是編者林明德先生以內容來劃分的。林明德先生在《韓國漢文小說全集》的凡例上說明，「韓國學者對於小說之分類，出入甚大，因同一篇作品往往具有數類之性質，既分編入甲類，復能編入乙類，其標準至難確定。編者因時間、能力之限，亦難明確歸類。然爲了便於研究者之需要，乃冒受譏之虞，依小說之性質、篇幅，權且分成如上諸類。」

胎夢中，我們可以知道幾點，即柳家得到了寶物，但這寶物不但必須要細心照顧，而且神人也說明將來還有試驗待克服。

爲了要了解一本小說，首先需要從作者開始，從對作者的認識可以看出對小說更多更深入的結論。從作者角度考察，才子佳人小說的進步性和局限性，藝術上的長短得失，都可以找到依據，得到說明。才子佳人小說的作者們多是封建思想羈絆下受壓抑的不得志文人，他們關切同情青年男女的命運和願望，肯定自主婚姻，贊頌才子佳人的美滿結合，寫理想化的愛情，又借才子佳人自身的不幸，流露出對功名富貴、嬌妻美妾的渴望，則是虛幻夢想，其在藝術上總的成就不高，卻也有繼承，有發展，有創新，妙筆生花，有眞實生動的描寫，嘔心瀝血的創作，豐富的藝術經驗啓迪後人；但也有抄襲編撰，因之喪失藝術生命，其教訓也堪吸取。

第一節　《玉麟夢》異本問題與原本書寫問題

《玉麟夢》有韓文本和漢文本，現在看得到的《玉麟夢》的異本，大約有韓文手抄本、韓文活字本、中韓手抄本、漢文手抄本、漢文活字本、漢文懸吐本、現代譯本等幾種。而且，它也有異名現象，以《玉麟夢》、《永垂彰善記》和《夢麟錄》等的名字流傳下來。不論是卷數和題名都有很明顯的不同，所以對異本問題的了解比其他的小說更需要釐清。它不但有龐大的篇幅，而且同時具備中、韓兩種版本，擁有廣大的讀者群。以上這些理由讓它更顯重要。

《玉麟夢》也和其他十七、十八世紀，由韓國士大夫所創作的小說一樣，有韓文和漢文兩種版本。而且，其創作的種類也有五十多種之多。其中，經過比較發現53回的小說內容，是35回章回體小說的擴充。在53回本中，大大的增加了第三代的故事情節。那是因爲在剛開始寫小說之時，並不是由於商業上的目的，因此，故事比較簡單。但到了後期，由於這本小說受到大家的喜愛，於是那些商人就把故事越說越長，這都是因商業上的考量。

漢文本，大致上分爲七卷、八卷兩種，就份量上而言，沒有很大的不同或參差不齊。它同時具有《玉麟夢》和《永垂彰善記》等二個題目。一般而言，是在《玉麟夢》的標題之下，加註《永垂彰善記》這個題目。

現在藏於韓國的《玉麟夢》漢文異本，大概有十九種。〔註2〕

1. 韓國國立中央圖書館藏《永垂彰善記》八卷八冊。漢文手抄本，53回的章回

〔註2〕參見崔皓晳：《玉麟夢研究》，頁39～44。或鄭昌權：〈《玉麟夢》의　作家고증과　異本양상〉，《韓國古小說史의　視角》，頁920～922。

體。在前頁中有總目次，並且，第一卷前四頁的筆跡與後面的不同，疑後來所加。（參見書影一）

2. 韓國國立中央圖書館藏《永垂彰善記》八卷八冊。漢文手抄本，53 回的章回體。在前頁中有總目次。在第一卷的最後，有這樣的記載，「此卷已爲見失，故華營鳩鍾者，更爲新補，傳之無窮，甲申年」可知，此本乃遺失，在甲申年重新抄寫的。它的第一卷，除了一、二處外，和上面所提 1.的藏本完全一致。可見 2.乃 1.所抄。（參見書影二）
3. 韓國國立中央圖書館藏《永垂彰善記》八卷三冊（缺本）。漢文手抄本，53 回的章回體。在前頁中沒有總目次。原可能是八卷四冊，但少了第二冊（卷三、四）。（參見書影三）
4. 韓國國立漢城大學藏《玉麟夢》七卷七冊。漢文手抄本，53 回的章回體。在前頁中沒有總目次。
5. 韓國國立漢城大學藏《永垂彰善記》八卷四冊。漢文手抄本，53 回的章回體。在前頁中有總目次。
6. 韓國延世大學藏《玉麟夢》七卷四冊。漢文手抄本，53 回的章回體，在第七卷有《永垂彰善記》的題目。在第一冊和第二冊中，分別標有「《玉麟夢》元」和「《玉麟夢》亨」；但第三和四冊沒有加註這種標題。其實是和八卷四冊同樣的體制。
7. 韓國延世大學藏《夢麟記》六卷六冊。漢文手抄本，37 回的章回體。前有金海人金昌成的序。由黃致範將韓文本譯成漢文本。其中加了一些漢文詩，並改了部分的內容。
8. 韓國精神文化研究院藏《玉麟夢》六冊（缺本）。漢文手抄本，沒有章回的區分。本是七卷七冊的體制，但少了第二卷第二冊。
9. 韓國全南大學藏《玉麟夢》七卷三冊（天、地、人）。漢文手抄本，三十四回的章回體。在前頁中有總目次，但與實際作品中的目次有差異。
10. 韓國梨花女子大學藏《夢麟奇觀》四卷四冊（春、夏、秋、冬）。漢文手抄本，52 回的章回體。
11. 韓國嶺南大學藏《玉麟夢》四冊（缺本）。漢文手抄本，沒有章回的區分。
12. 漢文懸吐本《玉麟夢》上、下各一冊。漢文懸吐本，是京城廣益書館在 1918 年 9 月刊行的。上冊是 1～26 回的內容，下冊則是 27～53 回的內容。在《玉麟夢》題目下，有「一名永垂彰善記」的記錄。（參見書影十二）
13. 丁規福藏本《玉麟夢》七卷七冊。漢文手抄本，沒有章回的區分。在卷一的前頁中有《永垂彰善記》的題目。但在作品本文中皆用《玉麟夢》的名字。

14. 金光淳藏本《玉麟夢》一冊（缺本）。漢文手抄本，因爲只有 10 回左右，所以看不出它原先是幾回的作品。
15. 金東郁藏本《永垂彰善記》三冊（缺本）。漢文手抄本，53 回的章回體。在前頁中有總目次。八卷八冊中，只有卷一、2、3 三冊留下。
16. 林明德藏本《玉麟夢》。漢文手抄本，53 回的章回體。在前頁中有總目次。內題《永垂彰善記》。在民國 69 年 5 月出版爲活字版，韓國漢文小說全集 1，林明德主編，中國文化大學、韓國精神文化研究院。（參見書影四、書影五）
17. 《增刪玉麟夢》八冊。漢文手抄本，莫里斯在《韓國書誌》〔註 3〕中曾介紹的版本。但現在卻不知此書去向。
18. 澗松文庫藏本《夢麟記》六卷六冊。漢文手抄本，序金昌成，黃致範謄。
19. 澗松文庫藏本《永垂彰善記》七冊。漢文手抄本，在八卷八冊中少了第三卷。

大致可分爲非章回體異本和章回體異本兩種。章回體異本又可分爲 34 回本、52 回本、53 回章回體本和 37 回《夢麟記》本等等。那其他的小差別在於前面有沒有目次，或前頁有沒有書寫《永垂彰善記》的題名等。

由上面的資料中可以發現，漢文異本在《玉麟夢》的題目下，內題《永垂彰善記》之標題。如果說，《玉麟夢》這個題目是代表著主角柳原和柳在郊的出生和克服困難等一些非現實因素作爲象徵，主要訴諸的重點是作品中的趣味性。

反觀《永垂彰善記》，則是以作品中所展現的主題爲其主要訴求，以書中人物的行爲爲注意的焦點，強調著行善之人，一定可以得到無盡的福報，是強調它勸善的理念。大部分的韓文異本和部分的漢文異本是用追求趣味性的《玉麟夢》之名；而大部分的漢文異本則是以理念爲導向的《永垂彰善記》之題目。〔註 4〕

在《玉麟夢》韓文本的異本資料上，値得注意的是在份量上的擴大。韓文本已多達十～十五卷之多。比起《九雲夢》和《南征記》等書，它已是份量十足的長篇小說，講述著家族裡三代的故事，這也同時正式開始了韓國文學中小說的長篇化之路。

現在藏於韓國的《玉麟夢》韓文異本大概有三十四種之多。〔註 5〕

〔註 3〕莫里斯，李姬載譯：《韓國書誌》，一潮閣，1994，頁 269。轉引自崔皓晳：《玉麟夢研究》，頁 44。

〔註 4〕參見鄭昌權：〈《玉麟夢》의 作家고증과 異本양상〉，《韓國古小說史의 視角》，頁 922～923。

〔註 5〕參見崔皓晳：《玉麟夢研究》，頁 45～54。或鄭昌權：〈《玉麟夢》의 作家고증과 異本양상〉，《韓國古小說史의 視角》，頁 924～927。

1. 韓國國立中央圖書館藏《玉麟夢》十卷十冊。韓文手抄本，沒有章回的區分。但在每卷的封面前，用中文將《玉麟夢》53 回本的各章回名寫下。以《玉麟夢　甲》、《玉麟夢　乙》等天干來分卷冊。內題爲《옥닌몽》（即「玉麟夢」）。（參見書影六、書影七）
2. 韓國國立中央圖書館藏《玉麟夢》十卷十冊。韓文手抄本，在第一卷封面有《玉麟夢卷之一》和《옥인몽권지일》（即「玉麟夢卷之一」）的題目。內題爲《옥인몽》（即「玉麟夢」）。在每一卷之前都會有開始抄錄的時間。如在第一卷前有「乙巳四月二十五日始筆」的字樣。（參見書影八、書影九）
3. 韓國國立中央圖書館藏《玉麟夢》六冊（缺本）。韓文手抄本，題目爲《玉麟夢卷之一》內題爲《옥인몽》（即「玉麟夢」）。在本文中，韓漢文並列。在第一卷封面的內頁中，將內容以漢文書寫。（參見書影十、書影十一）
4. 韓國國立中央圖書館藏《古代小說　玉麟夢》一冊。是在 1914 年平壤刊行的活字本。
5. 韓國國立漢城大學藏《夢麟錄》十二卷十二冊。韓文手抄本。以《夢麟錄子》、《夢麟錄　丑》等地支來分卷冊。在第十二卷的末尾中，有一段文字，是本書的作者在說明這是他翻譯的漢文本小說的內容。從內容和題目來看，它可能是翻譯了韓國梨花女子大學藏本《夢麟奇觀》。
6. 韓國國立漢城大學藏《玉麟夢》十四卷十四冊。韓文手抄本，內題爲《옥인몽》、《옥닌몽》（即「玉麟夢」）。
7. 韓國國立漢城大學藏《玉麟夢》十五卷十五冊。韓文手抄本。
8. 韓國延世大學藏《玉麟夢》十卷九冊。韓文手抄本，內題爲《옥인몽》、《옥닌몽》（即「玉麟夢」）。在其中，有些部分會並列記載著漢文。在每一卷的卷尾記錄著抄寫年代。
9. 韓國延世大學藏《옥린몽》（即「玉麟夢」）一冊（缺本）。韓文手抄本，只剩第二卷。
10. 韓國延世大學藏《玉麟夢》十冊（缺本）。韓文手抄本，在十一卷十一冊中缺第五卷。內題爲《옥인몽》、《옥닌몽》（即「玉麟夢」）。
11. 韓國精神文化研究院藏《玉麟夢》十二卷十二冊。韓文手抄本。
12. 韓國精神文化研究院藏《옥린몽》（即「玉麟夢」）上、下各一冊。韓文活字本，53 回的章回體。1918 年京城匯東書館刊行。在各冊前有目次。是 53 回的漢文章回體的譯本。
13. 韓國精神文化研究院藏《고디쇼셜　옥린몽》（即「古典小説玉麟夢」）一

冊。韓文活字本，53 回的章回體。是由宋基和譯編，在 1913 年平壤刊行。是 53 回的漢文章回體的譯本。

14. 韓國精神文化研究院藏《眞諺玉麟夢》一冊（缺本）。是混合漢文和韓文的手抄本。
15. 韓國梨花女子大學藏《玉麟夢》十卷十冊。韓文手抄本，內題爲《옥인몽》、《옥닌몽》（即「玉麟夢」）。
16. 韓國梨花女子大學藏《玉麟夢》三冊（缺本）。韓文手抄本，內題爲《옥인몽》、《옥닌몽》（即「玉麟夢」）。只剩卷一、五、六。卷一《玉麟夢　水》和卷五《玉麟夢　土》等以五行來分卷冊。但是，卷六則只寫以《玉麟夢》。
17. 韓國嶺南大學藏《玉麟夢》十卷十冊。韓文手抄本，內題爲《옥인몽》、《옥닌몽》（即「玉麟夢」）。
18. 韓國嶺南大學藏《玉麟夢》十四冊（缺本）。韓文手抄本，內題爲《玉麟夢》。就小說分量來看，可能是十五卷十五冊中少了最後一冊。
19. 韓國慶尙大學藏《玉麟夢》十一冊（缺本）。韓文手抄本，內題爲《옥닌몽》（即「玉麟夢」）。原十二卷十二冊中，少了第二卷。
20. 趙東一藏本《玉麟夢》十三卷十三冊。韓文手抄本，內題爲《玉麟夢》、《옥리몽》、《옥뉴몽》、《옥닌몽》（即「玉麟夢」）。
21. 金光淳藏本《玉麟夢》一冊（缺本）。韓文手抄本。
22. 金光淳藏本《玉麟夢》五冊（缺本）。韓文手抄本，全部十二冊中，只有卷五、九、十、十一、十二。內題爲《옥인몽》、《옥닌몽》（即「玉麟夢」）。
23. 金光淳藏本《옥닌몽》七冊（缺本）。韓文手抄本，內題爲《옥인몽》、《옥린몽》、《옥닌몽》（即「玉麟夢」）。
24. 金東郁藏本《玉麟夢》三冊（缺本）。韓文手抄本，只有卷五、六、七。
25. 金東郁藏本《玉麟夢》九冊（缺本）。韓文手抄本，缺卷一，內題爲《옥인몽》、《옥닌몽》（即「玉麟夢」）。
26. 金東郁藏本《옥닌몽》（即「玉麟夢」）二冊（缺本）。韓文手抄本，只有卷一、四。
27. 金東郁藏本《玉麟夢》一冊（缺本）。韓文手抄本，只有卷十三。
28. 朴順豪藏本《옥닌몽》（即「玉麟夢」）十卷十冊。韓文手抄本。
29. 朴順豪藏本《옥닌몽》（即「玉麟夢」）一冊（缺本）。韓文手抄本，只有卷十三。
30. 謝載東藏本《玉麟夢》七卷七冊。韓文手抄本。從卷四起，用漢字記錄單字。

31. 謝載東藏本《玉麟夢》一冊（缺本）。韓文手抄本，只有卷十一。內題爲《옥닌몽》（即「玉麟夢」）。
32. 丁炳郁藏本《玉麟夢》十卷二冊（缺本）。是混合漢文和韓文的手抄本，內題爲《玉麟夢》、《玉麟夢刪定》（記載是由金秉溪所刪定）。
33. 譯註本《玉麟夢》，由金九勇所譯註，刊在 1958 年 12 月份的〈思潮〉中。以 53 回本爲主，譯註了第一回的一半，但因爲雜誌停刊而沒有繼續。
34. 現代譯本《玉麟夢》上、下各一冊。是韓文活字本，以 53 回爲主，由北韓的吳喜福在 1989 年翻譯、出版。第 1～26 回在上冊，第 27～53 回在下冊。在每冊前面是韓文翻譯，後面則附有中文原文。（參見書影十三、書影十四）

韓文本大致上可分爲以天干來分的十冊十本、十二冊十二本和十五冊十五本，有的有內題和回目，有些就只有卷一、卷 2 等字眼。但缺本情況實爲嚴重。再加上，文字差異極大。較特別的是，還有將漢文本 53 回章回體本翻譯成現代韓語的譯註本，由北韓的作家完成。這也就表示《玉麟夢》在二十世紀的現在，仍是一本很受注意和歡迎的小說。

就《玉麟夢》這本書的原本書寫問題上。在韓國大部分的學者都認爲《玉麟夢》原本就是以漢文書寫的。〔註 6〕所提出的證據，除了《二四齋記聞錄》〔註 7〕的記載〔註 8〕之外，還提出了以下三點推論。

一爲文字內容的差別性。發現在《玉麟夢》的異本中，漢文本間的差異性較少。而韓文本間的差異較大。這差異除了內容上的不同之外，在語詞用句上，發現有些是比較接近漢文直譯的本子，有些則是較接近韓語的意譯的本子。

二爲在韓國國家圖書館中所藏的韓文本異本中，其內頁中有漢文本的內容書寫。或在韓文本中間，有以漢文書寫的內容梗概和以漢文書寫著該回的回目名。由此推斷，可知當初書寫者是以漢文本爲底本。

三爲在《玉麟夢》中引用了大量的中國故事典故和詩詞。因此，極有可能原來

〔註 6〕如申基亨：《韓國小說發展史》。車溶柱：《韓國漢文小說史》。全圭泰：《韓國古典文學史》。全永善：《玉麟夢研究》。鄭昌權，〈《玉麟夢》의 作家고증과 異本양상〉等等大部分的學者認爲。

〔註 7〕出自《海東話詩抄》，收自十六世紀到十九世紀人物詩話集，共七本。即《於于野談抄》、《霽湖峰詩話抄》、《谿谷謾筆抄》、《終南叢志抄》、《壺谷詩話抄》、《水村漫錄》、《二四齋記聞錄》等。

〔註 8〕即「悔軒閑見金北軒春澤之《九雲夢》和《南征記》等書，乃作《玉麟夢》十五卷，文甚奇妙。流入中國，中國見之，嘆曰：『如此好排布，恨斲而小之也。』乃衍而爲八十云耳。」悔軒乃作者李庭綽的號。在下一節《玉麟夢》的作者當中，會有更詳細的論述。

是以中文書寫的，這樣比較合乎邏輯。

但是，崔皓晳在他的博士論文《玉麟夢研究》〔註 9〕中，卻提出不同於其他學者的論證，主張《玉麟夢》可能是原本就是韓文創作的。他也將其他學者的論點一一反駁說：

第一，他認爲韓文本的內容比漢文本的差異性大，本來就是很自然的事情。這不能作爲原本的書寫的證明。因爲，這兩者閱讀族群非常的不同。韓文本是爲了給那些市井小民看的，故內容當然會依照所服務群眾的不同，而有所增減和改造。在用詞和佈局上都會有些改變。反之，漢文本是給士大夫等讀過書的人看的。故對那些文人士大夫而言，根本不需更動任何字句，看原典即可。於是，很自然的，韓文本間因人而改，故差異性越來越大；而漢文本的更動卻是極少。

第二，他認爲就算有一本韓文異本是參考中文本所改編的，也不能證明，《玉麟夢》的原本書寫就是中文。

第三，他認爲雖然《玉麟夢》中引用了大量的中國故事典故。但是，這和原典書寫應是兩回事。使用大量的中國典故只是作者爲了炫耀他的文采罷了。而中國詩詞部分，只有三十四回本出現較多而已。

但就異本的面貌上，漢文本異本較爲單純，看出其原本爲章回體本子。和韓文長篇小說不同，漢文的長篇小說多以章回的形式創作，如《九雲夢》以十六回章回體的形式和漢譯的《翻諺南征記》則是十二回的章回體小說等。在故事的展開上，可以看出它們的不同。因此，應可以確定爲《玉麟夢》乃漢文書寫的章回體小說。

第二節　《玉麟夢》作者及其著作年代

一、《玉麟夢》作者——李庭綽

李庭綽〔註 10〕（1678～1758），生於肅宗四年，初字大開，後改爲敬裕〔註 11〕，

〔註 9〕崔皓晳：《玉麟夢研究》，頁 55～67。

〔註 10〕在林明德主編：《韓國漢文小說全集．玉麟夢》書中提到的作者名爲「李廷綽」，但此書乃後編。在韓國的史籍或文學史上，或其他研究論文上，均作「李庭綽」。疑林明德編排重印時筆誤，故在此則以「李庭綽」稱之。

〔註 11〕參見嚴慶遂，李離和編：《孚齋日記》，卷三，壬辰（1712）二月，朝鮮黨爭關係資料集 15，頁 493～494。
憂居無所事，閱箱間故紙。得李敬裕所爲南草詩一首。上有小序，即我先君子口呼以書者也。紙末無記年，不敢知的在某年，而似是戊寅間事。敬裕時年二十一。裕

號悔軒，全義人。

祖父李四亮（1611～1709），字子成。仁祖十一年（1633）式年進士，曾任禮賓寺、參奉，名列朝奉大夫之品。有二子。

伯父李華封（1627～1655），字堯賓。孝宗二年（1651）謁聖文科，曾任兵曹佐郎。

父親李萬封（1640～1684），字天授，雅號竹瘦。顯宗元年（1660）增廣進士試，顯宗十二年（1671）庭試，曾任兵曹佐郎、襄陽都護府使、江陵鎭管、兵馬同僉節制使，名列通政大夫之品。母親楊州趙氏。生下庭睦、庭輯、庭綽三子。父親在李庭綽七歲那年逝世，在母親的悉心照顧之下，長大成人。

大哥庭睦（1665～1732），字宜伯。

二哥庭輯（1669～1724），字次安。肅宗三十八年（1712）庭試文科，曾任兵曹正郎、郡守等職，名列通訓大夫之品。因爲伯父華封早逝無子，庭輯過繼爲華封的養子。

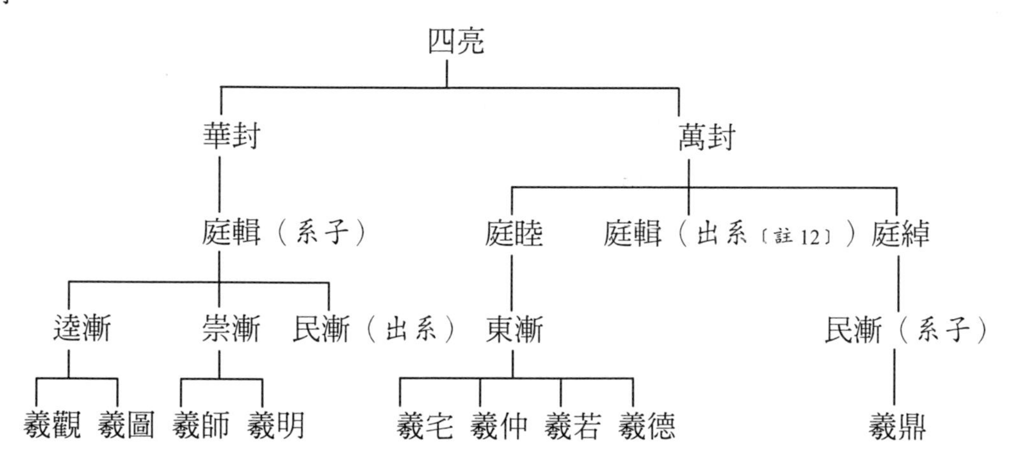

在《朝鮮人物號譜》〔註13〕李庭綽條中，可見到以下的記載：「字敬裕，竹瘦子，肅宗朝科，官止參判，有文名，雅號悔軒」。〔註14〕李庭綽在二十一歲那年，

初字大開，故序以大開稱焉。裕才高藻，思飆發。先君子每稱其奇才。兹作一時戲題，而猶不欲其無傳，作序以表揚之。實出愛才之盛意也。念故紙磨削，將壞未可以久，傳兹庸移謄吾日記中，且敍其事年，兼寓感焉。敬裕名庭綽。

在以上的資料中可以知道，李庭綽，初字大開，後改爲敬裕。

〔註12〕李華封早逝無子，李萬封之子庭輯成爲李華封之子，故在此稱爲出系。

〔註13〕李憲永編：《朝鮮人物號譜》，文化書館，1925。或可參見《韓國人文大辭典》，頁1753。

〔註14〕從《國朝榜目》中可知，李庭綽是全義李氏，而在《全義李氏族譜》卷一9中，他的記載則是：「字敬裕，肅宗戊午生，戊寅卒，壽八十一。己卯進士，甲午增廣文科，

即肅宗二十五年（1699），考上了增廣進士試。〔註 15〕而原本在首都漢城生活的李庭綽，在肅宗三十五年（1709）時回到他的故鄉楊根（現在的京畿道楊平郡）。五年後，肅宗四十年（1714），李庭綽三十七歲，考上增廣文科〔註 16〕。兩年後，赴承文院〔註 17〕就任。1718 年，擔任承文院正字。在景宗朝（1720～1724）時，任鍾城府使〔註 18〕。

首先，在《王朝實錄——英祖實錄》中可看到這樣的記載，

行文臣重試，取李庭綽五人（卷十三，丁未，十月條）〔註 19〕

擢權以鎭爲戶曹判書，以尹淳爲吏曹參判，趙文命爲都承旨，尹彬爲掌令、權護爲獻納，李庭綽爲持平（卷十三，丁未，十月條）〔註 20〕

擢李庭綽通政，以重試居魁也（卷十三，丁未，十月條）〔註 21〕

英祖三年（1727）十月十八日，李庭綽五十歲時，在以文臣爲主要對象的重試〔註 22〕裡，得到了狀元之後，接旨任持平〔註 23〕，名列通政大夫〔註 24〕之品。

丁未重試壯元，嘉善大夫，工曹參判」。《全義李氏姓譜》卷一中，他的記載則是：「進士，李庭綽，字敬裕，肅宗戊午生。父名：萬封，楊州。肅宗甲午增廣別試，乙科，歷官：兩司、工參。」《國朝榜目》，한국정신문화연구원，1981，M 古 1～81～257。《全義李氏族譜》，古第 57682～57688，7 冊。《全義李氏姓譜》卷一，全義禮安李氏大同譜刊行委員會。

別試，是在國君即位，或是在王后祔廟（三年守喪之後，將那神主供奉在宗廟），或明朝皇帝登基，或太子的誕生、冊封等的大事，或在國君文廟親臨和地方巡幸等的事情時所舉行的考試。和文臣重試同時舉行，所選出的人數多不定，初試多在漢城舉行。

〔註 15〕《司馬榜目》，肅宗二十五年，李庭綽大開，增廣進士。

〔註 16〕增廣文科，即增廣試。在國內有大喜事時，所舉行的文科考試。出自《韓國人文大辭典》。或可參見지두환編：《명문명답으로 읽는 조선과거 실록（朝鮮科舉實錄）》，頁 380～383。

〔註 17〕承文院，朝鮮時代的官廳。文書應用司。與外國通書的官。出自《韓國人文大辭典》。

〔註 18〕府使，即大都護府使和都護府使的總稱。都護府，高麗和朝鮮時代的地方衙門之一。屬於「牧」下，「郡」之上。在中國唐代初期，由屬領所設置的官廳。出自《韓國人文大辭典》。

〔註 19〕參見《朝鮮王朝實錄——英祖實錄》卷四 1，頁 674。丁未年爲英祖三年（1727 年）。

〔註 20〕參見《朝鮮王朝實錄——英祖實錄》卷四 1，頁 674。丁未年爲英祖三年（1727 年）。

〔註 21〕參見《朝鮮王朝實錄——英祖實錄》卷四 1，頁 675。丁未年爲英祖三年（1727 年）。

〔註 22〕重試，即對考上文科和武科的及第者，爲了讓他們持續在學問上用功，故每十年舉行一次，讓那些成績優秀者加官晉爵的考試。文科十年一重試。出自《韓國人文大辭典》。或可參見지두환編：《명문명답으로 읽는 조선과거 실록（朝鮮科舉實錄）》，頁 380～383。

〔註 23〕持平，是司憲府的正五品官。司憲府則是朝鮮時代專門批評官廳的時政，監察百官，救無辜冤枉之人的官。出自《韓國人文大辭典》。

《英祖實錄》中記載：「慶尙監司趙顯命，狀請晉州牧使李庭綽改差（卷三1，壬子，正月條）〔註25〕」英祖七年（1731）底，五十三歲時，任晉州牧使〔註26〕。還未上任，就改派工曹〔註27〕。由以上的資料來判斷，李庭綽因爲慶尙監司趙顯命而被改差來看，李庭綽的仕途並不是很順遂。

戊申，以李庭綽爲承旨（卷76，壬申，四月條）〔註28〕

以具允明李庭綽爲承旨，趙載敏爲大司諫（卷78，壬申，十一月條）〔註29〕

工曹參判李庭綽卒，以壽陞宰（卷92，戊寅，七月條）〔註30〕

英祖二十八年（1752），李庭綽以七十五高齡，在四月和十一月，兩次接下承旨〔註31〕的工作。在八十一歲（1758）那年，也就是英祖三十四年，在工曹參判任內李庭綽到黃海道時，不料在途中過世，享年八十一歲。朝廷厚葬了他。

由此看來，對李庭綽來說，從下鄉的1709年到在承文院工作之前的1716年，是他一生中最貧困的歲月了。1727年，在重試得到狀元之後，雖然，在宦海中浮沈過，但大致上，還算是在要職上。〔註32〕

在《二四齋記聞錄》中曾經提到過李庭綽初到承文院工作的情形。

悔軒以無勢文官，初入政院，諸承旨及院吏輩，不備禮數。一日尹白下淳，以主文製奏請文字，持入政院，示諸承旨曰：「此文今將入御，而或有未安處者，願得諸令公之鍼砭。」諸令莫敢措一辭。悔翁曰：「僕雖不文，願敢可否？而不知大監容其唐突乎！」尹曰：「諾。」悔翁乃逐句

〔註24〕通政大夫，即朝鮮時代，文散階之一。文官正三品堂上官。宗親及儀賓的官階。出自《韓國人文大辭典》。

〔註25〕參見《朝鮮王朝實錄——英祖實錄》卷四十二，頁295。壬子年爲英祖八年（1732年）。

〔註26〕晉州牧使，是朝鮮時代觀察使下正三品的外職文官。是十二牧之一。主要掌管地方上的農、户口、貢賦、教育、軍廳等的事情。出自《韓國人文大辭典》。

〔註27〕工曹，是朝鮮時代的掌管山澤、工匠、營造等工業相關事宜的六曹之一。出自《韓國人文大辭典》。

〔註28〕參見《朝鮮王朝實錄——英祖實錄》卷四十三，頁443。壬申年爲英祖二十八年（1752年）。

〔註29〕參見《朝鮮王朝實錄——英祖實錄》卷四十三，頁467。壬申年爲英祖二十八年（1752年）。

〔註30〕參見《朝鮮王朝實錄——英祖實錄》卷四十三，頁693。戊寅年爲英祖三十四年（1758年）。

〔註31〕承旨，是朝鮮時代承政院正三品堂上官。是負責王命的出納的官職。是都承旨、左承旨、右承旨、左副承旨、右副承旨、同副承旨的總稱。出自《韓國人文大辭典》。

〔註32〕參見崔皓晳：《玉麟夢研究》，頁22～23。

看審，指一字曰：「此字換以某，何如？」尹曰：「唯唯。」悔曰：「此句改以云云，何如？」尹曰：「唯唯。」逐字字句句，塗而改之，遂成滿紙畫鴉。乃喚書吏，改正草以御。自是文名大振，院中輻湊，文詞之見待如是矣。

在這裡有二點是值得注意的，一是李庭綽的文采；二是李庭綽是無勢文官。有關李庭綽的文采，在他的文學面貌再詳細討論。在此先討論李庭綽乃無勢文官之事。李庭綽的家族是世代做官的，雖然他的後代沒落的很快，但直到他這一代，應該還不至於才對。那爲何稱他是無勢的文官呢。在這一點上，則是要注意當時的政治環境。

李庭綽是當時已沒落的小北派之一員。自東人分化出去的北人，因壬辰倭亂而掌握了政權。一直到 1599 年（宣祖三十二年），再分成大北和小北二派。大北在宣祖末年，因爲擁立光海君爲世子而鞏固了政權；而小北派，則以宰相劉英敬爲中心，計劃擁立英昌大君爲世子，但後來，因爲事敗而沒落。之後的小北派，大多都被西人和南人二派所吸收，也漸漸遠離了政治核心。

雖然，小北派在政治圈中幾乎是不見影子，已有點銷聲匿跡。但他們也一直不間斷的有傑出的人材出現，在朝廷中延續著他們的命脈。在〈北譜序〉〔註 33〕中，可以看到這樣的記載，

天運往復，仁廟撥亂奉母后，而建皇極，曩之冤者伸之，幽者拔之，直者旋之。於是小北著焉。後又有七學士、五君子、八文章，並皆懷抱利器，以鳴國家之盛，此乃卓卓家數也。

在十七世紀初，小北派完全喪失了政治上的影響力，只以上面所說的七學士〔註 34〕、八文章〔註 35〕和五君子〔註 36〕來證明他們的存在。而李庭綽就是和孚齋嚴慶遂、稼隱嚴慶遐、崖西尹彙貞、恥庵宋質一起稱爲小北五君子。他們小北派也組成朋黨，

〔註 33〕參見李離和編：《北譜》，朝鮮黨爭關係資料集 17，驪江出版社，1987。

〔註 34〕是指慶暹（1562～1620）、崔東立（1557～1611）、金藎國（1572～1657）、朴彝敘（1561～1621）、宋�（1557～1640）、李必榮（1573～1645）和李必亨（？）等七人。他們在小北派全盛時期渡過了他們的青年，但也在晚年看到了小北派的沒落。詳見崔皓晳：《玉麟夢研究》，頁 25～26。

〔註 35〕是指姜柏年（1603～1681）、申濡（1610～1665）、南宣（1609～1656）、鄭昌胄（1606～1664）、任翰伯（1605～1664）、沈齊（1597～1660）、李休徵（1607～1677）、朴守玄（1605～1671）等八人。他們活動的時候，小北派的政治環境更爲縮少。詳見崔皓晳：《玉麟夢研究》，頁 26～27。

〔註 36〕是指孚齋嚴慶遂（1672～1718）、稼隱嚴慶遐（11678～1739）、崖西尹彙貞（1676～1754）、悔軒李庭綽（1678～1758）、恥庵宋質（1676～1741）等五人。詳見崔皓晳：《玉麟夢研究》，頁 27～28。

不但互相和詩、共遊之外，也以聯姻來更加緊密彼此的關係。

在小北五君子活動的時期，在政治上已根本沒有所謂的小北派的存在。儘管他們還有些活動，別人也不會將他們視爲朋黨或值得警戒的對象。〔註 37〕

二、《玉麟夢》著作年代

首先在文字中提到李庭綽爲作者的，是楊山趙彥林輯的《二四齋記聞錄》，「悔軒閑見金北軒春澤之《九雲夢》和《南征記》等書，乃作《玉麟夢》十五卷，文甚奇妙。」〔註 38〕由上述的資料可知，悔軒李庭綽，就是在《二四齋記聞錄》中所提到的作者。

在李庭綽的生平中，足夠創作《玉麟夢》的時間是在何時。我們想像說，寫《玉麟夢》這部書花了很多時間，而且，根據《二四齋記聞錄》所說，李庭綽是在讀完《九雲夢》等當時極爲有名的小說之後所作的。那可猜測說，他可能讀了一些當時的流行小說才得到啓發。就算只是消遣，也表示他在那一段時間點上，是極爲悠閒的。實際上，在《玉麟夢》中，我們處處可以看見它有著公案類小說或英雄類小說的陰影。如柳蕙蘭被誣陷與門客私通，從家庭事件轉爲社會案件，更驚動了皇上，以致最後被流放。或者，雲鴻爲救主而擊鼓鳴冤。或柳在郊躲避惡人的驚險事蹟，和薛冰心的智勇救在郊。可說是，將當時流行的各小說廣爲吸納。〔註 39〕

而且，在《玉麟夢》中，出現許多中國的故事成語和經籍中的話語。因此，大膽推測，此是極爲悠閒的時期所爲。

自李庭綽 1699 年考上進士以來，住在漢城的日子其實不是那麼悠閒的。可以說，李庭綽在漢城生活過得很苦悶，所以他才會在好友宋質離開漢城回到故鄉南川（現在的京畿道梨川）之時，也回到他的故鄉楊根。他除了懷才不遇之外，李庭綽離開漢城的另一個主要的原因，就是物質上的貧乏。這是錄自《孚齋日記》中嚴慶遂和李庭綽的甥逵漸的一段對話，可以從以下的引文中，一探其究竟。

> 夜與逵姪，話鄉居事。逵爲言：「在京時，冬而憂寒，春而憂飢，自歸鄉，薪樵日三四兒僕，負取熱，惟所欲無乏絕，不知有寒冬。田畝所收，雖不贍，無市饌買薪之費，足以無飢。無飢無寒，便足自安。若其對案而有愁，此固分內事。不知肉味，不啻三月，山蔬野菜，亦爲佳味。而無和

〔註 37〕參見崔皓晳：《玉麟夢研究》，頁 24～28。
〔註 38〕出自《海東話詩抄》中之《二四齋記聞錄》。
〔註 39〕參見全永善：《玉麟夢研究》，頁 19～35。

醬以調味，此較難強。至於憂患，醬餌尤難及時，此亦難堪矣。」〔註40〕

看來，在漢城的日子確實是不好過。無奈小孩子亦有如此的感觸。在他當時寫的一首詩中或許亦可稍稍探知他離去的原因。

〈苦吟不成聊戲賦以寓梅生〔註41〕循階之歎〉

男兒悔不學彎弓，夢想陰山射虎風。

眼識一丁知底用，心肝嘔盡苦吟中。〔註42〕

從上面的詩句，可以想見一個懷才不遇的文人在怎樣的哀嘆。這可能是他1699年考上了進士之後，歷經十年卻一直考不上文科〔註43〕所引起的鬱悶吧。

由他姪子的回憶中，也可以知道，在漢城的那些日子對他來說，是困苦和不平靜的。並沒有很悠閒的時間，從事長篇小說的創作，是直到他和好友宋質回到故鄉之後。

以下，是嚴慶遂《孚齋日記》的一段記載：

初五日，李敬裕自楊根來。裕在鄉時，赴宋仲潤南川僑舍，讀韓文月餘，乃還。想其靜裡從遊，切偲麗益多矣。〔註44〕

由此可見，李庭綽在回到楊根的1709年間，比較有空。在這段時間裡，李庭綽主要的工作，就是與好友一起看書和遊山玩水。當然，時間上也悠閒，精神上也沒有很大的壓力。筆者猜測這段在楊根的時期，可能是李庭綽創作《玉麟夢》的時機。在1709年因爲生活的貧困回到故鄉楊根，離開漢城緊張的生活，有了充分的時間去閱讀一些書籍，這種經驗成就了創作《玉麟夢》最佳的時間點。因此，可以推定《玉麟夢》的創作時間，應該是他從漢城回到楊根的1709年到考上文科之後，正式開始仕途的1716年間的事。〔註45〕

李庭綽創作《玉麟夢》的動機爲何？可能有如此動機的時間點又會是什麼時候。在《玉麟夢》中，李庭綽將柳家和范家所發生的許多又複雜，又龐大的事件，非常

〔註40〕參見嚴慶遂，李離和編：《孚齋日記》，卷三，壬辰（1712）二月，頁494。

〔註41〕在這裡李庭綽是以梅堯臣來寄寓他的不遇。因爲，梅堯臣也是有文才，但一直沒有辦法考上科舉的人物。

〔註42〕參見嚴慶遂，李離和編：《孚齋日記》卷一，己丑（1709）二月，頁418～419。

〔註43〕文科，在朝鮮時代，爲選用文官所實行的考試。是繼進士科的系統，延續的制度。除此之外，還有武科、雜科、生員進士科等。在文治主義之下，文科和生員進士科最爲重要。有三年一科的式年文科以及增廣別試和別試、庭試、謁聖試、春塘台試等。出自《韓國人文大辭典》。或可參見지두환編：《명문명답으로 읽는 조선과거 실록（朝鮮科舉實錄）》，頁380～383。

〔註44〕參見嚴慶遂，李離和編：《孚齋日記》卷一，己丑（1709）十二月，頁441。

〔註45〕參見최호석：〈《玉麟夢》作家研究〉，《어문논집》40，頁210～211。鄭昌權：〈《玉麟夢》의 作家고증과 異本양상〉，《韓國古小說史의 視角》，頁917～918。

小心謹愼，但又極有趣味的敘述出來。雖然因爲事情太多太繁複，在剛開始閱讀時，有些混亂令人摸不著頭緒。但越到後來會越引人入勝，不忍釋卷。在如此嚴密的敘述架構中，我們可發現他要說的話其實是很簡單明白的，那就是萬物物極必反，否極泰來的道理。這可能是他在鼓勵他自己的一席長篇話語，卻被我們聽到了。他在對他自己說，雖然，他現在懷才不遇，在外在表現上，沒有特出的功蹟顯現給世人看。但一切只是暫時的。就好像那被冤枉的柳夫人一樣，只要有信心與清白，一定會守得撥雲見日的。筆者以爲，書中所表現出來的苦盡甘來，就是李庭綽內心最深的期盼。而李庭綽爲了忘記內心的苦悶和自身的困境，也爲了給他自己最大的激勵，所以，才寫下《玉麟夢》。

他從漢城搬來楊根的 1709 年，是一個值得注意的年份。那年，他受不了現實的貧困和無奈，回到了故鄉。可說是他人生的一大低潮期。他的人生低潮，一直到他在 1714 年文科及第，到 1716 年在承文院任職才算稍稍緩和。

如果從創作動機和適當的時間這兩點來看。大致上，可以推算出以下的時間。《玉麟夢》創作的時間，最早不會超過 1709 年，因爲，這一年，是他離開困苦的漢城生活，而回到故鄉楊根的那一年。也是他開始和三五好友讀書交遊的時期。其下限，最晚應該不會超過 1716 年，因爲那是他從 1714 年考上文科進士之後，到承文院任職的日子。照理說，自從考上文科之後，到承文院任職，李庭綽心中的不遇和無奈，應該多多少少得到了一些抒發。而且，自他出仕以後，應該也忙於公事而無暇寫小說才對。

在他的生涯中，又一個值得注意的是，他七歲喪父的事情。在當時嚴禁改嫁的士大夫家庭觀念中，可以知道他是在寡母底下生長的。這也和小說《玉麟夢》中，柳、范、張府中的人物都在寡母下成長的境遇巧合。其中可以看出在小說中，有李庭綽的影子。這也和出生時是遺腹子的金萬重的例子相近，在寡母養育下成長的金萬重，爲了慰藉母親而作《九雲夢》的事情。好像在其中，可以一探作者意識。〔註 46〕

再者，可以推定李庭綽在十八世紀初期創作《玉麟夢》，也對於長篇家門小說〔註 47〕的作者和作者意識的了解，有著很大的幫助和重要的意義。現在在韓國的

〔註 46〕 參見鄭昌權：〈《玉麟夢》의 作家고증과 異本양상〉，《韓國古小說史의 視角》，頁 916～917。

〔註 47〕 家門小說，記錄一個以上的家門，在累代的時間裡，各人物的人生。由成爲中心的一個家庭的眾多子女們，各自結婚；又和另一個家族有了姻親關係。這樣，彼此的關係變得越來越複雜。這種家門小說，不但只是在講一代的故事，而好幾代的故事。因此，其中出現人物也非常的眾多。而篇幅自然也變得很長。參見鄭相珍：《韓國古典小說研究》，頁 155。

長篇家門小說研究中，熱烈討論著一些士大夫男性作家所寫的小說，如《九雲夢》和《彰善感義錄》和一些閨閣中女性作家所寫的小說，如《蘇玄聖傳》和《玩月會盟宴》等的，研究由於作品的作者層的不同，作品會有不同的個性展現。但是，在許多作品中，只以少數確定作者的作品，來評斷所有的長篇家門小說的作爲，卻一直在學界進行著。尤其將士大夫男性作家的作品定位爲上層階級，或是政治上的老論——當時的當權派，並且，想要從作品中找出以上的特徵。但是，從《玉麟夢》的作者李庭綽的生平中，知道他是在當代政治環境中受忽略的小北派之一員。過著艱苦和不遇的一生。可以看出在士大夫作者中，也可以因爲政治上的際遇，在作品的展現上有著不同的面貌和思想表現。從這點出發，可以更清楚的看到十七、十八世紀的長篇家門小說的思想變化。〔註 48〕

三、文學因緣

從十七世紀到十八世紀，活了八一年的漫長歲月的李庭綽。他的文學作品現在流傳下來的只有二十多首的詩和《玉麟夢》這部小說而已。其實，可以說《玉麟夢》就是李庭綽文學思想的結晶也不爲過。首先，從前引《二四齋記聞錄》中的記載，可以知道李庭綽在看到金春澤漢譯本的《九雲夢》和《南征記》之後作了《玉麟夢》十五卷，寫得很精彩，受到許多人的喜愛。〔註 49〕而《玉麟夢》中除了《詩經》等儒學家必讀的基本書籍之外，在故事中也可以看到像《三國演義》般的演義類小說和中國傳奇小說的內容，可以看出許多中國小說的影子。由此可以知道，李庭綽除了是一位士大夫之外，也不難看出，對於《玉麟夢》的創作，他之前的小說閱讀經驗是有很大影響力的。〔註 50〕

在《玉麟夢》中可以見到李庭綽對理想士大夫生活的藍圖和想望。但在李庭綽出仕以後所留下來的幾篇詩中，卻只看到他對榮華仕途的淡然與自然逍遙。

活了八十一年，橫跨了十七、十八兩個世紀的李庭綽，雖然活過古稀的年齡，但遺留下來的文學作品，卻極爲有限。除了《玉麟夢》之外，就只有二十幾首的詩歌而已。而且，這些都是他年輕時的作品，有關他的記載和他的作品大多是保存在宋質的《恥庵集》〔註 51〕上。但是因爲宋質在 1718 年過世，因此，李庭綽中年之後的作品就全部失傳了。但是，想要在文學史中，找到一些有關《玉麟夢》作者—

〔註 48〕參見최호석：〈《玉麟夢》作家研究〉，《어문논집》40，頁 211～212。

〔註 49〕參見《海東話詩抄——二四齋記聞錄》。

〔註 50〕參見최호석：〈《玉麟夢》作家研究〉，《어문논집》40，頁 210。

〔註 51〕宋質：《恥庵集》，古第 12966 號，일산古 3648～39～12，疏、書、序、記、祭文、哀辭、行狀、誌銘（卷 9），古第 76999 號，古 3648～39～164，詩（1 冊）。

一李庭綽的資料，其實並不容易，那是因爲李庭綽的後代比起與他同遊的友人還要更早，更快速的沒落。〔註 52〕在這樣的情形之下，要看到李庭綽的文學全貌，實在是不可能的。但是我們仍以《二四齋記聞錄》上的記載，來一探他的文學面向。第一，要注意的是，作爲弱勢的小北派，李庭綽所要忍受的現實的苦楚。由於一直考不上科舉，在漢城待不下去，只能回鄉的淒涼。〔註 53〕這樣的現實生活的貧乏，加上懷才不遇的無奈，是他文學上的一大動因。這也是大部分的文人創作的觸因。第二個特色是他的文詞敏捷。在出其不意之下，仍能做出令人耳目一新的詩作來。下面所舉出的例子很能代表他的文采。那是發生在肅宗 24 年（1698）的事。李庭綽到嚴慶遂家時，適巧嚴父要大家來做詩。以下是《孚齋日記》上的記載。

憂居無所事，閱箱間故紙。得李敬裕所爲南草詩一首。上有小序，即我先君子口呼以書者也。紙末無記年，不敢知的在某年，而似是戊寅間事。敬裕時年二十一。裕初字大開，故序以大開稱焉。裕才高藻，思飆發。先君子每稱其奇才。玆作一時戲題，而猶不欲其無傳，作序以表揚之。實出愛才之盛意也。念故紙磨削，將壞未可以久，傳玆庸移騰吾日記中，且敍其事年，兼寓感焉。敬裕名庭綽。

序文：諸友會話時，見傍有人整理南草葉，欲賦此以較才。使彭兒〔註 54〕名珣呼渠所知字，又逐句呼之，則其所呼字無義太甚，或有初未成句者，或有僅成一二句而使止者，獨李大開輒應口，即就篇。語極新奇，出人意表。此不可以不傳，玆用識之。

詩：

團如窗外蕉，苦似道傍李。嫩葉鋪仍闊，鹿莖積漸高。

詎教商失利，聊慰客登門。若使能延壽，天下盡喬松。〔註 55〕

在這裡，値得注意的是李庭綽才思的敏捷性。可以隨著一個十歲小男孩毫無頭緒的提字，就能完成一首合韻的詩。難怪嚴父會稱讚李庭綽說，「裕才高藻，思飆發」。這是對李庭綽能夠在任何出其不意的情況之下，都能得心應手應答的形容，也讓當時頗有文名的宋質嚇一跳。

由以上有限的資料，我們大致將李庭綽的文學面向做以下的整理。那就是第一

〔註 52〕李庭綽的後代中，沒有一人考上科舉。只有其大哥子逵漸考上生員，孫子輩中有一人曾做過掌令的小官之外，就沒有一人考上科舉。在李庭綽的本籍全義李氏宗親會上，雖然在族譜上有記載著其曾孫的名字，但也已不知其去向。

〔註 53〕參見崔皓晳：《玉麟夢研究》，頁 29。

〔註 54〕即嚴慶遂的甥，當時年約十歲。

〔註 55〕參見嚴慶遂，李離和編：《孚齋日記》卷 3，壬辰（1712）二月，頁 493～494。

李庭綽的現實貧困，因爲在物質上一直的不足與不遇的鬱悶，造就了他的文學。第二是他的文學才能。文思的敏捷，沒有窒礙，出人意表也是他文學的本色。由於資料的不足，無法看到他文學的全貌，實在是件可惜的事。而且，有關他的那些有限的記載，大多又是他早年的記錄，也許更不足爲憑，但如就他的生平，以及《玉麟夢》中的文學表現來看，上述所說的二點，應該就是主要文學風貌。

其實，評量一個小說家在小說史上的地位，不是看他寫了多少部小說，而是看他的作品在社會上的反映如何，看他在小說文苑裡的地位和作用。對於小說作家來說，重要的的是作品的質量，而不是數量。就這點來看，李庭綽可以說已在韓國文學史上有了很大的影響力。

第三章　《玉麟夢》敘事技巧、故事單元(unit)

從作者角度考察，才子佳人小說的局限性，藝術上的得失，都可以找到依據，得到說明。作者們多是封建思想羈絆下受壓抑不得志的文人，關切同情青年男女的願望，肯定自主婚姻，贊頌才子佳人的美滿結合。他們寫理想化的愛情，又擅以才子佳人的磨難和追求，一直到幸福的結局，流露出對功成名就和娶得美麗佳人的想望。雖然在藝術上並不突出，卻也展現出了其豐富的生命力，以及表現出人類最初的渴望。在他們生動的描寫和嘔心瀝血的創作上，豐富了藝術多樣性，也有其一定的貢獻。

在《玉麟夢》中，呂嬌蘭誣陷柳蕙蘭和門客薛生私通的決定性證據，是柳女和薛生往來的情書。呂女以此陷害柳女與人有姦情，而全然不知此詭計乃呂女所爲的范璟文，就把柳女和薛生趕出家門了。在這計劃嚴密的犯罪上，作者在一開始介紹呂女出場時，便留下了伏筆。

> 此時駙馬都尉呂防，即太祖黃帝親妹太原公主駙馬也，曾無一男，只有一女，年至三五，名曰嬌蘭，細腰輕身，翠眉朱唇，雖未及於傾國傾城，亦可謂之一代佳人，才精敏速，牙頰一動，則勾法清新，十指之中，筆法奇妙，善模他人字體，天性奸巧，內外判異，然而柔言溫色，全事外飾，駙馬夫妻，豈知其苗之碩，但加舐犢之情，貴重無比，愛如金玉，擇其一代才子，欲成佳緣。〔註1〕

從上面的描述中，呈顯呂女的身份、年齡、容貌和品性之外，又特別說出她擅長於「善模他人字體」。細心的讀者就會注意到此點，而事實上故事很快的得到了證明，當時的懷疑是正確的。作者在此點上，成功地吸引了讀者的注意，也以得到証實來

〔註 1〕參見《玉麟夢》，頁8。

回報讀者的細心觀察，給予了實質的鼓勵。再則，是在描寫范老夫人的部分，作者也展現了他的細膩。如在皇帝和公主軟硬兼施下，讓范璟文先娶呂女。

> 范家及當吉曰，親迎呂氏，威儀十分華麗，趨從百隊，豪盛十里香街，觀瞻者無不欽嘆，而獨太夫人歡意蕭索，外受賀言而內自不平，一端隱憂來往於眉宇，豈謂聖恩還爲好事之魔障乎？然公子一見新人之絕豔花態，自不無繾綣之情，唱詠詩賦、酬酢言語之際，應對敏捷，多合於丈夫之意，日月稍久，兩情眷眷，呂氏自負身世之快豁，凡百周旋，全事巧飾，自語於心曰：「今以丈夫之處事觀之，柳女雖曰入來，豈能奪我之權寵乎？」自此放心度日。〔註2〕

以上敘述，可以看出作者的暗示。一是只有太夫人感覺事情並不會如此單純。其他人都只會看熱鬧，或看到了美人就一頭栽進去了，不會預想到事情可能會有怎樣的發展。二是范璟文識人不足，顯示出他不夠細心，容易被外表所矇蔽。這也合理了接下來的種種發展和柳夫人會有磨難。三是呂夫人是一個內外判異的人，所以在她努力之下，所有的人都會被她所騙。當然，她也很明白此點。如果，柳夫人是位較爲平凡一點，那她可能會一直裝下去。以下的故事，可能就不會發生了。

> （柳）小姐再拜受命而歸范家，合卺交拜畢，敬奉棗栗，獻于尊姑，魏夫人雖聞小姐之才貌，自以謂世間更無吾兒之所及矣？及見新婦，則冰玉初凝，明花方濃，娉婷之態，裊娜之質，輝映一座，無一毫未盡處，況動止有法，進退合規，胸中蘊蓄，自顯于外，以其呂氏較看，則夜光雜於魚目，鳳凰列於雞群，他山頑石豈望崑玉之明耀，曉天微星難當明月之光彩。魏夫人欣欣之色，諸宗族嘖嘖之稱，難以形言。彼偏狹猜妒之呂氏，一見此狀，不平之色，化成一端火氣，而以尊姑及學士之嚴，不敢顯於外，強作和悅，賀語醇醇，太夫人欣然答曰:「君言至此，豈非吾家之福乎？」〔註3〕

從此以後，呂夫人的心態就起了變化，故事就開始了。本來就是一個偏狹之人，現在來了個比自己更討人喜歡的二夫人，呂夫人怎會不處心積慮的謀害她呢？作者在故事的舖排，暗藏了許許多多的線索和伏筆。等待著讀者的發現。所有的事情都已經過作者完整的安排。

在《玉麟夢》中，所有的橋段都是經過精彩設計的。所有看似偶然，或突發的事情都是在作者的掌握之中。《玉麟夢》可以稱得上是在李朝小說之中，有著最最複

〔註2〕參見《玉麟夢》，頁10。
〔註3〕參見《玉麟夢》，頁10～11。

雜結構的一部作品。但是，在如此複雜的劇情展開中，一點也沒有矛盾或不合理之處。出場的十多名主角，都安排得井然有序，也合情合理，這是作者用心的地方。

再者，筆者想要用明末清初的才子佳人小說和《玉麟夢》做一個有關情節單元的比較。主要是選一些在 1709 年以前〔註 4〕完成的明末清初才子佳人小說作品。有《玉嬌梨》、《平山冷燕》、《兩交婚》、《畫圖緣》、《麟兒報》、《定情人》、《玉支璣》、《人間樂》、《飛花詠》、《宛如約》、《好逑傳》、《快心編》、《鐵花仙史》等書。〔註 5〕

才子佳人小說中，作者常以「人造誤會法」來寫故事中的聚散離合，這不但入情入理，而且也增加了故事的可讀性。而且對人物心態，性格的刻劃，也有著反璞歸眞的作用。雖然，其中一些誤會不大可能是生活中的眞實情況，但人物的情感和心態卻是眞實人情的表現。

這些愛情故事，除了本身的傳奇情節之外，由於主人公都是文采風流的才子佳人，韻事流傳，所以一直成爲人們津津樂道的美談。而且，中國古代的愛情小說，大都表現著男女主人公對愛情堅貞不渝，即使愛到災難重重，也默默地承受，堅持到最後。其中有的是經過奮鬥，才子高中狀元，衣錦還鄉，與佳人成就美滿姻緣，有的則只能以悲劇收場，令人不勝唏噓。這也可以說是中國才子佳人故事的特色。〔註 6〕

在中國宋元時期，體現文化交流的漢文詩，在朝鮮時代也是影響很大。在韓國家喻戶曉的古典文學名著《春香傳》，它是一本才子佳人的小說，而故事情節結構幾乎等同於中國的才子佳人小說的敘述模式。如游春相遇，一見鍾情，私訂終身，卻因爲家庭的反對，出現波折。權豪或壞人從中破壞，佳人蒙難，才子應試高中，榮歸故里，拯救佳人，大團圓結局。這些也就是才子佳人故事的主要結構和構成因素。

才子佳人故事中重要的三個環節，一是男女一見鍾情，私訂終身；二是自主婚姻不順利，小人插手其間，一對情人被迫離散；三是才子和佳人經過分離流浪，終於因才子金榜題名而大團圓。因爲此三種因素，故深受廣大讀者的喜愛。而許多作者大多跳不出其範圍：私訂—離散—團圓的結構大框架，但其中也發生了緩慢的變化，推動著小說創作的發展。這也就是在本單元中，筆者想要討論的。有關《玉麟夢》中的故事情節單元，以及它與這結構大框架的異同。

〔註 4〕因爲 1709～1716 年是李庭綍著作《玉麟夢》最有可能的時期，故以此爲選擇的時間點。詳參見論文第二章第二節之二的部分。

〔註 5〕在中國才子佳人小說選擇的標準上，以向楷：《世情小說史》和閔寬東：《中國古典小說流傳韓國之研究》兩本所提到的爲主。版本則是以國立政治大學古典小說研究中心主編，明清善本小說叢刊初、續編爲主，台北：天一出版社，民國 74。

〔註 6〕參見龍潛庵：《才子佳人未了緣》，頁 1～3。

第一節　《玉麟夢》的敘事技巧

多數才子佳人小說的作者，大多是不得志的文人，他們並非才高八斗，學富五車，有時好像也很難寫出語驚四座的好詩。但書中的才子佳人卻都會作詩，詩賦成爲他們相識的重要媒介。而現實生活中的作者，可能有太多的苦楚或狼狽，故書中的男女雙方十分的完美。佳人們雖然不能從家庭中完全走出來，但她們在其中的表現，也已處於男女平等的地位，甚至在書中已有一些突出的女子已超越男子，展現出了她們的才智和品德。如《玉麟夢》中，柳夫人、張夫人和第三代的薛冰心等人，而最主要也是歌頌才子佳人對愛情的忠貞，雖歷經磨難，仍矢志不移的決心。

才子佳人小說家在追求情節的曲折上，有二種常用的方法：一是借助巧合，如在天花藏主人的才子佳人小說《定情人》中；二是依靠誤會，如在《玉嬌梨》中，使人疑惑，驚喜於奇妙中，而不知奇妙之所在。但有些作家會爲了故事的曲折離奇，常會脫離情節發展的可能性，故意設置奇巧，或生硬的安排誤會，使缺乏生活依據，致使作品失去眞實感，給人以生編硬造，胡牽亂扯，不自然的印象，那就不値得了。

另一種，常看到的現象是用歷史上曾經發生過的事，來影射當代的社會政治生活。所以，在一些小說中，可以看出當時的時代樣貌，它可能比一般的史書還眞實。其他才子佳人小說中，如在《畫圖緣》中，作者則是用許多的對話來突顯人物。作者注意到把人物放到日常生活中的場景去描寫，這是個很大的發展。或在追求大情節中的小情趣，增加故事的戲劇精彩度。

《玉麟夢》是以順序直敘的手法展開，情節完整，結構嚴密，層次分明，脈絡清晰，雖在描述中不免俗的插入了許多的詩詞歌曲，來增添作品的感染力。亦有其成功之處。

《玉麟夢》中人物的性格，會隨著人物生活環境的發展而發展著；在情節發展中，描繪人物性格演變的嘗試，儘管還不能說是完美的，但卻是有意義，有突破的藝術創造。如范璟文在經過被囚胡地的磨難之後的重生。他的改變和成長都是很値得注意的。

才子佳人小說，常常就是才子佳人被壞人陷害，幾至家破人亡之後始得團圓。這樣才顯得結構有起伏、有波折，在苦盡甘來之後，苦的越甚，甘味越足，這樣雖無濤天駭浪的情節，卻也不顯平庸。在《玉麟夢》中，可以說是很完整的展現出了這種特性。

就如在《玉麟夢》中有著極爲複雜的構造，不論是人物或故事舖陳。那是因爲

《玉麟夢》說的是三代間的故事。每一代中的故事，都有其不平凡之處，需要費盡思量。就如在第一代中，柳琰所捲入的政治風暴，或在第二代的柳原和柳蕙蘭的雙向發展，所牽扯出來柳、范兩家的一切變故。直到第三代的柳在郊、張小愛和薛冰心的愛情。如此眾多的人物和故事發展，使得小說的佈局越發複雜。

《玉麟夢》在第一代的故事中，主要是以官場上的問題爲主。因爲在李朝封建時代中，跟其他以父系爲主的社會構造一樣，最不能夠被省略掉的是「父親」的角色。但是，到了第二代的故事，整個風格變不同了。它變成以女性爲主的，訴說家庭內愛情問題的解答書了。當然，在故事進行中，可以感受到作者對女性的教化說理，他不著痕跡的在做取捨和分辨。整部《玉麟夢》也可說是本「賢婦頌」了，或可說它就是一部教化書。就像現在暢銷的愛情小說系列一樣，讓一些佳人們如痴如醉，完全信以爲眞。但不可忽略其中的一些誤導和催眠。到了第三代，思想進步了些，應該說是思想上更開放了。從家庭內的嫉妒與猜忌的主題，轉向男女間的自由戀愛。從兩個妻子的戰爭，放開了視野。〔註 7〕

《玉麟夢》是部由多人主演的戲，雖然，故事由柳琰做的一個得到玉麟的夢生下柳原開始。

> 忽有一人進前而揖，舉目視之，松形鶴骨，蒼顏白髮，眉鬚清秀，而有十分軒仰，神清而無一點塵氣，自袖中出一異獸而與之曰：「君以前生過報，宜無血續，而君之禱雨，言不及私，其先公後私之忠可感神明，以此表君生之誠，終爲傳家之寶也。然而君家前厄未盡，此物氣宇太清，幸須善爲保護也。」尚書受而視之，非虎非龍，形如束玉，頭上有一角，神光照輝，祥雲滿身，公起，欲謝之，乃驚覺，乃一夢也，大加異之，……鄭夫人曰：「妾某月某日，得一奇夢，相公自外堂懷一異獸而入，妾怪問之，則相公笑曰：『此乃吾家之瑞物也，吾之夙夜所望者，今始得之，豈不喜哉？』……乃以覺之，未知此夢果何兆耶？」尚書大加驚訝，仍以自家之玄妙祠祈禱後，當夜夢事一場說去，夫人得夢之日，乃尚書所祈之時也。……自是月，夫人果有孕胎，月滿，得一個男子。〔註 8〕

第二代的柳原也做了得玉麟的夢而生下柳在郊。

〔註 7〕 參見安昌壽：《玉麟夢의 構造와 意味一世代記小說로서의 特徵을 中心으로》，頁 21～33。筆者不知道《玉麟夢》故事的這些不同面貌和展開，是代表著李庭綽的思想開放呢？還是只是爲了展開每一代間不同的故事發展而已，也可以合理的懷疑第三代的大部分情節，乃後人所加。

〔註 8〕 參見《玉麟夢》，頁 3～4。

> 此夜夫人果得一夢，祥瑞之氣，自南而起，飛昇於中天，眞人以鶴髮華顏，頭戴鐵冠，身著道服，蒽籠五雲之中，香氣馥郁，天然下降，自袖中出給一獸曰：「我有一個玉麟，今送夫人，須善爲保護，此眞聖代之瑞物也。」……起欲拜謝，乃忽驚覺，乃南柯一夢也。……小姐自此月果孕胎，十朔後得一個奇男……以在郊稱之。〔註9〕

這種反復性，除了強調玉麟的胎夢之外，好像預言著故事應該是圍繞著柳家，以柳家爲中心。但是事實不然。從柳蕙蘭嫁入范家以後，范家的事情，也相同比例的出現在《玉麟夢》中。這可以說是《玉麟夢》獨特的敘述手法。由多數人物形成主角，也詳細的敘述了兩個家族的事情。

就如在前所提到，故事開始的中心點在柳家。以柳家爲重點。從柳琰因玄妙眞人的顯現而做了得玉麟的胎夢起，到爲了救被誣陷的張慶而被免職。因爲張慶在獄中自殺表清白，而終獲赦免。直到沒有幫女兒和范璟文完婚的柳琰病死。

故事進行到第二代，柳女喪期服滿，終於嫁給范璟文。此時，柳原已進士及第，和張慶之女定婚。並且，在遊覽道林山時，遇見了薛檍，並把他帶回來。這個薛檍，後來被范璟文請回范家，被呂夫人利用爲謀陷柳夫人的工具。當諫議大夫謝僕聽說柳原已和張氏定婚的消息，想到日前他的求婚遭拒。於是，他故意舉薦張女爲後宮揀擇的名單中，而張氏卻以死抗爭拒婚。終於，得到皇帝的恩許回府。柳原和張氏完婚，生活和睦。柳原和范璟文仕途一帆風順。到此，敘述的重點是在柳家。

但是，等到柳夫人生下了第二個兒子——清後，敘述的中心就移到范家了。那時，是呂夫人正積極的佈局陷害柳夫人，故事的中心則以其謀害爲主了。呂夫人和柳夫人的兩女之戰，早在柳琰未完成女兒的終身大事，就病死的情節中，可預感得到。也在太原公主爲女兒搶親的情節中，猜出端倪。

> （公主）及聞范公子之才貌，送人求婚，終爲見卻，小姐中心，自致煩惱，顯有潛消暗削之態，公主暗察此狀，不勝憂悶，促治金輿入朝於龍顏，乘萬機之閑隙，從容仰告曰：「臣晩得一女，犬馬之齒已及笄，欲與魯國公范質之子結親，則彼云：『范質生時已有定婚處，不可背約，若非皇上之纞顧則事不可成。』伏願聖上俯察臣之私情，使賤息得免聖朝之冤女，則臣之母女歌詠聖德，銘骨難忘。」上沈吟良久曰：「君父一也。其父生時，果若有定處，豈可以君命違其父命乎？」公主再三哀乞，上拘於屢懇，不得已許之，公主大喜而歸。……上曰：「誠如卿言，先娶呂女，

〔註9〕參見《玉麟夢》，頁72～73。

待其桂折，又娶柳女，可也。」璟玩更告曰：「臣弟學才淺短，終未免點額之歎，則先父遺命自歸虛地，豈非終身之恨，而柳女情勢亦至何境乎？」上曰：「以其間世之才，豈患驥足之展乎？」朕意已定，更勿煩奏，璟玩不得已，承命拜謝。〔註10〕……然公子一見新人之絕豔花態，自不無繾綣之情，唱詠詩賦、酬酢言語之際，應對敏捷，多合於丈夫之意，日月稍久，兩情眷眷，呂氏自負身世之快豁，凡百周旋，全事巧飾，自語於心曰：「今以丈夫之處事觀之，柳女雖曰入來，豈能奪我之權寵乎？」自此放心度日。范生且自量曰：「呂氏雖無妊姒之德，性行溫恭，奉尊堂而事家夫，無違於禮節，而柳小姐之賢淑，聞已熟矣！吾若失登科，則上負聖意側席之望也，下致柳女深閨之薄命。」以此志切成就，勤於學業。〔註11〕

就以上的敘述來看，范璟文在娶了呂夫人之後，便下定決心好好努力功名，想像著他的美好將來。而呂夫人在看到范璟文快樂的樣子，也想像著就算柳女嫁進來，也不會動搖她的地位。但是，沒想到天不從人願，等到柳夫人嫁進來，一切就變得不一樣了。〔註12〕由於柳夫人的太傑出，呂夫人也當然變得想要害柳夫人了。

原本很放心自己的地位絕對不會受柳夫人所影響的呂夫人，在看到柳夫人的那一刻，就知道自己錯了；等到看到魏夫人和其他人對柳夫人的態度，就已確認柳夫人是個必須除之而後快的心頭之患。她的謀劃就開始了。

接著，她騙得柳夫人的侍婢春嬌當她的內應，和其侍婢翠蟾一同策劃騙取柳夫人和門客薛生的筆跡，並製造許多的意外，終於使范璟文將柳夫人趕出范家。其中有一事，也是值得注意的，有一次，呂夫人派翠蟾去偷看柳夫人的房間，被柳夫人發現。隔天，呂夫人來打探，柳夫人便談起這件事。呂夫人卻爲翠蟾開脫，使得柳夫人擔心不已的事情。

呂氏曰：「稟告於相公，欲治其無嚴之罪，而乃是正堂之侍女，故不無忌器之嫌，未敢發說，夫人亦置之心内，勿出口外也。」柳小姐口雖應諾，自駭於心曰：「向者翠蟾之事，可痛可駭，而其疑猶不及於呂氏矣，今以此言見之，都是呂氏之教誘，而揣其心事，終非好人，吾之來頭吉凶將如何哉？」但悄愴不已矣！〔註13〕

故事很自然的從柳原家，搬到了范家，在呂、柳兩夫人各自的思慮中，悄悄開啓了

〔註10〕參見《玉麟夢》，頁8～9。
〔註11〕參見《玉麟夢》，頁10。
〔註12〕參見《玉麟夢》，頁10～11。
〔註13〕參見《玉麟夢》，頁17。

二個女人間的戰爭，開始了另一段的旅程。

自從，故事確定朝雙向發展的目標前進起。往後的故事展開，在柳家方面，主要有柳原和張小姐的婚事障礙、柳原和其夫人、兒子在郊的失散、重逢，以及柳在郊的婚事難題。在范家方面，主要有呂、柳兩夫人的爭寵，呂夫人的謀略，以及范璟文被囚禁在胡地的事了。但妙就妙在，這些看似不相關的事情卻深深的牽動著彼此。因爲，呂夫人的謀害，柳夫人才會流放到遠地，柳原一家人也是因爲想要就近照顧親人，才自願前去；沒想到呂夫人已派刺客欲斬草除根，害得柳原一家人分離。一直到事情大白，呂夫人被流放，等到呂夫人從流放地釋放回來時，卻又救了在郊的佳人張小愛，讓故事有了圓滿的結局，解除了在郊的婚事難題。

《玉麟夢》在故事展開上，有一個特色，那就是它不會讓謎底一下子曝光。它每次都會給你一些線索或伏筆，讓讀者想像。所有的事情，都是階段性的，等到最後，謎底才會解開。這樣的故事展開，能夠讓讀者更有現實性和趣味性，讓讀者一直到最後都期待著。

當柳夫人嫁進范府時，呂夫人看到柳夫人的風采起，她就已經決定要把柳夫人趕出范府了。但是，她沒有冒然行動，而是伺機而動，從以下的對話中，可一探她的心機之重。

> 呂氏曰：「柳氏之猝難動搖者有五也：一則顏色絕豔，吾之莫及。二則言語慧黠，處事周密，終無覔疵之處。三則翰來之恩愛重如泰山。四則深得尊姑之心，交結諸兄弟之情，羽翼已成。五則待吾深恭，少無短處，今以微眇之過，齟齬之讒雖加之，不能動彼一髮，必先受其禍，今欲構虛而誣陷大過，做張暗昧，難爲摸捉之事，彼不得自明，使他亦難申救，然後乃可爲萬全之策，而此不可以時月圖之，先結柳氏之侍婢一人爲我心腹，置彼左右，探得動靜，吾已留心察之，柳氏諸侍婢中，春嬌爲人輕淺，心志闇弱，以利誘之，以威脅之，使渠死生無不聽從，他日必有用處。」〔註 14〕

在呂夫人全面算計之下，柳夫人一步步地掉入陷阱。在春嬌和其侍婢翠蟾的裡應外合之下，呂夫人開始了她的佈局和等待。至門客薛生到來，給了呂夫人一個最佳的時機。尤其是薛生來自於柳家，和柳夫人早已是舊識。當然，之後就有了毒藥事件〔註 15〕和道林山刺客事件〔註 16〕。等到范璟文回到家，看到呂夫人所模仿的柳夫人

〔註 14〕參見《玉麟夢》，頁 16。

〔註 15〕參見《玉麟夢》，頁 40～2。有一天，呂夫人和翠蟾共謀，假裝昏倒，便叫翠蟾到薛生那裡拿一顆清心丸。翠蟾拿了藥丸卻換成毒藥，范璟文向呂夫人勸藥，呂夫人在

和薛生互通的情書之後，他完全的落入呂夫人的圈套，開始懷疑起柳夫人的種種。

> （范璟文）細想向來之事，千思萬念，無處不到，柳氏憑藉親庭之孤單，一向留連，必是牽情於薛生，不忍離捨而然也。薛生來此之時，柳氏不欲捨送而竟不得，則勸我厚待，其意亦非尋常也。薛生初不肯來者，與柳氏之不欲捨暗合，此不過留我，則形跡非便，在彼則氣味已熟，恣行凶臆之計也。拘於屢懇，不得已來此之後，柳氏稱有夢兆急急隨來，而薛生憑藉占辭，獨處於窮僻之地云者，尤極巧詐，當初泛然聽之，到今思之，其心所在，自可推知，置毒之事，及至發覺，薛生佯若不知，柳氏隱然歸罪於翠蟾，遠送薛生云云，恐他日恩反爲怨，欲防其彰露之根本也。吾以兩人之筆跡，試問薛生也。呂氏則頗有不悅之色，且欲言而含糊不吐者，然必窺見此事之機微，而以其敵國之嫌，自不得發說也，薛檍綈結奸人作變於雲寶寺者，以今日蒼頭所告，亦可推知也，靈興庵過客之所傳，豈非天教我昏迷乎？原來形跡若是，其浪藉喧動於外間，而我獨昏暗終未覺得者，豈不恨乎？〔註 17〕

人的想像力是很可怕的，尤其是其聯想力，一旦他開始懷疑你，你的一舉一動，何處不令人起疑呢？自此范生完全掉入了呂夫人所設的陷阱。其實，最應該了解柳夫人和薛生的范璟文卻掉入了迷思之中。或許許多事情，在身處其中時，是很難看清的。也可說是聰明一世，糊塗一時。呂氏對范璟文所下的蠱，終於一下子全都發酵了。

呂夫人的陷害工作是一步步的進行，等到柳夫人被趕出去，呂夫人爲了怕她再回來，於是利用李文虎上表奏於皇上，終於讓柳夫人流放到零陵去。這種細心的舖排，也就代表著《玉麟夢》的敘述是如何嚴密和循序漸進。

呂夫人花了許多年的時間策劃謀害柳夫人，范璟文完全無法看出破綻。魏夫人

昏迷中卻皺眉不吃。范璟文起疑，拿起來，聞一聞，才發現原來是毒藥。問翠蟾，她只說是從薛生處拿的。等到呂夫人醒來也說，門客謀害主母很沒道理，還是算了，不要再追究了。之後，范璟文問薛生，是否曾將清心丸給翠蟾，不知藥已被掉包的薛生，也回答說有這回事。范生心裡產生了第一個疑團。

〔註 16〕參見《玉麟夢》，頁 47～50。范生到道林山遊行，在靈興庵借宿之際，偷聽到隔壁二人的說話。說范家夫人與其門客間有姦情，而且門客薛生以千金買了毒藥的事。范璟文聽了，甚爲驚訝。到了半夜，又看到行跡可疑的兩人說要行刺范大人，不然，對薛生的託付難以交代等等的言語。雖然，范璟文一直不願相信，但所謂的證據一件件接著來，使得范璟文不得不相信，匆匆下山。回到家，薛生又因呂夫人的奸計困在偏僻的酒店而無法回來，這又加重了范生的懷疑。

〔註 17〕參見《玉麟夢》，頁 51～52。

和范小姐雖然相信柳夫人是被人陷害，卻苦無證據。只有讀者知道事情的始末，卻束手無策，無法幫忙，只能替柳夫人可憐。

柳夫人被陷害的過程如此驚險，其洗刷冤情的情節也不會太簡單。范璟文被困胡地之時，聽到有人以模仿他人筆跡而陷害人的事情，才想到柳夫人和薛生可能是被人設計了。等到他被救回中原，他就對魏夫人說，他想要休掉呂夫人，卻被魏夫人以「沒有證據」勸住了。

事情一直停在那裡，直到爲了保護柳夫人而自願被魏格抓去的雲鴻，說動了魏格回到京城，趁機擊鼓鳴冤，爲柳夫人平反爲止。雖然，魏格和吳大娘已說出謀害柳夫人和薛生的事情，但翠蟾卻趁隙逃到公主宮，利用深夜逃到遠地。於是，這件事情又被耽擱下來了，事情又回到了原點。

又過了許久，在外出任官職的張士元回到京城，帶回了在逃的翠蟾，事情又見曙光。但這次，又因呂夫人和謝婕好、謝僕的串謀，所有的證人都竄改了口供，使得事情更趨複雜。謝僕更想要在問供時，把雲鴻打死。所幸，在千鈞一髮之際，謝婕好陷害李賢妃的事情被發現，而他們的奸計也同時被揭露了。事情有了明朗的發展，柳夫人特賜上元夫人，還歸范家。呂夫人被流放零陵。薛生拜開封府錄事參軍。〔註 18〕不只是被陷害過程，連平反過程也很驚險。

柳原夫婦找到柳在郊的過程，戲劇性十足，並非一蹴可幾的。在潯陽江受呂夫人所派石倫等人的埋伏，而懷抱在郊投水自盡的張夫人，被正好經過該處的張秀藝所救。在喬扮男裝上京的途中，遇到哥哥張士元，於是爲安全起見，暫住天竺庵。在那裡遇到了靈遠尼姑，聽到靈遠的外甥李小七曾經在潯陽江救出在郊的消息。張夫人馬上派侍女到李小七家尋失兒，但李小七卻已因犯下殺人罪而逃走了。

於是，張夫人沒有找到在郊就只好無奈的回到京城去。事有湊巧，在翳雲庵爲春嬌做法事的靈遠，遇到了逃亡在外的李小七，知道了在郊被賣到豐城縣的賈御史家做養子。於是，她就動身前往去找他。但是，那時正在考鄉試的在郊（已被收養改名爲賈麟趾）卻無緣相見。

此時的在郊正被李禧仁所陷，生命垂危，剛好被薛冰心和回京城的薛檍所救。正在苦惱如何是好的靈遠，只好到玄妙祠向玄妙眞人禱告。正當靈遠禱畢，退出廟門，就遇到抓了吳大娘等人回官府的薛檍等人。

於是，她說出賈麟趾實際上就是柳家公子在郊的事實。柳在郊這時才明白自己是柳原之子的眞相，於是拜別養父母，和薛檍等人回京師見到了親生父母。這一連

〔註 18〕參見《玉麟夢》，頁 130～182。

串的過程，眞所謂曲折離奇，複雜至極。〔註19〕又或者可以說在郊和張小愛的結婚，也是經過了許許多多的波折。

《玉麟夢》在敘述事情時，總是會這樣採迂迴和階段性分開敘述的方法，發生許多的事情，事情經過很多的轉機和波折，才會有結果，而不是一下子就解開謎團。作者常常在說故事的時候，給讀者抽絲剝繭的樂趣，而不是提供即時的答案。那也是李庭綽爲了增加趣味性和懸疑性，讓讀者越看越覺得有趣的地方。這種有結構、有計劃和現實性的寫作，讓《玉麟夢》更加的難得。

《玉麟夢》是部佈局相當嚴密的小說。它的故事不但有趣，而且其中充滿了冒險的因素。男女主角所遇到的每件事情，都是那麼的驚險。發生的每一件事情，都非偶然的運氣，而是經過愼思熟慮的結果。出場的人物雖然眾多，事情也一個接一個的發生越來越複雜。但都能安排的井然有序。

也可以說，《玉麟夢》它有很大一部分是基礎在公案小說的形式上的。從柳、呂兩夫人的爭寵故事到以柳夫人被誣陷的官司起，到呂夫人的流放，一直都和訟事有關係。以訟事爲基礎有一個好處是，它可以一直提供讀者緊張和刺激感，直到事情終了都不會停止。從被陷到平反，一直高潮不斷，吸引讀者的目光。

除了公案小說的因素之外，《玉麟夢》吸引我們的是其中一些的英雄的出生神話。就如書名一樣，主角柳原和柳在郊都是因玉麟夢而生下的孩子。柳原的出生、少年時的試練、妻離子散的挫折，直到所有事情的圓滿落幕。可惜的是，柳原在打胡人時的戰爭事蹟被省略了，只有短短的幾行字而已，確實少了點，令人很遺憾，也有些美中不足。

在談到《玉麟夢》中公案和英雄小說的部分時，可以看出其中許多的事情互爲因果；比如，柳原的出生，是告訴我們這本書是以柳家爲主。等到柳原考上進士，仕途發展很順利，在拜祭完父親柳琰回來的路上，遇到了薛生，那只是因爲需要在兩夫人的爭寵中，有一實際的人物加入而已。因爲，薛生後來被范環文請到家中，如此一來，呂夫人剛好可以拿曾經在柳家當過門客的薛生和柳夫人做文章，使得故事的進行非常的順暢和自然。

而柳原妻離子散的挫折，則是因爲那是呂夫人爭寵的延續，是她爲了斬草除根的想法所爲。柳原的一切危機，只是呂夫人使壞的繼續。

《玉麟夢》中常常出現詩詞，雖不能說太高明，但其中標榜著的是「以才憐才」的作者心態，它很平淡，但那是作者用盡氣力，要顯示其筆下人物的才華橫溢，有

〔註19〕參見《玉麟夢》，頁96～262。

時雖會受限自身的才華而顯得平淡無奇，但他的用意增加了作品的感染力。

團圓結局之所以成爲固定模式，並爲廣大作者和讀者接受，是有其現實基礎。因爲作者和群眾，同時在寫作和閱讀的過程中，宣洩其對現實生活的不滿。《玉麟夢》在創作上的特點是著眼於現實生活中的人物及其日常生活，以才子佳人的遇合爲主線，較廣泛地反映世態人情。並且，它的情節非常生動，波瀾起伏，跌宕多姿。

第二節　《玉麟夢》故事單元的探討分析

中國書籍的東傳韓國，與兩國之間頻繁交流，使得中國學術文化因而深入韓國各階層。在此透過韓國漢文小說《玉麟夢》，來驗證其與中國才子佳人小說是否相通。

唐代的《遊仙窟》、明代的《剪燈新話》，對韓國《仙女紅袋》及《李生窺墻傳》的影響是明顯的。在高麗朝鮮時廣爲流傳深得喜愛的《太平廣記》中的眾多愛情故事對韓國愛情文學的影響，也是不可否認的。發端於明末，盛行於清代康乾之際（17、18世紀）的中國才子佳人小說之風，對於緊接著產生的朝鮮愛情小說，也起了一定的刺激作用。

從韓國愛情小說來看，韓國的愛情小說淵源是《新羅殊異傳》中的《仙女紅袋》，和金時習的《李生窺墻傳》、《萬福寺樗蒲記》以及權韠的《周生傳》等作品爲根苗。至於金萬重的《九雲夢》，則粗具規模而已。直到《春香傳》、《玉樓夢》、《彩風感別曲》等書之後，才蔚爲大觀。〔註20〕

在中國才子佳人故事中，有很多都是才子佳人被惡人陷害，幾至家敗人亡之後始得團圓，才顯得通體結構有起伏、有波折，這才算是苦盡甘來，這樣的情節才不顯平庸無奇，《玉麟夢》在此點上也是如此。才子佳人小說模式的形成，既有文學思潮，作家創作方面的原因，也有具體的社會原因，並且還涉及到才子佳人這一特定階層人物的某些共同特點。

《玉麟夢》和其他才子佳人故事一樣，在其身份、性格，以及在情節結構上有共同之處。以訂盟、磨難和團圓的三部曲，在其發展過程中，確實形成了較爲固定的模式。但《玉麟夢》並不單單是如此的。它訂盟、磨難和團圓的所有基礎都是建立在家庭家族之上。除了第三代故事中的薛冰心之外，所有的悲歡離合都以家族爲單位。因此，在評價才子佳人小說《玉麟夢》時，不能人云亦云，先入爲主，而是要做更具體的分析。以下，則是筆者以和中國才子佳人小說比較的方式，將《玉麟

〔註20〕參見閔寬東：《中國古典小說流傳韓國之研究》，頁273～276。

夢》中的一些情節單元分析而得出的。

1. **祈子、胎夢**

柳琰在玄妙祠向玄妙眞人祈子。因爲，柳琰一直都是爲百姓謀福利，做事又很認眞的好官吏，卻是膝下無子。當柳琰來到玄妙祠，先是爲百姓們祈雨；再爲自己求子嗣。玄妙眞人托夢從袖中取出一個麟麒交給柳琰，要他好好照顧。當天夜裡，鄭夫人也做了一個拿到玉麟麒的胎夢，懷胎十月柳原出生了。

柳原的夫人張氏，雖然和柳原夫妻情深，但膝下無子。正在此時聽到玄妙祠很靈驗，於是，請靈遠幫她祈求，而張夫人當然也誠心祈子，果然，也做了一個得到玉麟的胎夢，柳在郊誕生。

在故事中，透過神人暗助、由上天揀選的意象，來說明才子出生的不同凡俗，就好像不平凡之人不凡的出生神話一樣。他們在危難時，每每借助神佛仙道的力量，或夢示姻緣，或明示途徑，或可避災難，在危急的狀況中得到援救。

2. **相　遇**

在才子佳人故事中的相遇是非常重要，他們以最浪漫的方式相見，接著會譜出令人動容的戀曲。在《玉麟夢》中的相遇，卻是有點枯燥無味，少了私會的緊張刺激。在《玉麟夢》中才子佳人多是憑媒妁之言相見，除了第三代的張小愛和薛冰心有點特別之外。

（1）先有婚約，復增感情：這是傳統婚姻關係開始。范璟文因爲先父已幫他說了親事，所以，他一直知道他要和柳蕙蘭結婚。雖然，因爲皇命故不得不先娶呂嬌蘭，但他和柳蕙蘭的婚事，也是很自然的先有婚約，再慢慢培養感情。柳原和張夫人的情形也類似，他們雖然不是先父爲他們訂的親，也是由兄長張士元請范璟文說媒，再由母親鄭夫人出面談妥，並經過篩選。

（2）先有接觸，互相了解：包括青梅竹馬或其他機遇，已有之前的情誼，在此基礎上發展爲愛情。王貞玩（張小愛）和賈麟趾（柳在郊）分別被王員外和賈御史收養，兩人從小一起長大，一起讀書，兩小無猜，而且，開玩笑似的互送訂情之物訂情，加上雙方父母的心中也已想到要他倆在一起。是符合父母開明，兩家又是世交，再加上才子佳人也喜歡的情況。如《好逑傳》中鐵中玉和水冰心兩人，兩人經過一連串的事件，互相有了愛慕之意，但爲了守禮不拘，故就算已成婚卻不肯洞房花燭，直到證明了他倆的清白。

（3）邂逅相逢，一見鍾情：此類包括先見其詩，敬慕才華，復睹其貌，傾羨美色，這也包括才美並見，一心所繫。薛冰心和柳在郊在滕王閣上相遇，薛冰心對柳在郊一見傾心。於是，決心死心塌地的跟隨。當她看到柳在郊遇到危險也挺身相救，再去找張小愛，看看她是否有不妒之心。這也有點像在薛冰心的會文比較和詩詞考試上，柳在郊通過了薛冰心的測驗。如《玉嬌梨》中白紅玉無意中在後花園見到蘇友白，通過丫鬟嫣素的幫助，二人便暗訂終身。白紅玉囑咐蘇友白快去找即將奉調進京的舅父吳翰林作媒。

（4）先作西席，後爲東床。薛檍本是柳原的門客，後來被范璟文請到范家。但很無辜的被捲入呂夫人的陰謀之中。等到眞相大白，便因爲之前的功蹟而封官，同時娶了柳琰之私生女柳芝蘭。在《玉支璣》中管春吹看中長孫肖之才，請長孫肖作其子管雷的老師，之後他即做了管春吹的乘龍快婿。

3. 嫉　妒

呂夫人本來因爲得專寵於范璟文，但因爲柳夫人的加入，讓范璟文移情，故引起了她的嫉妒，造成了范、柳兩家的磨難。

4. 陰　謀

呂夫人先以毒葯事件，讓范璟文對薛檍引起懷疑。接著，利用春嬌騙得了薛檍的筆跡和汗衫，再利用模仿薛檍和柳夫人筆跡以寫情書的方式來陷害柳夫人。同時間在宮中也有謝婕妤對皇后的陰謀，但李庭綽並沒有說明，只說陰謀被拆穿。

這在在反映著社會的黑暗，揭露著人們的罪惡，才子佳人們的結合永遠都是好事多磨，就算已結爲夫妻，磨難也仍存在。

而磨難是社會上的邪惡勢力造成才子佳人們離和悲。才子佳人小說中必定有小人撥亂，他們包括市井無賴，豪強勢要，無行文人，紈褲子弟以及官府衙門。

5. 磨　難

在《玉麟夢》中，比較特別的是呂夫人和柳夫人都曾發配到零陵去受苦。或范璟文被留置胡地十數年，也算是大磨難，但范璟文的例子卻不能算在這當中。遭成磨難的原因大致上有以下幾點，

（1）紈褲子弟謀娶，小人撥亂：紈褲子弟，豪紳富戶，充當第三者，倚權仗勢謀娶。加之家族親屬，包括叔伯輩等從中作梗。或是同窗忌恨，百般破壞；抑或無賴，撥弄是非，助紂爲虐，更包括門客親隨，地痞奸僧，媒婆道姑，冒名冒詩。李禧仁想要向張小愛提親，卻遭到拒絕。於是，他對柳在郊懷恨在心，不但想要害死他，等計劃失敗，更設計假傳柳在郊已死的消息。更因爲他文采之不足，故用別人的詩作來冒充是自己的。而另一文生甯瞻則對張士倫——張小愛之父，自稱是賈生，想要魚目混珠和張小愛結婚，這些都被薛冰心識破化解了。

（2）權臣逼婚，以勢壓人：爲自己納妾，或爲子女嫁娶而直接出面，逼婚逼嫁

不成，便圖報復，命才子或才子佳人的家長出使外邦遭受折磨；命書生討寇，以圖借刀殺人。或向皇帝弄一道賜婚御旨，強娶（嫁）佳人。如范璟文雖然與柳蕙蘭有約，但因爲皇命難違，只能先和太原公主之女——呂嬌蘭先結婚。

而原本想要嫁女兒的謝僕，因爲柳原的拒絕，惱羞成怒。當他知道，柳原張夫人訂親的消息。就設計將張夫人納入皇帝選妃的名單中，企圖拆鸞離鳳。磨難以小人撥亂居多，但有部分作品是爲追求情節離奇而有意編造磨難。如《定情人》中，江章謝絕了侯爵赫炎的求親，赫炎懷恨在心，等到皇太子選妃子，他就賄賂辦事太監，借皇帝的名義，強逼江章交出女兒江蕊珠。

（3）惡人搶親，出使他國，包括父親或才子：如在《定情人》中，才子雙星拒絕屠駙馬的求親而得罪他，故被派往高麗、琉球等國。《玉嬌梨》中太常卿白玄拒絕了奸黨御史楊廷昭的求親。因此，遭楊廷昭陷害出使瓦剌國。楊廷昭一面舉薦白玄出使，一面派人繼續向白家求親，威脅利誘並進。《玉支璣》中紈褲子弟爲搶娶管彤秀，故通過尙書父親使管春灰復職，並出使海外，以便得其所好。這裡的出使外邦，是才子佳人所經歷的諸多磨難中，豪強勢要，紈褲子弟謀奪婚姻的重要方法。而《玉麟夢》中，卻沒有以出使他國來搶親的情節。范璟文出使胡地，但因胡地發生爭變，被留置在當地。其中范璟文的出使外邦並不是因爲權貴，而是爲了報效國家，而這點卻被呂氏所利用，對柳氏趕盡絕，趁此機會上報朝廷使得柳氏被流放。

才子佳人小說在寫磨難時，多涉及征戰之事，或藩邦倭寇虎視邊境，入撓中原，或志方各處「盜賊蜂起」揭杆造反，才子佳人們或被擄羈留山寨等，或爲建功立業而主動請纓，運籌謀劃，披甲殺敵，如《畫圖緣》中兩廣地區山賊作亂，四處擾民，十分猖獗。朝廷屢次派兵征剿，皆無功而返。於是，皇帝發出招賢榜，招募人才平定山賊。才子花天荷得到仙人所賜畫冊的啓示，大破山賊。或遭奸臣迫害，以文弱書生不諳軍旅，被迫率兵出戰，甚至以弱卒而迎敵，如《鐵花仙史》。這其中的雷同，當然是起因於情節的抄襲，但也不能否認它是反映當時烽火遍地，人民生活疾苦的現象。

但在《玉麟夢》中，卻不是如此，柳原帶兵打仗得到勝利，只是故事進行中的一個環節，是奠基在才子們的忠君愛國。不巧，卻被有心人所利用而已。而且，在討論的篇幅上也極爲簡短，簡單提到而已。也因范璟文的出使，增加了柳夫人和范璟文的磨難，但經過柳原的解救，一切變得雨過天晴。

（4）社會動亂，顛沛流離：原因多是因大環境的變化而起。才子佳人在路途中常會遇到強盜等的外力阻撓，雖然，有些是經過惡人的計劃設計，但也顯示出當時的社會環境實在不平穩。

6. 遇　賊

《玉麟夢》中的遇賊其實都和呂夫人有關。從范璟文在道林山遇到假扮刺客的魏格和石倫、柳夫人是被流放零陵時所遇到的強盜——魏格，和柳原一家人赴任途中遇到的強盜——石倫，都是呂夫人爲了趕盡殺絕而派去的刺客。

等到呂夫人被流放零陵時，卻遇上了掠奪人財的強盜，被洗劫一空。很諷刺的是，那些賊眾竟然是翠蟾之夫何妙郎和石倫之餘黨。所謂自作孽不可活，就是這個道理。

張小愛的遇賊則是因爲遭李禧仁的綁架，想要強娶佳人。後因薛冰心的機智和呂夫人的幫忙安然脫困。

7. 落　水

張夫人在柳原赴任之時，被呂夫人所派去的石倫攻擊，在無法保全貞操的情形之下，抱著在郊投水。

在《定情人》中的落水情節，也是因爲男女主角都矢忠愛情，但先後遭到紈褲子弟的進讒、皇太子選妃的變故和權臣逼婚的風波，使得在《定情人》中的佳人江蕊珠因爲不甘心和雙星的情誼就此結束，不想背約進京當妃子，故在船到天津之時，趁夜黑人靜，投身大江。是富貴無所動，威勢無所懼，甚至不惜以生命相殉的愛情。一旦定情，便海枯石爛、永不變心，對愛情忠貞不移。

8. 比　詩

在柳原不知情的情況之下，薛檍拿出柳在郊的詩當眾請人評論。柳原不知是其子在郊的作品，故讚譽有加，並和自己的作品相比較。而《玉嬌梨》中，出使回來的白玄爲其女白紅玉考詩擇婿，以白紅玉所作《新柳詩》求和韻。不論什麼人，只要和韻作得好，白玄就接見，趁機相看人才。而無意中在後花園見到蘇友白的白紅玉，通過丫鬟嫣素的幫助，出題讓蘇友白作《送鴻》、《迎燕》詩二首。《平山冷燕》中則是才子燕白頷、平如衡，化名趙縱、錢橫；與冷絳雪、山黛考試比才學，主要講述二位佳人的才。又皇帝爲了試這二位佳人的才，故特命文臣考試，而山黛才壓群雄，眾人皆不敵。《宛如約》中則是趙如子一見到司空約的詩，便有託付終身的想法和行動。司空約也是一見如子的和詩便立即前往尋找意中人。二人的相遇相知，皆因詩之撮合。

9. 喬裝打扮，女扮男裝

佳人們在患難中，有時借改扮男裝以逃避，爲保全生命、名節。藉以擺脫豪富子弟的逼婚，信守與才子們的盟約。在《玉麟夢》的故事中亦不難找到。如柳夫人、張夫人爲了逃難，不得不女扮男裝來保平安。而薛冰心爲救在郊，也是女扮男裝。女扮男裝在中國的才子佳人故事中也常常可以發現。如《玉嬌梨》中才子蘇友白在赴京途中，遇到女扮男裝出遊的盧夢梨。盧夢梨愛上了蘇友白，於是贈金許妹，實際上則是暗托自己的終身。《兩交婚》中才子甘頤爲了得到佳人辛古釵的賞識，特男扮女裝，以妹妹甘夢的名，參加了紅葯詩社。二人一見投緣，互相愛慕，飲酒作詩。《人間樂》中則是居行簡的女兒，自小穿戴著男孩的服裝，又取名宜男，字倩若，全家上下只叫公子，不叫小姐，連婢女也著男裝侍奉。在《宛如約》中則是聰慧又多才的女子趙如子，不願意任意被安排婚嫁。於是，著男裝出遊，想要自己選擇一個中意的丈夫。

10. 尼廟相會

這裡的相會，不是指才子佳人的約會，而是指在磨難之後，重逢的地方。在《玉麟夢》中，出來找柳在郊的靈遠和在郊的相逢在尼廟。九死一生落水之後存活下來的張夫人和柳夫人，也是在尼廟相遇。

才子佳人小說中通過離散重逢的動態描寫，是中國小說一種結構顯示的藝術手段，它使離散後的情人，在沒有重逢機會的渺茫中，充滿著生不相逢死相見的強烈團圓的意識。如柳原、張夫人和在郊，本以爲此生難以再相見，卻可以逢凶化吉，峰迴路轉，喜劇結尾。經過冷峻的考驗和風吹雨打的折磨，一切都變得可貴了。

就如同天花藏主人在《飛花詠》序中的一段話。

> 疑者曰：「大道既欲同歸，何不直行，乃紆迴於旁蹊曲徑，致令車殆馬傾而後達，此何意也？無乃多事乎？」噫！非多事也，金不煉不知其堅；檀不焚不知其香；才子佳人，不經一番磨折，何以知其才。之愈出愈奇，而情之至死不變耶？〔註21〕

也許果眞如此，不經一番徹骨的寒冬，焉知梅花的撲鼻香呢？

《玉麟夢》第三代男女主角柳在郊和張小愛的離散、拾獲，和《飛花詠》中的男女主角昌谷和端容姑的情節，極爲相似。他們在七歲那年，以一口玉雙魚爲聘禮，兩家訂了婚約。但兩人卻從此開始顚沛流離。

〔註21〕可參見國立政治大學古典小說研究中心主編，明清善本小說叢刊初編，第八輯，天花藏主人專輯，3.《飛花詠》，台北：天一出版社，民國74年5月。

昌谷因父親被征調戍邊，被唐希堯收爲義子，改名唐昌。而端容姑卻被無賴宋脫天搶去，途中被鳳儀救起，收爲義女，改名鳳彩文。長大以後的二人以表兄妹的關係相遇，再訂終身的二人卻不知彼此就是當年的青梅竹馬。後彩文一家被亂軍沖散，彩文被前來平定的昌全所救，收爲義女；而唐昌卻遭堂兄謀害，被路過的小吏救起，此人乃端居，收爲義子，改名端昌。這一路上他們認了很多的義父母，十幾年之後才相認，成爲美眷。情節之曲折離奇，好像有緣千里一線牽的寫照。

中國古代小說講究奇和巧，但同時注意到奇和巧的，像《玉麟夢》，也實屬不易。由柳、范兩家婚事爲一根主線，主線又以兩姓分成兩條支線，分別敘述著柳和范兩家的遭遇。而兩條支線再依四人分爲單線，說著范璟文和柳夫人，以及柳原與張夫人的事情，平行地圍繞著悲喜二字發展著。到了第三代，被迫與家庭失散的柳在郊與張小愛又分別被賈御史和王員外、呂蒙正所收養〔註22〕。故事雖然複雜，但脈絡清晰，虛線的接應，合情入理。這種描寫，筆調雖簡單，語言樸實，把人物所處的環境和他們的內心活動，刻劃得眞實細緻。

11. 結　合

（1）奉旨完婚：由皇帝做月老，賜婚歸娶，呂夫人和范璟文就是如此，這被一般人視爲莫大的寵榮，人生婚禮之榮，至此極矣。而一些不合法的自主婚姻便也會因此取得合法地位。主要也是爲了寫皇帝愛才重才，通情達理的一面，也是作者心中的最大的願望。但在《玉麟夢》中皇帝的參予卻強詞奪理了。

（2）一夫一妻，矢忠愛情、執著追求，歷經磨難，終得團圓：但在《玉麟夢》中卻沒有看到這樣的表現。

（3）一夫多妻，風流豔福：在《玉麟夢》中，所有出現的才子都有二個夫人，如范璟文有柳夫人和呂夫人；而柳原有張夫人和李夫人；柳在郊則是有張小愛和薛冰心兩人。在《玉嬌梨》中白玄重才子蘇友白之人品，又愛其才，決定把自己的女兒白紅玉和外甥女盧夢梨，一同嫁給蘇友白。在《麟兒報》中則是強調行善之人，必得善報的道理。書中描述著晚年得子之後，因爲因果報應的道理，再經過毀婚逼嫁，逃婚私奔，眞嫁假娶，眞娶假嫁，移花接木，偷梁換柱等的方法，故事中的男才子最後娶了兩個老婆。而《兩交婚》中的才子甘頤娶了辛古釵和妓女黎青爲妻。而《玉支璣》中則是長孫肖娶了管彤秀和紅絲。

〔註22〕有關第三代人物的被收養關係，可參見附錄（2）：「《玉麟夢》的主要人物表」。

12. 轉世投胎

善婢雲鴻在幫柳夫人平反之後，為了保全與夫魏格的夫妻之義，於是自殺。並轉世投胎成為柳夫人的兒子——在田。

才子佳人小說的某些情節的確常會遭人模仿。也有一批小說是出於粗製濫造、陳陳相因、抄襲拼湊，助長了公式化的傾向。但這種現象其實不只在才子佳人小說中常看到，其他類型的小說也存在著這種現象。只是，才子佳人特別明顯而已。〔註23〕

在小說中，常可見結婚只是一種政治的手段，是一種借新的聯姻來擴大自己勢力的一種機制而已。但在《玉麟夢》的所有結合都只是人格的相見，絕沒有一絲一毫的政治氣息，在《玉麟夢》其決定的是品德的因素，而絕不是家世的利益。小說對這種嫌貧愛富的觀念和行為的批判，既是對封建婚姻制度擇偶標準的否定，也是對腐朽世風的批判。

而《玉麟夢》和其他才子佳人小說一樣，有幾點不可避免的瑕疵：一為一夫多妻制的婚姻形式。在故事中，所有的才子都娶了二個老婆，實在有違一夫一妻忠貞至死不渝的堅貞愛情。二是為追求故事的奇妙，使得發展越發不可思議，故事也不斷的拉長。《玉麟夢》敘述著三代的故事，其中的悲歡離合多到令人眼花撩亂。三為由於作者對於一夫多妻婚姻制度的嚮往，故作者讓佳人對男方再娶的一美，不妒不忌，是個非人的考驗。這是件多麼不合理的結局。在許多才子佳人小說中，女性常被要求做一些妥協。在《玉麟夢》中亦不例外。

李庭綽所寫的《玉麟夢》，基本上即仿傚自中國明清大為流行的才子佳人小說。他移植了中國的故事形態，卻不是毫無條件地全盤中化。他對中國文化非常景仰，但他不會盲目崇拜。而是有選擇地汲取，並加以適當的消化和重組。是經過文人自身有意識的自省，吸取韓國文學風土並加以改造成符合韓國人生活經驗的因素。中國則為吸收模仿之對象，這些可以從現存的作品中看出端倪。李庭綽一直都是做這種的努力。

對於《玉麟夢》這部小說來說，以它的情節內容來看，粗略的可以將它分為以下的幾種分類。一為夢字類小說，二為公案小說，三為爭寵型小說，四為才子佳人的豔情小說，五為奇緣小說〔註24〕，七為輪迴小說等。

〔註23〕參見苗壯：《才子佳人小說史話》，頁94～106。

〔註24〕在趙潤濟的《韓國文學史》當中，將《玉麟夢》分類為奇緣小說。奇緣小說是指人的生活是種命運，是生是死，相聚相離都是命運，這種有宿命論觀點的小說，以人的聚合為強調重點的小說，即是奇緣小說，頁319。

第三節 與韓國才子佳人小說《謝氏南征記》的比較

就像在《二四齋記聞錄》中所說的，李庭綽是看到金春澤翻譯的《九雲夢》和《南征記》等書，才作《玉麟夢》的。而十七世紀後期的韓國從金萬重（1637～1692）的《九雲夢》〔註25〕和《謝氏南征記》開始，正式開啓了韓國長篇小說創作之門。

自從金萬重的從孫金春澤（1670～1717）將《謝氏南征記》漢譯之後，就廣泛被文人們接受。但《玉麟夢》不只是普通的家庭小說，它除了有妻妾之間的矛盾之外，也對柳范二家做了二元化的敘述。它是世代紀小說，也是家門小說。而從《玉麟夢》的構成或表現形式來看，與《謝氏南征記》有諸多相似之處。

《謝氏南征記》是以男主角劉延壽爲中心，敘說夫人謝氏和妾喬氏之間矛盾的故事。明嘉靖年間，金陵的劉延壽從小就有傑出的文才，在他十六歲時，就進士及第，出仕翰林學士了。但劉延壽自認年少登科，還有許多不足之處，於是，上表奏請皇上，讓他再修學十年再出仕。於是，他得到了皇上的恩准，有了六年的讀書假。

劉翰林和夫人謝氏之間，雖然鶼鰈情深，但結婚九年以來，膝下卻無子。夫人謝氏就勸劉翰林納妾。劉翰林起初十分反對，但因爲夫人一再地懇請，就納喬氏爲妾了。

喬氏剛進門時，對謝氏百依百順，但是等到她先產下一子。就露出了那邪惡又善妒的本性，開始有非份之想。等到謝氏也生下一子，讓她生的孩子失去了繼承者的位置之後，她便開始設計陰謀。她和門客董清狼狽爲奸，想出各種方法來誣諂謝氏。本來一直不相信的劉翰林，最後，也因爲喬氏讓她的侍婢殺害自己的親生兒子，然後誣諂是謝氏所爲。讓劉翰林將謝氏趕出去，並將喬氏扶正。

被趕出門的謝氏，本來住在劉氏的祖墳先山下。卻由夢兆得知，喬氏要來追殺，謝氏女扮男裝逃往南方，顛沛流離了好多地方，歷盡千辛萬苦，終於在水越庵找到寄身處。

而被扶正的喬氏，則爲了謀奪劉翰林的全部財產，故和門客董清繼續串謀陷害劉翰林，向劉翰林的政敵嚴丞相誣告，使得劉翰林被流放遠地。董清因爲這件事情而授以桂林太守之職。

許多年後，劉翰林得到平反，在返鄉途中，看到喬氏與董清正要去赴任的隊伍。也從喬氏從前的侍婢雪梅的口中，得知往日謝氏被陷害的所有事情，也知道喬氏和董清早已私通的事實。

董清帶著劉翰林所有的財產和喬氏正前往任地時，在途中遇到了強盜，所有財產被洗劫一空，他的罪行也被發現，被處以極刑。

〔註25〕對於《九雲夢》的原作問題，在韓國學界有韓文原作和漢文原作二種說法。

劉翰林回到故鄉找到謝夫人。而喬氏在董清死後，又與其門客冷振生活，等到他死後，淪爲娼妓。之後，劉翰林官運昌通，一直做到左丞相，也找回了失散的兒子，將已淪爲娼妓的喬氏處死，並且迎回謝夫人。

它主要是討論封建社會家族制度中妻妾之間的爭寵矛盾過程。這本書也造成作者金萬重被貶放逐的事件。因爲它暗喻當時以肅宗爲中心，仁顯王后和張嬉嬪之間矛盾的歷史事實。對於《謝氏南征記》過去曾被認爲是爲了讓被張嬉嬪所迷，而將賢淑的仁顯王后廢黜的肅宗悔悟而著述的書。因爲這個說法，故將《謝氏南征記》定位爲目的小說，這是因爲將作者的政治生涯和當時的社會環境計算在內的一種推論。

《謝氏南征記》是一部將一夫多妻主義的家庭生活所引起的矛盾、磨難和悲劇，以及它的弊端，非常寫實、成功的展現出來的作品。它透過妻謝氏和妾喬氏的對立和矛盾，突顯出妻的德行和妾的奸惡。而《玉麟夢》也是一樣，透過一夫多妻中呂嬌蘭的善妒，引發之後所有的事情。

《謝氏南征記》和《玉麟夢》比較，有一個很特別的地方在於，喬氏在將謝氏謀陷趕出去之後，得到正室的地位，她也已償所願，她就應該盡本份相父教子才對。但這裡的喬氏卻和門客董清私通，計劃奪取劉翰林所有的家產，除掉劉翰林。這是和《玉麟夢》中呂嬌蘭謀害柳蕙蘭的情況不太一樣。呂嬌蘭一直希望和范璟文二人和樂的相處，范璟文可以專寵她一人。這是作者金萬重有意識的讓喬氏徹徹底底的成爲邪惡之人的手法，他連最後悔改的機會也沒有給她。而這裡的謝氏，不但曾經主動要求劉翰林納妾，並且對於喬氏的諸多指控和誣陷，一直都是完全不回應或解釋，從頭到底都在挨打。這比起《玉麟夢》中的柳蕙蘭更被動，更不眞實。

如果說《謝氏南征記》中，喬氏要極盡所能的想要成爲大老婆是她求生的本能，而謝氏的毫無反抗有點太令人不敢鼓勵。這是作者想要教導世人小妾絕對不能成爲正夫人；而正夫人也無論如何都不能妒忌的傳統觀念。作者透過書中人物的性格和處世態度，將他認爲的社會秩序和道德觀念有意識的賦予其中。比起《玉麟夢》，在《謝氏南征記》中，它只有善惡有報的觀念，卻沒有要感化人的努力。

《謝氏南征記》以劉延壽爲中心，刻劃妻妾之間的對立，並眞實的反映出當時封建社會的家庭制度，也暴露出一夫多妻制的矛盾。但謝氏和喬氏之間的爭鬥，不只是妻妾之間，更是善和惡之間的對立。《謝氏南征記》從現實面展現惡的滅亡和善的勝利，是部有著勸善懲惡主題思想的作品。

《玉麟夢》和《謝氏南征記》都是在朝鮮時代，家族主義下所產生的家門小說的代表作。也是在韓國古代小說中，少數知道作者和著作年代的小說之一。這兩部作品都同樣是在權威主義的儒家思想的根基之下產生的。也都是以中國爲背景，《玉麟夢》是假宋太祖皇帝開寶元年，《謝氏南征記》是以明世宗嘉靖年間爲時空背景。

雖然兩者都是家門小說，但《玉麟夢》是複合性的結構，聯繫多個家族和三個世代的故事，構成非常嚴謹和複雜。除了有妻妾間的矛盾和陰謀之外，還有更爲複雜的多個事件在同時進行著。而《謝氏南征記》則是單純的訴說妻妾間的矛盾，事件比較簡單清楚。

《玉麟夢》和《謝氏南征記》雖然是在談論家庭內妻妾之間所引起的矛盾和磨難，但柳氏和謝氏卻從頭到底都沒有爭寵，所以，它是不應該稱爲爭寵型家庭小說的。

將《玉麟夢》視爲《謝氏南征記》一派的小說。這是因爲將《玉麟夢》故事的重點放在范璟文一家兩妻間的矛盾而引起。《玉麟夢》可以被視爲和《謝氏南征記》相同的作品，也是表現出《玉麟夢》有著和《謝氏南征記》同樣的特色，是作者李庭綽在說故事時，失了事件分配的平衡，或前面寫得太精彩、強烈，也是因爲前半部的謀害過程，影響著接下來的故事發展。但不諱言的，從《玉麟夢》前半部分討論呂嬌蘭謀害柳蕙蘭的過程，這應該就是顯示它受《謝氏南征記》影響很深的證據。〔註 26〕

屬於韓文中篇小說類的《謝氏南征記》的出現，正式的預告著十七世紀嶄新的小說面貌。接著，十八世紀開始，出現了一批像《玉麟夢》一樣的長篇家門小說。

到了十九世紀有許多長篇漢文小說產生，而其中則是南永魯（1810～1857）所創作的《玉樓夢》〔註 27〕受《玉麟夢》的影響最深。兩者的不同只是在於《玉樓夢》的內容有很大部分是在軍談上，而《玉麟夢》則比較多封建社會中家庭生活所發生的妻妾問題上。

《玉麟夢》和《謝氏南征記》有著帶領十八、十九世紀大河家門小說的歷史性地位。中國早期的愛情傳奇和其後包括才子佳人小說在內的愛情文學，也是韓國愛情文學風氣的來源之一。

而《玉麟夢》和《謝氏南征記》的相似之處，簡單的說有，

1. 才子多是少年登科〔註 28〕。如《謝氏南征記》的劉翰林（16 歲）；《玉麟夢》的柳原（14 歲）、范璟文（14 歲）、柳在郊（12 歲）。這種現象是不是因爲作者一直的不得志，所以，心太嚮往而有的特殊現象、補償心理呢？

〔註 26〕參見張孝鉉：〈韓國漢文小說簡史〉，《韓國古小說史의 視角》，頁 33～42。

〔註 27〕由張孝鉉：〈韓國漢文小說簡史〉中的推論，《玉樓夢》著作時期應爲 1832～1842 年間，頁 42～47。

〔註 28〕在《新唐書．選舉志上》卷 44 中，「凡童子科十歲以下能通一經及《孝經》、《論語》卷，誦文十通者予官，通十予出身。」可知唐宋時，科舉中有童子科或神童科。

2. 佳人總是會被壞女人趕盡殺絕，只能女扮男裝逃竄，而且，一定會有祖先託夢告知災難來臨。然後，躲到廟裡。如《謝氏南征記》的謝氏；《玉麟夢》的柳夫人和張夫人。
3. 大團圓。經過磨難之後，都得回到佳人身邊，感情更眞摯。在《謝氏南征記》中的喬氏被處死，而在《玉麟夢》中的呂夫人因爲悔改可以回到家族內。
4. 《玉麟夢》和《謝氏南征記》都是在朝鮮時代，家族主義下所產生的家門小說，也是韓國古代小說中，少數知道作者和著作年代的作品。皆以中國爲背景，《玉麟夢》是宋太祖皇帝開寶元年，《謝氏南征記》是明世宗嘉靖年間。

第四章　《玉麟夢》的情節與人物形象

第一節　《玉麟夢》故事情節介紹

在宋朝時節江西南昌府，有一個得道高人孟謙，道號玄妙眞人。役使百靈，手中一片造化之機，有天地斡旋之功。時人因其靈異之跡，建祠於城內，凡有所禱，輒必靈驗。這時，大宋宰相柳琰，膝下只有一女蕙蘭，卻無男丁。正在煩惱之際，適逢南昌地方乾旱無雨，饑饉連年，於是，朝廷就派柳琰任按察使，體恤民情。柳琰於是在玄妙眞人的祠堂上，祈求得一子。果然，在做了得到玉麟的胎夢之後，生下了一骨格非凡、冰清玉潤的男孩。名爲原。之後，柳琰就把其女蕙蘭許配給其好友范質的第三子范璟文，兩人已訂好婚約，但因爲范質和柳琰相繼去世，兩人爲了守喪而延緩佳期。

范璟文守三年喪後，當朝皇帝的御妹太原公主說服皇上，讓其女呂嬌蘭先嫁給范璟文，再娶柳女。呂小姐見柳小姐外表出眾，儀態雍容，就想盡辦法來陷害她。

而柳蕙蘭之弟柳原，以十四之齡和范璟文一起應試，同時考中進士，娶張丞相之女爲妻。

由於，柳原和范璟文都有大才，自出仕以來，都受到皇帝的重用，兩人也情同手足。但是，呂夫人卻夥同侍婢翠蟾，共謀誣陷柳夫人與門客薛生有奸情。柳夫人含冤而被趕回娘家。

那時，契丹派使到宋朝表示投誠之意，范璟文自告奮勇出任北朝通信使。抵達之後，契丹卻發生兵變，范璟文被困。京城中的呂夫人利用這個機會，把柳夫人私通薛生之事，告到官府，成功地將柳夫人流放到零陵去。並派刺客魏格去加害在零陵的柳夫人。

因為，姐姐柳夫人被流放到零陵，柳原為了照顧姐姐，自願到離零陵較近的桂陽出任太守。呂夫人決定斬草除根，派刺客行刺在赴任中的柳原。柳原因此受傷，醫藥無效，並與夫人、兒子離散。他的母親到玄妙眞人祠廟中，去求助，果然，忠良得天救助，柳原得以獲救。並在玄妙祠內的鶴林院中巧遇避難中的柳夫人。

到任之後，柳原實行善政，得到百姓的愛戴，等到任期滿了要回京之時，就已升上禮部尚書的職位。而柳夫人仍歸鶴林院休養。

這時，契丹的耶律京拒絕向宋朝投誠，舉十萬大軍大舉侵犯，柳原臨危授命征北大元帥與契丹做生死決戰，打敗了契丹。結盟之後，把囚禁胡地的范璟文救出，凱旋回國。

范璟文回來之後，因為忠僕雲鴻的幫忙，獲悉呂夫人的奸計。柳夫人從流放地釋放。呂夫人卻因此被流放零陵。命運的否泰，難以遇料。

柳原的夫人張氏和其子在郊相繼被找到，平安回到京城。一家人團圓。當然，在郊的冒險過程，他怎麼被人救活、收養，又是如何找到他的伴侶張小愛和紅粉知己兼救命恩人薛冰心等等。故事始終是精彩刺激。後來，在郊考上了神童科的狀元，辦了場榮親宴，皇上還賜了所有宴會所需的用品，眞可說是盛況空前、盛極一時。

另一方面，呂夫人改過遷善，在柳夫人上書請願下，釋回京城。柳、范兩家人都得到團圓，過著和樂的日子。

這是一個三代的故事，在第一代時，柳琰在治理好了久旱不雨、饑饉連年的江西南昌府之後，皇帝極為讚賞，拜尚書僕射。回到京師，打算履行和故人的約，讓其女蕙蘭和范璟文結婚。但不料，卻過世了。也因為如此，范家和柳家的厄運開始了。

在第二代，柳女雖然後來還是嫁給了范璟文，但是，由於第一夫人——公主之女呂嬌蘭的嫉妒。故一直處於被誣陷和苦難的環境。因為，父親的早亡，埋下苦果。其弟柳原，眼看無法免除這場厄運，於是，想要盡可能的照顧其姐。他自願到其流地較近的桂陽任太守。但防不勝防，在途中，卻被呂夫人的刺客埋伏，深受重傷，險些喪命。其夫人張氏和其子在郊也在這場混亂中失散。直到柳女的冤屈得雪，呂女反而被流放。柳女回到范家，重拾家庭之樂。

到了第三代，柳在郊和張小愛，以及薛冰心是相愛的三個人。但是，差別在於，柳在郊和張小愛，從小因意外與父母失散。而薛冰心，則與父母死別淪落為妓女。當然，她是佳人，所以，只賣藝不賣身的。他們如何找到親生父母，如何完成他們的自由戀愛。到頭來，解決了一件，另一件事也自然會迎刃而解，這也就是這故事，所以吸引人的地方。

由於，第一代的父母，沒有做完他們所應做完的事情——替子女們完婚。所以，故事開始了。有惡女進門，影響了范家、柳家的生活，以及害得他們的下一代也流離失所，失散多年。直到冤屈得雪，一家人團圓。看來，一個小小的失誤，可以燎原，可以使天下天翻地覆大亂。

第二節　《玉麟夢》中的人物造型分析

才子佳人小說中的人物塑造有很多都是同類型的人物，他們有許多的共同特點。而且，作者著重故事情節，人物形象的塑造則較粗糙，有時也較會忽略。很明顯的例子是，他們每每喜用較爲抽象的說辭來形容男女主角，如在形容才子上，「貌」多是美如冠玉，秀比朝霞，潘安再世；「才」是學富五車，才高八斗，子史經典，般般皆通，詩詞歌賦，件件驚人；「品性」是儒雅風流，溫良恭儉。

在佳人方面，「貌」是身如弱柳面似芙蓉，異樣嬌姿，風流堪畫，不是瑤台神女，定是洛水仙娥；「才」是聰慧過人，一學而能，留心書史，寓意詩詞，詩詞歌賦，無不佳妙；至於「品德」，則是溫婉賢淑，德性幽閑，是百分之一百的完人，似乎很難找到什麼人性的缺點。

當然，有些作者確實是獨樹一格，少見重複的形容，具體而細膩，並把正面刻劃與側面描述相結合，互相補充，完整構圖，使得才子佳人的天生麗質及其稟性愛好，仿佛在眼前。更有些作者認識到人物性格應該有其獨特性，不容相混，要注意人物性格的複雜性。心理描寫，更是塑造形象的重要手段。

才子佳人小說以寫愛情爲其特色，故在人物本身的描述上，就變得較單一，如果作者又對之挖掘不深，描寫不細的話，則許多形象就談不上豐富，甚至會顯得雷同。在《玉麟夢》中，有許多的角色，但其中值得討論的只有柳蕙蘭、張夫人、呂嬌蘭、柳原、柳在郊、范璟文、薛冰心等才子佳人的人物造型，以及幾個影響故事發展的角色，如雲鴻、翠蟾、靈遠等需要格外關注之外，其他出場人物皆是背景人物，故在此不會細述。

1. 傳統倫理道理的化身——柳蕙蘭、張夫人

在《玉麟夢》中的柳蕙蘭、張夫人是體現儒家倫理道理的賢婦良妻型人物。首先，可以從對她們的形容中看出端倪。在形容柳夫人時，說她「公晚得一女，名曰蕙蘭，生而秀美，長而賢淑，明眸翠眉，柳腰櫻唇，已非凡品所及。……況德齊莊姜，才壓班姬。」（第一回）並且，在得到呂嬌蘭已悔改的消息之後，主動向皇后求情，請她說情赦免呂夫人。她能夠親身實踐妻妾之間的不和，其實並非一方的錯誤

的想法。她可以完全忘記呂夫人之過，共同經營和樂的生活。她是位擁有美麗的外貌和圓滿人格的理想人物。

張夫人方面，她是張慶之女，亦是范璟文同榜張士元之妹。在形容張夫人是說，「容貌秀出，才德齊美，幽閑貞靜，天然之態，驚聳一世，窈窕賢淑，妊姒之德，無愧古聖。」（第三回）「若非觀音之顯聖，必是嫦娥之下降，且溫恭慈慧，德量出於外，實爲當代之獨步，如非杜牧之風流，謫仙之文章，不可爲其配也。」（第四回）當她因爲謝僕的陷害，被納入皇帝揀擇後宮的名單時，她也敢力抗皇帝的威權，想要以死來保全名節。「（臣妾）才質至庸，識見淺短，全無所學，桂殿尊位，決非賤妾之所望，況以身許人，冰泮之期已通，綵幣已受，三從之義已成，女子從人，不可一毫苟且，今若一死爲難，遽貪金玉之富，則千古陋名污穢一身，以受烈女賢人之無限唾罵，寧爲劍頭之魂，甘心無愧之鬼，是臣之所願。」（第四回）最後，終於使得皇帝大爲感動，下旨即日還歸。

當她嫁入柳家，亦孝順至切，婦德隆合於上下，春風滿室，和氣靄然。她的貞烈在一次柳原赴任之途遇到呂夫人派來的強盜時，再一次展現。她在遇到變故，極力抵抗無效之後，就毫不猶豫的投江，只爲保全名節。張夫人就是典型的孝順父母、努力保持家庭和睦，遇到不義則死命保全貞操，完全實踐儒家所強調的德行的女子。

2. 悔改的惡女——呂嬌蘭

呂氏是太原公主的女兒，所以，她才可能在范璟文已經定婚的情況之下，利用威權讓范璟文先迎娶她，然後再娶柳蕙蘭，成爲范璟文的第一夫人。在形容呂氏的言詞中，或可看出一些端倪。「細腰輕身，翠眉朱唇，雖未及於傾國傾城，亦可謂之一代佳人，才精敏速，牙頰一動，則勾法清新，十指之中，筆法奇妙，善模他人字體，天性奸巧，內外判異，然而柔言溫色，全事外飾」（第二回）當范璟文進士及第之後，迎娶柳夫人，呂氏對自身的未來很緊張時，受到侍婢翠蟾的煽動，開始了一連串計劃趕出柳夫人的陰謀。她很成功的將柳夫人趕出范家，又趁范璟文出使胡地時，上奏朝廷將柳夫人發配零陵。

因爲她一而再，再而三的迫害，讓柳夫人吃足了苦頭。但最後，柳夫人得到平反，呂氏反而流放零陵。呂夫人在柳夫人不斷的善意感化和女僧靈遠的勸導之下，終於洗心革面悔改。並在回來京城的路上救了張小愛，完成了柳在郊的婚事。她回到范家，貢獻心力在范家的和睦上，是個痛改前非的人物。

3. 不完整的英雄——柳原、柳在郊

在《玉麟夢》中，得仙人所贈玉麟而誕生的人物就是柳原、柳在郊父子。他們從出生開始，就有英雄神話的色彩——祈子致誠而得子。柳原出生時，「冰清玉潤，骨格非凡，公之夫妻喜不自勝，呼之而夢麟。……待其長成，改名以原，字以伯公爲之。」（第一回）柳原一生最大的磨難，就在於赴任途中，遇到呂氏所派的刺客險遭殺害之事，也因爲這件事情，使得他和夫人張氏和其子在郊失散多年。他的英雄事蹟，就是打敗胡人，救回范璟文。但戰爭的詳細情況卻在才子佳人小說《玉麟夢》中被忽略，並沒有多加描述。

而柳在郊則是，「稟天地之精氣，得父母之風彩，骨格壯大，氣宇俊秀，一家不勝歡喜。……古之太平時節，鳳凰下臨，麒麟在野之故，新生小兒之名，以在郊稱之。」（第十回）他的出生也是很不平凡，但他比父親柳原多了棄兒的苦難，從小與父母失散，被賈氏夫婦所收養。他最大的磨難除了自小與父母失散的難過之外，就在於他與張小愛的婚事磨難上。

4. **齊家失敗的家長——范璟文**

在討論家庭矛盾的小說中，除了相對立的妻妾兩方之外，還有一個重要程度不下於這兩方的人，那就是這家庭的家長。故事可以因爲這家長的不同處理和面對有完全不同的結局。在《玉麟夢》中的范璟文，卻是個不太重用的男主人，也因爲這點，才會發生以上《玉麟夢》的故事。

在最初，《玉麟夢》中對范璟文的形容也是很完美的，說「風流才德，無一毫未盡處，容貌則良工巧琢白玉，文章則子長甘心下風。」（第一回）當皇上要賜婚要他和呂嬌蘭先結婚時，他也是以不能負約成爲失信之人，背不孝之名而力拒。但最後仍舊因爲皇命難違而和呂氏結婚。但當他看到呂氏之時，心意卻是「公子一見新人之絕豔花態，自不無繾綣之情，唱詠詩賦、酬酢言語之際，應對敏捷，多合於丈夫之意，日月稍久，兩情眷眷。」（第二回）這也使得呂氏很放心自己的地位，「今以丈夫之處事觀之，柳女雖曰入來，豈能奪我之權寵乎？」（第二回）。他的如此對待讓呂氏一點也不擔心柳氏的進門，呂氏也是非常的信任范璟文。

但等到柳氏進門，一切卻在瞬間改觀。范璟文在看到柳夫人之後，因爲柳夫人端莊美麗的儀態而忘了舊愛，「翰林乍舉星眸，暫察容光，幽閒之態，端嚴之德，百體俱備，比之於呂氏，則霄壤自判，執鞭之任猶不堪」（第二回）這樣的態度也使得呂氏的妒忌一下子爆發出來，她覺察到范璟文對待柳氏的態度與自己全然不同。呂氏對范璟文的信任完全的瓦解。范璟文的無情與移情，提供給呂氏陷害柳夫人的決心，讓它有了個開始的原因。這樣的范璟文，在聽到呂夫人誣陷柳夫人和薛生私通的事情時，又馬上懷疑柳夫人。可說是完全沒有重心和主見的家長。

范璟文不但沒有定性，識人的能力又不足且不夠細心，做人太反復不定，也就是因爲這樣，才引起柳、范兩家諸多的磨難。等到在胡地知道有人常以模仿他人筆跡來陷害他人時，他這才又開始懷疑呂氏，相信起柳夫人的清白。但他的愚昧和不夠果決卻已害人不淺。

5. 自由積極的追求所愛——薛冰心

在《玉麟夢》的第三代出場的人物——歌妓薛冰心。她在滕王閣李禧仁所備的酒席上，初次遇見考試回來的賈麟趾（即柳在郊）。冰心因爲麟趾的風範和文采，對他非常欽慕，芳心暗許。

當她知道麟趾遭到危險時，又很機警的女扮男裝解救他。她爲了躲避李禧仁的迫害，也爲了去了解賈麟趾的未婚女——王貞玩（即張小愛）是否有不妒之心，就主動的去找她。等到她了解了王貞玩的爲人之後，就懇求王貞玩收她作侍婢，只爲了將來能夠成爲賈麟趾的妾。

她一直在王貞玩身邊陪伴，且在王貞玩遭到李禧仁綁架之後，她又很英勇機智的深入匪窟，拯救出王貞玩。她這樣的舉動展現了時代新女性的風貌，毫不遲疑的追求所愛，知道自己的追求爲何。當然，她所展現的足智多謀和勇氣也是不可忽略的。

作者對她的描述，個性鮮明而傑出，且寫得生動而眞切，比其中的佳人和才子的形象還要突出。她具有令人眼睛一亮的膽識和才智，是一個知道自己要什麼的女性。她不吟風弄月，更沒有什麼引人欣羨的詩詞作品，但已遠勝於故事中的才子佳人了。最後，也成功的讓自己嫁給了柳在郊。而小說中，對歌妓智勇雙全的尊重和依賴，影響著第三代故事的發展，也關係著才子柳在郊和佳人張小愛的磨難，是否可以得到一個圓滿的解答，會不會有情人終成眷屬。

6. 俠客式的奴僕——雲鴻

在《玉麟夢》中之善婢雲鴻，她好似《傳奇・崑崙奴》中俠客般的奴僕一樣，犧牲生命，保護主人——柳夫人的安全。在這裡所謂的俠客式，則是指雲鴻的忠心而言。當柳夫人在流放地零陵時，被呂夫人派去的刺客魏格襲擊，雲鴻很伶俐的冒充柳夫人，代替柳夫人被魏格抓去。當她後來從魏格那裡得知了呂夫人的陰謀，她也毫不猶豫的擊鼓鳴冤，爲柳夫人洗刷冤屈。

在所有的事件告一段落之後，她又因爲自己將三年同室的夫婿大義滅親，讓他處以極刑。爲了贖罪，她在丈夫魏格面前自殺。她不但爲主忠節，更能爲夫守義，其莊嚴度實在讓人動容。雲鴻的這種勇氣好似行俠仗義的俠客般，令人肅然起敬。

7. 助紂為虐的惡僕——翠蟾

翠蟾，是呂夫人的侍婢。但她不是那種只會唯命是從，唯唯諾諾的奴僕。她扮演著煽動呂夫人的嫉妒心，慫恿呂嬌蘭進行除掉柳夫人的計劃的角色。對於主人種種害人的陰謀，她不但沒有勸戒，反而出主意，助紂爲虐。她邪惡又狡猾，盡一切努力完成所有害人的細節，卻不知她正一步步掉進毀滅的漩渦裡，自取滅亡。

翠蟾在事情敗露之後，逃出城做了莊院主人的小妾，後又被趕出來成了娼妓，最後淪落爲乞丐。終於被張士元、張夫人所逮捕處以極刑。在《玉麟夢》中出現的惡人當中，是刻劃的最有生命力的一個。

8. 使惡人改過向善——靈遠

女僧靈遠因爲心志順良，又識鑑清遠，所以常常出入達官貴人之家。在《玉麟夢》中之靈遠在故事中扮演著關鍵性的角色，對事情的發展有著決定性的作爲，可以說是故事的主軸范、柳兩家的大恩人。

首先，她去探聽張慶之女的品德，經過她的了解和確認，柳老夫人才決定向張家提親，成就了一對美眷——柳原和夫人張氏。再者，她爲了能夠讓張夫人得子而到玄妙祠致誠祈禱。果然，張夫人如願得到一子——在郊。在郊和柳原失散多年，當她知道在郊的消息之後，又馬上盡力的去尋找他，直到尋回。

靈遠不只是幫助好人，對於一些惡人，她也盡許多的努力，想要讓他們改過向善。如當她遇見已淪爲乞丐的翠蟾時，她雖然明明知道翠蟾之前的種種惡行，但她還是想收她爲徒慢慢感化她，「佛家以慈悲爲本，渠雖有罪，欺作弟子，又擲罪網，有非釋家濟人之道法，幸須夫人更思其次也。」（第二十三回）。

或者，她去探視已被流放的呂夫人，爲呂夫人安排法事，超渡被呂夫人害死的春嬌和翠蟾，並幫助呂夫人能夠改過。等到時機成熟，靈遠告訴柳夫人，呂夫人已悔改的消息，這才安排呂夫人的回京。在《玉麟夢》中，靈遠一直擔任著影響整個故事的責任。

在以上的討論中，可以發現《玉麟夢》在敘述方式和人物形象方面有著下面的幾項特色。其一是作者李庭綽頌揚婦女的才能，女子之才，不僅不低於男子，反而高出男子之上。更因爲此，讓故事更加的出色和精彩。其二爲透露著在婚姻當中女性自主性之增加。雖然不是故事中所有的女性皆有這份能力或權力。但因爲其中幾個人物如張夫人、張小愛和薛冰心的表現，漸漸看出其中的變化，也代表著一種男女平等思想的出現。三爲男女青年的家長和最高權力代表者的皇帝，支持自主的婚姻和純眞的愛情。他們不會一味的反對，現在已多站在讚頌的位置上觀察了。

第三節 《玉麟夢》中的人物對比設計

《玉麟夢》中的故事結局也和一般的古典小說一樣，是皆大歡喜的大團圓結局。但不同在於《玉麟夢》中所表現出來的人物對比模式。它主要藉著人物的對比，來顯現出善有善報，惡有惡報的主旨。

例如，在柳蕙蘭和呂嬌蘭的二個角色中，柳夫人被形容成爲「冰玉初凝，明花方濃，娉婷之態，裊娜之質，輝映一座，無一毫未盡處，況動止有法，進退合規，胸中蘊蓄，自顯于外」〔註1〕，以其呂夫人相較，則夜光雜於魚目，鳳凰列於雞群。呂夫人只能稱爲一代佳人，范璟文對她的評價也是「呂氏雖無妊姒之德，性行溫恭，奉尊堂而事家夫，無違於禮節」〔註2〕，而原先扮演著賢婦模樣的呂夫人，在看到柳夫人的風采之後，心中已有了除之而後快的決心。讀者會看到呂夫人的僞裝盡除，慢慢現形變回惡人，計劃所有惡行的醜陋面貌，也會不斷的同情因呂夫人而身陷困境不能自救、無法反抗的柳夫人。

等到柳夫人得到平反，回到了京城，而呂夫人卻被流放到零陵去，那就是原先柳夫人被流放的地方。在途中所遇到的土匪，原來就是她的心腹——翠蟾的丈夫何妙郎，率領著被她收買對付柳原一家人的石倫的餘黨，來掠奪她身上的一切財物。和呂夫人一起共謀的李文虎被派到零陵去保護柳夫人和監視呂夫人。

這兩位命運完全對調的夫人，在路途中相見。一位是浩浩蕩蕩回京城團圓的柳夫人，另一位則是行色落魄悲涼的呂夫人。在途中相遇的兩位夫人，兩人的遭遇已完全的互換。呂夫人更因客店要招待柳夫人一行而被趕出來，只能露宿街頭。如此明顯的對比安排，好像有點刻意，但也不失《玉麟夢》的主旨，善惡終有報，事情皆會循環的道理。

《玉麟夢》就是如此以設定出書中代表性的兩個人物，以兩個人的爲人處事和結局來作爲比較的基礎，只爲給當時的人民一個教訓或啓示，傳達何者應爲更理想的人物，應該模仿誰的訊息。當然，作者會在結局時，來個超級大翻案，讓人更加印象深刻。如柳夫人－呂夫人、柳原－范璟文、雲鴻－翠蟾、春嬌等等有較明顯的對比。

如書中的男主角——柳原和范璟文。他們兩人都是少年得志，考上進士的才子都有著遠大的抱負。但是，在現實生活上，卻表現出了顯著的不同，高低立現。在呂夫人謀害柳夫人時，柳原一眼就看出其中的蹊蹺，知道那是有人故意栽贓。而范璟文則是一步步邁進呂夫人的計劃之中毫無所覺，終於把柳夫人趕出范府。其中雖然有魏夫人和范小姐提出質疑，但因爲沒有證據，無從幫忙。其實，這或許是一種

〔註1〕參見《玉麟夢》，頁10～11。
〔註2〕參見《玉麟夢》，頁10。

旁觀者清，或者只是因爲是其親人的事情。因爲，立場不同，故判斷也不同。無論如何，范璟文在這裡，是錯得離譜了。柳原的分析中，也可看出這個差別。這是柳夫人在回到柳府，向柳原說明原由之後柳原的看法。

> 向者范兄之逐送薛生出於無端，吾不知其故，而留之門下，亦似不可，故薦送他處矣，到今思之，若留置薛生，則其嫌將加一層也。此事之排布設始，巧且陰密，雖責范兄之不明，但自道林歸來之日，插置花牋於烈女傳之間，新磨彩墨而未及乾之樣，使范兄自至得見，其計雖似至巧，實則疏闊而易覺矣。范兄遭變，歸家之後，心神散亂，志氣昏迷之中，猝地當看，乃爲片時之所欺，他日心定神怡，清明之氣一迴，則其疑必先在於此，且姐姐侍婢中必有同謀和應者，而范兄回心之前，姐姐亦難詰問於婢僕小人之交合，本不支久，佇看將來，自致發覺，而今以此輩守置寢室，又不知釀成何變，姐姐之遠慮，何不及此乎？……姐姐之來，罪名不加於身，奸人之心，猶有不快，其禍恐或不止於此也？然而臨之在上，質之在傍，彼蒼者天，豈或偏怒於無罪之人乎？〔註3〕

在此段說明中，足見柳原思考事情時的細膩，以及預測將來可能的發展，其思慮之清明可見一斑，也可以很清楚的看出作者做伏筆的用意。接著，范璟文出使胡地，卻被扣押在那裡十數年。柳原則成爲大將軍，不但打敗胡人，也救回范璟文，才能也分出了高下。

兩人身處不同的處境，看待事情的視野自然會有所不同，也是有所謂的當局者迷和旁觀者清的差別。但是，就顯示出的結果而言，作者褒貶的用意相當的明顯。古人說，「齊家、治國、平天下」，這句話一點都不假，柳原因爲「齊家」有道，所以，在仕途上，一帆風順，如虎添翼；而范璟文，則是在「齊家」的功課上，有了缺失，導致他在仕途上的坎坷。

書中，柳夫人的受難，反襯呂夫人的狠毒和善妒。但從另一方面來看，卻也顯示范璟文的不足。由於，范璟文在處理事情上沒能明察秋毫，糊塗一時，使得事態變得一發不可收拾。顯示著在家庭中，除了賢婦的重要性外，齊家本領的有無，實在也是很重要的。在《玉麟夢》中，只因爲范璟文的不明，導致了柳夫人的種種苦難。

在《玉麟夢》中也出現了二個不同類型的忠僕——雲鴻和翠蟾。這兩個人都是對其主死忠的奴僕。但是，一個是爲主伸冤翻案的忠僕，另一個卻是助紂爲虐的惡

〔註 3〕參見《玉麟夢》，頁 69～70。

僕。忠僕雲鴻——柳夫人的侍婢，在平時，根本沒有注意到她，但一旦到了危急的時刻，她的價值就會顯現。在流放地零陵，當柳夫人受到魏格等人的襲擊時，雲鴻機警的冒充柳夫人被魏格等人抓走。並且，在和魏格生活的時候，套出呂夫人的陰謀。接著，她騙得魏格和她一起上京，利用機會馬上擊鼓鳴冤，爲主人盡忠。雖然，在平反的過程中，吃盡了苦頭，但總算不負眾望。後來，她爲了成全與其夫魏格的義，而選擇自盡。這是雲鴻在死前對魏格和柳夫人說的話。

> 買來一瓶酒而饋之（魏格）曰：「君罪重惡，積今日之禍，乃是自取，復誰怨哉?吾之從君，非父母之所命也，當危迫之時，強受其辱，情意何足論哉?然三年同室，猶有夫婦之名，爲主伸冤出於本情，而手斥家夫於死地，以何顏面立於世乎?且一污其身，羞辱多矣，苟且圖生，受人之指點，豈可謂生世之樂乎?吾當先死於君之面前，使君知我心也。」遂向南再拜曰:「賤妾雲鴻誠不能感天，夫人之雪冤尚云晚矣，妾生不報夫人之恩，死後孤魂，應不離夫人座下，伏望夫人俯察賤妾之心事焉。」說罷，玉手揮處，腰下霜刃頃刻插胸，紅血湧出，左右觀者拍手大驚，爭相稱歎。〔註 4〕

眞可謂有情有義。對於她的情操，實在是令人動容。作者也如此稱讚著，

> 噫！雲鴻以一個賤身，片言能感萬乘，盡雪主母之冤枉，終以一劍，暴心事於白日，完節義於青年，歷數宇宙，辦此奇事，雖或男子，罕有其儔，況兒女下賤中，豈意有如此卓異者乎？忠與日月爭光，名垂萬代不朽。〔註 5〕

後來，雲鴻轉世投胎成爲柳夫人的第三子——在田。雲鴻就是作者心目中最理想的奴僕像。

和雲鴻相對的助紂爲虐型的奴僕——翠蟾。翠蟾是呂夫人從公主宮帶來的奴婢，當然也是對其主人盡忠的。但是，她的用心卻不正確。在呂夫人想要謀害柳夫人時，她不但不勸阻，反而一直鼓勵她，使得事情更加不可收拾。翠蟾不但一直偷窺柳夫人的房間，並向呂夫人打小報告。並且，照呂夫人之命，收買春嬌作爲內應，也由她來主導了毒藥事件。讓春嬌向薛生求得書信，使得呂夫人可模仿筆跡來陷害柳夫人，一直到最後的殺春嬌滅口。翠蟾在上述所有的事情上，都佔了重要的角色。

不只如此，翠蟾在進一步謀害柳夫人上，則是在主導的位置上。下面一段話，是確定柳夫人流放零陵之後，翠蟾和呂夫人兩人的對話。

〔註 4〕參見《玉麟夢》，頁 183。
〔註 5〕參見《玉麟夢》，頁 183～184。

翠蟾從容來告曰：「柳氏既成罪名，放出南方，他人雖或知其無罪，亦不敢爲彼容喙，而但丈夫之心，朝夕是變，相公若悔事覺非，則柳氏之脫累，如青天白日，幽谷變爲陽春，深巷化作雲端。當此之時，夫人雖有八翼，其能脫禍乎？」呂氏蹙眉曰：「何其無事之時，出此不吉之言乎？」蟾曰：「小婢今有一計，污穢柳氏之平生，使不得更見相公之影子，夫人能行此計乎？……向者道林所送兩俠客，猶尚往來於吳大娘家，教送此人，劫取柳氏，而若不從則乃爲殺之可也。」呂氏大喜曰：「柳氏節義女子，必死於此手。」〔註6〕

翠蟾不但沒有勸阻，反而出主意，使得呂夫人的罪行更加深重。但也因爲如此，有了破綻，找到了解開此宗冤案的契機。這可能就是《玉麟夢》的妙處——絕處逢生。

當然，雲鴻和翠蟾二人的命運也不一樣。雖然，雲鴻和翠蟾都死了。但是，雲鴻是爲了自己背叛了其丈夫魏格，故爲了全爲人婦的道理而選擇自盡，後來投胎爲柳夫人的兒子，是雖死猶生。

反之，翠蟾雖然逃出了公主宮，但在逃亡途中吃盡了苦頭，一直被人賣來賣去，直到被張士元所逮捕帶到京城凌遲處死。兩個奴婢都是對其主人盡忠的，但是因爲所持的心態不同、想法的偏差，以至於造成完全不同的兩個人生。這也是作者對時下人們的機會教育，提供他個人的價值觀來試圖影響讀者。

《玉麟夢》就是以如此對比二個人物的德性、作爲，以及最終的結果來顯現人物的優劣和不同。讓讀者隨著二個人物完全逆轉的人生境遇，看出它惡極生悲，天網疏而不露，因果終有報的想法。在其中也可以偷窺出作者塑造理想人物的模樣。不管是士大夫或婦人、奴僕，作者都以明確的口吻訴說著。

〔註6〕參見《玉麟夢》，頁88～89。

第五章　中國通俗小說東傳之後對《玉麟夢》的影響

中國才子佳人小說產生於明末，盛行於清初，其餘脈與尾聲則延續至清末民初。在清初，以理想派小說的發展為開端，奠定了世情小說在小說天地裡的主體地位。才子佳人小說是世情小說的分支，魯迅也曾說：

> 當神魔小說盛行時，記人事者亦突起，取其材猶宋市人說之「銀字兒」，大率為離合悲歡及發跡變態之事，間雜因果報應，而不甚言靈怪，又緣描摹世態，見其炎涼，故或亦謂之「世情書」也。〔註1〕

中國通俗小說在明清之際得到空前的繁榮發展，無論是話本、擬話本短篇小說，或是演義、英雄章回長篇小說及文言小說，創作種類及數量都相當豐碩。而清朝初期以來，對於具有反清復明的政治思想或書刊，都加以取締禁刊；而淫詞穢語、敗壞風俗、有害人心的通俗小說或豔情小說，則被禁止的更為徹底。

中國小說傳入韓國，有四個途徑。一是由韓國使臣或貿易商們，直接從中國買回來；二是朝貢後中國的饋贈；三是靠口耳相傳的間接傳入，例如：韓國三國時代以來，很多的學者在中國留學，他們回國後，把中國小說或民間故事介紹到韓國。四是到韓國經商的華商獻贈與貿易。〔註2〕

韓國文人及作家從閱讀並翻譯中國通俗小說中，進而全盤模作或改寫成以純漢文寫成的漢文小說。上述無論那一種創作方式，基本上都是脫離不了中國通俗小說的陰影。它們或多或少都受到中國通俗小說的影響。因此，韓國的漢文小說，與往時讀明清文言短篇小說並無兩樣，小說中的時代背景、人名、地名都是以中國為背景。

〔註1〕參見魯迅：《魯迅小說史論文集》，頁161。

〔註2〕參見閔寬東：《中國古典小說流傳韓國之研究》，頁260～263。或參見陳翔華：〈中國古代小說東傳韓國及其影響（上）〉，頁42。

中國小說對韓國古代漢文小說的影響是歷時性的，可分爲三國、高麗、朝鮮這三個歷史時期。

韓國漢文小說之創作，無論是在小說的敘述語言、人物形象塑造及心理刻劃，以及使用漢詩作爲交代情節的進展，或說明人物心理的特殊敘述手法，都是受中國通俗小說的影響。才子佳人小說著重世情的陳述，試圖從情節追求新奇，亦不斷地向外拓寬。有時候也試圖從思想的深度著手。

朝鮮初期創造了韓文字，但仍以漢文的使用爲主。因爲社會文化環境類似之關係，中國小說傳入，也比較容易接受。從韓國小說的創造方面來說，韓國古典小說雖有獨特之處，但大部分的作品以中國爲背景來獲取作品的題材或資料。其描述之情節、風格、文體，甚至其人、其地、其事、其物，亦與中國密不可分。甚至作品的主題或思想亦借用中國的來表現。由此可知，韓國古典小說受中國小說之影響，事實顯著。

從記錄上來看，最早傳入的中國小說是《山海經》。此記錄可見於《和漢三才圖會・卷 13・異國人物》中：

> 晉太康五年，應神十五年（西元 284 年，百濟古爾王）秋八月丁卯，百濟王遣阿直岐者，貢《易經》、《孝經》、《論語》、《山海經》及良馬二匹……。〔註 3〕

故西元 284 年前，已有中國小說傳入韓國的事實。其後《高麗史》與《朝鮮王朝實錄》等書，有關的記錄甚多。朝鮮建國之前，高麗時代已經傳入很多中國小說，例如：《山海經》、《洞冥記》、《十州記》、《搜神記》、《世說新語》等，都在古典書籍中可見到傳入的記錄。〔註 4〕

朝鮮初期，首先傳入的小說就是瞿佑的《剪燈新話》，它在韓國受到很大的歡迎。曾經前往中國留學的金時習（1435～1493）根據它的架構，改編成《金鰲新話》。在壬辰倭亂（1592）之時，《剪燈新話》和《金鰲新話》還傳播到日本去，使日本文壇也產生了《伽婢子》和《雨月物語》。〔註 5〕

壬辰倭亂與丙子胡亂（1636）前後，中國小說大量傳入韓國，特別是演義類與軍談類小說極受讀者的歡迎。例如：《三國演義》、《水滸傳》、《西遊記》、《東周列國

〔註 3〕可參見寺島良安，島田勇雄、竹島淳夫、桶口元巳譯注，《和漢三才圖會》，頁 244。其他中國小說傳入韓國的時期，可參見本論文的附錄（5）：「中國古典小說傳入韓國的時期表」。

〔註 4〕參見附錄（5）：「中國古典小說傳入韓國的時期表」。

〔註 5〕參見中國古典文學會主編：《域外漢文小說論究》，頁 157。

志》、《隋唐演義》等等。傳入朝鮮之後，極受民間的喜愛，而刺激了朝鮮的小說界。當時朝鮮的創作小說也大量出現，如《林慶業傳》、《五將軍傳》等的軍談類小說。其後，在正祖（1800）年間下令禁止小說之輸入，但此禁止令無法產生效果，越來越多小說暗地裡在民間流傳，朝鮮後期甚多的小說流通於民間。〔註6〕

其實中國才子佳人小說從何時開始進入韓國內並廣泛被閱讀，並沒有具體的記載。但是，從金春澤（1670～1717）的《北軒雜說》中已有「如平山冷燕，又何等風致」等的記載來看，十七世紀《平山冷燕》已進入韓國內並閱讀。

除了上面的資料之外，在顯宗送入大王大妃殿的韓文簡札和給肅宗的妹妹——明安公主的韓文簡札中，也有附上小說目錄，其中有《太平廣記》、《魏生傳》、《王慶龍傳》、《還魂傳》、《拍案驚奇》和《玉嬌梨》〔註7〕等的書名。

又在正朝十八年（1794），由日本對馬島的譯官山田士雲，將使臣間往來聽聞記錄而成的《象胥記聞》中，也有「《張風雲傳》、《九雲夢》、《崔賢傳》、《蘇大成傳》、《張朴傳》、《朴將軍忠烈傳》、《蘇雲傳》、《崔忠傳》、《泗（謝）氏傳》、《淑香傳》、《玉嬌梨》、《李白慶傳》、《三國志》」等書已被譯成韓文的記載。〔註8〕。

第一節　《玉麟夢》對中國古籍、故事、典故的引用

文學範圍至廣，可以涵括諸類型，漢文小說有論及五經文義者，有創作詩、賦者，文筆有以四六對句描繪者，其敘述細緻流暢，與中國小說大同小異，且於行文中巧妙地融入中國古籍、故事與人物典故，此技巧實在令人讚嘆！足見韓國人對中國古籍、故事了解之透澈，他們善用典故，提高了文章之價值。所引用之中國古籍、典故都很完美，由此亦可見韓國人博學多聞與旁徵博引之功夫。

中國古代小說作品中的某些用語，已因襲相承為公式化的套語，而這些習慣性的用語，某些描繪性的詞句，以及小說故事在流傳過程中所形成的典故，也頻繁地

〔註6〕參見閔寬東：《中國古典小說流傳韓國之研究》，頁10～13。

〔註7〕從記載中可知，在1794年，《玉嬌梨》已被翻譯成韓文閱讀。在成均館大學藏有《玉嬌梨》的中文本（《新刻天花藏批評玉嬌梨》）（第三才子書），【木】四卷四冊，三讓堂。《玉嬌梨》的韓文譯本則在高麗大學的晚松文庫（卷上缺本）和日本東京大學的阿川文庫中，可找到手抄本，3冊，韓漢文混用的形式。它又有《玉交梨》、《玉校梨》等的別名。可參見朴在淵：《朝鮮時代中國通俗小說翻譯本의 研究——樂善齋本을 中心으로》。

〔註8〕參見山田士雲：《象胥記聞》，天理大圖書館影印本，頁216。轉引自朴在淵：《朝鮮時代中國通俗小說翻譯本의 研究——樂善齋本을 中心으로》，頁335。

爲韓國古代作家所使用。在《玉麟夢》中，亦是如此，有著受漢學薰陶，承襲中國思想體系之跡象。

中國長篇小說在體裁上有幾項特色，即一多是章回體；二格式較固定，與人物傳記類似，頭尾分明，因果清楚，以交代主角的出身、年齡等等開頭，以主角最後的結局結尾。有頭有尾的交代主角的一生，其寫法多受歷史人物傳記的影響；三是寫景及寫人物心理很爲簡練。這些在韓國漢文小說中，都可以看到體現。〔註 9〕如在《玉麟夢》亦可見到如此的框架，頭尾完整，交代清楚的結構。

《玉麟夢》對故事敘述、人物描寫、典故的引用上，可以分成以下幾點：

1. 故事敘述的習慣用語

中國章回小說在開端常會以「且說」、「話說」、「卻說」等語做開始；並以「未知如何，且看下文分解」等文作結尾。韓國漢文小說《玉麟夢》亦依襲這種章回小說的敘述形式，與各單元之銜接上亦用「且說」、「話說」、「卻說」等語做開端，如第一回中，「話說江西南昌府城東十里許，有一座大山，名曰玉華山。」；或看《玉樓夢》中，在第五十八回中，就在結尾時說，「未知勝負如何？且看下回。」等用法。

或在每回之前的篇目有模仿律詩體的小標題。如在《玉麟夢》亦可見到模仿律詩體形式的痕跡，如在第一回中，「祈玄妙誕生玉麟，救忠良披瀝丹墀」。

2. 描述性詞語：對人物或對行軍佈陣或鬥法

在韓國古典小說中，很多部分借用中國章回小說的人物描寫或披戴打扮，或借用戰爭的細節描寫，加以潤色。運用中國章回小說中，描寫極爲精簡的方式，多使用熟語。如在《玉麟夢》第二回中，有段形容柳夫人樣貌的記載，「冰玉初凝，明花方濃，娉婷之態，裊娜之質，輝映一座」或在《玉樓夢》在第十一回中，就可看見一些套語，如「身長九尺，腰大十圍，深目高鼻，圓顏紫髯。」等。

對戰爭中的一些佈陣鬥法上的描述。《玉麟夢》因多以家庭之間的矛盾爲主，故戰爭事蹟較被忽視；但在《玉樓夢》中，就可以看到許多有關戰爭的敘述。如在第十六回中，就可看到祝融大王施展幻術的描寫。「急揮手旗，口念咒文。紅雲四起，無數鬼卒，滿山遍野，口吐火，鼻吹煙，衝擊明陣。」

3. 典故使用

韓國古代作家對中國傳統文化極其熟悉，其作品聚著深厚的歷史沈積，所用中國典故之多，實可謂俯拾皆是。這些典故皆出自中國史書及其他典籍，或東傳的中國小說。在《玉麟夢》亦可看到許多的典故：

〔註 9〕參見韋旭昇：《中國文學在朝鮮》，花城出版社，頁 55～74。

（1）如《玉麟夢》第一回中，「女兒金玉之性，花月之態，當獨步於千古，而關雎好逑，必難其人，是可憂慮？」就是出自《詩經・周南・關雎》：「關關雎鳩，君子好逑。」中。

（2）如在第三回中，「國運不幸，臣民無祿，竟遭鼎湖之泣，太宗皇帝繼統立承，上太祖武德皇帝尊號，大赦天下」就是借用在《史記・封禪書》中，黃帝鑄鼎於荊山下，鼎成乘龍上仙，用鼎湖說帝王之崩的典故。或在第三回中，「吾之兩人，既許其心，不可以泛然交道論之，乃效桃園結義之古事爲兄弟，未知如何？」就是以《三國演義・第一回》中劉備、關羽、張飛於桃園結爲異姓兄弟的故事。

（3）如在第四回中，「兩人相對，白璧互含清瀅，明珠爭吐光輝，不煩玉杵之玄霜而已，成藍橋之良配」則是借用《太平廣記・卷 50》中：裴航下第遊於鄂渚時遇雲翹樊夫人，夫人後使婢裊煙持詩與裴航，「一飲瓊漿百感生，玄霜搗盡見雲英，藍橋便是神仙窟，何必崎嶇上玉清。」後航經藍橋驛，求漿於老嫗，嫗呼雲英持漿，航飲之，眞玉液也，航睹雲英，艷麗驚人，願納厚禮娶之，嫗曰昨有神仙遺靈丹一刀圭，但須玉杵臼擣之百日，方可就吞。當得後天而老。君約娶此女者，得玉杵臼，吾當與之也。航求獲玉杵臼，爲擣葯百日，乃得娶雲英而仙去的故事。

（4）如在第十三回中，「昨日白面書生變爲花月之夫人，六七侍女擁護而坐，宛如王母下瑤池，嫦娥臨月宮，相顧驚訝，退立不敢入」就是借用在《集仙傳》中，對西王母居瑤池，在龜山崑崙之哺，閬風之苑，在帶瑤池，右環翠水的情景，或《搜神記・卷 14・嫦娥奔月》中，嫦娥竊不死之藥以奔月宮的描述。

（5）如在第二十二回中，「大郎愈加憤怒，足踢小屹，小屹抱大郎兩身相轉，蚌鷸之勢，漸至難解，小姐觀其勝負，欲辨死生，手不捨劍，坐而不動」就是借用《戰國策》中，蚌鷸相爭的故事。〔註 10〕

第二節　《玉麟夢》中的舞台背景

中國小說影響韓國至深，在韓國作品，除韓國本有之面貌外，由其中所表現出的內容，更可看出韓國人所著的小說受中國小說影響之鉅。而且，韓國古代漢文小

〔註 10〕參見林明德：《韓國漢文小說의　背景研究——中國과의　關係》，頁 279～293。

說所反映的社會生活是自己本身具有的，但其藝術形式卻是中國的。

韓國的漢文小說，以文言漢文寫成，小說中的舞台背景多分佈於中國各地，如《玉麟夢》、《謝氏南征記》、《九雲夢》、《玉樓夢》等。在韓國漢文小說中，中國的地名，包括地區名、都市名、山名、河川名、湖泊名等都頻頻出現，且散佈在全中國各地，如《玉麟夢》中所呈現出的背景就涵蓋了整個中國大陸。〔註 11〕不但如此，在韓國古典小說中，尤其是在漢文小說裡，連人名、時代名、官職名都有著中國的影響，如《玉麟夢》、《謝氏南征記》等等的一些小說。〔註 12〕

古代韓國的小說大致可分爲兩大類。一爲漢文小說，另一則是韓文小說。而漢文小說，它又可分中國風漢文小說和韓國風漢文小說二種。而韓文小說則分爲翻譯體韓文小說、一般的韓文小說、說唱系韓文小說三種。而《玉麟夢》、《九雲夢》則是屬於中國風漢文小說。

以中國爲舞台背景的小說很多，按作品的時代數量來看，李朝通俗小說約一半以上是寫中國的。這種小說的分佈情況多集中在文人創作的小說上，而不是在朝鮮當時已流行開來的說唱系小說上；以及內容多集中在戰爭、官宦之家的家庭和愛情問題上。依其所寫故事所發生的中國朝代來看，可例舉如下：

背景爲秦代的：《鼠同知傳》

背景爲漢代的：《楊豐雲傳》

背景爲唐代的：《九雲夢》、《華山仙界錄》、《仙女紅袋》

背景爲五代的：《漢唐遺事》

背景爲宋代的：《玉麟夢》、《趙雄傳》、《女中豪傑》、《張翼星傳》、《鄭壽景傳》、《黃將軍傳》、《玄壽文傳》、《林虎隱傳》、《魚龍傳》、《金鶴公傳》、《淑香傳》、《談襄傳》、《河陳兩門錄》、《尹河鄭三門聚錄》、《明珠寶月聘》

背景爲元代的：《柳文成傳》、《張伯傳》、《郭海龍傳》、《金華寺夢游錄》

背景爲明代的：《白鶴扇傳》、《報心錄》、《玉仙夢》、《張國振傳》、《趙生員傳》、《李大鳳傳》、《洪桂月傳》、《劉忠烈傳》、《謝氏南征記》、《鄭乙善傳》、《彰善感義錄》、《林慶業傳》、《周生傳》、《權益重傳》、《金振玉傳》、《權龍仙傳》、《玉樓夢》、《紅白花傳》、《劉李兩門

〔註 11〕可參見本論文的附錄（3）：「在《玉麟夢》中出現的地名及山水名」。

〔註 12〕參見閔寬東：《中國古典小說流傳韓國之研究》，頁 277～284。亦可參見本論文的附錄（3）：「在《玉麟夢》中出現的地名及山水名」。附錄（4）：「在《玉麟夢》中出現的中國歷史人物」。

錄》、《報恩奇遇記》、《聖賢公淑烈記》、《明行正義錄》、《玩月會盟宴》等等〔註 13〕

而這種以中國為舞台背景表現自己（韓國）的民族精神，這主要是因為：

一為歷史文化的原因，韓國文人醉心於中國文化，自然會讚美其文明，而對中國產生憧憬。當時作家漢學修養極高，深受明清以後勃興之中國文明影響。兩國關係歷來極其密切，在接受中國思想學術文化的全面影響以及東傳小說廣泛傳播的情況下，韓國小說作家便以中國為故事發生的背景來抒寫自己的懷抱，並以此迎合廣大讀者。

二為國內的政治原因，若欲諷刺宮中生活或貴族為非作歹之眞相，實不宜正面批評，故借用中國宮廷與貴族，則可避禍。韓國小說家抨擊時政，揭露與諷刺宮廷及官吏的腐朽黑暗，而又不致冒大不韙的罪名，於是托借所寫的故事發生在中國，以便掩其耳目，遠禍而避害，這種現象在李朝屢屢可見。《謝氏南征記》或可稱為此類作品。〔註 14〕

三為一般讀者對中國地理人文不盡熟悉，故在背景與人物安排上，縱有稍許疏失，亦不易發現，且無不自然之感，所以這比以韓國為背景效果更佳也更容易創作。

四為讀者皆有好奇心，因為中韓異地。相形之下所描述的異國風物更能引起讀者之興趣與注意。

一般來說，朝鮮中期以前小說的讀者都是文人階級與士大夫家的閨女；但朝鮮中期以後小說的讀者層產生變化，朝鮮時代的小說讀者層可說有三種，第一為會讀漢字的知識階層，第二為會解讀韓文的階層，第三為不識字階層，他們只會聽小說，可說是「聽者」。聽者的範圍甚廣，有、無知識階層都是。聽者的範圍從他們的身分來分析，第一類是宮中與士大夫階層及其他文人，第二類是中人與庶民及士大夫家女性，第三類是包括一般平民階層與其他階層都是。

十七世紀的小說流通之主要對象是文人與士大夫家的女性，特別是小說對士大夫家的女性極受歡迎，而當時平民階層的讀者還沒出現。至十八世紀出現了貰冊業者，此事實可證明讀者層的擴大與小說商品化現象。

在今日的文學觀點來看，才子佳人小說的確是較幼稚，無深度的。但它們是一定歷史時期的產物，我們只能把它們放到歷史的洪流中，去評量它們承先啓後的地

〔註 13〕參見韋旭昇：《中國文學在朝鮮》，花城出版社，頁 296～297。參見陳翔華：〈中國古代小說東傳韓國及其影響（下）〉，頁 70。

〔註 14〕參見閔寬東：《中國古典小說流傳韓國之研究》，頁 281。或朴晟義：《韓國古代小說論和史》，頁 49～84。

位和作用。

在韓國的古代小說中，普遍借用中國的故事情節。由於對中國作品非常熟悉，韓國小說家在創作構思時便自然而然地攝取其中某些故事，加以改造而融入自己的作品。〔註 15〕

它們流傳韓國後，在韓國小說文學方面引起了很大的影響，特別是傳入通俗小說後，在韓國古典小說的發展上有極密切的關係，而且產生了深遠的歷史作用。因此，如欲探究韓國古典小說的傳統與其特性，首先便應了解與中國古典小說的關係。〔註 16〕

古代韓國人受漢學薰陶，乃承襲中國思想體系之跡象。中國小說影響韓國至深，因之韓國作品，除韓國固有之面貌外，尙受中國小說的文體背景素材之影響，由韓國人所著的小說可窺見中國小說對其影響之痕跡。

韓國的漢文小說家借用的雖是中國的社會背景，描繪出的卻是他們自己的人物。他們以反抗對朝鮮的壓迫爲基礎而設置了李朝人所期待與渴望的英雄人物，並且保持和發揚儒家的傳統。〔註 17〕

以上諸敘述中可知，韓國漢文小說雖爲韓國人所作，表現出韓國人之感情、思想、生活等，應屬於韓國文學領域，然而因其使用之文字爲中文，且其舞台背景、思想、文體等深受中國之影響，故亦可視之爲中韓文化之結晶，或海外中國文學。

〔註 15〕參見陳翔華：〈中國古代小說東傳韓國及其影響（下）〉，頁 70。
〔註 16〕參見閔寬東：《中國古典小說流傳韓國之研究》，頁 1～9。
〔註 17〕參見陳翔華：〈中國古代小說東傳韓國及其影響（下）〉，頁 70。

第六章　結　論

本論文主要是從作者李庭綽的生平中，探究得出創作《玉麟夢》小說大約是在李庭綽回到楊根的 1709 年間。在這段時間裡，李庭綽主要的工作，就是與好友一起看書和遊山玩水。時間上很悠閒，精神上也沒有很大的壓力。從生活貧困的漢城回到故鄉楊根，他有了足夠的時間去閱讀一些書籍，這種經驗成就了《玉麟夢》。因此，推定《玉麟夢》的創作時間，應該是他從漢城回到楊根的 1709 年到考上文科之後，正式開始仕途的 1716 年間的事。

李庭綽創作《玉麟夢》，將柳家和范家所發生的許多又複雜，又龐大的事件，非常小心謹慎，但又極有趣味的敘述出來。在如此嚴密的敘述架構中，他要說的話其實就是萬物物極必反，否極泰來的道理。這是他在鼓勵他自己的一席長篇話語，現在懷才不遇，在外在表現上，沒有特出的功蹟顯現給世人們看。但一切只是暫時的，就好像那被冤枉的柳夫人一樣，只要有信心或清白，一定可以撥雲見日。筆者以爲，書中所表現出來的苦盡甘來，就是李庭綽內心最深的期盼。而李庭綽爲了忘記內心的苦悶和自身的困境，也爲了給他自己最大的激勵，所以，才寫下《玉麟夢》。

在李庭綽的生涯中，又一個値得注意的是，他七歲喪父的事情。在當時嚴禁改嫁的士大夫家庭觀念中，可以知道他是在寡母底下生長的。這也和小說《玉麟夢》中，柳、范、張府中的人物都在寡母下成長的境遇巧合。其中可以看出在小說中，有李庭綽的影子。這也和出生時是遺腹子的金萬重的例子相近，在寡母養育下成長的金萬重，爲了慰藉母親而作《九雲夢》的事情。

再者，可以推定李庭綽在十八世紀初期創作《玉麟夢》，也對於長篇家門小說的作者和作者意識的了解，有著很大的幫助和重要的意義。現在在韓國的長篇家門小說研究中，熱烈討論著一些士大夫男性作家所寫的小說，如《九雲夢》和《彰善感義錄》和一些士大夫女性作家所寫的小說，如《蘇玄聖傳》和《玩月會盟宴》等的，研究由於作品的作者層的不同，作品會有不同的個性展現的問題。尤其將士大夫男性作家的作品定位爲上層階級，或是政治上的老論——當時的當權派，並且，想要從作品中找出以上的特徵。但是，從《玉麟夢》的作者李庭綽的生平中，知道他是在當代政治環境中受忽略的小北派之一員。過著艱苦和不遇的一生。可以看出在士大夫作者中，也可以因爲政治上的際遇，在作品的展現上有著不同的面貌和思想表現。從這點出發，可以更清楚的看到十七、十八世紀的長篇家門小說的思想變化。

由作者李庭綽的生平探究中可知，一是李庭綽的現實貧困，因爲在物質上一直的不足與不遇的鬱悶，造就了他的文學。二是他的文學才能。文思的敏捷，沒有窒礙，出人意表也是他文學的本色。但是，因爲資料的不足，無法看到他文學的全貌，卻是件可惜的事。

從探討異本的過程當中，得出幾個原因推論出《玉麟夢》原本寫作應是漢文書寫。一爲文字內容的差別性。發現在《玉麟夢》的異本中，漢文本間的差異性較少，而韓文本間的差異較大。這差異除了內容上的不同之外，在語詞用句上，發現有些是比較接近漢文直譯的本子，有些則是較接近韓語意譯的本子。

二爲在韓國國家圖書館中所藏的韓文本異本中，其內頁中有漢文本的內容書寫。或在韓文本中間，有以漢文書寫的內容梗概和以漢文書寫著該回的回目名。由此推斷，可知當初書寫者是以漢文本爲底本。

三爲在《玉麟夢》中引用了大量的中國故事典故和詩詞。因此，極有可能原來是以中文書寫的，這樣比較合乎邏輯。

在第三章中，主要探討《玉麟夢》在故事情節單元上問題。《玉麟夢》有許多中國才子佳人小說的特性。雖然不是全盤的依襲，但仍可看出中國才子佳人小說對它的影響。如中國才子佳人小說的情節構造上，所具有的幾點特性，如男才女貌，一見鍾情，相互愛戀；中間歷經小人撥亂，流離受難；歷經千辛萬苦，終於得以大團圓，圓滿結合的固定模式。

除了中國才子佳人小說之外，韓國才子佳人小說《謝氏南征記》亦對《玉麟夢》有很大的影響。《謝氏南征記》主要是簡單的單線發展，故事是在劉府中謝氏和喬氏的矛盾和謝氏的磨難；而《玉麟夢》在構成上是複合性的，它在所敘述的故事是橫跨三代間的事情，它已跳脫出一代故事的模式。

它除了第二代呂夫人和柳夫人的矛盾和柳夫人的磨難之外，還有柳原一家人的離散和重逢，其中所發生的種種冒險歷程與不可思議的發展。在第三代，則是圍繞在柳在郊和張小愛的婚姻障礙上，他們兩人先後被賈御史和王員外、呂蒙正所收養，經過一連串的誤會和磨難才得以結爲夫婦等等，故在分析上，有些困難和複雜。

以長篇小說而言，《玉麟夢》結構嚴謹，手法也非常完整。就內容上，它不會過份的誇張或不切實際，它想要表現的是當時的現實性。再者，就創作上而言，是一部在古小說中難得一見的傑作。

而《玉麟夢》和《謝氏南征記》的相似之處，簡單的說，兩者皆是：1. 才子多是少年登科。如《謝氏南征記》的劉翰林（16 歲）；《玉麟夢》的柳原（14 歲）、范璟文（14 歲）、柳在郊（12 歲）。2. 佳人總是會被壞女人迫害，女扮男裝逃竄，在經過祖先託夢告知災難來臨後，躲到廟裡。如《謝氏南征記》的謝氏；《玉麟夢》的柳夫人和張夫人。3. 大團圓結局。經過磨難之後，全家團圓。在《謝氏南征記》中的喬氏被處死，而在《玉麟夢》中的呂夫人因爲悔改回到家族內。4. 《玉麟夢》和《謝氏南征記》都是在朝鮮時代，家族主義下所產生的家門小說的代表作。也是在韓國古代小說中，少數知道作者和著作年代的小說之一，皆以中國爲故事背景。

在第四章，從敘述方法和人物形象的分析當中，可以知道《玉麟夢》是遵循著一般的才子佳人的故事結構，女方多是名門閨秀，男方亦是書香門第，一般的村夫村姑是被排斥在外的。

《玉麟夢》中人物的性格，會隨著人物生活環境的發展而發展著；在情節發展中，描繪人物性格演變的嘗試，儘管還不能說是完美的，但卻是有意義，如范璟文在經過被囚胡地的磨難之後的重生。他的改變和成長都是很值得注意的。

《玉麟夢》多著眼於現實生活中的人物及其日常生活，以才子佳人的遇合爲主線，較廣泛地反映世態人情，而成爲世情小說。其發展中又出現與歷史演義、英雄傳奇及神怪小說融合的現象。情節生動，波瀾起伏，跌宕多姿，繼承中國古典小說「作意好奇」的傳統。

《玉麟夢》書中的佳人們雖然還不能從家庭中完全走出來，但她們在其中的表現，已超出才子們很多，展現出的才智和品德，以及膽識，都是很令人敬佩的。那些雖歷經磨難，仍矢志不移的堅定意志，很值得驕傲。如自由積極追求所愛的薛冰心。她爲了所愛——賈麟趾（柳在郊）主動去找他的未婚妻——王貞玩（張小愛），了解她的爲人之後，就懇求王貞玩收她作侍婢，只爲了將來能夠成爲賈麟趾的妾。

她一直陪伴在王貞玩身邊，多次解救王貞玩。她這樣的舉動展現了時代新女性的風貌，毫不遲疑的追求所愛，知道自己的追求爲何。當然，她所展現的足智多謀和勇氣也是不可忽略的。

作者對她的描述，個性鮮明而傑出，且寫得生動而眞切，她具有令人眼睛一亮的膽識和才智。李庭綽在人物的造型上，有相當出色的表現，還有其他才子佳人和女僧靈遠的敘述都很出色。

由《玉麟夢》這個書名中可以知道，故事的中心應是在得仙人玉麟而出生的柳原、柳在郊父子身上。但在書中，他們的表現不是太精彩。反倒是故事中一些女性的表現非常的搶眼。如在書中呂夫人的惡行非常的生動，而且充滿了力量；柳夫人的磨難和原諒呂夫人之表現，展現出了理想的大家閨秀樣貌。或是透過婚事上的磨難，而展現出的女性的堅毅。如張氏的苦難和節操、張小愛的磨難，一而再的發生誤會，以及薛冰心自覺又積極的追求愛情的過程。李庭綽寫出女性想要走出閨閣的渴望，並且透過對話表現出女性細膩的感情。

李庭綽又以人物的對比設計，來展現出他作品中人物和故事敘述豐富的變化。由兩個條件相似的人物比較，來說明他認爲最理想的人物應是怎樣的形象。如范璟文和柳原的比較，或雲鴻和翠蟾的對比等等。他都強調出他以爲的人物形象應是鎮定而觀察明白的柳原，或應是忠心不二，能同時顧全對主人和丈夫之義的善婢雲鴻。

第五章，主要是在談中國小說東傳之後對《玉麟夢》的影響。中國通俗小說在明清之際得到空前的發展，無論是話本、擬話本短篇小說，或是演義、英雄章回長篇小說及文言小說，創作種類及數量都相當豐碩。

中國小說傳入韓國，有四個途徑。一是由韓國使臣或貿易商們，直接從中國買回來；二是朝貢後中國的饋贈；三是靠口耳相傳的間接傳入。四是到韓國經商的華商獻贈與貿易。

韓國文人及作家從閱讀並翻譯中國通俗小說中，進而全盤模作或改寫成以純漢文寫成的漢文小說。上述無論那一種創作方式，基本上都是脫離不了中國通俗小說的陰影。它們或多或少都受到中國通俗小說的影響。在《玉麟夢》中也可以看見對中國典故的純熟運用，而且，故事的背景也都是以中國爲中心，不管是朝代名或官職名等。因此可以知道，以中國背景的故事，不只是文人願意書寫，而且也廣泛被市井小民所接受和喜愛。

値得注意的是，韓國的漢文小說家借用的雖是中國的社會背景，但在故事中描繪出的卻是他們自己的人物。他們以反抗對朝鮮的逼迫爲基礎而發展出李朝人所期待與渴望的英雄人物，並且保持和發揚儒家的傳統。

韓國漢文小說表現出韓國人之感情、思想、生活等，是屬於韓國文學領域，然而因其使用之文字爲中文，且其舞台背景、思想、文體等深受中國之影響，故亦可視之爲中韓文化之結晶，或海外中國文學。

在十八世紀創作的漢文長篇小說《玉麟夢》，清楚的展現出了十七世紀末小說的特色，而且，也開創了十九世紀小說的前路，有著韓文小說形式的多樣化。它同時融合了漢文長篇小說和韓文長篇小說兩大洪流，包含著漢文長篇小說的士大夫的觀點，也就是將小說中的內容或將故事中女性形象當成是教化女性的工具，作爲教化風俗之用，具體強調女性應遵守的道德和行爲。有著強烈的家族意識和家門昌隆的意涵。

韓文長篇小說中閨閣女性的觀點，即表達著女性想要走出家庭的渴望思想。在敘述上會對家中事有細膩的描寫，並對女性的心理有深入的刻劃。《玉麟夢》很輕鬆的將女性在日常生活中的瑣事納入故事中，也對於社會上壓抑女性的種種規範有著同情，顯示出女性許多願望。

《玉麟夢》很成功的將男性的思想和女性的渴望融合在一起，它的表現也開創了十九世紀小說的未來。而《玉麟夢》的侷限性在於，它雖然表達出了女性想要走出去的欲望，但仍舊有跳不開的矛盾性，故每每會讓走出去的女性碰到一連串的危險，雖然總能化險爲夷，但都是靠外力幫忙，女性還無法完全掌握住自己的命運，其驚險程度也讓人捏一把冷汗。這也可能就是《玉麟夢》的矛盾與衝突所在，呈現出十八世紀小說的時代特色，是個過渡時期的時代產物。

吸收中國章回小說經驗創作的韓國漢文小說《玉麟夢》，其優點在於，小說創作的水準一下子提高，不用經過摸索的階段，文化水平也跟著提升。作品流行在貴族、文人之間。反之，其缺點在於因爲它是以漢文書寫，一般老百姓看不懂，無法分享。也因此，才會有後來各種不同版本的韓文本《玉麟夢》的出現。

附錄一：《玉麟夢》故事梗概

在研究《玉麟夢》這個題目中，筆者已在前面的敘述中大約的提及《玉麟夢》的故事。但對大部分的人而言，《玉麟夢》仍是一部陌生的韓國漢文小說，故在此筆者再詳細的介紹《玉麟夢》這本書。

在宋朝時節，江西南昌府，有一得道高人，道號玄妙眞人。役使百靈，手中一片造化之機，有天地斡旋之功。時人因其靈異之跡，建祠於城內，凡有所禱，輒必靈驗。這時，大宋宰相柳琰，膝下只有一女蕙蘭，卻無男丁，正在煩惱之際。適逢南昌地方乾旱無雨，饑饉連年，於是，朝廷就派柳琰任按察使，體恤民情。柳琰於是在玄妙眞人的祠堂上，祈求得一子。果然，在做了得到玉麟的胎夢之後，生下了一骨格非凡、冰清玉潤的男孩，名爲原。之後，柳琰就把其女蕙蘭許配給其好友范質的第三子范璟文，兩人已訂好婚約，但因爲范質和柳琰相繼去世。於是，兩人爲了守喪而緩了佳期。范璟文守三年喪後，當朝皇帝的御妹太原公主說服皇上，讓其女呂嬌蘭先嫁給范璟文，再娶柳女。呂小姐見柳小姐外表出眾，儀態雍容，就想盡辦法來陷害她。

而柳蕙蘭之弟柳原，以十四之齡和范璟文一起應試，同時考中進士，娶張丞相之女爲妻。由於，柳原和范璟文都有大才，自出仕以來，都受到皇帝的重用，兩人也情同手足。但是，呂夫人卻夥同侍婢翠蟾，共謀誣陷柳夫人與門客薛生有奸情，柳夫人含冤被趕回娘家。

那時，契丹派使到宋朝表示投誠之意，范璟文自告奮勇出任北朝通信使。抵達之後，契丹卻發生兵變，范璟文被困。京城中的呂夫人利用這個機會，把柳夫人私通薛生之事，告到官府，成功地將柳夫人流放到零陵去，並派刺客魏格去加害在零陵的柳夫人。

因爲，姐姐柳夫人被流放到零陵，柳原爲了照顧姐姐，自願到離零陵較近的桂陽出任太守。呂夫人決定斬草除根，派刺客行刺在赴任中的柳原。柳原因此受傷，醫藥無效，並與夫人、兒子離散。他的母親到玄妙眞人祠廟中，去求助，果然，忠良得天救助，柳原得以獲救。並在玄妙祠內的鶴林院中巧遇避難中的柳夫人。

到任之後，柳原實行善政，得到百姓的愛戴，等到任期滿了要回京之時，就已升上禮部尙書的職位。而柳夫人仍歸鶴林院休養。

這時，契丹的耶律京拒絕向宋朝投誠，舉十萬大軍大舉侵犯，柳原臨危授命征北大元帥與契丹做生死決戰，打敗了契丹。結盟之後，把囚禁胡地的范璟文救出，凱旋回國。

范璟文回來之後，因爲忠僕雲鴻的幫忙，獲悉呂夫人的奸計。柳夫人因而從流放地釋放。呂夫人卻被流放零陵，眞是命運的交換。

柳原的夫人張氏和其子在郊也相繼找到，平安回到京城。一家人團圓。當然，至於在郊的冒險過程。他怎麼被人救活、收養，又是如何找到他的伴侶張小愛和紅粉知己兼救命恩人薛冰心等等。故事始終是精彩刺激。後來，在郊考上了神童科的狀元，辦了場榮親宴，皇上還賜了所有宴會所需的用品，眞可說是盛況空前、盛極一時。

另一方面，呂夫人改過遷善，在柳夫人上書請願下，釋回京城。柳、范兩家的人都團圓，過著和樂的日子。

這是一個三代的故事，在第一代時，柳琰在治理好了久旱不雨、饑饉連年的江西南昌府之後，皇帝極爲讚賞，拜尙書僕射。回到京師，打算履行和故人之約，讓其女蕙蘭和范璟文結婚。但不料，卻過世了。也因爲如此，范家和柳家的厄運開始了。

在第二代，柳女雖然後來還是嫁給了范璟文，但是，由於第一夫人——公主之女呂嬌蘭的嫉妒，故一直處於被誣陷和苦難的環境。因爲，父親的早亡，埋下苦果。其弟柳原，眼看無法免除這場厄運，於是，想要盡可能的照顧其姐。他自願到其流地較近的桂陽任太守。但防不勝防，在途中，卻被呂夫人的刺客埋伏，深受重傷，險些喪命。其夫人張氏和其子在郊也在這場混亂中失散。直到柳女的冤屈得雪，呂女反而被流放。柳女回到范家，重拾家庭之樂。

到了第三代，柳在郊和張小愛，以及薛冰心是相愛的三個人。但是，差別在於，柳在郊和張小愛，從小因意外與父母失散。而薛冰心，則與父母死別，淪落爲妓女。當然，她是只賣藝不賣身。他們如何找到親生父母，如何完成他們的自由戀愛。到頭來，解決了一件，另一件事也自然會迎刃而解，這也就是這故事，所以吸引人的地方。

由於，第一代的父母，沒有做完他們所應做完的事情——替子女們完婚。所以，故事開始了。有惡女進門，影響了范家、柳家的生活，以及害得他們的下一代也流離失所，失散多年。直到冤屈得雪，一家人團圓。看來，一個小小的失誤，可以燎原，可以使天下天翻地覆大亂。

附錄二：《玉麟夢》的主要人物表

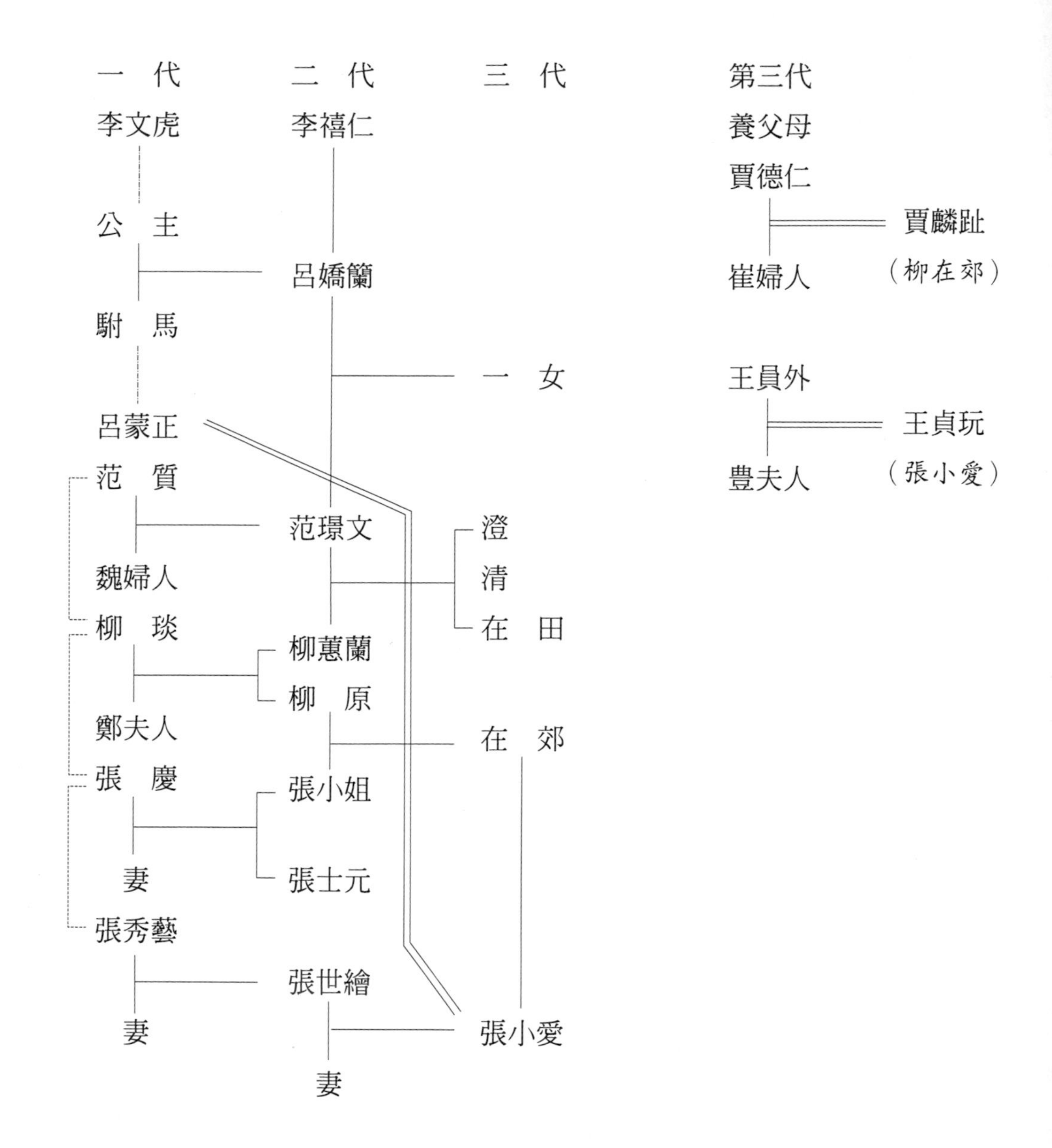

夫妻或血緣關係　朋友　親戚關係　養子關係

柳芝蘭：柳琰和官妓所生女

薛檍：范璟文的門客

雲鴻：柳蕙蘭的侍婢，後投胎成爲在田

附錄三：在《玉麟夢》中出現的地名及山水名

（　）表示次數

都市名與一般地名	南昌府（18）、台州（10）、零陵（10）、淮南（9）、桂陽（8）、代州（6）、江西（6）、汴京（5）、潯陽（5）、開封（3）、江州（3）、鄱陽縣（3）、劍南（1）、山西（1）、雲南（1）、北林（1）、衡陽（1）、南陽（1）、成都（1）、寧遠縣（1）、咸陽（1）、江淮（1）、滄州（1）、合浦（1）、桂林（1）、會稽（1）、長安（1）、襄陽（1）、洛陽（1）、新州（1）、江南（1）、汾陽（1）、金谷（1）、汨羅（1）
山　名	道林（5）、玉華山（4）、先山（4）、天台山（8）、崑山（3）、四明山（2）、衡山（2）、陰山（2）、吳山（2）、七寶山（2）、天佛山（2）、廬山（1）、桓山（1）、溪山（1）、三峽（1）、楚山（1）、嵋山（1）、洛山（1）、蜀山（1）、北山（1）、雪山（1）、荊山（1）、谿山（1）、巫山（1）、綿山（1）、邱山（1）
水　名	潯陽江（7）、北海（3）、滄海（2）、弱水（2）、翰海（2）、九江（2）、鼎湖（1）、楚水（1）、潢池（1）、潁水（1）、甘泉（1）、西河（1）、吳水（1）、黃河（1）、墨池（1）、鏡湖（1）、浙江（1）、黃海（1）、長江（1）、鄱陽湖（1）、彭蠡湖（1）、汴河（1）、張曲江（1）、五湖（1）、洞庭（1）

附錄三是參照林明德：《韓國漢文小說의　背景研究——中國과의　關係》，頁 97～298。

附錄四：在《玉麟夢》中出現的中國歷史人物

時　代	人　物　名
三代以前	桀，皋（陶），瞽瞍，丹朱，尾生，木蘭，舜，娥皇，女英，堯，禹，伊尹，妊姒，周公旦，仲虺，湯，太姒，彭祖，
春秋戰國	孔子，屈原，孟子，伯牙，范睢，西施，孫子，宋玉，淳于髡，顏子，陽貨，易牙，吳起，柳下惠，莊姜，莊子，鄭袖，齊景公，趙括，鍾子期，曾母，春申君，扁鵲，平原君，馮驩，荊軻，閔子騫，鄭子產，伍子胥
秦漢時代	季布，霍去病，光武帝，紀信，董仲舒，孟光，班姬，范式，飛燕，司馬相如，蘇武，梁源，呂后，王莽，王昭君，衛青，劉章，陸賈，李膺，張良，趙高，趙充國，鼂錯，周亞夫，秦始皇，陳蕃，陳平，戚夫人，卓王孫，漢高祖，漢武帝，華佗，黃霸，禰衡
三國時代	張弘，諸葛亮，周瑜
南 北 朝	嵇康，司馬懿，葛洪，杜元凱，潘岳，王儉，王濬，王羲之，馮景
隋　唐	盧杞，唐德宗，唐肅宗，唐眞宗，唐玄宗，杜甫，裵航， 楊貴妃，王勃，王昌齡，魏徵，陸贄，李白，張九齡， 賀知章，韓退之
宋　代	李義山，曹彬，彭蠡
元　代	沈貞，劉融

附錄四是參照林明德：《韓國漢文小說의　背景研究——中國과의　關係》，頁 223～259。

附錄五：中國古典小說傳入韓國的時期表

年 代	作 品	根據（出典）
西元1年	山海經（284年以前）	和漢三才圖書
	遊仙窟（7世紀左右）	唐書
1000年	搜神記、說苑、高士傳（1091年以前）	高麗史
	太平御覽（1101年）	
1200年	世說新語（12～13世紀以前）	高麗史
	太平廣記（12～13世紀）	高麗史
	西遊記（1347年前後）	朴通事諺解
	列女傳（1404年以前）	海東繹史
	酉陽雜俎（1492年以前）	朝鮮王朝實錄
1500年	剪燈新話、剪燈餘話、效顰集、嬌紅記（16世紀初）	朝鮮王朝實錄
	三國演義（1569年以前）	朝鮮王朝實錄
	金瓶梅、肉蒲團（16世紀末17世紀初）	松泉筆談
1600年	隋唐演義、兩漢演義、齊魏演義、殘唐五代史演義、北宋演義、洞冥記、十洲記、水滸傳（1618年以前）	惺所覆瓿稿
	鍾離、葫蘆（仁祖年間：1623～1649年）	於于野談
	何氏語林、貧士傳、仙傳拾遺、問奇語林、稗海、說郛、張公外記、筆談、南村輟耕錄、玉壺冰、吳越春秋、眉公祕笈、小窗清記、明野彙、經鋤堂雜志、稗史彙編、四友叢說、林居漫錄、豔異編、耳談類林、避暑餘話、太平清話、玄關雜記、河南師說、西湖遊覽記、睽車志（17世紀初以前）	閑情錄
1700年	平山冷燕（1717年以前）	北軒雜說
	開闢演義、涿鹿演義、西周演義、東晉演義、禪眞逸史、南宋演義、皇明英雄傳、續英雄傳、樵史通俗演義、留人眼、西湖佳話、人中畫、禪眞後史、剪燈叢話、文苑楂橘、豔異編、五色石、型世言、醒世恒言、拍案驚奇、今古奇觀、列仙傳、女範、列國志、後西遊記、孫龐演義、四才子傳、玉嬌梨、玉友磯（玉支磯）、春風眼、春柳鶯、破閑談、巧聯珠、好逑傳、王翠翹傳、辯以釵（弁而釵）、引鳳簫、鳳嘯梅（鳳簫媒）、山中一夕話、仙媛傳、富公傳、盛唐演義、太原志、聘聘傳、豔史、後水滸志、西洋記、包公演義、無冤錄、迪吉錄、豔情快史、昭陽趣史、陶情百趣、玉樓春、貪歡報、杏花天、戀情人、巫夢緣、燈月緣、鬧花叢、百抄、何潤傳（河間傳）（1762年）	中國歷史繪模本
	邯鄲夢記（1791年以前）	雜同散異
1800年	諾皐記、紅樓夢、續紅樓夢、續水滸傳、夷堅志、封神演義、東遊記、聊齋志異、齊諧記、虞初志、楊六郎、虞初新志、顧玉川傳、宣和遺事（1800年代以前）	五洲衍文長箋散稿
	鏡花緣（1835年以前）	第一奇諺

附錄五是參照閔寬東：《中國古典小說流傳韓國之研究》，頁166～168。

參考書目

一、韓國漢籍

1. 《永垂彰善記》，韓國國立圖書館藏本，古第 7795 號，8 冊，古朝 48～38。
2. 《永垂彰善記》，韓國國立圖書館藏本，古第 88511～88513 號，3 冊，複古 3649～111～（1,2,3）。
3. 《永垂彰善記》，韓國國立圖書館藏本，古第 12389 號，8 冊，古朝 48～98
4. 林明德主編，《韓國漢文小說全集》，台北：中國文化大學、韓國精神文化研究院共同發行，民 69 年 5 月。

    卷 1 夢幻、家庭類《玉麟夢》。

    卷 2 夢幻、理想類《玉樓夢》。

    卷 7 愛情、家庭類《謝氏南征記》。

【中　文】

一、專　書

1. 中華學術院韓國研究所和中國文化學院韓文組合作編譯，《韓國文學史概論》，台北：華岡出版社，民國 58 年 12 月。
2. 林泰輔，陳清泉譯，《朝鮮通史》，台北：臺灣商務印書館，民國 60 年 4 月。
3. 柳存仁，《明清中國通俗小說版本研究》，台北：孟氏圖書公司，1972 年。
4. 宋・李昉等編，《太平廣記》，台北：古新書局，民國 65 年。
5. 古添洪、陳慧樺，《從比較神話到文學》，台北：東大圖書公司，1977 年。
6. 靜宜文理學院中國古典小說研究中心編，《中國古典小說研究專集一》，台北：聯經出版社，民國 68 年 8 月。
7. 胡士瑩，《話本小說概論》，北京：中華書局，1980 年。
8. 孟瑤，《中國小說史》，台北：傳記文學出版社，1980 年 10 月。

9. 《聚珍仿宋四部備要．新唐書》，台北：台灣中華書局，民國 70 年 6 月。
10. 王秋桂編，《韓南中國古典小說論集》，台北：聯經出版社，1981 年 8 月。
11. 譚嘉定編，《三言二拍資料》，台北：里仁書局，1981 年。
12. 譚正璧、譚尋，《古本稀見小說匯考》，杭州：浙江文藝出版社，1982 年。
13. 侯健，《中國小說比較研究》，台北：東大圖書公司，民國 72 年 12 月。
14. 丁奎福，陳祝三譯，《中韓關係史論文集》，中華民國韓國研究學會著作叢書之 2，台北：中華民國韓國研究學會編印，民國 72 年 12 月。
15. 國立政治大學古典小說研究中心主編，明清善本小說叢刊初編，第八輯，天花藏主人專輯，《玉嬌梨》、《兩交婚》、《畫圖緣》、《麟兒報》、《定情人》、《玉支璣》、《人間樂》、《飛花詠》，台北：天一出版社，民國 74 年 5 月。
16. 國立政治大學古典小說研究中心主編，明清善本小說叢刊初編，第十輯，煙粉小說，《好逑傳》、《快心編》，台北：天一出版社，民國 74 年 10 月。
17. 葉慶炳編，《中國古典小說中的愛情》，台北：時報出版公司，民國 76 年 8 月。
18. 中華文化復興運動推行委員會、國家文藝基金管理委員會主編，《中國文學講話（9）明代文學》，台北：巨流圖書公司，1987 年 5 月。
19. 木鐸出版社編，《明清小說探幽》，台北：木鐸出版社，民國 76 年 7 月。
20. 聯合報文化基金會國學文獻館編，《第一屆中國域外漢籍國際學術會議論文集》，台北：聯合報文化基金會國學文獻館印，民國 76 年 12 月。
21. 葉朗，《中國小說美學》，台北：里仁書局，1987 年。
22. 何滿子、李時人，《中國古代短篇小說傑作評註》，合肥：安徽文藝出版社，1988 年。
23. 林明德編，《晚清小說研究》，台北：聯經出版社，民國 77 年 3 月。
24. 金健人，《小說結構美學》，台北：木鐸出版社，民國 77 年 9 月。
25. 中國古典文學研究會編，《域外漢文小說論究》，台北：學生書局，民國 78 年。
26. 聯合報文化基金會國學文獻館編，《第二屆中國域外漢籍國際學術會議論文集》，台北：聯合報文化基金會國學文獻館印，民國 78 年 2 月。
27. 朱一玄編，《明清小說資料選編》，濟南：齊魯書社，1989 年。
28. 龍潛庵，《穿梭宋元話本之間》，台北：遠流出版公司，1989 年 4 月。
29. 陳永正，《三言兩拍的世界》，台北：遠流出版公司，1989 年 6 月。
30. 韋旭昇，《抗倭演義（壬辰錄）及其研究》，太原：北岳文藝出版社，1989 年 10
31. 范伯群，《民國通俗小說鴛鴦蝴蝶派》，台北：國文天地雜誌社，民國 79 年。
32. 魏紹昌，《我看鴛鴦蝴蝶派》，台北：臺灣商務印書館，民國 79 年。
33. 雲封山人編次，古本小說集成編委會編，《鐵花仙史》，上海：上海古籍，1990
34. 韋旭昇，《中國文學在朝鮮》，廣州：花城出版社，1990 年 3 月。
35. 朱傳譽主編，明清善本小說叢刊續編，第三輯，煙粉、傳奇、豔情，《宛如約》、

《平山冷燕》，台北：天一出版社，民國 79 年 6 月。

36. 聯合報文化基金會國學文獻館編，《第三屆中國域外漢籍國際學術會議論文集》，台北：聯合報文化基金會國學文獻館印，民國 79 年 11 月。
37. 陳捷先，《明清史》，台北：三民書局，民國 79 年 12 月。
38. 陳平原，《中國小說敘事模式的轉變》，台北：久大文化股份有限公司，1990 年 5 月。
39. 孫遜、孫菊園編，《中國古典小說美學資料匯粹》，台北：大安出版社，1991 年。
40. 周晨譯註，《唐人傳奇選譯》，四川：巴蜀書社，1991 年。
41. 肖海波、羅少卿譯註，《六朝志怪小說選譯》，四川：巴蜀書社，1991 年。
42. 黃敏譯註，《明代文言短篇小說選譯》，四川：巴蜀書社，1991 年。
43. 王火青譯註，《清代文言小說選譯》，四川：巴蜀書社，1991 年。
44. 豐悅，《無邊風月卷中來》，台北：遠流出版公司，民國 80 年 4 月。
45. 劉大杰，《中國文學發展史》，台北：華正書局，民國 80 年 7 月。
46. 葉泉宏，《明代前期中韓國交之研究（1368～1488）》，台北：台灣商務印書館，民國 80 年 7 月。
47. 聯合報文化基金會國學文獻館編，《第四屆中國域外漢籍國際學術會議論文集》，台北：聯合報文化基金會國學文獻館印，民國 80 年 8 月。
48. 聯合報文化基金會國學文獻館編，《第五屆中國域外漢籍國際學術會議論文集》，台北：聯合報文化基金會國學文獻館印，民國 80 年。
49. 佛斯特，《小說面面觀》，台北：志文出版社，1991 年 12 月。
50. 郭英德，《痴情與幻夢——明清文學隨想錄》，上海：三聯書店，1992 年。
51. 魯迅，《魯迅小說史論文集》，台北：里仁書局，民國 81 年 9 月。
52. 龍潛庵，《才子佳人未了緣》，台北：遠流出版公司，民國 81 年。
53. 孫遜、孫菊園編，《明清小說叢稿》，台北：中國文化大學出版部，民國 81 年 9 月。
54. 馮瑞龍，《元代愛情悲劇研究》，台北：華漢文化事業公司，1992 年 12 月。
55. 譚達先，《中國描敘性傳說概論》，台北：貫雅文化，民國 82 年。
56. 陳大康，《通俗小說的歷史軌跡》，長沙：湖南出版社，1993 年 1 月。
57. 陳平原，《小說史：理論與實踐》，北京：北京大學出版社，1993 年 3 月。
58. 聯合報文化基金會國學文獻館編，《第六屆中國域外漢籍國際學術會議論文集》，台北：聯合報文化基金會國學文獻館印，民國 82 年 5 月。
59. 林辰、段句章，《天花藏主人及其小說》，瀋陽：遼寧教育出版社，1993 年。
60. 蕭相愷，《世情小說史話》，瀋陽：遼寧教育出版社，1993 年。
61. 苗壯，《才子佳人小說史話》，瀋陽：遼寧教育出版社，1993 年。

62. 殷國光、葉君遠編，《明清言情小說大觀（上、中、下）》——《玉嬌梨》、《平山冷燕》、《好逑傳》等，北京：華夏出版社，1993 年 6 月。
63. 陳文新，《中國文言小說流派研究》，湖北：武漢大學出版社，1993 年 9 月。
64. 劉開榮，《唐代小說研究》，台北：台灣商務印書館，民國 83 年。
65. 趙景雲、何賢鋒，《中國明代文學史》，北京：人民出版社，1994 年。
66. 黃保貞、成復旺、蔡鍾翔等，《中國文學理論史（明代時期）》，台北：洪葉出版社，1994 年。
67. 胡萬川，《話本與才子佳人小說之研究》，台北：大安出版社，1994 年。
68. 羅貫中，吳小林校注，《三國演義》，台北：里仁書局，民國 83 年 9 月。
69. 宋柏年主編，《中國古典文學在國外》，北京：北京語言學院出版社，1994 年 10 月。
70. 《中國歷史禁毀小說集粹》第四輯第二冊，台北：雙笛國際出版社，民國 84 年。
71. 陳文新，《中國筆記小說史》，台北：志一出版社，民國 84 年 3 月。
72. 提格亨，戴望舒譯，《比較文學論》，台北：臺灣商務印書館，1995 年 8 月。
73. 黃永林，《中西通俗小說比較研究》，台北：文津出版社，民國 84 年 10 月。
74. 聯合報文化基金會國學文獻館編，《第七、八屆中國域外漢籍國際學術會議論文集》，台北：聯合報文化基金會國學文獻館印，民國 84 年 10 月。
75. 陳翠英，《世情小說之價值觀探論——以婚姻爲定位的考察》，台北：國立臺灣大學文史叢刊，民國 85 年。
76. 林景蘇，《中國十大愛情傳奇——框外有情天》，台北：漢藝色研出版社，民國 85
77. 陳益源，《從嬌紅記到紅樓夢》，瀋陽：遼寧古籍出版社，1996 年 7 月。
78. 孔慧怡，《婦解現代版才子佳人》，台北：麥田出版社，1996 年 10 月。
79. 干寶，黃滌明譯注，《搜神記》，台北：台灣古籍，1997 年。
80. 歐陽健，《古小說研究論》，四川：巴蜀書社，1997 年 5 月。
81. 湯鋼、朱元寅新，《明史》，上海：上海古籍出版社，1997 年 11 月。
82. 李悔吾，《中國小說史漫稿》，武漢：湖北教育出版社，1998 年 3 月。
83. 趙潤濟，張璉瑰譯，《韓國文學史》，北京：社會科學文獻出版社，1998 年 5 月。
84. 楊義、陳聖生，《中國比較文學批評史綱》，台北：葉強出版社，1998 年 6 月。
85. 楊義，《中國古典小說史論》，北京：人民出版社，1998 年 10 月。
86. 周建渝，《才子佳人小說研究》，台北：文史哲出版社，民國 87 年 10 月。
87. 向楷，《世情小說史》，杭州：浙江古籍出版社，1998 年 12 月。
88. 喬・艾略特等，張玲等譯，《小說的藝術》，北京：社會科學文獻出版社，1999 年 1 月。
89. 東吳大學中國文學系編，《域外漢文小說國際學術研討會論文集》，台北：東吳大學中國文學系，民國 88 年 9 月。
90. 徐志嘯，《中外文學比較》，台北：文津出版社，2000 年 4 月。
91. 聶石樵主編，雒三桂、李山注釋，《詩經新注》，山東：齊魯書社，2000 年 10 月。

二、期刊論文

1. 禹政夏撰，《韓國小說洪吉童傳之作者及其受中國小說影響之研究》，政治大學中文所碩論，民國 60 年 6 年。
2. 李進益撰，《天花藏主人及其才子佳人小說之研究》，中國文化大學中文所碩論，民國 77 年 6 年。
3. 陳葆文撰，《中國傳統短篇愛情小說的衝突結構》，臺灣師範大學國文所碩論，民國 78 年。
4. 姜鳳求撰，《明清才子佳人小說《好逑傳》研究》，政治大學中文所碩論，民國 80 年。
5. 李進益撰，《明清小說對日本漢文小說影響之研究》，中國文化大學中文所博論，民國 82 年 6 年。
6. 金秀炫撰，《中韓梁祝故事之演變與比較研究》，中國文化大學中文所碩論，民國 82 年 12 年。
7. 閔寬東撰，《中國古典小說流傳韓國之研究》，中國文化大學中文所博論，民國 84 年。
8. 陳葆文撰，《中國古典短篇文言愛情小說女性主角形象結構研究》，東吳大學中文所博論，民國 86 年。
9. 黃蘊綠撰，《明末清初才子佳人小說中的佳人形象》，淡江大學中文所碩論，民國 86 年。
10. 郭淑芬撰，《馮夢龍《情史類略》之「才女」形象研究》，清華大學中文所碩論，民國 87 年。
11. 喻緒琪撰，《明末清初世情小說之研究》，高雄師範大學國文所碩論，民國 88 年 6 月。
12. 林明德，〈九雲夢與中韓兩國夢幻類作品〉，《韓國研究》第一期，民國 68 年 6 月。
13. 李慶善，〈韓國古代小說所表現之對外意識〉，《韓國研究》第二期，民國 68 年 12 月。
14. 林明德，〈論韓國漢文小說與漢文學之研究〉，《世界華學季刊》創刊號，民國 69 年 3 月。
15. 林明德，〈韓國漢文小說與中國之關係〉，《世界華學季刊》第一卷第三期，民國 69 年 9 月。
16. 林明德，〈韓國漢文小說與中國倫理道德〉，《世界華學季刊》第二卷第三期，民國 70 年 9 月。

17. 林明德，〈韓國漢文小説《玉樓夢》與中國的關係〉，《世界華學季刊》第二卷第四期，民國 70 年 12 月。
18. 林明德，〈中國贊辭在韓國漢文小説〉，《世界華學季刊》第三卷第一期，民國 71 年 3 月。
19. 張基槿，〈中國文學傳入韓國與韓人之特殊性〉，《韓國研究》第四期，民國 71 年 4 月。
20. 林明德，〈韓國諷刺類小説與中國文化之關係〉，《韓國研究》第四期，民國 71 年 4 月。
21. 林明德，〈中韓小説的入出世思想及其產生背景（上）〉，《世界華學季刊》第三卷第二期，民國 71 年 6 月。
22. 林明德，〈中韓小説的入出世思想及其產生背景（下）〉，《世界華學季刊》第三卷第三期，民國 71 年 9 月。
23. 林明德，〈中韓小説的入世思想及其產生背景〉，《世界華學季刊》第三卷第四期，民國 71 年 12 月。
24. 林明德，〈韓國古典小説改寫爲中文劇本的可行性〉，《韓國研究》第七期，民國 74 年 7 月。
25. 林明德，〈韓國漢文小説的舞台背景與中國的關係〉，《國文天地》十八期，民國 75 年 11 月。
26. 周建忠，〈試論才子佳人小説婚姻觀念的演變〉，《南通師專學報：社科版（蘇）》，1988 年 4 月，出自《中國古代、近代文學研究》
27. 田國梁，〈試談「三言」、「二拍」中幾類婦女形象的社會意義〉，《西北民族學院學報：哲社版（蘭州）》，1988 年 4 月，出自《中國古代、近代文學研究》
28. 王引萍，〈試論「三言」中的婦女主題〉，《西北第二民族學院學報：哲社版（寧夏）》，1991 年 2 月，出自《中國古代、近代文學研究》
29. 陳大康，〈論通俗小説的雙重品格〉，《上海文論》，1991 年 4 月，出自《中國古代、近代文學研究》
30. 方溢華，〈論才子佳人小説的成因〉，《廣州師院學報：社科版》，1991 年 4 月，出自《中國古代、近代文學研究》
31. 姜東賦，〈中國小説觀的歷史演變〉，《天津師大學報：社科版》，1992 年 1 月出自《中國古代、近代文學研究》
32. 田同旭，〈女性在明清小説中地位的變化〉，《山西大學學報：哲社版（太原）》，1992 年 1 月，出自《中國古代、近代文學研究》
33. 吳建國，〈從明清小説看文人的家庭生活與人格危機〉，《華東師範大學學報：哲社版（滬）》，1992 年 2 月，出自《中國古代、近代文學研究》
34. 何士龍，〈明清長篇小説藝術之民族特色爭議〉，《中南民族學院學報：哲社版（武

漢)》，1992年2月，出自《中國古代、近代文學研究》

35. 許桂亭，〈中西早期小說觀之同與異〉，《天津教育學院報：社科版》，1992年3月，出自《中國古代、近代文學研究》
36. 程遙，〈論唐代愛情婚姻小說的道德理想〉，《遼寧大學學報：哲社版（瀋陽)》，1992年3月，出自《中國古代、近代文學研究》
37. 吳波，〈論明清小說作家創作的矛盾二重性〉，《松遼學刊：社科版（四平)》，1993年1月，出自《中國古代、近代文學研究》
38. 陳大康，〈從繁榮到蕭條——論清初通俗小說的創作〉，《上海社會科學院學術季刊》，1993年3月，出自《中國古代、近代文學研究》
39. 厲平，〈論中國古代小說人物形象塑造審美思維機制的嬗變〉，《社會科學輯刊（瀋陽)》，1993年5月，出自《中國古代、近代文學研究》
40. 徐傳玉、張仲謀，〈論古典詩文對小說發展的影響〉，《江海學刊（南京)》，1993年6月，出自《中國古代、近代文學研究》
41. 雷勇，〈明末清初社會思潮的演變與才子佳人小說的「清」〉，《甘肅社會科學（蘭州)》，1994年2月，出自《中國古代、近代文學研究》
42. 劉敬圻，〈婚戀觀念的嬗變及其啓示——「三言」「二拍」名篇心解〉，《北方論叢（哈爾濱)》，1994年2月，出自《中國古代、近代文學研究》
43. 大冢秀高，〈從物語到小說——中國小說生成史序說〉，《文學遺產（京)》，1994年2，出自《中國古代、近代文學研究》
44. 羅南超，〈唐傳奇在中國小說發展中的地位與作用〉，《華中師範大學學報（武漢)》，1994年3月，出自《中國古代、近代文學研究》
45. 孫遜，〈中國小說文化述略〉，《上海師範大學學報：哲社版》，1994年3月，出自《中國古代、近代文學研究》
46. 咸恩仙，〈中國古代小說在韓國〉，《文藝報（京)》，1994年7年2月，出自《中國古代、近代文學研究》
47. 周廣秀，〈事有眞贋，情理皆眞——談「三言」小說的藝術〉，《徐州師範學院學報：哲社報》，1995年1月，出自《中國古代、近代文學研究》
48. 蕭馳，〈從「才子佳人」到《紅樓夢》：文人小說與抒情詩傳統的一段情結〉，《漢學研究》第十四卷第一期，民國85年6月。
49. 章文泓、紀德君，〈才子形象模式的文化心理闡釋〉，《中山大學學報：社科版（廣州)》，1996年5月，出自《中國古代、近代文學研究》
50. 張寒冰，〈關於明清「才子佳人」小說的幾個問題〉，《許昌師專學報（社會科學版)》，1998年。
51. 崔溶澈，〈中國禁毀小說在韓國〉，《東方叢刊（桂林)》，1998年3月，出自《中國古代、近代文學研究》
52. 陳翔華，〈中國古代小說東傳韓國及其影響 上、下〉，《文獻（京)》，1998年3

月、4 月，出自《中國古代、近代文學研究》

53. 康華，〈明清世情小說的主體精神探析〉，《中州學刊》第二期，1999 年 3 月。
54. 毛德富，〈從明代市民小說看市民的審美情趣〉，《鄭州大學學報》第三二卷第二期，1999 年 3 月。
55. 李福清，〈中國小說與民間文學關係〉，《民族藝術（南寧）》，1999 年 4 月，出自《中國古代、近代文學研究》
56. 金寬雄，〈韓國古代小說與中國文學的關聯〉，《韓國學論文集》第八輯，北京大學韓國學研究中心編，民族文學出版社，2000 年 8 月第一版。

【韓　文】

1.. 《玉麟夢》古本，韓國國立圖書館藏本，複古 3636～58～1～6
2. 《옥인몽》古本，韓國國立圖書館藏本，古 3636～91～1～6
3. 《옥린몽》上、下，白話翻譯本，吳喜福譯，平壤：文藝出版社，1989

一、專　書

1. 《全義李氏族譜》，古第 57682～57688，7 冊。
2. 《海東話詩抄——二四齋記聞錄》，古第 50852 號，古 3643～289，1 冊。
3. 宋質，《恥庵集》，古第 12966 號，일산古 3648～39～12，疏、書、序、記、祭文、哀辭、行狀、誌銘（卷 9），古第 76999 號，古 3648～39～164，詩（1 冊）。
4. 李憲永，《朝鮮人物號譜》，漢城：文化書館，1925 年，위참古 2503～3。
5. 趙潤濟，《國文學概說》，漢城：東國文化社，1955 年（檀紀 4288，初）1959 年 3 月（檀紀 4292，再）。
6. 金起東，《韓國古代小說概論》，漢城：大昌文化社，1956 年 4 月。
7. 申基亨，《韓國小說發達史》，漢城：彰文社，1960（檀紀 4293）年 9 月。
8. 李家源編譯，《李朝漢文小說選》，漢城：民眾書館，1961 年 12 月。
9. 金起東，《李朝時代小說論》，漢城：三友社，1975（初）1976 年 8（再）。
10. 李能雨，《古小說研究》，漢城：三文社，1976 年 8 月。
11. 韓國古典文學研究會編，《韓國小說文學의　探究》，漢城：一潮閣，1978 年 9 月。
12. 林憲道編，《朝鮮時代漢文小說》，漢城：集文堂，1980 年 5 月。
13. 《國朝榜目》，漢城：한국정신문화연구원，1981 年，M 古 1～81～257。
14. 李相澤、成賢慶編，《韓國古典小說研究》，漢城：새문社，1983 年 9 月。
15. 《朝鮮王朝實錄》，全 49 卷，影印縮刷版，漢城：國史編纂委員，1984 年 6 年 20 月。
16. 全寅初，《中國古代小說研究》，漢城：延世大學校出版部，1985 年 8 月。

17. 丁奎福，《韓中文學比較의 研究》，漢城：高麗大學校出版部，1987 年 10 月。
18. 嚴慶遂、李離和編，《孚齋日記》，朝鮮黨爭關係資料集 15，漢城：驪江出版社，1987 年。
19. 李離和編，《北譜》，朝鮮黨爭關係資料集 17，漢城：驪江出版社，1987 年。
20. 車溶柱，《韓國漢文小說史》，漢城：亞細亞文化社，1989 年。
21. 申相星，《韓國小說史의　再認識——古典에서　現代까지》，漢城：慶雲出版社，1989 年 2 月。
22. 李鍾寬編，《全義李氏姓譜》，1－8 卷，世蹟篇，全義禮安李氏大同譜刊行委員會，漢城：回想社，1992 年 2 月。
23. 朴晟義，《韓國古代小說論과　史》，漢城：集文堂，1992 年 8 月。
24. 全圭泰，《韓國古典文學史》，漢城：白文社，1993 年 2 月。
25. 華鏡古典文學研究會主編，《古典小說研究》，漢城：一志社，1993 年 4 月。
26. 韋旭昇，李海山、禹快濟共譯，《韓國文學에끼친　中國文學의　影響》，漢城：亞細亞文化社，1994 年 1 月。
27. 韓國古小說研究會編，《古小說의　著作과　傳播》，고소설연구총서 3，漢城：亞細亞文化社，1994 年 6 年 10 月。
28. 《增補文獻備考》，卷 190，選舉考 7，漢城：世宗大王紀念事業會，1994 年 12 年 24 月。
29. 鄭昌權等，《韓國古小說史의　視角》，丁奎福博士古稀紀念論叢，漢城：國學資料院，1996 年 10 月。
30. 《司馬榜目》，漢城：한국정신문화연구원，1997，OB911 年 051～1。
31. 지두환編，《명문명답으로　읽는　조선과거　실록》，漢城：동연출판，1997 年 3 年 20 月。
32. 최운식，《한국　고소설　연구》，漢城：보고사，1997 年 9 年 10 月。
33. 金貴錫，《朝鮮時代家庭小說論》，漢城：國學資料院，1997 年 11 月。
34. 李成權，《韓國家庭小說史研究——17 세기에서　20 세기초　신소설까지의　역사적변모와　의미》，漢城：國學資料院，1998 年 10 年 30 月。
35. 《한국인문대사전（韓國人文大辭典）》，漢城：한국정신문화연구원、중앙일보중앙M&Ｂ，1999 年 3 年 5 月。
36. 정출헌，《고전소설사의　구도와　시각》，漢城：소명출판，1999 年 5 月。
37. 車美姬，《朝鮮時代文科制度研究》，漢城：國學資料院，1999 年 10 年 20 月。
38. 신해진，《譯註朝鮮後期世態小說選》，漢城：月印，1999 年 12 月。
39. 鄭相珍，《韓國古典小說研究》，漢城：三知院，2000 年 7 年。

二、期刊論文

1. 吳出世撰，《古典小說에 나타난 祈子說話研究——民間信仰의 影響을 中心으로》，東國大學校國語國文學科碩論，1978 年。
2. 安昌壽撰，《玉麟夢의 構造와 意味——世代記小說로서의 特徵을 中心으로》，嶺南大學校國語國文學科國文學專攻碩論，1979 年 12 月。
3. 柳寅山撰，《古小說의 祈子 motif 研究》，高麗大學校教育大學院教育學科國語教育專攻碩論，1981 年 11 月。
4. 孫吉元撰，《古小說에 나타난 꿈에 研究——胎夢을 中心으로》，慶熙大學校教育大學院教育學科國語教育專攻碩論，1983 年。
5. 林明德撰，《韓國漢文小說의 背景研究——中國과의 關係》，漢城大學校國語國文學科博論，1983 年 12 月。
6. 玉致坤撰，《古典小說에 나타난 女權伸張研究》，建國大學校國語國文學科碩論，1984 年 2 月。
7. 文明珍撰，《古小說에 나타난 胎夢의 樣相》，高麗大學校教育大學院教育學科國語教育專攻碩論，1984 年 6 月。
8. 柳洙烈撰，《古小說에 나타난 苦難考——특히 英雄小說을 中心으로》，建國大學校教育大學院教育學科國語教育專攻碩論，1985 年。
9. 朴貞宇撰，《女性中心古小說研究》，嶺南大學校國語國文學科文學專攻碩論，1985 年 12 月。
10. 金燦榮撰，《韓國古小說의 愛情에 關한 研究》，建國大學校教育大學院教育學科國語教育專攻碩論，1989 年。
11. 朴明姬撰，《고소설의 女性中心的視角研究》，梨花女子大學校國語國文學科碩論，1990 年。
12. 金英煥撰，《家庭小說에 나타난 惡德女考》，忠北大學校教育大學院教育學科國語教育專攻碩論，1991 年 12 月。
13. 李美淑撰，《古小說에 나타난 陰謀素材研究》，建國大學校教育學科國語教育專攻碩論，1992 月。
14. 南忠祐撰，《古小說에 나타난 懲惡研究》，延世大學校教育大學院教育學科國語教育專攻碩論，1992 年 12 月。
15. 全永善撰，《玉麟夢研究》，漢陽大學校國語國文學科碩論，1992 年 12 月。
16. 朴在淵撰，《朝鮮時代中國通俗小說翻譯本의研究——樂善齋本을中心으로》，韓國外國語大學校中國語科中國文學專攻博論，1993 年 2 月。
17. 金信源撰，《古小說의 胎夢考察》，朝鮮大學校教育大學院教育學科國語教育專攻碩論，1993 年 6 月。
18. 李太玉撰，《古小說의 苦難構造研究》，建國大學校國語國文學科碩論，1993 年 8 月。

19. 尹芬熙撰，《韓國古小說의 敍事構造연구——결말처리 방식을 중심으로》，淑明女子大學校國語國文學科古典文學專攻博論，1997 年 8 月。
20. 李成權撰，《家庭小說의 歷史的變貌와 그意味》，高麗大學校國語國文學科博論，1998 年 6 月。
21. 白美愛撰，《爭寵型古小說의 研究》，圓光大學校國語國文學科碩論，1999 年 10 月。
22. 崔皓晳撰，《玉麟夢研究》，高麗大學校國語國文學科博論，1999 年 12 月。
23. 鄭煥局撰，《17 세기 애정류 漢文小說연구》，成均館大學校漢文學科韓國漢文學專攻博論，2000 年 6 月。
24. 車溶柱，〈玉麟夢研究〉，《清州女子師範大學論文集》4，清州女子師範大學，1975 年。
25. 鄭宗大，〈《玉麟夢》의 構造와 意味〉，《國語教育》71、72 合集，한국국어교육연구회，1990 年。
26. 최호석，〈《玉麟夢》作家研究〉，《어문논집》40，안암어문학회，1999 年。

【日 文】

1. 寺島良安，島田勇雄、竹島淳夫、樋口元巳譯注，《和漢三才圖會》百五卷，東京都：平凡社，1985。